张贤亮文学年谱

1936 — 2014

王岩森 ▶ 著

黄河出版传媒集团
阳光出版社

图书在版编目（CIP）数据

张贤亮文学年谱：1936—2014 / 王岩森著.

银川：阳光出版社，2024.7（2025.1重印）.--

ISBN 978-7-5525-7439-5

I . I206.7

中国国家版本馆CIP数据核字第20242013BU号

张贤亮文学年谱（1936—2014）　　　王岩森　著

责任编辑　申　佳
封面设计　晨　皓
责任印制　岳建宁

黄河出版传媒集团　阳　光　出　版　社　出版发行

出 版 人　薛文斌
地　　址　宁夏银川市北京东路139号出版大厦（750001）
网　　址　http://www.ygchbs.com
网上书店　http://shop129132959.taobao.com
电子信箱　yangguangchubanshe@163.com
邮购电话　0951-5047283
经　　销　全国新华书店
印刷装订　宁夏凤鸣彩印广告有限公司
印刷委托书号　（宁）0031483

开　　本　710 mm×1000 mm　1/16
印　　张　29.5
字　　数　400千字
版　　次　2024年7月第1版
印　　次　2025年1月第2次印刷
书　　号　ISBN 978-7-5525-7439-5
定　　价　128.00元

在国外出访的张贤亮

张贤亮与母亲陈勤宜

张贤亮与祖父张铭（右）、父亲张友农（左）

不同年代的张贤亮

不同年代的张贤亮

张贤亮与夫人冯剑华、儿子张公辅

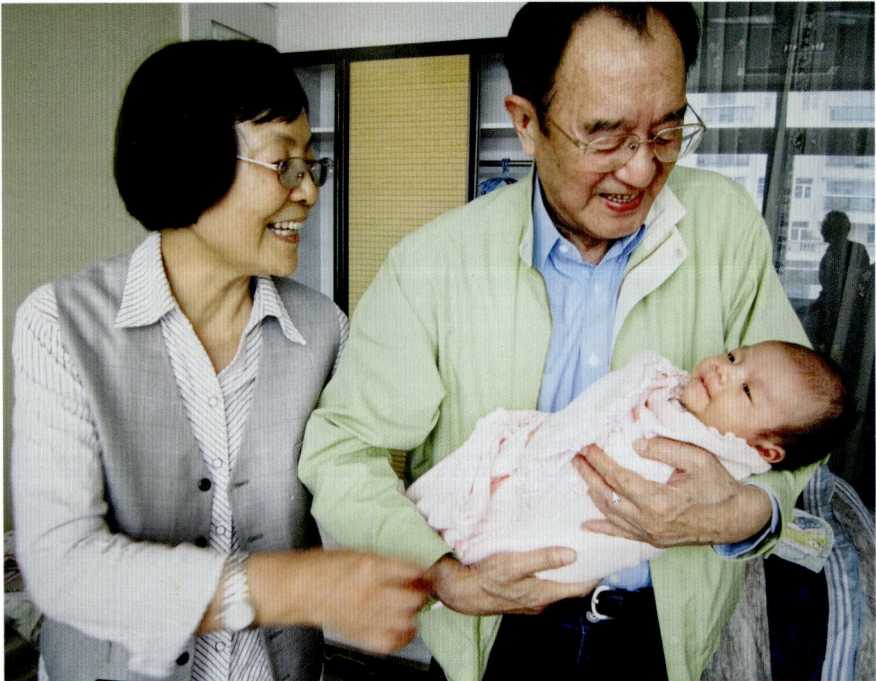

张贤亮与夫人冯剑华、孙子张星德

张贤亮与儿子张公辅、孙子张星德

创办宁夏华夏西部影视城有限公司时的张贤亮（第一排）

张贤亮书写的"小说《绿化树》中的镇南堡"

张贤亮在镇北堡西部影城"中国电影从这里走向世界"影壁前

张贤亮在镇北堡西部影城居所（"都督府"）前

张贤亮传递北京奥运火炬宁夏第一棒

开怀大笑的张贤亮

凡　例

一、谱文以谱主的文学活动为中心，以年、月、日为经，载述其一生行实、创作、交游、心态等。

二、谱文按年、月、日次序排列。其中无日可考者，以"本月"记之；无月可考者，以"春""夏""秋""冬"或"本年"记之；无年可考者，则舍之。

三、谱文在载述谱主事迹、创作、思想、交游、演讲、访谈、书函之外，亦少量选载他人或媒体对谱主文学、社会活动之记述、回忆、报道。

四、为便于读者了解谱主之创作情况，谱中于谱主本人之作品，除记明其创作、发表／出版日期、刊物、出版者外，亦摘要介绍谱主或他人关于该作品创作、发表／出版背景、缘起、反响之自述、回忆。

五、所录单篇作品，发表于报纸的，一般只注明报纸名、篇名；发表于期刊的，一般只注明期刊名、篇名。所录作品集等，一般只注明出版者、书名、篇名。对于部分重要且难以搜求的作品（如载于内部刊物的作品、为他人所作的序以及媒体访谈等），为留存史料，对其内容作适当摘录或全文收录。

六、谱文正文内容中，需要作说明、考订的，或所引谱主、他人表述有误的，用括注、页下注的方式予以简要说明、考订。

七、引文一般尽可能保持原貌，对明显错字或表述不规范的，加括注予以订正；文字有删节的，引文末注明"有删节"。

八、根据相关文献资料的存留现状和收集难易度，遵循"远宽近严"原则，即对1978年以前的史料尽可能从宽处理，以便更多地保留史料；对1979年以后的史料尽可能从严处理，以控制全书篇幅、规模。

目 录

12 月

8 日，出生于江苏南京。

我生于 1936 年，但直到今天我的户口本、身份证上填写的却是 1938 年出生。

1968 年 2 月，我第二次劳改释放，手拿劳改农场给我开具的释放证到分配我去就业的农场报到。这个我去就业的农场也是 1965 年押送我去劳改的农场。① 这么说似乎有些绕口，干脆点说，就是我从这里出去劳改一趟又回来了。农场政治处干部看看释放证，丢给我一张纸，那是照例要填的农场工人登记表。在出生年月日一栏，我如实地填上"1936 年"。干部凌厉地打量我一眼，说：你明明生在 1938 年，为啥填 1936 年？我奇怪地问：哪来的 1938 年？干部指着释放证说，你看，你看！这上面写得清清楚楚的，你还要赖！好像我非争取在 1936 年出生不可似的。我一看释放证，又是那倒霉的"雪莲纸"，劳改农场干部用蘸水钢笔写 1936 的"6"时可能蘸了一下钢笔墨水，6 在纸面上洇成了更像 8 而不像 6。我哪敢跟干部犟嘴，他说是 8 就是 8 吧。（张贤亮：《一切从人的解放开始》，《收获》2008 年第 2 期）

我在 1936 年 12 月生于南京……祖父是国民党政府的外交官，住宅很大，就在那时的"国民政府外交部"后面——湖北路狮子桥，祖父给它取名"梅溪山庄"，是当地小有名气的一座园林。我呱呱落地（呱呱坠地——引者）的第四天发生"西安事变"。（张贤亮：《我为什么不买日本货》，见张贤亮著《张贤亮近作》，文汇出版社 2006 年 8 月，第 136 页。有删节）

直到成为所谓的"公众人物"，我的籍贯被别人关注的时候，说来惭愧，故乡"江苏盱眙"对我的成长有什么影响，我仍说不清

---

① 张贤亮劳教的农场为位于银川的西湖农场，就业的农场则同位于银川的南梁农场。

楚。可是我的"第二故乡"却不少：重庆、南京、上海、北京、银川都可算一份。银川不用说了，重庆、南京、上海、北京的街道我仍相当熟悉，当地年轻人不知的旧街我都能如数家珍。……为了找个适当的地方纪念父母，寄托我对他们的哀思，我以为最佳的选择莫过于自己填写的祖籍"江苏盱眙"了。（张贤亮：《故乡行》，《人民文学》2003年第9期。有删节）

祖父张铭（1889—1977），字鼎丞，别号梅溪，安徽盱眙人（今属江苏），美国华盛顿大学法律硕士。曾任"中华民国"驻尼泊尔国专使、爪哇领事等职。1955年起任上海文史馆馆员。[1]

我祖父曾作为蒋介石的特使出使过尼泊尔，尼泊尔国王送给他很多礼品，其中仅一把宝刀就镶满钻石，这些东西他都没交给国家，以后全被他挥霍了，这是他为政不清廉之一例。他还特别爱吹牛，30年代初他率领一个华侨代表团归国观光，蒋介石与他们照集体照，他老人家单单把他和蒋二人挖下来另洗，两人肩并肩，好像很亲密的样子。1950年，他住杭州，明明是回南京，却在大门口贴张条子说毛主席邀请他北上共商国是去了。他还说1919年他去北京开大学校长会议时，在李大钊家与毛主席谈得极为投机，当场慷慨解囊资助了中国早期的共产主义运动，等等。这些话真假掺半，我想见大概是见过一面的。在"文革"（"文化大革命"——引者）初期，八十多岁的他被扫地出门蹲在一间小破房里索索发抖，他竟托江青转呈毛主席一封信，历数艰辛。而不几天，上海"工总司"（当时革委会还没有成立）居然把他解放了出来。尽管文史馆群众批他是"三迷"（官迷、财迷、色迷）要揪斗他，但他仍逍遥法外，一直逍遥到1977年94岁才彻底逍遥。那时候他竟然天天拄根"司狄克"

---

[1]《张贤亮祖父张铭祖母周梅、外公陈树屏档案资料一组》，http://www.360doc.com/content/14/1001/09/881164_413624702.shtml。

遛大街、下馆子。小轿车没得坐了，上公共汽车就挥舞"司狄克"一阵乱敲，叫别人给他让座位，不知底细的人还以为他是一个老造反派呢。……然而，就这样一位人物，却在清时支持同盟会，在北洋军阀时支持南方国民党，在共产党还没成立时就和共产主义运动的领导人结交，在"文革"（"文化大革命"——引者）时代又去巴结"四人帮"，总而言之，说好听点，他一面追求"革命"。说不好听的话，他老是不安分。我想，这并不完全是由他思想主导的，更不是出于对当时统治者的不满，而是他的天性使然。每想到他的这种天性也许会遗传给我，不禁汗毛凛凛，经常自诫还是夹起尾巴做人的好。（张贤亮：《遗传："父子篇"之三、之四》，《大家》1994年第5期。有删节）

外祖父陈树屏（1862—1923），安徽望江人，清光绪十八年（1892年）壬辰科二甲进士，官至武昌知府等，后寓居上海。[①]

历史有许多说不清道不明的事情。张贤亮的外祖父是清朝武昌县最后一任县令，他的祖父是他外祖父最得意的学生，却是民国时期湖北大冶县第一任县长。……张贤亮的外祖父和祖父，都是安徽人氏，奉命来到湖北做官。他们的故土盱眙县划归今江苏了，所以张贤亮才成了江苏籍。（刘富道：《张贤亮寻根》，见刘富道著《刘富道文集·散文随笔卷》，武汉大学出版社2017年3月，第145页）

父亲张友农（又名张国珍，1909—1954），1930年赴哈佛大学商学院学习，九一八事变后追随张学良，任张学良英文秘书。西安事变后，先后在重庆、上海等地经商，任上海"华美贸易公司"总经理、南京"农兴机器造油厂"总经理、重庆"中国工业社"总经理、"三友实业社"顾问、"长丰轮船公司"总经理、北京"求

---

①《张贤亮祖父张铭祖母周梅、外公陈树屏档案资料一组》，http://www.360doc.com/content/14/1001/09/881164_413624702.shtml。

进电铸制造厂"总经理等职。1952年在北京被关入看守所，1954年病故于看守所。

平心而论，父亲对我并不严，不严到不管的程度。就这样我还有意见，可见得父亲也难当了。在我的印象中，一、父亲从来没问过我功课；二、父亲从来没管过我起居衣着；三、父亲从来没约束我的操行……总之，现在要我回忆我父亲教导了我些什么，脑子里完全是一片空白。……其实，父亲在我面前多半是不苟言笑的。……虽说我们没有深厚的父子情，我仍然曾经保存过他老人家的一张照片，历经两次劳动改造直到1970年才毁掉。……我的记忆中他老人家在生活上是舒服得过分了点。早晨眼睛一睁开先要发顿"被窝疯"，也就是说看什么都不顺眼，骂人，摔东西，然后等用人把牛奶面包端到床上来用早餐，看报。他干过"官事"，办过公司，开过工厂，但他既不像官僚，也不像资本家，完全是一副艺术家的派头。每天搞一帮票友唱京剧，唱昆曲，要不就忙着办画展。至今我还记得他怡然自得地唱《坐楼杀惜》的样子，"宋公明，打罢了退堂鼓，将身来到乌龙院……"……他办不成好事，干坏事也不会彻底的，纯粹是一个俄罗斯文学中的奥勃洛摩夫，也即"多余人"的典型。至于他怎么会从一个热血青年变成奥勃洛摩夫的，这就和我祖父从废除打屁股、高唱《马赛曲》到一个被"革命群众"批判为"三迷"的老朽一样，出于同一的性格因素。

毫无疑问，我比他们能熬。这种"熬"的功夫可能是隔代遗传也可能是遗传上的变异。可是，在受不了挫折和容易被环境所感染这点上，也许我还是与他们一脉相承的呢。这是我常深自警惕的。然而，理智是否能克制根植于基因中的遗传密码的决定性影响，却是有疑问的。

……我有时想，我父亲如果不去读什么哈佛商学院，不去给大官当秘书，不去经商，而是一门心思放在绘画上，肯定能成为一个有成就的美术家著称于世，他的命运和我的命运都会改观。他画画和我儿子一样完全是无师自"通"。这个通字我之所以加个引号，只不过是我以为他"通"而已。现在回忆儿时看过的他的作品，已经蒙上了一层印象派的色彩，好似出自莫奈的手笔。如今想在脑海中还原已经不可能了，但那时我的确认为他画得真"像"。"像"，虽然是一种幼稚的审美标准，但也可见他的基本功了。他专攻油画，喜欢浓抹重涂，用色强烈，也许这是享乐主义者的一个特点吧。最使我感兴趣的是他画的肖像画，因为孩子只有从肖像画上才容易看出像与不像来。奇怪的是，这位享乐主义者在当时那种繁华的氛围中，笔下所有人物的面部表情却都带着忧郁的神色。这不知是流露了他的深层心理呢，还是暗示了他未来的不幸。

我一点也没有绘画的天分，不过我写小说比较注意氛围的经营和景物的描绘，大概得自他的遗传。父亲早已成了象征性的父亲，为什么象征性的父亲才会成为真正的父亲呢？我想这大约来自一种既不能摆脱传统的苦闷又觉得自己随心所欲皆不会越出传统的欣喜吧。我就觉得自己的年纪越大，越能从自己的所作所为中找出父亲的影子来。（张贤亮：《遗传："父子篇"之三、之四》，《大家》1994年第5期。有删节）

母亲陈勤宜（1908—1969），燕京大学肄业后赴美深造，专修家政学。1969年病逝于北京。

在张贤亮的书房里，有一张放大了的照片，是他的母亲抱着周岁的张贤亮，母亲美丽优雅，仪态万方。张贤亮的语气颇为自豪："只有这样的母亲才能生出我这样的儿子！"（舒晋瑜：《张贤亮：传奇在于和国家命运同步》，《人民日报（海外版）》2008年7月25日第7版）

我有恋母情结。我母亲可是官宦世家，大家闺秀，又受过美国教育。我母亲落难那一年已经 30 多岁了，30 岁以前多奢华，家里十几个佣人、大花园园丁、两个司机。过去她打麻将是不下桌子，把腿都打肿了，可是抄家以后她一直笑嘻嘻的，非常乐观。过去都没有做过饭，现在还要做饭，居然还能做。她一直跟我到宁夏，宁夏蚊子就像蜻蜓那么大，她都不落泪，不抱怨。我要比起我母亲来，差太远了。我落难那时候才 19 岁，她落难已经 30 多岁了。（雷晓宇：《张贤亮：性、政治和权力》，《经济观察报》2013 年 6 月 3 日）

妹妹陈贤玲（1948—　），9 岁开始在甘肃省京剧团学习，后分配至甘肃定西地区文工团，20 世纪 80 年代初调至宁夏群艺馆工作。

妻子冯剑华（1950—　），安徽太和人。1977 年毕业于复旦大学中文系。1968 年参加工作，历任宁夏炭井矿务局工人，兰州军区陆军第 20 师战士，《宁夏文艺》编辑，《朔方》杂志编辑部编辑、副主编、主编，中国作协第六、第七届全委会委员。1973 年开始发表作品。1995 年加入中国作家协会。出版散文集《冯剑华文选》等。

儿子张公辅（1981—　）。

12 月

随家人迁居重庆。

家父……东北失守也随张将军(张学良——引者)到西安,在"国民政府西安行辕"做事。张将军被囚,我父亲对当时的国民党政权很灰心,也辞去职务,等我们母子和我小姑、奶妈等人到西安寻着他,就举家迁到重庆经商。(张贤亮:《回乡杂谈》,见重庆晚报副刊部编《我还在今天生活》,重庆出版社 1999 年 9 月,第 350 页。有删节)

1937 年 11 月"大日本皇军"兵临南京城下,我们举家成为"难民",逃往四川。……我母亲后来回忆说,在从南京逃往祖籍安徽途中一个下大雪的夜晚,我在她老人家背上哭闹个不停,待逃到安全地方歇下来,才发现我脚上的鞋袜全掉了,裸露的小脚在严寒中冻了一路。自此以后,我有个与别人不同的习惯,就是总穿着袜子睡觉,夏天也必须如此,因为我的脚非要严密包裹起来才能煨暖。(张贤亮:《我为什么不买日本货》,见张贤亮著《张贤亮近作》,文汇出版社 2006 年 8 月,第 136~137 页。有删节)

我一岁时越过秦岭到重庆,抗日战争胜利的 1945 年在白市驿机场飞离,在重庆整整 8 年,我这个"下江人"应该说是在重庆长大的"重庆崽儿"。我在重庆启蒙,开始读书识字,在重庆第一次看电影,在重庆第一次"下馆子",在重庆第一次见到雪……请允许我……摘一段我的作品《绿化树》中有关那时的描写:

"我非常喜欢雪。我一生第一次看见雪是在重庆。那天,保姆给我穿好衣裳,我一下床,撩开窗帘,眼前就扑来耀眼的银白色的光。山坡下,昨天还很丑陋的平房,疏疏落落的小竹林,都美丽得和刚刚的梦一样;整个洁净的世界,在我幼小的心灵中唤起了一股冥想的柔情。就在那一刹那,心灵和大自然无间地交汇,纯净的心灵和纯净的大自然的感应,使我莫名地掉下泪来,使我对大自然产生了难以言传的庄重和虔敬。可以说，是雪让我过早地成熟了，以后成了一个诗人，再以后……"

我记得我曾在管家巷、林森路即现在的解放东路、南岸的觉林寺等地住过。在南岸乡下住的时间比较长，因为要"躲警报"。在我记忆中，日本人始终是可怕而又可恨的，幼时的我就曾见校场口"大隧道惨案"中由隧道里拉出一车车尸体，也可说是第一次接触到战争的苦难。大人当然不让我去看，是书中那位保姆的孩子偷偷带我去的。每一具尸体都赤裸裸一丝不挂，大张着嘴，嘴鼻扭曲，死得异常痛苦，却没有一滴血。日本鬼子真名副其实是"杀人都不见血"的。……

我们举家"逃难"到重庆后，日本人还不放过"大后方"，天天有飞机来轰炸，那时叫作"躲警报"，全家又搬到重庆南岸的乡下。……重庆乡下一年四季都有绿色的植被覆盖，这个季节在这里，另个季节在那里，变换腾挪，多姿多彩。绿的庄稼菜蔬清新可人，褐色的泥土给人一种扎实的温暖。傍晚和清晨，炊烟四起，袅袅地飘散进竹林和皂荚树丛中，如同挥洒上一层淡墨，竹林、茅舍、阡陌、田园，溶成一帧山苍树暝，水活石润的图画，让我永远神往。皂荚树结的皂荚，重庆人叫它"皂角"，当肥皂用来洗涤衣裳。那必须在一溪清流旁边，把灰黑色的皂角涂抹在衣裳上，拿根木棒将衣裳翻过来掉过去反复捶打，污垢便随水而去了。"秋夜捣衣声，飞度长门城"；"今夕秦天一雁来，梧桐坠叶捣衣催"，古人吟咏的"捣衣"，便是这种场景。杜甫也有"万户捣衣声"的诗句，但那集体的行动声势太浩大，应该是一个女子在一流小溪边"捣衣"，回荡于两岸之间砰砰的捣衣声，才有孤寂悠远的意境。除了"捣衣声"，乡间还有的就是鸡鸣了。"未晚先投宿，鸡鸣早看天"是脍炙人口的楹联，更有"风雨如晦，鸡鸣不已"及"鸡鸣戒旦"的雄豪。不论"风雨如晦"或是晴朗无云，在东方破晓之前，报晓鸡总会像现在的闹钟一样定时啼叫起来。报晓鸡是农家不可或缺的宠物，它就是家庭的发号施令者。不论家贫家富，各家的报晓鸡一律戴着彤红的高冠，披着绚丽斑斓的羽毛昂首阔步，每时每刻巡视它的领地，俨然是一家之主。……上小学后，因为路远必须早起，每天清晨都是它们将我从睡梦中唤醒。高亢的鸡鸣或近或远，或长或短，此起彼伏地四处响起，可以想象到它们伸长脖子，高昂着头，竭尽全力尽职尽责的英姿。我会赖在床上聆听它们的啼声，仿佛是梦的延续。自古以来，捣衣声和报晓鸡便是"户"与"家"的象征，是远行游子中的骚人墨客思乡的承载与寄托。听见这种声音，人便会荡气回肠，想蜕变成蛹蜷缩在里面。乡音不只是指人们的口语方言与曲调，还应包括故乡的一切声音才对。有捣衣声，有报晓鸡，有鸣禽及狗吠，有牛们的哞哞，有羊们的咩咩，有微风吹过豆棚瓜架，等等。（张贤亮：《我失去了我的报晓鸡》，《上海文学》2005年第7期。有删节）

在母亲的教导下背"四书"、读《古文观止》，开始在重庆乡下读私塾。

"小时候家里很娇惯我，我 10 岁都不会系鞋带。但是母亲对我管教很严，我没少挨母亲打。""我一天大学没上过，但是我可以给大学生讲文学课。这些都来自小时候的储备。"（舒晋瑜：《张贤亮：传奇在于和国家命运同步》，《人民日报（海外版）》2008 年 7 月 25 日第 7 版）

给我启蒙的老师是重庆南岸乡下的一位秀才，但他并不是重庆人，母亲说他跟我们一样，也是从江浙一带"逃难"逃到"陪都"来的，被四川当地人称为"下江人"的一类。如今我想起他，就不由得佩服连环画家和影视化妆师再现历史面貌的本领。现在画面中凡出现过去的私塾先生，都与我这位启蒙老师十分相像，包括那顶古典的瓜皮帽，因而也使我总忘记不了他的模样。他只教我家族中的几个子弟，开学就念《唐诗三百首》，不像一般私塾先生以《千字文》、《百家姓》、《幼学琼林》为教材。他好像很喜欢杜甫的诗，我学的第一首诗就是《望岳》"岱宗夫如何，齐鲁青未了"，认识的第一个字是冷僻的"岱"，让我好久在别处找不着它。一次，他念到"剑外忽传收蓟北，初闻涕泪满衣裳。却看妻子愁何在，漫卷诗书喜欲狂。白日放歌须纵酒，青春作伴好还乡。即从巴峡穿巫峡，便下襄阳向洛阳"的时候，突然把书本捂住脸痛哭失声，真正"涕泪满衣裳"起来。鼻子擤得訇訇作响，听到那样大的响声，谁都会惊奇此人的鼻孔非同小可。他哭得全身骨头发颤，特别是颔下一缕花白的胡须抖动得更厉害，眼泪鼻涕随手往书案上抹。看到一个大人，又是我们一向畏惧的老师居然跟我们一样也会号啕大哭，下面一群六七岁的孩子哄堂大笑，哇哇乱叫。从此我们也就不再怕他了。

然而，就因为他的启蒙，我自幼就受到诗歌的熏陶，长大后不幸曾当了一回诗人，使我身陷囹圄二十余年。除此之外，我仍久久不忘他的另一个原因是：他是我自此以后再也没有见过的一位真正会沉浸到诗赋里的读书人，可说是位"诗痴"。不管别人怎么看，毫不顾及自己的行为会给他人留下什么印象，全身心投入铿锵悠扬的声调中，摇头晃脑地放纵自己的情怀，敢哭敢笑敢于痛快地宣泄自我。虽然他和无数"下江人"一样被日本人赶得离乡背井，穷居一隅，但越往后我越敬佩他仍然保持着精神上的独立；仅以他当着孩子的面痛哭一例，我可以断定他属于中国最后一代有风骨的文士。后来我跑遍中国和世界，再没有见过哪个人有那份凭借某种艺术形式来表达自己心情的真诚，再没有见过哪个人被某件艺术品打动得如此酣畅淋漓。世界不一样了，人心也变硬了，所有自称为艺术家、艺术爱好者即所谓"性情中人"的造作，都不能再打动我。

……后来的几十年我碰到无数场合会催我泪下，甚至要迫使我非痛哭不可，但泪水只要一溢出泪腺，脑海中就会浮现出他一把鼻涕一把眼泪的样子，于是在必须哭的场合我反而会破涕为笑。他的痛哭在我童年的眼中始终是不能磨灭的滑稽，我一想到他，即使已到成年、到垂垂老矣，我也立刻幼稚起来，这使我一生受用匪浅；老师的一场痛哭竟然使我能永葆青春甚至会返老还童，不管以后我多么深刻地理解了他精神的高尚，他与杜甫合为一体，他就是杜甫的化身，但他的痛哭似乎永远是人生的一个诙谐，仍会令我发笑。启蒙老师无意间在我心田里种下了抵御和化解痛苦的幽默感，让我能活到今天。（张贤亮：《青春期》，《收获》1999 年第 6 期。有删节）

1943年 ▶

7岁

秋

在重庆巴蜀小学读书，至1946年夏。其间，开始阅读外国文学作品。

我6岁以前，已经在重庆乡下受过两年私塾教育，启蒙就开讲《左传》的《郑伯克段于鄢》，那是《古文观止》的第一篇。哑哑学语（牙牙学语——引者）、结结巴巴地念着"之乎也者矣焉哉"，读其音而不知其义，囫囵吞了一半，到了上学年龄，母亲将我送进正规小学。一年级的课文是"来来来，大家都来上学堂"之类，从头到尾所有的字我早已认得了。看见同学们摇头晃脑如鲁迅先生描写的"放开喉咙""人声鼎沸"地念我认得的字，颇有一种优越感，于是就找课外书来读。家中除箧藏的线装书，还有很多"闲书"，都是大人随手买的小说诗集。那些闲书启发了我幼稚的想象力，让我进入一个虚幻的世界。茨威格笔下赌徒苍白而纤长的手指，常在我眼前神经质地颤动；我也能听见《战争与和平》中小姐们的裙裾窸窣作响；我记得那时就看过今天仍很畅销的《飘》，还有一本现在再也找不着的题为《琥珀》的英国小说，"非典"时期我曾想起它，那里面有17世纪欧洲闹"黑死病"的可怕场面；当然还有基督山伯爵的快意恩仇和三剑客的潇洒。书里的字虽是印在薄薄的劣质黄草纸上，纸面凹凸不平，露出扎手的稻草秸秆，但一个一个字似乎都经过了过滤，没有一丝污秽，字字逸世独立，洁净挺拔。（张贤亮：《我失去了我的报晓鸡》，《上海文学》2005年第7期）

托尔斯泰是我的启蒙者，七八岁就开始看了。（雷晓宇：《一切从人的解放开始》，《经济观察报》2013年6月3日）

随父母由重庆迁居南京，在南京读小学，继而移居上海，在上海读小学至 1949 年 7 月。

◄ **1946 年**

10 岁

我还记得上海解放那天 [①] 夜里父亲站在我们家的楼顶上大喊大叫，无比兴奋的样子。（张贤亮：《遗传："父子篇"之三、之四》，《大家》1994 年第 5 期）

---

① 1949 年 5 月 27 日上海解放。

1949 年 ▶

13 岁

8 月

进入南京建南中学读书。后转入南京第三中学。在建南中学时，参加学生社团"寒声社""宇宙社"。在南京第三中学学习期间，恢复"宇宙社"，并在该社所办壁报上发表诗歌作品。[①]

我被送到一个叫筹市口的地方上中学。名曰"筹市口"，其实并没有什么集市，而是一座长满青草的小山包。学校很威严地蹲在山包顶上，像一只灰色的大老虎俯视着沿小路而来的一群群莘莘学子。这座建筑物给我印象最深的是我曾把雨伞当作降落伞，撑着它从三层楼跳到凹凸不平的青草地上，结果摔断了腿。（张贤亮：《青春期》，《收获》1999 年第 6 期）

---

① 柴世师、杨清南：《张贤亮是怎样的人？》，《延河》1957 年第 10 期，第 117 页。

9 月

随父母北上，转入北京第三十九中学。自称开始发表诗歌作品。

我开始写作比较早，在 1951 年就发表诗了。[①]（张贤亮：《张贤亮谈创作》，《青春》1984 年 3 月号）

---

① 迄今为止，尚未见到张贤亮在这一时期公开发表的诗歌作品。

1952年 ▶

16岁

父亲被捕，关入看守所。两年后，瘐死于看守所中。

1954年看守所通知我这个继承人去领遗物。他在看守所关押了两年也没最后判决。当时虽然我已经有18岁了，虽然读过了许多书，但在法律常识上还和绝大多数中国人一样毫无所知，以为不会错的，连问也不敢去问一下，也无处可问。……检视他的衣服，全部烂得不可收拾。唯一完整的是一块极讲究的怀表，拨弄一下尚能嘀嗒嘀嗒地走。银质的表面上刻绘着张学良将军的头像，这是"少帅"送给他的。……给我"平反"时我很自然地想起他来，我坚信他要能和我一样地熬着活过来，肯定也会"平反"的。正是为了熬着活命，那块怀表我当即就卖给敲小鼓的，换了10万块旧币，折合现在的人民币10块钱。……他在旧社会的不务正业，吃喝玩乐，交际广到滥交的程度等等。那时不少所谓的军政要员直至特务头子经常跟他一起狎游，我估计他被捕就是受了这方面的牵连，其实并没有多大罪过。……父亲43岁被捕，我43岁"平反"。同岁一进一出，是命运呢？抑或也是一种反其道而行之呢？（张贤亮：《遗传："父子篇"之三、之四》，《大家》1994年第5期。有删节）

6 月

6月，被北京第三十九中学开除学籍，并被公安机关拘留，后获保释复学得以结束学业。

还在上中学时候，学生宿舍常丢东西，老师找不到小偷，但又必须找一个出来，因为正值暑期，高三班面临毕业，在毕业典礼之前需要有一个反面教材来进行反面教育。找来找去，只能找我顶罪：一、因为我是班上最穷的学生，又没有资格领助学金，穷就有偷东西的可能；二、我也确实不好，经常旷课跑文津街的北京图书馆看小说，数理化英语几门课程全不及格；三、丢的只是墨水、邮票、信封、信纸、袜子之类的东西，不够向公安局报案的条件，这种顺手牵羊的事神探李昌钰也查不出，只能靠学校自行破案。而按惯例，任何单位破案的方法都是在出身成分不好的人中间排查。刚好，我这个穷学生居然是班上唯一的"资产阶级分子"，又是"关、管、斗、杀分子子女"，我当小偷的各方面条件都具备。（张贤亮：《感谢上帝对我如此厚爱》，见张贤亮著《绿化树》，花城出版社2009年8月，第209~210页）

一天班主任反而主动亲切地找我谈"心"。他把我叫到他的办公室，谈"心"的主题是无产阶级必须具备的道德品质。然后和蔼地问我知不知道宿舍里经常丢失私人物品，什么袜子墨水信封信纸邮票钢笔针头线脑等等。我说我知道，我自己也丢过一双袜子。班主任说你知道就好，很好！你主动向领导坦白是你"拿"的。我惊诧地问我自己的袜子怎么会自己去"拿"？班主任启发我说：不是你"拿"了自己的东西而是你"拿"了同学的东西。我断然地摇摇头说我从来没有"拿"过同学的东西。班主任说你应该承认你"拿"过，你出身于资产阶级家庭，生在那种家庭的人天生下来就和无产阶级家庭出身的孩子不一样，有"拿"别人东西的毛病，你承认了，认识了，那种毛病才能彻底改正。我疑惑地说我好像从小就没有那种毛病，那种毛病不就是"偷"吗？班主任不厌其烦地教导我说在资产阶级出身的人身上，那种毛病是不自觉的，再说，"拿"和"偷"不一样，"拿"是偶然性的，"偷"是经常性的。你只不过偶然"拿"过同学的东西罢了，怎么能和"偷"联系在一起呢？这话虽然很有道理但我还是想不通，这比"青春"与"青春期"的区别还难懂。班主任宽容地说你好好想想，想通就老老实实承认下来，又说，承认了对我绝对有"好处"……我承认"拿"了同学的东西以后照旧读书，就和什么事情也没有发生一样。

班主任每天至少要找我谈三次"心"，同学们议论纷纷，弄得我整天如芒刺在背，何况，班主任的苦口婆心最终打动了我，觉得再不按他的教导承认"拿"过同学的东西也太对不起老师了。最后我终于低下头问他，您说我"拿"过些什么东西好呢？班主任见我总算被他说服，轻松地往藤椅上一靠，拿出纸笔让我记录，他翻开他的小本子念一件我写一件，什么袜子三双、邮票十张、信封一沓、用过几张的信纸一本、球鞋一双、墨水两瓶、钢笔一支、铅笔四支等等。我写完交给他，他一目十行地看了非常吃惊，啧啧地说，一件件东西加起来就不是偶然性地"拿"，而是必然性地"偷"了！又摇头感叹资产阶级家庭出身的学生是多么难教育好。

几天后，学校却宣布将我开除，这就是班主任答应给我的"好处"。过了 40 年，这所中学举办 50 周年校庆，同时要编一部《同学录》，据说我是母校培养出来的最有成就的学生之一，母校来信向我索取照片及"几句话"，我写了"感谢我的母校给了我一个艰难的起点"寄给她。所谓"艰难的起点"，主要指学校宣布开除我那天竟将我母亲叫到学校，等校长在操场上当众宣布我是"盗窃分子"之后，让我母亲在众目睽睽之下与我见面。这大概是当时学校采取的教育学生同时教育家长的一种方式。我看见母亲慈祥地坐在学校长廊的板凳上迎接我，眼泪不禁夺眶而出，母亲却握着我的手说她决不相信我会盗窃，即使有人教我也教不会！我母亲没有流一滴眼泪，临走时只给我的母校撇下了一个礼貌而蔑视的微笑。（张贤亮：《青春期》，《收获》1999年第6期。有删节）

本年

离开中学后，靠为刻印店刻蜡纸维持生计。曾在中国作家协会文学讲习所（鲁迅文学院前身）短暂旁听。

我成了"待业青年"后，到刻印店去揽刻蜡纸的活儿，刻一张蜡纸五毛钱，刻印社提成三毛，我拿两毛。我一天能刻五张蜡纸，得一块钱，用以维持母亲、妹妹和我的生活。（张贤亮：《宁夏有个镇北堡》，《收获》2006年第3期）

五五年（应为1954年——引者），我高中毕业，曾在北京文学讲习所旁听了一个时期，有幸亲聆过您（丁玲——引者）的教诲。从此，您的音容笑貌一直很深地刻印在我的脑子里。（张贤亮1981年4月12日致丁玲信。王中忱：《沙叶新、张贤亮等致丁玲信》，《清华大学学报（哲学社会科学版）》2004年第4期）

7 月

因在北京生活困难，偕母亲、妹妹移居甘肃省银川专区贺兰县京星乡（今宁夏回族自治区银川市贺兰县京星农牧场）当文书。

我怎么到宁夏去的呢？我中学毕业以后，没考上大学。有两个原因：一个是我的数、理、化三门成绩加起来不到六十分；另一个原因就是我的家庭出身。政审是 1956 年就有了的，上大学的政审非常严格，没考上大学。那时候我那个家庭已经败落了，就像《牧马人》里边的一样；父亲和母亲分开了。我跟母亲生活。那时候的待业青年比较好找工作，各个偏僻的省区都到北京、天津大城市去招收有一定文化程度的青年去当干部。我就随着向西移民的大军，到甘肃落了户。先在黄河边上一个很偏僻的乡当文书。（张贤亮：《作家的修养》，见张贤亮著《写小说的辩证法》，上海文艺出版社 1987 年 10 月，第 65~66 页）

1955 年 7 月，我偕老母弱妹与一千多人一起，先乘火车到包头，再转乘几十辆大卡车长途跋涉了三天，才到当时称为"甘肃省银川专区"贺兰县的一处黄河边的农村。县政府已给我们这些"北京移民"盖好了土坯房，并且单独成立了一个乡的行政建制，名为"京星乡"，好像这里的人都是北京落下的闪亮之星，或说是陨石吧。乡分为四个村，每个村有三四十排土坯房，一排排的和兵营一样，前后来了数千人在这个乡居住。土坯房里只有一张土炕，散发着霉味的潮气。房屋在夏季怎么会发霉呢？后来我也成了老宁夏人时才知道，抹墙的泥一定要用当年的麦秸或稻草，如果用陈年发了霉的草秸和泥，肯定会有霉味。……

……那时，我在宁夏农村举目望去，几乎无一不是古代场景的再现，犁田还用"二牛抬杠"，连犁头也是木制的，春种秋收、脱粒扬场等等农业劳动，都和汉唐古墓刻石上的"农家乐"一样，洋溢着原始的淳朴。土坯房里虽然味道难闻，可是田野上纯净的空气仿佛争先恐后地要往你鼻子里钻，不可抗拒地要将你的肺腑充满；天蓝得透明，让你觉得一下子长高了许多，不用翅膀也会飞起来。

我终生难忘第一次看到黄河的情景。正在夏日，那年雨水充沛，河水用通俗的"浩浩荡荡，汹涌澎湃"来形容再恰当不过了。在河湾的回流处，一波一波漩涡冲刷堤岸的泥土，不时响起堤岸坍塌的轰隆声，使黄河在晴空下显得极富张力，伟岸而森严。岸边一棵棵老柳树，裸露的根须紧紧抓住悬崖似的泥土，坚定又沉着，表现出"咬定青山不放松"的顽强。移民们都是北京市民，在旧社会混过事儿的，虽然不会农业劳动，却会玩耍，不乏会钓鱼的人。他们用一根细木棍（宁夏没有竹子）系根棉线，棉线一端再挽根弯铁丝，连鱼饵都不用，垂在河湾浅滩边上，居然能把几斤甚至十几斤的鲤鱼、鲇鱼钓上来，令我煞是羡慕。

我们用的水是从井里打上来的，一次我打水时不小心把木桶掉在井里了。政府给我们移民只发了生产性的农具，除铁锹、锄头、镰刀外别无长物，用什么东西把水桶捞上来呢？我只好到不远处的一个农村去借钩子一类的器具。宁夏人把村子叫"庄子"。进了庄子找到一户敞着门的人家，见两个穿对襟系绊小褂的小媳妇盘腿坐在炕上缝被子。我说："对不起。我想借你们的钩子用一下。"没想到两个小媳妇先是互相惊诧地对望了一眼，突然笑得前仰后合，连声叫"妈哟肚子疼"！然后这个推那个，那个搡这个，"你把你钩子借给他"，"你才想把你钩子借给他"……两人并不理会我，在炕上嬉笑着互相撕扯起来。我在一旁莫名其妙，她们家用树杈做成的钩子明明放在门边的水桶上，不借就不借，有什么可笑的呢？当然最后她们懂得了我的意思，一个年纪大点的小媳妇红着脸扭扭捏捏地下了炕，别过脸把钩子递到我手上。在我还钩子的时候，她们又笑得拍手跳脚。后来，我才知道，宁夏方言把钩子的"钩"口语说成"须"，钩子在口语中叫"须子"或"须须子"。"钩子"的发音与"沟子"相同，而"沟子"在宁夏方言中却是屁股的意思，比如普通话中的"拍马屁"，宁夏人说是"溜沟子"。向一个女人借"沟子"，无疑是严重的性骚扰，上海人说"吃豆腐"，宁夏人叫作"骚情"。

宁夏的自然和人情，对一向生活在大城市的我，完完全全弥补了失落感。况且，我在大城市也不过是一个既无业，"出身成分"又不好的"贱民"。宁夏的空阔、粗犷、奔放及原始的裸露美，竟使我不知不觉喜欢上它。并且，这两个面色红润的小媳妇的笑靥，给19岁的我印象之深，从此决定了我对女人的审美标准。直到今天，我还是比较欣赏有点乡土味的质朴的女孩子。

这个我原来非常陌生的地方，竟成了我半个多世纪一直到今天还在此生活的家园。（张贤亮：《宁夏有个镇北堡》，《收获》2006年第3期。有删节）

1955 年，由于首都北京要变成纯净透明的"水晶玻璃"，将家庭出身和政治历史有问题的居民成批外迁。这样，就有一股北京移民在当时甘肃银川地区贺兰县靠近黄河的一片处女地上落了户。这批北京移民总共有三千多人，他们的居民点被划分为四个"村"，合称"京星乡"。张贤亮扶母携妹随大伙迁移到这里，住在其中的一个村子里。那时候，他们各家各户都是土炕、土灶、泥桌、泥凳。那些供吃饭和学生写作业用的泥桌，被用油抹得漆黑瓦亮。小妹贤玲在乡里小学读书。他（张贤亮——引者）因为文化程度出众被选作乡文书，但不脱产。那时候，邻居家的男孩子们有一个见多识广的"大哥"，一闲下来就围着他转，逮鱼，游泳，听他像说书艺人一样一段一段讲述《基督山恩仇记》和《战争与和平》等。（高嵩：《儒商张贤亮》，《朔方》1996年第3期）

秋

第一次进银川城。

一天夜里，同村的一个移民的妻子突然肚子疼得满地打滚。这个移民是个知识分子模样的人，原先在旧政府里做过事。乡里尽管都是"北京之星"，却没有一个有医疗常识的人，更别说医务所了。我们几个帮忙的人七手八脚用木棒绑了副担架，拉来两头毛驴，前一头后一头，将担架驮在驴背上，找个老乡给我们领路，就往银川市去求医。那夜没有月亮，天很黑，而我们连手电筒也没有，逢沟过沟，遇坎跨坎，深一脚浅一脚地在无路的田野中穿行，前面那头驴的尾巴不停地扫着病妇的头。颠簸了几个小时，天蒙蒙亮的时候，老乡向前一指说："银川快到了。"我们这才隐隐约约地看到有一条黑咕隆咚的仿佛土墙的东西横在前面，果然那就是银川市城墙了。

天渐渐亮了，晨风徐来，空气格外清新。这时病妇的精神居然好了，肚子也不疼了，从被窝里伸出头，在驴屁股后面竟然唱起了歌。唱的是20世纪30年代著名作曲家陈歌辛作的流行歌曲《凤凰于飞》，这首歌曾风靡大江南北，家喻户晓，也是我少年时很喜欢的一首歌。歌中唱道：

柳媚花妍　莺声儿娇／春色又到人间报到／山媚水眼盈盈地笑／我也投入了爱的怀抱／分离不如双栖的好／珍重这花月良宵／分离不如双栖的好／珍重这青春年少／像凤凰于飞在云霄　一样地逍遥／像凤凰于飞在云霄　一样地轻飘……

病妇在旧社会的北平当过舞女，歌喉婉转而娇柔。别人都在急急赶路，又困又疲乏，对歌声无动于衷，而我好像一下子在晨光中腾飞起来，耳边响起交响乐的华彩乐章在时空中穿行。飞呀飞呀！游呀游呀！觉得自己像凤凰似的有一种通贯全身的自由逍遥！当时，这算是首"花儿"一样的反动歌曲，但我弄不明白它究竟反动在哪里。

而巧合的是：银川自古以来就有"凤凰城"的美称，凤凰直到今天还作为银川市的城标高耸在环城路的转盘中间。当然，我们那时不知道，病妇更不会知道。后来回想起来，觉得好像真有什么鬼使神差：我们一行风尘仆仆、衣衫褴褛、赶着瘦驴、护着担架的外来移民，在朝霞中伴着《凤凰于飞》的歌声进入了"凤凰城"。（张贤亮：《宁夏有个镇北堡》，《收获》2006 年第 3 期）

8 月

参加工作，任位于银川的甘肃省第二干部文化学校文化教员，教初中语文。

听说有干部学校招收人员，便报名了。这样就分到甘肃银川[①]去当文化教员。（张贤亮：《张贤亮谈创作》，《青春》1984 年 3 月号）

1956 年秋，政府听取了移民的需求，将移民中的知识分子和有特殊技能的人才介绍到机关、学校、煤矿工作。1956 年秋，甘肃省第二文化干校从京星移民中招聘了 12 人做文化教员，有张贤亮……等。（王鸿谅：《一个作家的"野蛮生长"》，《三联生活周刊》2014 年第 42 期）

其后，他和母亲、妹妹搬到银川市，住在城东北角一个院子里。他分到三间房子，自己住西套间，母亲和妹妹住东套间，当中那间算是"堂屋"，是妈妈做饭和妹妹写作业的地方。有一张矮小的、掉了漆皮的枣红色长方桌子靠着北墙居中摆着，两边放着不带靠背的方凳；有客人来，就在那里招待。……家里的情况当然是十分清苦。他们住的那个院子，坐落在被称作"东校场"的空场北端，地方异常荒僻，院里院外的地面，尽是泛着碱花的白叽叽的硝土。小妹在离家不远的一所小学上学；从家里到学校，中间连条路都没有。每到入夜，黑灯瞎火，四外空旷，野风残墙，狗吠不绝，母亲就管住小妹，不让她出门。（高嵩：《儒商张贤亮》，《朔方》1996 年第 3 期。有删节）

冬

创作诗歌《夜》《在收工后唱的歌》《在傍晚唱的歌》，并向

[①] 1954 年 8 月，甘肃、宁夏两省合并为甘肃省，银川成为甘肃省的一个专区，直至 1958 年 10 月宁夏回族自治区成立。

1956年 ▶

20岁

《延河》杂志投稿。

1956年可说是中华人民共和国成立后形势最好的一年……那时真正是人人心中舒畅，生活蒸蒸日上，如俗话"芝麻开花节节高"。……而也正是在1956年，我却被中共甘肃省委干部文化学校录用为语文教员，似乎家庭出身已不再是求学求职的一大障碍了。总之，我的确感受到了"新时代的来临"……（张贤亮：《今日再说〈大风歌〉》，《诗刊》2002年6月号上半月刊。有删节）

这时的张贤亮每天晚上在他的屋子里读书，备课，改作业和写作。由于自己"借得人间一枝栖"，又能尽微力赡养母亲，抚育妹妹，他跟社会生活的关系便因而日益升温。他拥抱劳动者朴实的人生，拥抱革命风暴所诞生的、日以继夜（夜以继日——引者）地沸腾着建设热潮的祖国：

不管白天或黑夜，/你永远在前进、在燃烧、在喧闹、在诞生着新的歌。/啊！祖国，就是夜里你也醒着！——《夜》/《延河》1957年1月号

他就是这样激情满怀地写了一些抒情诗。他把那些诗投给当时西北最著名的文学刊物《延河》。……1956年，中国共产党第八次（全国——引者）代表大会关于发展国民经济和科学文化的宏伟蓝图，使他极为振奋，热血沸腾。（高嵩：《儒商张贤亮》，《朔方》1996年第3期。有删节）

1 月

诗歌《夜》发表于《延河》1 月号。

2 月

诗歌《在收工后唱的歌》发表于《延河》2 月号。

完成《大风歌》并向《延河》投稿。①

3 月

诗歌《在傍晚唱的歌》发表于《延河》3 月号。

5 月

致信《延河》编辑部,为《大风歌》申辩。② 信中说:

现在我在学校里教书,除了课堂教材作业开会外,再不能有旁的生活内容,这一个时期我只写了非常拙劣的三首诗,这对我来说是很苦恼的,我偶然间到城外农村去走走,我的感情莫名其妙的就有些感伤的成分,社员仍在压肥或割稻(我很熟悉这些工作)我想过去帮忙,可是他们一看我这样子,只摇摇头并请我喝水。但这里请您们注意,我并不是在埋怨现在的生活(因为工农干部的教育工作是很有意义值得为它努力的)我今年才21岁,这学校也并不是

---

①《延河》编辑部:《本刊处理和发表〈大风歌〉的前前后后》,《延河》1957 年8 月号。

②《延河》编辑部称:"今年二月,编辑部收到《大风歌》,在对它进行处理时,开始,我们并未站在工人阶级的立场上,以马列主义的观点去首先辨别作品的政治倾向,而迷惑于它的漂亮的外衣,错误的仅认为后一段有不健康的东西,前一段可以单独发表。稍后,我们又觉得前后两段的气味都不对头,同时还出于珍视和培养一个初学写作者的心愿,对《大风歌》重作考虑,决定不发表这个作品,并给作者去信,提出了我们的意见。但由于我们的政治嗅觉不灵,虽然觉得气味不对头,却并不明确问题的实质在哪里。所以我们在给作者的信中,只提出了如下的问题,请他考虑:'主要的是诗的感情与今天时代的感情有不合拍不协调之处,我们读了以后,感到这很像是在革命快要爆发前夕写出来的,有着一种压抑的、愤懑的、不平的声音。'五月,作者来信为《大风歌》申辩……"(《延河》编辑部:《本刊处理和发表〈大风歌〉的前前后后》,《延河》1957 年 8 月号)

长期的，解散后我就回到农村或到工厂，我要做诗人，我不把自己在一个伟大的时代里的感受去感染别人，不以我胸中的火焰去点燃下代的火炬，这是一种罪恶，同时，我有信心，我有可能，况且我已经自觉地挑起了这个担子。（张贤亮：《给编辑部的来信》，《延河》1957 年 8 月号）

7 月

诗歌《大风歌》发表于《延河》7 月号。

8 月

《〈大风歌〉后记》作为《延河》编辑部文章《本刊处理和发表〈大风歌〉的前前后后》的附录，发表于《延河》8 月号。[①]《后记》说：

我写《大风歌》就是要向这些朋友作一只"牛虻"，要和大家一样共同把他们从蛰居的状态中惊起来。

我写《大风歌》更为了要献给大多数热情的朋友们。我要把《大风歌》加入这伟大的人的伟大的建设中去，让我们手挽着手来迎接这如狂飙而来的新时代，我们敞开衣襟，我们挺着胸……（张贤亮：《〈大风歌〉后记》，《延河》1957 年 8 月号）

我以全部的真诚唱出了这首《大风歌》。可是转眼到 1957 年

---

① 《延河》编辑部称："编辑部决定全文发《大风歌》，以期在读者中引起讨论和批判。编辑部并拟同时附发来信或发表由作者根据来信写的后记，以作读者分析诗时的参考。作者写了《大风歌》后记寄来。当时编辑部认为这个《后记》内容较空，所以未发，只发了《大风歌》这首诗。……为了帮助读者分析和批判《大风歌》，我们把张贤亮关于《大风歌》的信和他写的后记发表于后……"《延河》编辑部：《本刊处理和发表〈大风歌〉的前前后后》，《延河》1957 年 8 月号。

我却因此被打成"右派分子"，首先发难的是《人民日报》①。

今天再读这首诗，不能不说我还真有点超前意识，副标题"献给在创造物质和文化的人"，不就是我们现在说的"精神文明和物质文明"建设吗？并且诗里还预见到了"知识经济"的来临哩。改革开放后，我想我仍保持了那点超前意识，譬如"下海"和在新时期的一系列言论。当然，诗中也预示到"任那戈壁滩上的烈日将我折磨／忍受深山莽林里的饥渴"。《大风歌》简直是谶语。

……那时我是多么热情啊！（张贤亮：《今日再说〈大风歌〉》，《诗刊》2002 年 6 月号上半月刊。有删节）

———————————

①此说不确。最早批判《大风歌》的，是《延河》编辑部于 1957 年 7 月 24 日召开的诗人、作家和文学理论工作者座谈会。与会者"批判了《延河》七月号上所发表的一首反社会主义的诗——《大风歌》（张贤亮作）。中国作家协会西安分会主席柯仲平，副主席郑伯奇、胡采，也参加了这个座谈会。会上，柯仲平、郑伯奇、胡采、王汶石、安旗、王丕祥等十多位同志先后发了言，严肃地批判了《大风歌》一诗中的反社会主义立场和实质"（《〈延河〉编辑部召开会议批判〈大风歌〉》，《延河》1957 年 8 月号，第 74 页）。紧接着，《延河》8 月号刊登本刊编辑部文章《本刊处理和发表〈大风歌〉的前前后后》、安旗《这是一股什么"风"？》，批判《大风歌》。9 月 1 日，《人民日报》刊登公刘《斥〈大风歌〉》。对于此文，公刘 1985 年 3 月 23 日撰文说："我是一个知识分子。现今强调知识分子的作用了，许多人讲了公道话。然而，知识分子是不是一下子全都成了圣人呢？我想，不是的。知识分子还是有各种各样的欠缺的，正如工农分子有各种各样的不足一样。""我讲我自己的一件丑事。1957 年 6 月，我取道西安去敦煌采访著名画家常书鸿，正赶上《这是为什么？》和《工人阶级说话了》等'反右派'檄文发表；西安作协一位已故的长者嘱我著文批判张贤亮同志的诗篇《大风歌》，我读来读去，觉得无从下手，'批'不成，便托词旅途仓促，容后补写，走了。8 月份，总政文化部三封急电将我从河西走廊召回北京。在火车上，应《诗刊》之约，'反击右派分子的猖狂进攻'，匆匆忙忙写了一篇《我们的生活向右派宣战》，结果出了一个大洋相。后方才明白，当时人家早已内定我是'右派'，只等开斗争会了。"去年（1984 年——引者）在第四次作家代表会期间，我认识了张贤亮同志，他已经是全国知名的小说家，不是当年写《大风歌》的无名小辈了。我找到他诚心诚意检讨那件他并不知情的往事，他却毫无反应，大概是认为不足挂齿吧。我可不这么看。我认为这是我生平的奇耻大辱，必须时刻引为鉴戒。对别人的过失不能耿耿于怀，然而，对自己的污点却应该耿耿于怀，我把这件事白纸黑字地公开出来，目的也正是在于帮助年轻的一代全面地、准确地、历史地认识一个诗人，从而认识中国的知识分子，进而认识中国。"（公刘：《我的追求》，见刘粹编《公刘文存·序跋评论卷（第 1 册）》，安徽文艺出版社 2018 年 6 月，第 540~541 页。关于此文，公刘的女儿刘粹注说："本文为《公刘诗选》序言之一，原题为《说说我自己》；1993 年收入《公刘随笔·活的纪念碑》时，家父将题目改为《我的追求》。"）此后，《延河》9 月号刊登安旗《从矫揉造作的"颂歌"到反社会主义的战歌》、沛翔《"大风"吹来了什么——读〈大风歌〉有感》、姚虹《人民的洪流将席卷一切右派分子而去——斥张贤亮的〈大风歌〉》、霍松林《扑灭这股妖风——批判张贤亮的〈大风歌〉》，10 月号刊登柴世师、杨清南《张贤亮是怎样的人？》，11 月号刊登编辑部文章《接受本刊七月号错误的教训 为保卫社会主义文学陈地而斗争》，集中对张贤亮及《大风歌》展开批判。

1958年 ▶	5 月
22 岁	14 日，被开除公职，送入甘肃省公安厅设于银川专区的西湖

农场①接受劳动教养②。

偏僻的地方对右派的处理是非常严厉的；像我这种情况，如果
在北京，在知识分子成堆的地方，恐怕就不会这样处理。《人民日报》
点名批评我一下，在小地方看来是不得了的，于是送我去劳改三年。
1957 年进去，1961 年出来。（张贤亮：《作家的修养》，见张贤亮
著《写小说的辩证法》，上海文艺出版社 1987 年 10 月，第 66 页）

我当仁不让地成了"右派"，受到处理"右派分子"的顶级惩
罚：开除公职，押送劳动教养。

"正式文件"是怎样的呢？当时压根儿没给我出示。到 1979
年我平反时，给我平反的有关单位从我的个人档案里只找到一张
21 年前押送我到劳改农场的小纸片，类似"派送单"这样的东西。
我名字后面，填写的是"反党反社会主义坏分子"，而不是"右派
分子"。除此之外，再没有一份证明我是"右派分子"的法律根据，
更没有说明为什么要把我"打"成"右派"的原因，即具体的"反
党反社会主义言行"。这张纸我见了，只有巴掌大，纸质脆薄，比

---

① 1956 年，甘肃省成立劳教农场，西湖农场被设置为甘肃省公安厅宁夏银川专业区劳
教农场。1958 年 10 月，改称"宁夏回族自治区地方国营西湖劳教农场"。1968 年，
移交宁夏政法五七"干校"。1972 年，交由宁夏农林局管理。1974 年，被命名为宁
夏国营西湖农场。张贤亮 1958—1961 年、及 1965—1968 年先后两度在西湖农场劳教。
② 1957 年 8 月，全国人民代表大会常务委员会批准并颁布《关于劳动教养问题的决定》，
确立了劳动教养制度。《决定》规定："一、对于下列几种人应当加以收容实行劳动教养：
（1）不务正业，有流氓行为或者有不追究刑事责任的盗窃、诈骗等行为，违反治安管
理，屡教不改的；（2）罪行轻微，不追究刑事责任的反革命分子、反社会主义的反动
分子，受到机关、团体、企业、学校等单位的开除处分，无生活出路的；（3）机关、
团体、企业、学校等单位内，有劳动力，但长期拒绝劳动或者破坏纪律、妨害公共秩序，
受到开除处分，无生活出路的；（4）不服从工作的分配和就业转业的安置，或者不接
受从事劳动生产的劝导，不断地无理取闹、妨害公务、屡教不改的。二、劳动教养，
是对于被劳动教养的人实行强制性教育改造的一种措施，也是对他们安置就业的一种
办法。对于被劳动教养的人，应当按照其劳动成果发给适当的工资；并且可以的量扣
出其一部分工资，作为其家属赡养费或者本人安家立业的储备金……"（全国人大网）
2013 年 11 月 15 日公布的《中共中央关于全面深化改革若干重大问题的决定》提出废
止劳动教养制度。2013 年 12 月 28 日，全国人民代表大会常务委员会通过关于废止有
关劳动教养法律规定的决定，劳教制度被依法废止。

现在公共厕所里放的最差的厕纸还差。我认识这种纸，那叫"雪莲纸"，用稻草造的，因为它不经磨损，不耐存放，一般只写个便条，写信都不用它。而这劣质的"雪莲纸"却奇迹般地在我档案中静静地陪伴了我 22 年之久，拿出来还灿然如新。

然而，麻烦也就来了，如果我是"坏分子"，我就不在专门针对"右派分子"而制定的中央文件的范围内，按 1978 年另一份中央文件精神，"坏分子"早就该"甄别"了。可是，22 年来我明明是被当作"右派分子"对待的。怎么办呢？

幸好，这已经是 1978 年以后了，开始实事求是了。原来我的大麻烦，即当年《人民日报》及地方报纸、文学刊物对我的批判，又成了我是"右派分子"的证明，从而让我有资格"享受"文件精神予以平反。"不幸"与"幸"的转换，需要我等待 22 年。后来，我碰到一位当年主持把我打成"右派"的前领导，问他当年为什么把我定为"坏分子"而不是"右派分子"。他笑着说：你只发表了一首诗，没有其他反党反社会主义言论，年纪又轻，我们研究了一下，尽量照顾你的政治前途，就定个"坏分子"算了，"坏分子"总离政治错误远一点吧。我理解他们的宽厚，"地富反坏右"这五类分子中，看起来只有"坏"没有政治性。他们哪知道后来"地富反坏右分子"统统在一个菜篮子里，最后"一锅烩"了。我也笑着告诉他：到了地狱，不分你是吊死鬼还是饿死鬼，都是一律同样对待的。他却说：那不是你的一笔财富吗？不然，你怎么能有今天？
（张贤亮：《一切从人的解放开始》，《收获》2008 年第 2 期）

对我的批斗铺天盖地，但押送我时却十分草率，仅派了一个管伙食的干部领我一起跟着小毛驴车踽踽而行。

毛驴车拉着我的行李，行李是母亲昨天替我收拾的，衣裳被褥只有几件，书本却很多，为了"彻底和资产阶级思想决裂"，我特地带上了从来没有读过的《资本论》。这本《资本论》是郭大力、王亚南的译本，"人民出版社1954年北京第4次印刷"，其实是从我工作的单位——甘肃省委干部文化学校图书馆借来而未还的书，内外崭新，还没人借阅过。

老母牵着幼小的妹妹倚着土坯房的黄土墙目送我远去，虽依依不舍，但以为我好像还有远大前程，因为在她有教养的头脑里，"教养"一词总是与"绅士"连在一起的，绝对和"苦役"不相干；我也仿佛觉得经过一番"教养"会"重新做人"，并不十分悲伤。书全部装在一个黄色的藤条箱里，可是到了劳教农场，管教干部却把文艺书籍都没收了，只允许带《资本论》进"号子"。……我把能换成吃的私人物品，都在……以物易物的"自由市场"上换了吃食，连枕头都换了（枕头是绣花的，还有人要）。在很长一段时间里，厚达1026页、布面精装的《资本论》便被我包了块破布当枕头，可说是夜夜和马克思"零距离接触"。这本书使我的一生保持了连贯性，前后两段人生也获得了完整性。（张贤亮：《雪夜孤灯读奇书》，《南方周末》2013年7月25日。有删节）

本年

母亲和妹妹返回北京，投靠俞平伯女儿俞成。

他（张贤亮——引者）被送走以后，刚刚10岁的小妹贤玲当然不懂得发生了什么事，母亲只能含含糊糊告诉她"人家说哥哥犯了错误"。小妹从记事的时候起就没有离开过哥哥，非要看哥哥不可。母亲无奈，便给邻居家一位瘸腿老太太塞了些钱，请她领小女儿到西湖农场看她哥。一天绝早，贤玲跟着那位老太太上了路。到了西湖农场，天已垂暮。张贤亮见到妹妹，第一句话就是嘱咐她"千万不要哭"。当贤玲看过哥哥，又随着老太太回到家里时，已是星光满天。不久，母亲和小妹便被遣送回北京。到北京后，小妹报考了中国戏曲学校，成绩挺好，只因"家庭问题"未被录取；说来也巧，考试时甘肃省戏曲学校的校长恰好在场，那位校长动了怜才之心毅然将她招到兰州。从此，母子三人，天各一方，只有梦魂迢迢往还。母亲在北京，实际上无家无业，靠了和俞平伯先生长女俞成的至交，在俞家寄住下来，俞老夫妇也待她如亲女。她在俞家时，靠打毛衣从街道办事处下属的编织组换取每月二十几元的微薄收入；除用以自养，还零分碎角地积攒一些寄给儿子和女儿。长年的内心孤苦和忧郁，以及饮食上的过于俭苦，使她染了肺结核，幸有俞老一家关照和慰藉，她才能支撑病体暗自承受精神上的苦难。（高嵩：《儒商张贤亮》，《朔方》1996年第3期）

他（张贤亮——引者）的母亲和妹妹再次回到北京（1968年——引者），并从此由我母亲（俞平伯女儿俞成——引者）接济，不久住进了我家。陈婆在上海是有名的交际花，几乎没人不知道"小张太太"，但落魄的她，却十分顽强，先是把女儿送到甘肃省戏曲学校学习，以减轻我家的负担，随后她加入了"毛衣组"，靠织毛衣挣钱。至今我仍记得她从早到晚佝偻着坐在那里，手中的织针不停。仍记得她衣着虽然简朴，却永远干净利落，头发梳理得一丝不苟，俨然名门闺秀。（韦奈：《忘年交张贤亮》，见韦奈著《布衣本色——俞平伯身边的人和事》，海天出版社2017年4月，第291页）

10 月

因饥饿短暂逃离西湖农场 10 天。

那正在 10 月份……前后 10 天，所见所闻可以写出一部厚度不亚于高尔基《我的大学》的书。当年自然没想到这是宝贵的写作素材，只是含着眼泪回到似乎是阔别的农场。……到了农场场部门口（"二小时队"所在地），我实在没力气再挪动一步，像死狗一样瘫在墙根下。一会儿，一位年轻的管教干部走出来，瞥了我一眼，带着嘲讽的口气笑着说："回来啦？饿得受不了了吧！进去吧！"他领我到灶房喝了一碗残汤，那真是美味呀，我把碗舔得洁净如洗。然后，他又带我到一个有篮球场那样大的仓库去认领我的物品。……我很快就找到我的黄色藤条箱，只装了一床渔网般的棉被和包着破布的《资本论》。……即便因为我是主动"归队"没有再给我处分，但身体不饶我了，开始发烧，大口咯血，稍一动便头晕目眩，整夜不能入睡，白天晚上全身冷汗淋漓。……这段经历，至少可以铺陈出一万字的小说。（张贤亮：《雪夜孤灯读奇书》，《南方周末》2013 年 7 月 25 日。有删节）

他的小说《我的菩提树》，写的就是这个时期的一段生活。1979 年平反时，公安机关退还他一本从 1960 年夏季写到冬季的《日记》。这本《日记》写得像《春秋》一样简略，也很像王安石批评《春秋》时提到的"断烂朝报"。他这部小说，也如《左传》之用史事注释《春秋》，用回想起来的真情实况注释《日记》的条文。（高嵩：《儒商张贤亮》，《朔方》1996 年第 3 期）

12 月

第一次解除劳动教养，在宁夏南梁农场①就业当农业工人。

1961 年 12 月，我第一次劳改释放……公职早被开除了，释放了也不能回原单位工作，只能听从分配到银川市郊的南梁农场当农业工人。两个农场（西湖农场、南梁农场——引者）是紧邻，只隔一条渠沟（22 年中我就在这条渠沟间过来过去，反复劳改反复就业），但场部与场部之间却有五十多里远的广阔的田野，步行要六七个小时。从劳改农场到南梁农场的路途，完全和我的小说《绿化树》中所描写的相同。到南梁农场报到时已是黄昏，傍晚又被分到生产队。队长看我这个年轻人骨瘦如柴，风也吹得倒，再叫我到农田劳动等于要我命，就叫我去看管菜窖。北方地区冬季不生产蔬菜，在秋天就需把萝卜白菜土豆这类可以储存的蔬菜窖藏起来，以备整个冬季食用。萝卜白菜土豆自己不会跑，派人看管是怕人偷，可是我就监守自盗，首先偷吃起来。我甚至认为队长的用意就是叫我偷吃……每天，进了菜窖，先用镰刀切满满一脸盆白菜土豆放在土炉子上煮。我的破脸盆既洗脸又洗脚洗衣服还用来煮菜，用现在的词汇可叫"多功能盆"。开始享受的时候只知道拼命往肚子里填，大快朵颐。吃了几顿就觉得寡味的蔬菜噎在嗓子眼难以下咽，吃多了还会发呕，才发觉盐对人的重要，难怪历朝历代政府都要垄断食盐贸易。（张贤亮：《宁夏有个镇北堡》，《收获》2006 年第 3 期。有删节）

从 1960 年冬到 1961 年冬，这一年经历中的细节，还没有进入他的小说。1961 年 11 月②初，他的三年劳动教养结束，由于他已

---

① 南梁农场创建于 1953 年，原为宁夏省农业厅园艺试验场。1965 年 11 月 3 日改为农业生产建设兵团十三师第五团。1974 年 6 月 24 日奉命撤销，并入宁夏回族自治区农垦局。张贤亮小说《绿化树》中称南梁农场为"镇南堡"。

② 张贤亮自述，应为 12 月。

1961年 ▶

25岁

经失去工职，便被送往和西湖农场邻近的国营农场——南梁农场去当农业工人。在中篇小说《绿化树》里，那些艺术幻想赖以生发的素材，便来自他的转场就业后第一个冬天的生活。（高嵩：《儒商张贤亮》，《朔方》1996年第3期）

春

第一次到镇北堡。

1962年春我第一次去镇北堡的时候，正如《绿化树》中写的它"坐落在山脚下的一片卵石和沙砾中间，周围稀稀落落地长着些芨芨草"。这里所说的"山"即贺兰山。那时，镇北堡方圆数十里是一望无际的荒滩。没有树，没有房屋，没有庄稼，我从我就业的南梁农场到镇北堡，途中除了蜥蜴就没有其他动物。宁夏人形象地把蜥蜴叫"沙扑扑"，它在沙滩上打洞居住，像蛇一样爬行时发出"卟卟"（"噗噗"——引者）的声响。我正在荒无人迹的沙滩上孤独地走着走着，走了大约30里路，眼前一亮，两座土筑的城堡废墟突兀地矗立在我面前。土筑的城墙和荒原同样是黄色的，但因它上面没长草，虽然墙面凹凸不平却显得异常光滑，就像沐浴后从这片沙滩中一下子冒出地面，在温暖的冬日阳光下显得金碧辉煌。镇北堡给我的第一印象是美的震撼，它显现出一股黄土地的生命力，一种衰而不败、破而不残的雄伟气势。

可以想象，原来作为军事要塞的镇北堡里面应该是有很多规模化建筑的，但大概在清兵解散以后，堡内所有建筑物都被附近老百姓拆得一干二净，连城门垛的砖也拆得一块不剩，所以我形容它"来往的人就从一个像豁牙般难看的洞口钻进钻出"。堡内的"邮政代办所"、"派出所"是民国时期盖的土坯房，牧民的房屋就更加简陋了。歪七扭八地随意搭建了一些羊圈，实际上，当时的镇北堡整个就是座大羊圈。我去赶集那天，镇北堡里面也没有多少人活动，充其量不到两百人，也没有多少摊点，只有那么二三十个瘦老头在卖和他们一样干瘪的土豆黄萝卜。可是，有那么多卖东西的摊点，有那么多人熙熙攘攘做生意，在刚劳改释放的我眼中，简直比今天城市里的"步行街"还热闹，令我仿佛一下子进入了另一个世界……还有，现在的读者可能不理解，砂石厂的工人买了羊为什么不牵着让它自己走，却要像抱娃娃一样抱着它，很简单，叫只有十几斤肉的老羊自己走到砂石厂，至少又会减掉二两肉。每一个中国人在那个年代计算得都非常精明，所以我下面虚构了一段小说主人公"我"，用卖方的一种商品换同一卖方的另一种商品而获得价格差的故事。……镇北堡给我的深刻印象一直在我脑海中萦绕不去，《绿化树》中到"镇南堡"赶集的一章可说是专为镇北堡写的。（张贤亮：《宁夏有个镇北堡》，《收获》2006 年第 3 期。有删节）

5 月

诗歌《春（外一首）》（《造林》）发表于《朔方》5 月号，署名"张贤良"。

7 月

诗歌《在碉堡的废墟旁》发表于《朔方》7 月号，署名"张贤良"。

《朔方》早期叫《宁夏文艺》……记得在 1961 年我从西湖农场释放到南梁农场就业后才偶然发现，在什么地方见到的已忘却了。首先吸引我注意的是登载有诗歌，20 世纪 50 年代我曾是一个小有名气的诗人，虽然经过劳动改造，仍积习难改，于是便动了念头，在农场单身汉集体住的土坯房趁大家都熟睡了，在油灯下胡诌了一首诗给《朔方》寄去，题目好像叫《在废墟旁唱的歌》（应为《在碉堡的废墟旁》——引者），笔名为"张贤良"。不久居然接到了稿费，12 元，那时我作为农工的一级工资每月仅 18 元，可见 12 块钱在我眼里多么值钱，又恰逢冬天要添棉衣的时候。其实我已毫无闲情逸致写诗作词，但为了可观的额外收入就继续胡诌，这大概可说是"功夫在诗外"的另一种解释。第二首诗也很快发表了，稿酬竟有 18 元之多，与我一个月拼死拼活劳动的工资相当。然而在我准备以更大的积极性和更多的业余时间投入诗歌生产的时候，《宁夏文艺》编辑部却发现了我的身份，大约是因为我胡诌得好吧，他们想吸收我当什么创作员通讯员之类的编外人员而向农场发函调查，才知道"张贤良"就是 1957 年曾有过"轰动效应"的张贤亮，经过三年多劳改还没有"摘帽"，我终于"露出狐狸尾巴"。从此《宁夏文艺》与我断然断绝关系，农场政治处把我叫去狠狠收拾了一顿，命令我只许老老实实改造，不许乱说乱动。"露出了狐狸尾巴"这话就是政治处干事非常得意地对我的训词，摆出一副天下事他无所不知无所不晓的样子。（张贤亮：《我与〈朔方〉》，《朔方》1999 年第 10 期）

60 年代开始时，文艺界的气氛一度比较宽松。有一天，我忽然在《宁夏文艺》上看到张贤亮的一首诗，标题是《在碉堡的废墟旁》，是写人们劳动的。具体诗句不记得了，但觉得流畅而富于诗意。我为作者能够复出感到庆幸。谁知"复出"仅仅是昙花一现，张贤亮的名字又从报刊上消失了。"文革"（"文化大革命"——引者）中，大批判也涉及《在碉堡的废墟旁》，说是"右派分子歌颂劳改犯的劳动"，不过不是重点批判对象。（吴淮生：《往事钩沉忆贤亮》，《朔方》2014 年第 11 期）

1963 年 ▶

27 岁

被判管制三年。

（1963 年——引者）我以"书写反动笔记"的罪名被判三年管制。（张贤亮：《绿化树》，《十月》1984 年第 2 期）

我把自己的日常生活用品和书籍都带去了，别的书都被没收了，恰恰《资本论》，他们一看是马克思的著作，让我留下了。其实这本书是临走时硬塞进去的，因为很厚，可以当枕头。……看了（《资本论》——引者）之后我就知道……错的不是我。也正是因为这一点，使我有了继续活下去的希望和信心。（舒晋瑜：《张贤亮：传奇在于和国家命运同步》，《人民日报》（海外版）2008 年 7 月 25 日第 7 版。有删节）

1 月

被判为"反革命分子"，再度送至西湖农场劳动教养到 1968 年春节前夕。

在 1965 年"社会主义教育运动"中，我的罪名从"右派分子"升成"反革命分子"，判刑三年，在临近春节时，被一辆吉普车从南梁农场又押回西湖农场劳动改造。（张贤亮：《美丽》，《收获》2005 年第 1 期）

1965 年我被判为"反革命分子"的"现行"有哪些呢？一是知情不报，别人说了反动话我没汇报（这个毛病至今还没有改造好）；二是破坏生产，把我在灌溉稻田时冲断一条田埂说成是有意破坏，而当时我一人管三百多亩稻田，比"革命群众"管得多得多，却长势最好；第三，我要说件很滑稽的事情：1965 年以前，就有一批在北京天津不好好上学或是被开除、或是失业在家的中学生"上山下乡"来到宁夏农垦农场劳动。一天，在田里干活时，一个天津女"知青"看到一个农工跨过田埂就解开裤子尿尿，她在城市里哪见过这种场面，竟连惊带羞哭了起来。我在一旁说了一句："嗨！你走远些嘛。你看，你在那边尿尿，人家在这边哭哩。"这句话经分析，就成了"把知识青年的眼泪比作尿，恶毒攻击伟大领袖毛主席的'知识青年到农村去'的号召"。……银川市法院来宣判，我判得还算轻："戴上反革命分子帽子，管制三年"。

法院的判决书，也就是"正式文件"呢？我没看见，至少是当时没给我看，叫我无法上诉。我只是从法院干部在台上朗朗的宣读中知道自己"罪行"的。1979 年有关单位给我平反时，从我的个人档案中抽出来准备销毁，我才看到它的真面目，仍旧是薄薄的"雪莲纸"，但比巴掌大，如现在 B5 打印纸那样大小，油印的，长达好几页。办理平反的干部仔细看了后大吃一惊。他吃惊的是我的"坦白书"。原来，先前我听了反动言论不汇报被揭发出来，农场生产队书记责令我写份坦白交代材料，我竟写了份"万言书"，坦白交代了我的真实思想。判决书上摘录了坦白交代材料上的许多话。可是，让人意想不到我坦白交代的思想完全符合现实的发展，到1978年，形势竟朝着我当年的思路来了。……这份"坦白书"在"文化大革命"中又成了我升级为"反革命修正主义分子"的罪证。（张贤亮：《一切从人的解放开始》，《收获》2008年第2期。有删节）

我记得1966年夏天，劳改队外的社会上"文化大革命"闹得很凶的时候，一天，我正在稻田里薅草，劳改队长在田埂上慢慢蹚到我身边说："你在这里真走运！你知不知道银川的'文化大革命成就展'里还贴着你的《大风歌》哩。你要是在外面的话，非把你拉出去挂大牌子游街不可！"我立起腰心存感激地朝他嘻嘻笑。我确实感到很幸运。（张贤亮：《美丽》，《收获》2005年第1期）

2 月

第二次劳教释放，再次回到南梁农场就业，旋即被群众专政至 1972 年。

　　我在劳改队的好景不长，遗憾的是只判了三年，1968 年春节前到期，我第二次劳改释放后又回到南梁农场。果然如劳改队长说的不走运，一回南梁农场我就被"群专"，等于没有释放。"群专"是"无产阶级革命群众专政"的简称。……我 1965 年从南梁农场押走的时候，南梁还是属于农垦部门管理的国营农场，1968 年回来，它已经改制为军垦单位，成了兰州军区下辖的农建十三师第五团，生产队组都改成连、排、班的军事编制。我所在的生产队是武装连，革命群众都配备有枪支弹药，男男女女人人一套绿军装。原来被管的管人了，原来管人的被人管，而且是被很神气的挎枪的武装战士管。……

　　……1965 年我被送进劳改队前，我在南梁农场的绰号是"老右"——"右派分子"；1968 年从劳改队又回到南梁农场的"牛棚"时，绰号变成了"老修"，即"反革命修正主义分子"。公安局给我定的正式罪名仅仅是"反革命分子"，怎么多了"修正"二字呢？原来，在 1965 年"社会主义教育运动"中，把我再次送进劳改队之前，农场领导（就是现在跟我关在一起的干部）曾命令我写一份思想检查，交代自己对右派罪行的认识。我一方面为了表现思想交代得彻底，一方面也是因爱写作的坏习气，何况纸和笔都免费提供，更有一种发泄不满的心理作怪，竟洋洋洒洒写了份近万字的《思想检查》，远远超出了领导的要求。结果，《思想检查》成了我的"反革命纲领"。这份"反革命纲领"的要点在宣判我的公审大会上曾向干部农工宣读过，等于替我做了一次反革命宣传，搞得南梁农场人人皆知。谁知，三年后，闹起了"文化大革命"……正好，"牛棚"里地、富、反、坏、右、走资派都有了，还差个"修正主义分子"，我就顶了这个位置，平时以"老修"称之。人们崇拜英雄，也崇拜坏蛋，只要这个坏蛋坏得出奇，坏得特别，而且与他们没有直接利害关系。我在人们眼中就是这样一个坏得特别、坏得出奇，对他们也没有危害的坏蛋，从而赢得一份特殊的尊敬。"老修"实质上是一种略带亲热的昵称，不但曾把我送进劳改队的"走资派"常给我烟抽，连看管我们的武装战士有时还跟我开一些下流玩笑（现在叫"黄段子"）。

……从 1968 年春节前关进"牛棚"到 1969 年夏季"牛棚"解散，我在里面只待了一年多一点时间。1969 年夏季以后，是我人生中一段幸福的日子，至今我还常常怀念。那时的空气没有污染，秋日的天空总是碧蓝透明，白云舒卷。到冬季，雪花懒散而温暖地飘浮在林间小道上，拾一把干树枝燃起火来，火苗依依，如小儿般在我膝间玩耍。在黄白斑斓的田野上，白颈乌鸦和纯黑乌鸦昂首阔步，洋洋自得，薄雾弥漫着一种自由的气氛，令人心动。到开春，遍地拱出早出的绿芽，它们的生机给人以某种期待。初夏就是袒露的日子，人们把上衣脱了，贪婪地吸收阳光，田野上突然腾起天人合一的欢快。更其乐融融的是，人们一到田里劳动仿佛就进了俱乐部，四处是玩耍的嬉笑声……走出家门到了田间就进行类似今天叫"社区活动"的各种娱乐。（张贤亮：《美丽》，《收获》2005 年第 1 期。有删节）

我第二次出劳改队，1968 年，32 岁，那时候粮食基本上可以饱腹了。你不知道我劳动力有多强，背 8 袋洋面，每一袋 50 斤，而且是上三层楼的跳台。我挖渠挖沟总是第一个完成。那时候我的确膀大腰圆，因为我什么都吃，人在特别饥饿时，吸收营养的能力特别强，吃草都能够胖起来。（雷晓宇：《张贤亮：性、政治和权力》，

《经济观察报》2013年6月3日）

在土监狱中的那段经历，后来成了他中篇小说《土牢情话》的素材。（高嵩：《儒商张贤亮》，《朔方》1996年第3期）

本年

偷跑回北京探望母亲。

我只有三十几块人民币就爬上火车。……列车员不停地将我查下去我不停地向上爬，一千多公里铁路我乘了七天火车也终于到达北京，有六晚上都是睡在免费的候车室。

……她老人家和我刚在一起过了三天愉快的天伦之乐我就被"小脚侦缉队"抓去。……关我的派出所位于北京最繁华的区域……我母亲每天提着饭盒给我送两餐饭。我吃着红色的高粱米饭加几条青菜和几丝榨菜，她就在窗外安详地等着，仍与那天我被开除时一样。那几条青菜和几丝榨菜在红色的高粱米饭上每一餐都摆放着符合欧陆西餐的拼盘规格。这时她仍保持着西方上层社会的礼节，即使对儿子也不盯着看我吃饭，目光镇静地看着在派出所进进出出的各色人等，那君临一切的气度俨然她是这旧日官邸的女主人。

直到今天我也想象不出她在窗外对一个已三十多岁却身败名裂陷入囹圄又孑然一身的儿子作何感想。但我肯定这是她生产我的时候绝对没有料到的。当她第一次看见我带着她的血的面孔，她一定对我的未来有非常高的期望。而她的坚强就在于她能很平静地对待她完全预料不到的事，她接受恶劣的命运就像接受贺卡，拆开来看看便无所谓地放在一旁。对我被开除被劳改被群专直到被"小脚侦缉队"抓走，她就像看婴儿学步的妈妈早知孩子一定要摔跤跌倒才会走路似的，毫不惊慌更不责怪我。我从来没有听她老人家发过一句牢骚……她常在窗外嘱咐我说被遣返回农场以后要尽快安置妥当，准备来农场跟我一起过"劳动人民的生活"，她说她自小生长在水乡所以喜欢养鸭子，如果可能的话再养一只猫。她非常天真地以为农场是世外桃源。我当然不去扫她老人家的兴，告诉她那里既有活老虎也有死老虎并且更多的是打虎的英雄。

后来我才知道我所以被关了五天是派出所等我母亲筹钱买火车票。……当母亲凑到 21 元 8 角人民币在一天下午交到派出所，派出所第二天凌晨就派了四个臂膀上佩红袖章的革命小将押送我去著名的北京火车站。那会儿大街上只有扫街的清洁工，路过我母亲住的房屋后窗我看见灯还没有亮。我在穿军服扎武装带佩红袖章的革命小将们的押解下悄然走过，我想让她老人家多睡一会儿，谁知这就是我与她的最后一别，她要到送饭时才会发现我已被遣返走了。然后她又回到这间房里，去想象将来养什么样的鸭子及什么样的猫。（张贤亮：《青春期》，《收获》1999 年第 6 期。有删节）

第二年（1969 年——引者）我母亲便在孤独中去世，尸骨无存。（张贤亮：《随风而去》，见张贤亮著《我的倾诉》，上海人民出版社 2013 年 7 月，第 201 页）

我大半生经历的生活已经丰富得过于沉重，我的母亲是我利用这些丰富得沉重的生活的动力。……她的微笑鼓励着我不断写下去。她从一个贵妇人沦落为在街头靠手工编织毛衣糊口的老太婆，仍始终保持着高雅的风度，我想，只有受过旧社会高等教育的妇女才经得住人生的反复折磨。她虽然身材矮小骨瘦如柴，却是一个文化的载体，即使变成化石也令人敬仰。她好像是一座贵族文明雕塑出的塑像，专门留给后人瞻仰那过去的永不复返的时光，并且时间越往后越会放射出古典的光泽而历久弥新。（张贤亮：《青春期》，《收获》1999 年第 6 期）

"文化大革命"期间，贤亮兄从劳改农场逃回北京，只想看一眼多年未见的母亲，不承想他前脚刚进门，警察后脚就跟到，被戴上手铐拉走。与母亲的见面不足 10 分钟，且这是最后的一面。不久他的母亲因病去世，才五十多岁。贤亮兄妹都不在身边，是我料理了陈婆的后事。未能在母亲身边尽孝，成了贤亮兄妹的终身遗憾。贤亮兄把这段往事写进了《习惯死亡》。（韦奈：《忘年交张贤亮》，见韦奈著《布衣本色——俞平伯身边的人和事》，海天出版社 2017 年 4 月，第 291 页）

解除群众专政，在南梁农场劳动，至1978年年底。

一天，我正在一条主干渠边开渠口，准备往支渠放水，忽然听见主干渠的桥上"哗啦"一声，接着又一声"扑通"，我侧脸一看，有人坠桥落水了。桥上倒着一辆崭新的自行车，闪闪发光的轮子还在空转，有个人影在桥下的水里上下扑腾。我赶紧跑上前去，渠水并不深，我下去一把就把人拉了上来。是个年轻的小姑娘，因为她是倒栽葱式掉进渠里的，所以全身湿透。刚好，桥头有个高粱秆搭的窝棚，我将她挽进去，看她已冻得索索发抖，而窝棚里还有一些碎高粱秆。我上衣并没湿，火柴还能用，我就把柴草点燃，说，我先到外面去，你脱了衣服烤一烤，稍干了再走，要不会着凉的。过了一会儿，听她说好了，你也进来烤吧。我进窝棚看见她用根较结实的高粱秆支在窝棚两头，内衣搭在高粱秆上烤，外衣披裹在身上，在杂草上煨着火盘腿而坐。

我笑着说，你还挺麻利的，收拾得还很快。她说，你裤子也湿了，我怕你冻着。于是我也抓了一把草垫在屁股底下坐在她旁边，一边往火上添柴禾（柴火——引者）一边烤裤腿。她先向我道谢，这在当年已不多见……她说幸亏我把她拉上来，不然就顺水漂走了。我说哪有那么悬，水只有齐腰深，你爬也爬上来了。她说我掉下去就晕了，哪能爬上来。我又夸她镇静，说我没听见你喊叫，遇到这事不喊的姑娘少见。她也笑了，说我害怕得喊也喊不出来了。这样，我们就聊起天来。她高中刚毕业，别的课程都好，就是语文差点，特别对古汉语，怎么都学不会。那时所谓的古汉语不过是《愚公移山》《卖炭翁》和杜甫的《三离三别》一类诗文。这倒是我的强项，我就给她解释了几个疑难词句，她听得津津有味。可是我放的水已经流到田里，顾不上裤子还没烤干就要去干活了。告别时，她问我姓名住址，我想这也没什么关系，就告诉了她。

过了几天，她竟提着一个柳编篮子到我所在的生产队来了。我下工，远远看见她坐在我宿舍门口，那辆引人注目的飞鸽牌自行车立在墙边。当时，我和一个 60 多岁的贫农老汉同住一间土屋，贫农老汉已经退休，"发挥余热"的任务就是监视我，但见我来了客人，却识趣地走开了。于是我们边吃她带来的鸡蛋和烙饼边聊古文，我还记得是葱油饼，真的很香，我吃饱了，也到下午上工时间。她走后，我再没见过她。

虽然我四十岁还孤身只影，从未与女性有过交往，但那时并未想入非非，过去了也就过去了。没料到大约半个月后，突然有两个膀大腰圆的男人来找我，也是先蹲在土房门口等，自行车靠在墙上。见我来了，忽地站起来，气势汹汹的模样，仿佛是来兴师问罪。我把他们让进屋，贫农老汉又出去了。他俩是她的哥哥，两人你一言他一语交替说了来意，我才听明白原来是她家要给她提亲，可是她"死活不同意"，说她已经找好了"对象"，"对象"就是我，天天闹着要来找我，现在已经被家里"看起来"了。

"对象"一词在当时比现在说的"男朋友"更进一层，直白说就是"未婚夫"。这就严重了。我把我和她认识的过程从头到尾，如此这般说了一遍，同时也把我的"身份"亮出来，申明这是绝对不可能的事。两人听了相互用眼睛交流了一下。年纪大点的说，今天咱们看到你这个样子，年纪虽然大了点，我们也不是不同意，只是你的"成分高"了，咱们家是"贫贫的贫农"，又是公社干部，她是家里唯一的女儿，为了她好，劝我不要再跟她来往。"她来了你就躲开"。

气氛很快缓和了。因为我对"帽子"已满不在乎，戴在头上仍优哉游哉，所以当年我虽然衣衫褴褛，可是我"这个样子"用"气宇轩昂"来形容或许夸张，但也绝非猥鄙狼狈之相，至少在他们眼里，身强力壮又有文化的我，"商业价值得到相当正确的评价"，是个好劳动力。两个哥哥开始表示惋惜，不停地咂嘴："啧啧！'成分高'了！啧啧！'成分高'了！"好像不是"成分高"，这倒是门不错的亲事。临走，给我留下他们身上带的两盒"大前门"香烟，每盒都还剩十几支。

如果我的"成分好"，我这个40岁的人就能娶个18岁的姑娘做老婆。当然，如果"成分好"，我也不会落到如此地步。可是人不往坏处想，想的总是眼前的美事。这一来，反而使我怀非分之想，打破了我的平静，我的滋润，第一次感到"成分"和"身份"对我幸福的阻碍。

我想，她到过我这间四壁萧条的土房，房里连个小板凳都没有，只能坐在土坯上吃葱油饼；土炕上的被褥与其叫被褥，不如叫一堆烂棉花；农场发给我的军绿色棉袄扣子全掉光，腰上系根麻绳，大冬天没棉鞋，也没袜子，光着脚穿一双破旧的"解放牌"胶鞋，一目了然地赤贫如洗。而公社干部家庭出身的她……一个"贫贫的贫农"，一个"贵族小姐"，且不提什么"身份""成分"，仅那辆自行车就需要二百张"工业品券"才买得到。那天她光临我土房的情景，相当于今天的富豪小姐开着敞篷的法拉利到农民工破烂的工棚。我俩的贫富差距可说是天上地下。然而她对我却如此钟情，非我不嫁，真可说是我落魄中的红颜知己！"身无彩凤双飞翼，心有灵犀一点通。"没想到我与她不期而遇，竟成了"金风玉露一相逢，便胜却、人间无数"。想到她被"看起来"了的心情，《诗经》中的"青青子衿，悠悠我心"不正是她的写照吗？她给了我温暖，也使我好几晚上失眠，如《西厢记》中写的"千百遍捣床捶枕"。

我竟开始想女人从而抱怨起"帽子"来。

后来，在谢晋要把我的小说《灵与肉》搬上银幕，拍摄《牧马人》

之前，谢晋拿来一摞中央戏剧学院女学生的照片，让我挑选哪个像我小说中的女主人公。我一张张地翻到丛珊，仿佛看到她一点影子。

"就是她了！"我说。

因为在戴"帽子"生活中突然闯入女人，使我意识到我这样的"身份"还有女人垂青，我终于在第二年即1977年41岁时与同一生产队、同被管制的"坏分子"同居。

……监视我的老汉搬了出去，土房中弥漫着温馨。四壁糊的报纸比今天进口的墙纸还漂亮，既挡土又可帮助我牢记自己的"身份"。……我仅有的几件衣服：一件破棉袄，一件破军绿色单上衣，一件破衬衫，一条破棉裤，一条膝盖上烂了洞的单裤全都有了纽扣，破洞也都整整齐齐地补上补丁。补丁补得还非常艺术，边缘像缝纫机踏出的一样密集整齐。我20年来没有穿过内衣内裤，脱下外衣就是皮肉，和"坏分子"同居后竟然有了背心和裤衩。尽管是用日本尿素的化纤包装袋缝的，却很贴身。她又捡了好多作为劳保用品的旧白线手套，一根一根拆出线来，织了一双白线袜（我们没有购买袜子所需要的"工业品券"），使我20年来第一次穿上袜子。

中午或晚上加班，我的"坏分子"会给我送饭来。远远地看到她提着篮子从田埂上婀娜多姿地走来，还没吃到饭已感到秀色可餐。她偎依着我坐在田埂上替我从篮子里端出饭菜，在田野的风中，她的风鬟雾鬓，眉黛青鬟一展无余。原来这就是女人，女"坏分子"也是女人，而且是出众的女人！

……至今令我难以忘怀的是，当时农场每人每月只分配一小两（15.6克）食用油，即宁夏地区的胡麻油。她从来不舍得吃，每次都只在我碗里的面条上像滴鱼肝油似的滴一小滴。我过意不去，让她也要吃油，而她只在瓶口上舔一下，便算吃过油了。

还不到一年，1978年来临了，全国范围内的大平反、大甄别开始了。……她的案情简单，明明白白是"冤假错案"，很快就获得甄别：摘掉"帽子"回工厂上班，同时还补发了几百块钱。

而那时因为我除"右派分子"外还有一顶"反革命分子"帽子。在为"右派分子"平反的文件中规定"被定为右派分子后又有新的刑事犯罪的分子不在复查范围"，以致戴着多重"帽子"的我对未来也没有十分把握了，看来我的平反遥遥无期甚至根本不可能平反。这时，她的孪生兄弟来宁夏与她商量：已经受了20多年罪，宁夏没有什么可待的了，不如回兰州老家，并且她兄弟也给她在兰州联系到好工作。因为她得到甄别后，我们的"身份"马上有很大差异，我现有的"身份"会影响她的前途乃至今后的命运。想到《庄子》中说的涸泽中的两条小鱼与其"相濡以沫，不如相忘于江湖"，即使我对她依依不舍，也不能阻拦她回到黄河上游，于是我们不得不洒泪而别。分别时，她把"家"中她手缝的被褥枕头和锅碗瓢盆（铁锅是她捡的废铜烂铁换来的，因为购买铁锅也要"工业品券"），还有一个自己钉的木箱，也就是说属于我们两人的"共同财产"都留给了我。

她和她兄弟乘上拖拉机的拖斗远去了，我在路边与她四目相望，一直看着她苍白的脸庞越来越小，最后消失在雾霭似的黄尘中。

我又孤伶伶（孤零零——引者）地回到小土屋。

……若干年后，她回到宁夏我们一起生活过的生产队旧地重游，一些妇女怂恿她说，"你还不找张贤亮去！他现在出名了，又当了官又有钱，又娶了老婆，你跟他闹，至少闹几个钱回来！"

她却淡然地说：

"算了啵！过去你们把他整得够呛，也让人家过几天舒坦日子吧！"

虽然半生戴着"帽子"，辗转在劳改农场、农垦农场与"牛棚"

之间，九死一生，而我一生中最大的幸福是所遇到的女人全都是善
良的女人。

这让我九死而不悔。

感谢上帝对我如此厚爱！^①（张贤亮：《一切从人的解放开始》，
《收获》2008 年第 2 期。有删节）

---

① 2013 年，张贤亮在接受记者访谈时谈起这段经历："问：她算你第一个女人吗？答：对。问：在一起之前有互相了解吗？答：没有。问：有爱情吗？答：有爱情。问：爱情是什么？答：爱情就是依赖感。我对她的依赖，现在性上面倒不记得了。但我永远记得夏天的时候，白天劳动晒了一天，回家她给我擦背，我给她擦背。"雷晓宇：《张贤亮：性、政治和权力》，《经济观察报》2013 年 6 月 3 日。

◀ **1973 年**

37 岁

在南梁农场做农工。开始创作小说，并向《宁夏文艺》投稿。

直到1978年年底，我还在银川市附近的南梁农场劳动。职业是"农业工人"，而身份却很复杂，头上戴着好几顶"帽子"。（张贤亮：《一切从人的解放开始》，《收获》2008年第2期）

近代新文化运动以来，诗歌发展好像始终落在小说的后面。这是为什么呢？这恐怕与中国近、现代的历史有关。中国近、现代在政治上的不断变动，民族、阶级矛盾的加深，迫使人们去探求、思考中国社会的命运以及它的演变。中国社会需要一种更为理性的东西，理性比感性的东西更占了上风。这样看，小说比较适合表现人们对理性的思考，所以小说逐渐压倒了诗歌。到了1976年，人们在"左"的高压政策之下，产生了一种喷发式的情感，一种抗暴的抵抗的情绪，这种情绪需要喷发时，诗又来了一个高潮，这就是"四五"运动。打倒"四人帮"后，人们又去反思过去这段历史，对"左"的东西来个清算，这样，诗歌又好像不如小说来得直接，表达得充分了，诗又逐渐降到低潮，小说开始兴盛了。在读者群中，在阅读和欣赏这一活动中，大家也是在不断地思考，不断地认识。小说在启发人们思考的功能上，在帮助人们认识的功能上，它的功能性要比诗歌强一些。

最近有的评论说我由写诗转向写小说，这是为了找到一个叙述人的角度。他的这个说法有一部分是对的，但他还有没谈出来的，这就是：打倒"四人帮"后，我放弃了诗歌创作去写小说，这不是很有意识的，但有个直觉，小说这种形式用来去反思、思考，进行一种再认识，比诗来得更充分，更容易掌握，更容易表达一些。（张贤亮：《新诗的追求》[①]，见张贤亮著《写小说的辩证法》，上海文艺出版社1987年10月，第134~135页）

[①] 这是作者1986年3月19日在作协宁夏分会新诗座谈会上的发言。

自《大风歌》后我再写不出诗了。诗人必须是将假象当作真象（真相——引者）的人。只有假象令人兴奋、令人哀伤、令人快乐、令人愤怒（"愤怒出诗人"）。真象（真相——引者）是让人沉思和冷静。自经历了"皮破骨损""满身伤痕"……世界上再没有什么能使我情感产生波动、在瞬间爆发出灵感的火花了。人一"务实"便无诗可言，我已失去了诗的境界和高度。（张贤亮：《今日再说〈大风歌〉》，《诗刊》2002 年 6 月号上半月刊。有删节）

党的十一届三中全会后，我没有立即获得平反……听说王蒙、邓友梅、李国文甚至邵燕祥这些家伙都平反了，觉得自己的罪过并没有他们大，颇为不平，于是想方设法找对策寻出路，想来想去只有继续写诗以引起领导注意。当时的目的仅仅是平了反可调到农场子弟学校当个教员，了此残生。可是写来写去发现诗不好写，因为时代不同了，内心开始有了自我表现的冲动，再胡诌连自己都看不下去，这样才改弦更张写起小说来。（张贤亮：《我与〈朔方〉》，见张贤亮著《我的倾诉》，上海人民出版社 2013 年 7 月，第 240 页）

当时，"四人帮"已垮台一年多，蛰虫多少嗅到了春天的气息。我也曾写过两篇哲学和政治经济学的文章，不知天高地厚地投给《红旗》杂志。本应该从退稿信上我的名字之后没有"同志"二字就看出其中奥妙，但利令智昏，不甘寂寞，总想尽力从土里往外爬。我的老友冶正纲也说……你过去不是写诗的吗，现在何不写点文艺作品投给报社呢？是的，鲁迅说过路是人走出来的，不能吊死在一棵树上又是农民的智慧。那个时候的确还不是做学问的时候，而中国的政治经济学也恐怕很难摆脱学样板的阴影。文学多半带有幻想的色彩，这片天地总是广阔的。什么小说、诗歌、散文，我早已生疏且惧怕了。但为了"出土"，重操旧业仍不失为一条缝隙。

我就是这样写起小说的。这既有"蠢蠢欲动"，"不让他表现

◀ **1978年**

42 岁

是不行的"意思，又有作为敲门砖和晋升之阶的意思。但想归想，却也犹疑了近一年时间。这一年里，"平反"仍杳无音信，才按捺不住动起手来。先是托人进城买来稿纸，然后趁一个倒班休息日，将稿纸摊在翻过来的案板上，到了羊进圈的时候，居然写出了一篇题名为《四封信》的所谓小说。我还记得寄稿那一天。那是1978年10月的一个星期日，大队休息，一个女知青到园林场去买针头线脑，问我带什么。我说你把这封信带去发了吧。她翻过来掉过去看了看说你没贴邮票。我说这封信不用邮票，你尽管扔进邮箱里就是了。她撇下怀疑的目光揣着它走了。我目送她浴着秋阳隐没于远处的杂树林里，好像她领去了我的孩子。以后就靠它给我去闯天下了。在这不时有风雨的世界上，它将会有什么遭遇呢？

大约一个月之后，回信来了。从薄薄的信封看我就知道是喜讯。后来知道，信是杨仁山写的，通知我的稿件已决定采用，并"欢迎继续来稿"云云。（张贤亮：《〈宁夏文艺〉与我——为〈朔方〉200期而作》，《朔方》1990年第3期。有删节）

1978年冬，"伤痕文学"初露身姿。《宁夏文艺》的小说编辑杨仁山从小山似的稿件堆里淘出了一篇张贤亮的《四封信》，如获至宝，认为是一大发现，在编辑部内传阅，并于1979年第1期刊物上发表。我心里清楚，这是"出土文物"，拭去尘埃后的重新闪光。（吴淮生：《往事钩沉忆贤亮》，《朔方》2014年第11期）

1978年，几月我记不得了，应该是冬末初春的一天，我在宁夏银川市的省级文学刊物《朔方》做小说编辑。这一日，彤云密布，黑暗，是那种令人心情不爽的天色，我一个人在小说组偌大的办公室里看稿，其他编辑都因天色早早回家去了，而我不能，我必须坚守工作。我在编辑部里属于小字辈，我由上海复旦大学中文系毕业分配……来这家杂志社就职，还是菜鸟新人，我只有多干活儿。何况我还没结婚，我也无家可回。也正因了我这一份的独自留守，我和我要记述的这个人有了缘分上的交集。

应该是下午了，天色更暗，开始有零星小雪飘落，很冷。我之所以要特别描述一下天气，是想说明这个人当时的处境。有人敲小说组的门，接着一个人披着一身雪花闪了进来。他冻得瑟瑟发抖，穿一件很破的棉袄，拦腰系一根草绳，宁夏人把这叫作草蓑子。你完全可以根据这一件棉袄和这一根草蓑子把他归到乞丐那一类中。他说他是从银川市远郊南梁农场来的，今天赶大车走了一上午和一中午来市里拉化肥的（或者是拉种子的？我记不清了），顺便来送一篇他刚写的小说。他一直在哆嗦，除了冷，还有业余作者见到编辑的惶恐。

他的小说是写在信笺纸上的，信笺纸是从农场的小卖部买来的，他当时没有任何门路能搞到那种带格的稿纸。我把他的小说留下，同时记下了他的通信地址，告诉他，我看完后，会跟他联系。然后我请他快回去吧，天越来越黑，他赶车回去还要走几十公里路哩。

他不走，神情期期艾艾的，欲言又止。

最后他鼓起勇气说："李老师（他特别问了我的名字），您要大米吗？"

他说他的大车上有一袋大米，是今天早上出发时特地放到车上的，他在农场种田只有这个，他想把这袋大米送给我。

我已经不记得我当时是怎么回答他的了。我肯定是回答了他的，我回答的核心意思肯定是我不要，我不是有多高的觉悟，因为我没有结婚没有老婆，我要了他的大米谁来给我做熟呢？我也不会做饭。我的这个回答，后来被文学界的各路人马演绎成了各种版本，其中最为辉煌的是，我豪壮地说："我不要大米我要人才！"我今天可以负责任地告诉文学界：我绝没有说过这种话！我不要他的大米纯属是我当时没有一个女人可以给我做熟它。

我没有要他的大米，他很失望，我看出他很失望，他离开我告辞的时候，在暗暗地叹气。大概他以为我不要他的大米，他的小说也完蛋了。

我看着他在冬日飘着雪花的黄昏里蹒跚而去。

他叫张贤亮，几年后蜚声全国文坛的人。他赶着大车来的南梁农场是宁夏的劳改农场，他当时还是劳改犯，还没有被彻底平反。他拿来的这篇小说叫《霜重色愈浓》，这是他自19岁因诗歌《大风歌》被逮捕判刑坐牢23年之后重新拿起笔来写的第一篇作品。我没有要他的大米，但这篇小说我给他发了，发在《朔方》上，哪一期我记不得了，当时的《朔方》还叫《宁夏文艺》。

从这篇小说发端，张贤亮以令我眼晕的速度一发而不可收，他在《朔方》连续发表了四篇小说后，又拿出来一篇，这篇又是我做他的责编，但不是我一个人，是三人，有《朔方》的老编辑路展老师，他现已故去；有我复旦的同班同学杨仁山，他后来调到浙江做了一家出版社的社长，现已退休。张贤亮的这篇小说奠定了他在文坛的地位，这篇后来获全国小说奖，又被电影导演谢晋改编为电影上映全国爆红，这篇小说是《灵与肉》，改编的电影叫《牧马人》。这是我最后一次做张贤亮的小说责编，从《灵与肉》开始，张贤亮和《朔方》的蜜月结束了，从此大火的他开始走向全国，《朔方》再也拿不到他的作品，他开始属于更高级大牌的刊物，如《收获》《当代》《十月》等。有一句话好像说，女人永远也得不到她一手捧起来的男人。张贤亮和我、和《朔方》的文学关系就是这样的。我和《朔方》的同仁们都欢迎张贤亮向着更高远的天地飞翔。（李唯：《在〈朔方〉文学编辑部的往事》，《北京文学（精彩阅读）》2022年第2期。有删节）

1 月

小说《四封信》发表于《宁夏文艺》（双月刊）第 1 期。

3 月

小说《四十三次快车》发表于《宁夏文艺》第 2 期。

我的一篇小说叫《四十三次快车》，就有这个含义：那时我正是 43 岁，我要开快车。（张贤亮：《作家的修养》，见张贤亮著《写小说的辩证法》，上海文艺出版社 1987 年 10 月，第 68 页）

大约于他的第二篇小说《四十三次快车》在《宁夏文艺》刊登前后，张贤亮来过编辑部一趟，我初次见到其人：约莫一米八的高个子，穿着蓝灰色干部服，虽然一身风尘，却不失清雅潇洒的气度。他在《朔方》发表的第四篇小说《吉普赛人》，老一辈著名作家吴组缃读了后大加赞赏，写信给我说："作者（张贤亮——引者）很可能成为大作家。"先生的预言不久果然验证。1984 年 12 月，中国作家协会在北京京西宾馆召开第四次代表大会。组缃先生以 76 岁高龄，亲自乘电梯来到我们的住处（记得是 6 楼）和贤亮相见，晤谈良久，显示了前辈作家的爱才心切。（吴淮生：《往事钩沉忆贤亮》，《朔方》2014 年第 11 期）

5 月

小说《霜重色愈浓》发表于《宁夏文艺》第 3 期。

9 月

28 日，获得"平反"，被"彻底恢复名誉"，任南梁农场子弟中学教员。

第一篇小说《四封信》是《宁夏文艺》发表的，接二连三，我在《宁夏文艺》连中三元，都是发表在头条位置。这果然引起当时任自治区党委副书记的陈冰同志的关注，陈冰同志患有哮喘，还曾特地爬上四层楼来看我，他的秘书跟在后面，就是现在任自治区副主席的马锡广同志，在他的过问下，我才获得彻底平反。

除陈冰同志，我还应感谢当时在《宁夏文艺》任编辑的路福增（笔名路展，儿童文学作家，时任《宁夏文艺》副主编——引者）、高奋、杨仁山、李唯、潘自强等人，是他们从大堆来稿中把我的作品挑选了出来，并破格地让一个还没有平反的"右派"兼"反革命"的作品连续 3 期排在头条。（张贤亮：《我与〈朔方〉》，见张贤亮著《我的倾诉》，上海人民出版社 2013 年 7 月，第 240 页）

1979 年在《宁夏文艺》上连续发表三篇小说以后，被当时在宁夏工作、任自治区副书记兼宣传部部长的陈冰先生发现：这张贤亮是什么人？指示原来把我打成"右派"的单位——甘肃省干部文化学校（已改为宁夏回族自治区党校），判处我是"反革命分子"的司法机关——银川市检察院和法院，及现在所在的单位——南梁农场，共同组成专案组翻阅我的档案，才明白在"右派分子"之上又加上顶"反革命"帽子是在一次次政治运动中"炒"出来的。……在陈冰先生的催办下，政策落实得很快，同年 9 月我获得彻底平反（不只是"改正"），并当上了农场的中学教员。（张贤亮：《小说中国》，贵州人民出版社 2013 年 7 月，第 32 页。有删节）

1978 年的一天，我偶然听到农场干部之间的对话，说邓小平提出"让一部分人先富起来"，我就预感到中国将迎来一个新时期。其实早在此之前，我在一份"坦白书"中就提到，"我相信，共产党内一定会有健康的力量出来改变目前的政策"。没想到，不到半年我的第一篇小说《四封信》就在《宁夏文艺》发表，接着我就获得平反，并且"彻底恢复名誉"。（马国川：《张贤亮：一个启蒙

小说家的八十年代》，《经济观察报》2008 年 4 月 19 日）

1978 年下半学期，张贤亮被调到南梁中学教书，每天骑着破自行车，从三队赶去场部。

南梁农场的办公室主任高晋国曾经跟张贤亮在南梁中学共事。1978 年下学期，张贤亮先调到南梁中学，高晋国是 1979 年去的。他模仿了一段张贤亮上课的风格，把书夹在腋下进教室，翻到当天要上课的页码，再反扣在讲台上，然后什么都不看，就开始滔滔不绝地讲。"他从来不做教案，不用讲义，也不按照老师参考书规定条条框框来讲，他就是过目不忘，娓娓道来，学生们都喜欢听。""1979 年 8 月假期，全农垦系统的老师去灵武农场培训，张贤亮去给老师们讲课，也是一样，一本书就开讲。"（王鸿谅：《那个叫章永璘的张贤亮》，《三联生活周刊》2014 年第 42 期）

小说《吉普赛人》发表于《朔方》第 5 期。

1 月

从南梁农场子弟中学调至《朔方》编辑部做编辑。

在后来将我从农场调进宁夏文联上班，是当时的宁夏文联主席石天同志主持的，具体操办的是陈葆泉。

记得第一次到宁夏文联也就是《宁夏文艺》编辑部开我的作品研讨会，文联在一个电影机械修配厂楼上办公，黑黢黢的走廊臭烘烘的，一间间办公室跟洞穴似的乱七八糟，长期在野外劳动和拉屎撒尿的我很不习惯，在田野上哪有尿骚味？对这些编辑作家诗人能在这样狭窄污浊的环境中构思精美的文章颇为佩服。会议室其实是乒乓球室，大家围着乒乓球台正儿八经地对我评头论足，因为长期脱离文艺界，评论家们说的话我多半不甚了了，只记得肖川的发言，他说他 20 世纪 50 年代就读过我的诗，今天能看到我重新执笔他表示衷心的祝贺，令我很感动。（张贤亮：《我与〈朔方〉》，见张贤亮著《我的倾诉》，上海人民出版社 2013 年 7 月，第 240 页）

与邵振国合作小说《在这样的春天里》发表于《朔方》1 月号。

《霜重色愈浓》《四十三次快车》分获第一届宁夏文学艺术奖小说类一、二等奖。

2 月

小说《邢老汉和狗的故事》发表于《朔方》2 月号。《小说月报》同年 5 月号、《作品与争鸣》1981 年第 1 期转载。《邢老汉和狗的故事·序》说：

在韩美林的动物画展上，一幅狗的水粉画把我吸引住了。但与其说是画家用那传神的笔法点出柔和明亮而又略带调皮的眼睛，十足地表现了这条小狗温驯善良、机灵活泼的特点而令我赞赏，倒不如说是画家给这幅画的题名使我深有所感。画家把这幅画题为《患难小友》。我认为，这绝不是画家在故作玄虚（故弄玄虚——引者），也不是虚构的人格化的动物形象，一定是画家对实有其狗的小友的纪念。果然，后来我听说，画家在患难中身边的确有过这位小友，而它最后竟死在"四人帮"爪牙的棒下。

"患难小友"！我想，当一个人已经不能在他的同类中寻求到友谊与关怀，而要把他的爱倾注到一条四足动物的身上时，他一定是经历了一段难言的痛苦和正在苦熬着不能忍受的孤独的。有些文学大师就曾经把孤独的人与狗之间的友谊作为题材写出过不朽的作品，譬如屠格涅夫和莫泊桑；而自然科学家布丰（Buffon，现译为布封——引者）也曾用他优美的笔调对狗作过精彩的描述。据他说，狗是人类最早的朋友，又说，狗完全具有人类的感情和人类的道德观念。也许这说得有些过分，不过要是有人问我：你最喜欢什么动物？我还是要肯定地回答：狗！因为我自己就曾亲眼见过一条狗和一个孤独的老人建立的亲密友谊。

3 月

应北京电影制片厂之邀，赴北京谈《吉普赛人》改编电影事宜。

1980 年，北京电影制片厂给我打电话，要改编我的一篇小说，叫《吉普赛人》。跑到北京，乡巴佬就进城了。我上一次回北京是 1968 年，我在《习惯死亡》里写到了我回来见妈妈的结局。这一次来北京，是参加电影研究的学习。那时候，李陀和谢铁骊都给我们讲过课，一天看四场内部电影，包括卓别林的，的确有耳目一新的感觉。当时我有一种使命感，非要把我经历的这一段记录下来不可。特别是我们民族不可遗忘的那一段历史，我们民族不能再走这一条路了。（雷晓宇：《张贤亮：性、政治和权力》，《经济观察报》

春

在北京与时任《十月》编辑的章仲锷、张守仁会晤。

1980年初春，张贤亮在《朔方》登出了《邢老汉和狗的故事》不久，从银川到北京。我和章仲锷约他在东四三条宿舍见面聊天。酒酣耳热之际，贤亮给我们讲了他当右派后苦难的经历以及他那死里逃生的故事。

1960年"劳改"时，他曾经逃跑，想去新疆谋生。因害怕被追捕，走的是荒山野岭、人烟稀少之路。由于饥饿，他贱卖了自己戴的浪琴表，换了五碗炒面。他慌不择路地奔跑，口渴得要命，又不敢进村要水喝，恐被民兵逮住，只能忍耐。

饥饿遍地，走投无路，他只得又返回劳改农场。有一天，他犯了重病，昏迷不醒。他有一个医生朋友（也是右派）在农场干活，同时给人看病。当时，这位医生被叫到另一农场给人治病去了。农场里的人错认为张贤亮已死去，便把他抬到了太平间。贤亮在太平间里躺了一天，从昏迷中醒来，发现身边都是死尸。他怀疑自己做了噩梦，挣扎着坐起身子，见自己不是躺在床上，而是置身在太平间尸体中间。他勉强挪动身子，在死人胳膊、大腿中间爬动。他爬呀，爬呀，终于爬到了太平间门口。他有气无力地拉拉门，但太平间坚固的铁门纹丝不动。不久，他又昏迷过去了。他的医生朋友从附近农场回来，听说贤亮死了，他不相信，根据平时对贤亮体质的了解，判断他绝不会死去。医生赶到太平间，打开门，把他从死人堆中救了出来。

那晚贤亮对我和仲锷说："我既然从太平间里爬了出来，就一定能坚强地活下去。对我来说，命是捡来的。从那之后，什么困难、艰辛、贫穷、受辱，都不在话下了。我经得起各种各样的摔打，承受得住常人难以想象的磨难……"

之后，贤亮把中篇小说《土牢情话》《绿化树》交给《十月》发表（《土牢情话》，是由章仲锷经手的。仲锷调到《当代》之后，他交给我一篇《绿化树》）。我个人认为：1984 年第 2 期《十月》发表的《绿化树》，是他一生所写得最好的小说之一。贤亮在《绿化树》中，动用了他特殊的生活体验，描绘了落难知识分子章永璘（其实是他自己的身影）的饥饿心理。而马缨花这个年轻农村妇女的心灵美，她那清秀、纯朴的脸，她对念书人的敬重，以及苦难生活磨炼出来的坚韧耐劳、麻利能干、乐观开朗，一一跃然纸上。在以稗子、野草、树皮充饥的年代，主人公章永璘饥肠辘辘地来到马缨花家里。她竟送给他一个白面馍馍。他慢慢地咀嚼，忽然在馍头上发现了一个非常清晰的指纹印。马缨花对章永璘的怜爱之情凝结成鲜明的指纹，雕塑般出现在他眼前。他的眼睛潮湿了，骤然陷入温暖的湖泊，耳边轰然响起爱之交响乐。一颗清亮的泪水滴落在馍头的指纹里，水乳交融，把两颗苦难的心，紧紧黏合在一起。马缨花在她那陋屋里多次让章永璘吃到她舍不得吃的食物，喝到土豆白菜汤。一个多月之后，他的身体渐渐恢复过来。当他穿上了她为他缝制的御寒棉裤之后，更是心怀感恩。他捧住了她的右手。她的手刚在碱水里浸过，手掌通红。他仔细观察曾在白面馍馍上留下指纹的手，并把她的手贴在他嘴唇上轻吻着。他轻吻着她的拇指、食指、中指、无名指和小指尖，柔情地说："亲爱的，我爱你。"马缨花的手始终顺从地让章永璘把握着。另一只手不停地、深情地抚摸着他的肩膀。她的手指怯生生地、迟迟疑疑地、微微地颤抖、迎合，既惊愕又娇羞。马缨花问章永璘："你叫我啥？""叫你'亲爱的'。""不，不好听。""那叫你什么呢？

"'你要叫我'肉肉'。""那你叫我什么呢?""我叫你'狗狗'!"章永璘情不自禁展开双臂把马缨花搂进怀里。她轻轻呻吟了一声,红着脸说:"你别干这个……干这个伤身子骨,你还是好好地念你的书吧!"

啊,无与伦比的细节,至深至情至亲的对话,怎能不令我这个编稿者击节赞赏、感动莫名?!(张守仁:《苦难造就了张贤亮》,《星火》2016年第5期。有删节)

张贤亮是在郑万隆的陪同下找到我的,至今给我留下深刻印象的是他披着一件脏兮兮的黑皮袄,满脸风尘。……但他们复出后发表的那些新作,却充溢着激情血泪和艺术魅力,受到读者的欢迎。或许这又一次印证了"文穷而后工"的道理。(章仲锷:《一名"园丁"的自述史》,《中国作家》2010年第20期)

5月

当选中国作家协会宁夏分会理事。

6月

加入中国作家协会。

9月

小说《灵与肉》发表于《朔方》9月号。《新华文摘》《新华月报》《小说月报》12月号转载。

《灵与肉》是我在访问了一个从巴西回来的高级知识分子(是个养猪的)之后,我想写篇报告文学,但没写成功。主人公去巴西十个月,他始终怀念黄河故道,怀念银川的艰辛生活。习惯的生活是最强大的力量。他在那里待十个月都无法适应。当我去采访他时，我说你为什么要回来？他说，我想这儿，我就回来。我觉得这句话很动人。他很老实，可我不能写出这样的报告文学，所以我就写这部小说，我就如实地写了他。（张贤亮：《悟性与理性》，见张贤亮著《写小说的辩证法》，上海文艺出版社1987年10月，第91页）

1 月

小说《土牢情话—— 一个苟活者的祈祷》发表于《十月》第 1 期。

1979 年 12 月，我平反不久，宁夏文联正在想法把我从农场调到银川之际，突然接到北京电影制片厂陈瑞晴同志的长途电话，要我去北京参加北影厂办的电影剧本创作学习班。这一个长途电话，对我从农场调往城市起了很大的推动作用。因为我当时在农场中学教语文，又兼着一个毕业班的班主任，农场扣住不放，非要我教完这个学年不可。一个刚刚被平反的"右派分子"，一个好不容易才取得教师资格的农工，想违背农场的旨意，马上远走高飞，"一步登天"，其难不下于骆驼穿针眼。可是，农场听说"北京来了长途，要张贤亮立刻去报到"等语，却很痛快地答应放行了。这正是偏远地区基层干部的可爱之处。"北京"！不管是北京的什么单位，似乎在地方上都具有不可违抗的权威性。

于是，我还没有去宁夏文联上班，就直接来到北京。那时，瑞晴同志要我把我在《宁夏文艺》上发表的《吉普赛人》改编成电影剧本。《吉普赛人》叙述的是一个……逃犯和一个流亡的"富农子女"两人在火车厢里的一段短暂的罗曼史。为了让我学着改编电影，还叫我看了很多所谓的"内参片"。在北影小放映室，我才第一次看到苏联影片《第四十一》。

后来，我没有改编成我的《吉普赛人》就回到银川。而在心里，总觉得欠了北影厂一笔债。临行前，我还向瑞晴同志说："《吉普赛人》我没改成，我给你另外写一部一个囚犯和一个女看守的恋爱故事吧。"这就是我写《土牢情话》的起因。

《土牢情话》是我的第一部中篇小说，写得虽然粗糙和稚嫩，却有着真情实感，不管怎么说，它总算一个小小的艺术品。（张贤亮：《关于〈土牢情话〉》，见张贤亮著《写小说的辩证法》，上海

文艺出版社1987年10月，第73页，第75~76页。有删节）

在一个寒冷的冬天里，咱们（章仲锷、高桦夫妇——引者）也落实政策，搬到三居室的楼房了。有位高高的个子、又瘦又黑、穿着一件很旧的棉大衣、手里提着老北京的点心匣子。他进门把点心匣子放在门后面的书架上自我介绍："我叫张贤亮，从宁夏银川来。"你听到张贤亮的名字高兴得像见到老朋友似的欢迎他。你的第一句话："你开始写稿了吗？写好一定先给我……"他的《土牢情话》就是你编发的。你还特意让我包饺子招待他。（高桦：《或远或近的秋天——章仲锷的编辑人生》，《中国文化报》2013年9月24日）

创作谈《从库图佐夫的独眼和纳尔逊的断臂谈起——〈灵与肉〉之外的话》发表于《小说选刊》第1期。

《朔方》第1期刊登阎纲《〈灵与肉〉和张贤亮》，第一个提出"宁夏出了个张贤亮"。

我写了《〈灵与肉〉和张贤亮》，开篇是一声欣喜的叫喊："宁夏出了个张贤亮！"

"横涂竖抹千千幅，墨点无多泪点多。"但张贤亮不是八大山人，他没有涂抹到变形的程度，没有愤世嫉俗到冷漠的程度。他也暴露也控诉也写伤痕，但不同于一般的"伤痕文学"。他的思想更深沉，技法更圆熟，描摹更真切。张贤亮选择几个不多的场景，强化人物的心理活动，让想象展开翅膀，让情绪和情节在引人入胜的对比中展现。

当父亲在豪华的饭店劝他"向前看，还是准备出国吧"时，他想起30年前父亲抛弃他的伤心事；当女秘书打开大大小小的旅行皮箱时，他看到尼龙袋里秀芝给父亲带的沙枣和茶叶蛋；当舞厅失魂似的痉挛时，他想起收获和苜蓿的香味。现在父亲回来了，除了勾起他被抛弃而与牲口为伍的痛楚外，剩下的却是全然的陌生。当他的右派罪名被改正、兴冲冲地高喊"今后我们就和别人一样了"时，却被秀芝嘲笑说："啥子一样不一样，在我眼里你还是个你哟！"和几十年的革命开了个大玩笑，简直神来之笔。当一系列含蓄而风趣的对比足以使主人公领会到人生的意义时，当人的尊严、人的骄傲、人的理性一概被具象化了的时候，许灵均的"灵与肉"分裂了，艺术的力量如此难以抗拒！

当人们喋喋不休地权衡张贤亮的作品暴露多了还是歌颂少了、"火光"少了还是"伤痕"多了的时候，张贤亮伤心悟道，认清了自己的责任和价值。当历史遇见荒诞、人间遭逢大难的时候，自然而然，罗曼蒂克少了，泥土味浓了，真切与翔实多了。要是说"灵与肉"最终不能分裂的话，那么，人民和土地永不分离。这就是作者在黑暗中举起的火把。

1984年6月，我趁"民族作家银川笔会"之便看望张贤亮，张氏夫妇设宴给我接风，敬酒的头一句话就是："阎纲啊，我可算是没有辜负你的那句话！"玛拉沁夫在座，大家痛饮。大家心里明白，亢奋的张贤亮在回味"宁夏出了个张贤亮"的一声叫喊所给予他的动力和压力。（阎纲：《文网·世情·人心——阎纲自述》，（北京）生活·读书·新知三联书店2012年6月，第144~145页）

2月

小说《噪音》发表于《青海湖》第2期。

19日，致信某刊编辑，谈及投稿。

编辑同志：

来电收悉。拙作已于十日寄出。信封上写的是小说组。请查询。有无皆请复信。

潦草成篇，言不及义，望勿哂笑。如不拟刊用，尚请退还。

　　祝

编安！

张贤亮

81（1981——引者）.2.19

3 月

13 日，应宁夏大学中文系教师张海滨之邀，为学生作题为《怎样写小说》的报告。

24 日，赴京参加全国优秀短篇小说奖颁奖大会。

8 时半，偕赵寻、朱子奇去政协礼堂三楼会议厅参加短篇小说评选发奖大会。到的人不少，周扬、夏衍、贺敬之、曹靖华、沙汀、刘白羽、林默涵、严文井、魏巍、艾青、舒群、罗烽、陈荒煤、袁鹰、王子野、韦君宜等文艺界同志都到了，都在主席台上就座。会前我同获奖者徐怀中、何士光、李国文、柯云路、蒋子龙、高晓声、张贤亮、张抗抗、陈建功、陆文夫、张弦、叶文玲等同志一一握手致贺（只有马烽、周克芹、谢冰心未到，冰心托女儿代为领奖）。葛洛主持会议，宣读了获奖名单，我接着宣读致辞（贺敬之听后满意，当场嘱袁鹰在《人民日报》全文发表）。周扬同志的即兴讲话，受到与会同志们的欢迎，随后摄影留念。五百人（？）的大会，却显得隆重、紧凑，有生气，看来大家都高兴。文艺界整风学习中，各地气氛紧张，传言纷纷，这次会开得成功，评奖工作比较顺利，有稳定局势的作用。茅盾病危，巴金郁闷，我在致辞中各有一小段提到他们，也是用心良苦的。午睡不着，兴奋不得抑制。（张光年 1981 年 3 月 24 日日记。见张光年著《文坛回春纪事（上）》，海天出版社 1998 年 9 月，第创作谈《满纸荒唐言》发表于《飞天》第 3 期。

《灵与肉》获全国优秀短篇小说奖并入选人民文学出版社编辑、出版的《一九八〇年短篇小说选》。

4 月

12 日，致信丁玲：

在《文学报》上读到了您对拙作《灵与肉》的评论[①]，万分感愧。"男儿有泪不轻弹"，并且，22 年的磨难几乎榨干了我生命的汁水和泪水，我，仿佛如大仲马描写基督山的话：已经练就了一副大理石的面孔和铜的心了。但读到您说"对于作者，我不认识，但通过这篇，我以为我和他已经很熟了"时，我不禁潸然泪下了。

敬爱的老师，其实，我是您的学生。50 年代初，我开始发表诗歌。五五年（应为 1954 年——引者），我高中毕业，曾在北京文学讲习所旁听了一个时期，有幸亲聆过您的教诲。从此，您的音容笑貌一直很深地刻印在我的脑子里。1957 年我因在《延河》杂志发表的《大风歌》被打成右派，您也同时受难；在我被送到一个偏僻的农场去劳教时，听说您也被送到北大荒。1966 年我第二次被劳动教养，偶然在报上看到对周扬的"大批判"，才知您曾短暂地恢复了自由。而那时又正在发动"文化大革命"了，我记得当时我坐在湖边放鸭子，夕阳西下，芦草萋萋，鸭母和鸭儿们在湖中望

[①] 丁玲：《一首爱国主义的赞歌——读张贤亮的短篇小说〈灵与肉〉》，《文学报》1981 年 4 月 2 日创刊号评论版。文章说："《灵与肉》这篇小说，我是爱读的。我写了以上几点简短的笔记，但还不足以说明给我的感受和喜悦。近年来我读文学作品不多，读张贤亮的小说也只是这一篇。这位作者，我不认识。但通过这一篇，我以为我和他已经很熟了，看得出作者大约是一个胸襟开阔而又很能体味人情和人生苦乐的人吧。文章也是写得好的，排比、迂回、反复、层次、主从，都安排得恰当，写得细致、含蓄，一个初学写作的人，是不大可能达到这一步的，大概是经过生活的熬炼和写作上的刻苦用功的。我不可能用长篇大论来给他这篇小说评定，我只是把我读后的心得向我的同行，向读者作一番推荐，希望他们分享我的愉快。"

着我，似有归意，而我捏着报纸，遥望东北，感慨万端，不知您又会遭到什么不测，很为您担心了一番，以致鸭群迟归受了一次"批判"。79 年（1979 年——引者）又读到您的文章，知您一到北京就去叶公圣陶家拜访。我家与俞公平伯是世交（我应称他为外公的，我去北京时就住在三里河俞家）。叶、俞二公交情很深，我几次想通过这层关系问到您的住址去看望您，但总感到自己碌碌无为，有愧于老师，终于作罢。

反右时我 21 岁，平反时已 43 岁了。这 22 年中大部分时间我是在铁丝网里度过的。与文化艺术隔绝了这样久，后来几乎和神农架上的野人差不多了。平反后发表的一些小说，都很不像样子，我多么想回到 1955 年，回到在您身边的时候啊！

我现在在宁夏银川《朔方》杂志社工作，去年刚结婚，今年得一子。（王中忱：《沙叶新、张贤亮等致丁玲信》，《清华大学学报（哲学社会科学版）》2004 年第 4 期）

22 日，宁夏文联召开座谈会，座谈《灵与肉》获全国优秀短篇小说奖。

调离《朔方》编辑部，任作协宁夏分会专业作家。

创作谈《心灵和肉体的变化——关于短篇〈灵与肉〉的通讯》发表于《鸭绿江》第 4 期，《作品与争鸣》第 9 期转载。

5 月

11 日，谢晋、李準来银川商讨《灵与肉》改编电影剧本事宜。

我第一次知道谢晋这个名字，是"三年困难时期"的最后一个冬天。那一天晚上七点多钟，劳教队的围墙里突然哨声大作，队长和组长们挨着一排排土房催"右派"们整队去场部大院集合。在我这一组到达的时候，广场上已经黑鸦鸦（黑压压——引者）的一片了。一会儿，大会开始。原来这次是宣布一个特大喜讯——解除一大批"右派"的劳教，而荣获第一名的就是我。

主管人员在闪烁不定的马灯下念完了一长串名字，我也从晕眩状态中恢复过来，开始有了知觉。接下去，是挂银幕，抬发电机，拉电线，演一场电影向这些获得新生的"右派"们祝贺。这次演的是《红色娘子军》！

不言而喻，这场电影和这部电影导演的名字，当然会和我生命上一个重要的日子一起，深深地印在我脑海里。

然而，整整20年以后，这部电影的导演和李准同志竟带着摄制组部分人员不远千里地来到宁夏找我。

说来惭愧，那时我正狼狈得很。我最大的孩子刚四个月。住在四楼，自来水上不去。我每天必须从一华里外的建筑工地上挑八担水来喂洗衣机。买一篮菜要跑到五里路外的农村集市，经常忙得饭都吃不到嘴里。谢晋和李准来我家，我只能招待一杯清茶，真是"君子之交淡如水"了。

李准同志看到牧马人破烂的土房时曾惊诧地说："你就是在这个地方待了20年哪！"其实，那种日子并不难过。"造反派"在会场"抓革命"，把我撵到草场上"促生产"。在蓝天白云下倒也优哉游哉，反正我无父、无母、无妻、无子，赤条条来去无牵挂。那时我就想过，如果有个家，那可就痛苦了。当然，家，可以作为我们这些受了伤的小兽舐伤的洞穴。从交谈中我知道了谢晋同志……的处境和遭遇，但这些一直没有磨掉他的锐气，仍然保持着对电影艺术的忠诚，对创作的执着追求。我在想，很多人只看到艺术家的辉煌成果，却很少注意他们在生活中的辛酸、努力、自我克制和自我激励的坚韧精神。

这点，我很赞赏托马斯·曼。他偏偏选取了席勒在创作过程中的这一方面作为他的小说题材，并把这个过程称作"沉重的时刻"。（张贤亮：《〈牧马人〉的画外音》，《大众电影》1982年第5期。有删节）

谢晋来找我，对我来说还是另有一番意义，"久仰"二字绝非空泛之词。见了面，他对小说原著者的尊重，使我坚定了我走文学这条并不容易走的崎岖小道的自信。今天，也许我在中国文坛算得上一个站得住的人物，但十七年前，刚刚走出劳改队，精神和神经仍是"弱不禁风"。电影的"受众"比起小说来更为广泛，观众数以亿计，《牧马人》获得成功，我的知名度大增，这才鼓起了我后来一次次"闯禁区"的勇气。在当代中国社会，享有一定的知名度往往能享受到一定的精神自由，而精神自由是文学创作最不可少的条件。所以，我可以这样说，谢晋在促使我的精神解放上起了不小的作用。这也是直到今天我对他仍怀着感激之情的一个原因。（张贤亮：《亦师亦友说谢晋》，《文汇报》1999年1月8日）

我跟谢晋说要先熟悉生活，得去宁夏一趟。到了宁夏，张贤亮领我们去看他当年住的小屋子。那屋子还没有扒，一扇门，一个窗户，破极了，不像个房子。他给我们讲他的生活，是极大的屈辱……（李準：《李準文学回忆录》，广东人民出版社2021年3月，第112~113页。有删节）

小说集《灵与肉》由百花文艺出版社出版[1]，收录《灵与肉》《邢老汉和狗的故事》《吉普赛人》《四十三次快车》《霜重色愈浓》五部短篇小说和中篇小说《土牢情话》。这是张贤亮出版的第一部小说集。

《霜重色愈浓》收入宁夏人民出版社出版的同名小说集。

李準根据《灵与肉》改编的电影文学剧本《牧马人》刊登于《电

---

[1] 1982年11月第二次印刷。

影新作》第5期。

7月

宁夏人民出版社编辑、出版《爱国主义的赞歌——丁玲等评〈灵与肉〉》，收录丁玲《一首爱国主义的赞歌——读张贤亮的短篇小说〈灵与肉〉》、唐挚（唐达成）《质朴的美的开掘——漫评张贤亮的小说〈灵与肉〉》、阎纲《〈灵与肉〉和张贤亮》、胡德培《"最美的最高尚的灵魂"——关于〈灵与肉〉的主人公许灵均的形象剖析》、西来（何西来）《劳动者的爱国深情——赞张贤亮的短篇小说〈灵与肉〉》、沐阳（谢永旺）《在严峻的生活面前——读张贤亮的小说之后》以及张贤亮《从库图佐夫的独眼和纳尔逊的断臂谈起——〈灵与肉〉之外的话》《满纸荒唐言》《心灵和肉体的变化——关于短篇小说〈灵与肉〉的通讯》《灵与肉》。

8月

《灵与肉》入选中国社会科学院文学研究所编、江苏人民出版社出版的《1980年短篇小说年编》。

9月

小说《龙种》发表于《当代》第5期，《小说月报》第12期转载。小说《夕阳》发表于《人民文学》第9期。

《灵与肉》入选《人民文学》编辑部编、上海文艺出版社出版的《1980年全国优秀短篇小说评选获奖作品集》。

12月

小说《垄上秋色》发表于《朔方》第12期。

《大风歌》《给〈延河〉编辑部的来信》收入聂华苓（Hualing Nieh）编、美国哥伦比亚大学出版社出版的《百花文学·第二卷》（*Literature of the Hundred Flowers, Volume II:Poetry and Fiction*）①。这是张贤亮的作品第一次被翻译为英文在国外出版。

---

① 关于此书，邵燕祥《一本书的启示》一文曾有介绍："美国哥伦比亚大学出版社1981 年出版的《百花文学》，是一部两卷本的长达千页的大书。它所辑译的资料基本上勾画出从 1956 年双百方针提出到 1957 年'反右派'以至'再批判'这一阶段我国文学的轮廓。""《百花文学》的主编和英译者聂华苓，同好几位助手一起，从 1972年到 1976 年历时 5 年，才完成了这项工程。他们翻阅的原始资料卷帙浩繁，包括了像吉林日报、新疆日报这样的地方报刊。如果不是出版社考虑读者的承受能力，建议大力删节，篇幅还要更大，所收还将更广。""第一卷是理论，从毛泽东、周扬、陆定一的政策性讲话，到一些作家在双百方针提出后发表的意见，特别是围绕何直（秦兆阳）《现实主义——广阔的道路》一文和钱谷融关于'文学是人学'的文章等引起的'论争'——实际上只是批判，因为没有反批评——兼收了引起'论争'的原文和对它的批判文章。""第二卷是被批判的诗和散文以及涉嫌'集团'者的作品。诗歌有艾青、流沙河、穆旦（《葬歌》和《九十九家争鸣记》等）、张明权（《更相信人吧》）、张贤亮（《大风歌》）、邵燕祥、李白凤（《给诗人们的公开信》等）、丁芒（《动物园随笔》）、卞之琳、蔡其娇、孙静轩、公刘等十三家，散文有丁玲、艾青（《画鸟的猎人》等）、萧军、冯雪峰、徐懋庸、黄秋耘、王若望、李国文……王蒙等十家。""在每家作品后面同时选辑的评论文章，一般都是批判性的甚至宣判性的（如刘芝明对萧军）。只有王蒙的《组织部新来的青年人》后面，附录的是当时《文艺学习》组织的讨论中的五篇文章（秦兆阳、刘绍棠和从维熙、邵燕祥……康濯），没有一篇是持'彻底'批判态度的。""浏览了此书目录，特别是那些批判文章的作者姓名，就会悟到这样体例的文学史料集，为什么在搜求方便多多的国内竟是难产的。这本书的编者，当时与书内的被批判者和批判者都未曾谋面，甚至完全陌生，看文不看人，能保有一种持平的姿态；不像'身在此山中'会受人际关系的干扰。当然，还不仅仅因在海外而比较超脱（身在海外也未必就很客观），而在于从事学术工作必要的科学求实精神。"邵燕祥：《旧时燕子》，河北教育出版社 1997 年 6 月，第 124~126 页。

4 月

8 日，根据小说《灵与肉》改编的彩色宽银幕故事片《牧马人》在银川上映。

创作谈《牧马人的灵与肉》分别发表于 18 日《文汇报》和《电影研究》第 4 期。文章说：

《灵与肉》本来准备写成五万多字的中篇，而我为了适应月刊的容量把它砍成了一个不足两万字的短篇。砍去的部分，多半是心理分析和理念的变化过程。我写《灵与肉》，不过是想借编故事的形式忠实地记录下我生命史上的一个时期的生活和感受，完全没有奢望她能获得赞许或得奖。

原来的五万字，对许灵均通过学习马克思的书，树立了坚定的社会主义信念，还写了很多，但因为砍去了议论部分，于是我干脆全部舍去了那条线。并且，为了强调他对祖国、对乡土、对劳动人民的感情这条线，在小说的结尾还加了这样一句话："任何理性上的认识，如果没有感性作为基础，就全部是空洞的。在某些方面，在某些时候，感情要比理念更重要。"这样一来，反而使许灵均这个人物单薄了，从而曾引起了一番争鸣。这种削足适履的做法，我将引为教训。

5 月

1 日，上海 40 家影院同时公映《牧马人》。

闪耀着劳动人民心灵美和爱国主义光辉的彩色宽银幕故事片《牧马人》，今天起在本市四十家电影院公映，一部电影同时有这么多电影院放映，这是近年来所少见的，它将为五月的上海银幕增添夺目的光彩。

影片《牧马人》已在一些地方和单位放映，它叩开了观众的心扉，使人们由衷地欢笑、流泪、赞美……称赞它准确地反映了我国政治生活中的曲折，用人民艺术家的赤诚之心塑造了生动的人物形象。上海市电影局局长张骏祥说："政治运动不是不能写，关键是怎样写。《牧马人》为我们做出了好榜样。"著名剧家于伶说："剧本的文学性，导演的眼力和功力，是提高影片质量的重要方面，《牧马人》是一部值得电影工作者学习的好影片。"著名话剧演员江俊热情赞赏扮演李秀芝的丛珊，表演朴素、自然、纯真；朱时茂演的许灵均质朴、真挚，在与许景由的关系上，掌握得很有分寸；牛犇扮郭谝子，善良、幽默，妙透了。

很多同志赞美许灵均热爱社会主义祖国和劳动人民的深厚感情。湖南省一位文学工作者说：许灵均在困境中没有消沉，而是把自己融化在祖国、人民、大自然之中，从中吸取力量，增强信念，他是我国一代知识分子的典型。那些与许灵均有着相似遭遇的观众，看电影时抑制不住激动的心情，热泪盈眶。北京袁征在给影片导演谢晋的信中说：我和许灵均有同样的经历，我决心同党和人民一起为振兴中华而出力。归侨工程师王尚茂……受到很大委屈，他谈到他也遇到了像影片《牧马人》中董大爷、郭谝子那样的好同志，经常安慰他、保护他，有的还勇敢地挺身而出为他辩护。

观众对于影片《牧马人》中董大爷、郭谝子等劳动人民，留下了深刻的印象，他们从这些人物身上，看到了人民的可亲可敬，看到了我们民族的伟大，产生了希望和力量。被南京部队命名为"奋不顾身为人民的好战士"的戴孝天，最近由团市委邀请来沪，他在一次座谈会上说："我看了影片《牧马人》，受到了一次生动、形象的爱祖国爱人民的教育。"（《热情讴歌一代知识分子爱国思想的好影片　四十家影院今起同映〈牧马人〉》，《解放日报》1982年5月1日。有删节）

13 日，致信丁玲：

看到您在《文艺报》上发表的《漫谈牧马人》（《文艺报》1982 年 5 月号——引者），很激动。尤其是"这些受过罪的人，心情究竟是怎样才好起来的？这是需要搞懂的。"这话，我和老师的意思完全相同。我在《文汇报》上发表了一篇短文，也谈的是这个。望您在百忙中过目，您会看到我和您的心是相通的。

继《灵与肉》之后，我发表了两个中篇，《土牢情话》和《龙种》。《土牢情话》被《文艺报》评论为近几年来写爱情题材较好的。《龙种》在中央书记处办的《调查与研究》上（113 期），和《乔厂长上任记》、《三千万》并提为写"四化"较好的作品，已经由我和导演合作改编成电影，已在本地开拍。

现在我正在搞一个十万字的中篇——《河的子孙》。这个题材和中间的人物使我非常激动。可能在年底发表（现已完成初稿）。（王中忱：《沙叶新、张贤亮等致丁玲信》，《清华大学学报（哲学社会科学版）》2004 年第 4 期）

创作谈《深入生活与学习理论》发表于《朔方》第 5 期。

6 月

11 日，《龙种》获"《当代》文学奖"。领奖时的发言发表于《当代》第 3 期《获奖作者的话》专栏：

我每发表一篇作品，内心总有一种对编辑和读者的深深的歉意。我从来没有能把我变成铅字的稿子再从头到尾一口气读完。读着读着，我的心就会因悔恨而痉挛起来。处处是失误、浅薄、粗露（粗陋——引者）、疏漏、笨拙……我从来没有在自己的作品中得到过艺术享受；那些在我写作时曾在我心灵中爆发出的闪光，通过文字就像被一层很厚的磨砂玻璃遮挡住了一样。

我从来没有满足过，所以我一直没有摆脱苦恼。

三年多来我还没有找到解除苦恼的方法，没有进入艺术境界；现在，我只得承认自己在艺术上是低能儿。

那么，为什么我还要继续写小说呢？

因为我憋了一肚子话要说；我看到的太多了，我经历的太多了。

我希望我们以后不要再看到我曾看过的那些阴暗的东西，不要再有那种痛苦的经历；我希望我看到的那些美好的东西，那些时常使我用留恋的温情来回忆的经历从此发扬光大。

不过，总有一天，我会从文学创作的队伍中退出来，到我喜欢的哲学和政治经济学领域中去的。

致信孟伟哉（写于3月21日），以《"人是靠头脑，也就是靠思想站着的……"》为题发表于《人民文学》第6期。《编者按》说："下面发表张贤亮致孟伟哉的信，是我们所十分欣喜的。题目系由信中所引用的黑格尔的话而来，由编者所加。我们欣喜于得知一个作家的信念形成；我们欣喜于作家学习马列主义，并用之于观察和认识生活；我们欣喜于作家对于自己的作品，也能够进行检视与评论；我们还欣喜于作家之间，这种严肃的交往内容。"人大复印资料《中国现代、当代文学研究》第14期转载。信中说：

在长达22年的被惩罚管制的生活中，我有许多痛苦的经历和直到现在还经常用留恋的心情来回忆的欢悦的遭遇。从1958年到1976年，我曾两次劳教、一次管制，一次群专、一次关监。生活，对我来说已经不是什么打击，而是一把带着尖利的锯齿的钢锯，来回地折磨着我。然而，使很多人难以相信的是，我竟从一个具有朦胧的资产阶级人道主义和民主主义思想的小知识分子，变成了一个信仰马克思主义的人。

我记不清了，仿佛阿·托尔斯泰在《苦难的历程》题词中说：

在清水里泡三次，在血水里浴三次，在碱水里煮三次……这话形象地说明了旧知识分子思想改造的艰巨性。当然，他指的是从沙俄时代过来的资产阶级知识分子。而不幸的是，过于早熟的我，生吞活剥地接受了我能接触到的封建文化和资产阶级文化，以致我在气质上和观点上，大约也能跻身于那种资产阶级小知识分子的行列中的。

……不过，我的转变过程，绝不是这某些人所能设计、所能想象的。而且，正因为我接受过封建文化和资产阶级文化。我才能比较容易地理解和接受马克思主义。关于这种转变，我将来一定要写出一部书来。我想，一部描写一个具有潜在的反党反社会主义意识的青年，经过了"苦难的历程"最终变成了一个马克思主义者的小说，对祖国、对党是有好处的，对下一代也是有教益的。

……不能不认识到，这22年中我在艺术上不仅没有丝毫进步，而且艺术趣味和艺术眼界都变得平庸和狭窄了，这就降低了现在自己在艺术上追求的水准，这是我最近深感苦恼的事：想达到更高的标准困难，写一般的东西又似乎不屑于；四十多岁学吹鼓手，丹田之气总感不足，因此一直在艺术的门外踟蹰着。而党和人民给我的条件与鼓励，老前辈和同志们对我寄予的厚望，又常使自己惶惶不安。（张贤亮：《人是靠头脑，也就是靠思想站着的……》，《人民文学》1982年第6期。有删节）

《灵与肉》英译本《牧马人》（*A Herdsman's Story*，胡志挥译）发表于《中国文学（英文版）》第6期。

8 月

18 日，在宁夏文联四届二次全委会会议上被增补为委员。

18 日，参加中国作协赴新疆参观团，前往石河子、伊犁等地采风。其间，所作旧体诗"东临高昌域，北进伊宁府，行程三千里，胜读十年书。战士为我友，庶黎是我师，今日唱别离，再登新征途"
发表于《新疆文学》第 11 期。

《龙种》单行本作为"百花中篇小说丛书"之一，由百花文艺
出版社出版。

9 月

《龙种》入选人民文学出版社编辑部编、人民文学出版社出版
的《1981 中篇小说选（第 2 辑）》。

10 月

应《飞天》编辑部邀请，与汪曾祺、林斤澜、邓友梅等一道为
《飞天》编辑部举办的文学讲习会授课。

11 月

3 日，接待到宁夏访问的陕西青年作家贾平凹、和谷。

本年

年底，当选政协第六届全国委员会委员。

1982 年年底，出现一件事。它既不属于我的生活，也不属于
我的文学和艺术。它出现时我不知道它对于我究竟有什么意义，因
为此前我连它的名字都没留意过。但是，一天我在报上看到我被列
入"政协第六届全国委员会委员名单"中。什么是全国政协委员？
我是怎么成为这个委员的？没有任何部门找我谈过。我在这名单上
发现一些熟悉的人名，文化界的有巴金、萧军、丁玲、叶浅予、冯牧、
华君武、李可染、胡风、蒋兆和、戴爱莲、吴祖光、杨宪益，还有
项堃、李谷一、张瑞芳、溥佐、王丹凤、刘德海、骆玉笙、俞振飞、

张贤亮等。何士光也在里边。其他还有科学、医学、农业各界，总共一两千人。这样庞大的阵容要做什么？我都不知道向谁打听去。

正巧，那天听百花出版社的编辑说，张贤亮被邀到天津来改稿，住在大理道的市委招待所，我很想去看他，特别是要和他谈谈政协委员的事。他肯定比我事先知道了。那天晚餐过后我和妻子去看他，我带着那张登载着政协委员名单的报纸。贤亮所住的这个市委招待所曾经是我妻子亲戚家的老宅子，旧英租界里一座英式木结构古朴的尖顶楼房，规模很大，院子里有很多高大的树。贤亮住在顶层的一间斜顶的阁楼里。我们敲门，贤亮开开门，上身穿着一件睡衣，他见我妻子来了，马上说："我去换衣服，穿睡衣见女士不礼貌。"我笑道："还要装什么绅士。"

进屋后，我把报纸给他看，说："知道你是政协委员吗？"

贤亮露出惊讶，说："逗什么？"接过报纸一看，表情不解地面对我说："怎么会看上咱们？"但又掩盖不住心中的兴奋。原来他也不知道自己是政协委员，可是他比我更清楚这个社会职务在中国政治生活中并不一般的位置。贤亮说："这可不仅仅是国家对你专业成就的一种认可。"贤亮年长我6岁，别小看6岁，往往赶在一个节点上，6年在历史上可能就隔着一个时代。比方他是"右派"，我就没有"反右"的经历。这样，他经历的就比我多了一个"时代"，一个时代会有多少东西，尤其是"反右"。这种时代印记只有实际经历了，才会实实在在留在身上，抹也抹不掉，好像树干里的年轮。（冯骥才：《激流中》，《收获》2017年第5期）

英文版《绿化树》（戴乃迭译）作为"熊猫丛书"之一，由中国文学出版社出版。

1 月

3—15 日，应邀赴上海参加全国电影创作会议。

散文《伊犁，伊犁——旅疆随笔之一》（作于 1982 年 9 月 10 日）发表于《伊犁河》第 1 期。

2 月

小说《河的子孙》发表于《当代》第 1 期，《中篇小说选刊》第 4 期转载。

小说《肖尔布拉克》发表于《文汇月刊》第 2 期，《新华文摘》《小说选刊》《小说月报》第 4 期、《中篇小说选刊》第 5 期转载。

散文《古今中外——旅疆随笔之三》（作于 1982 年 10 月 30 日）发表于《绿洲》2 月号。

评论《以简代稿谈〈龙种〉——致王宗元的信》发表于《朔方》2 月号。文章说：

我认为，许多关于《龙种》的评论，都没有按住《龙种》的脉搏。《龙种》的要害——用"文化大革命"中流行的话说，就是企图用文学手段来"图解"马克思主义政治经济学。

"图解"，是的，我不避讳这两个字。

我认为文学大师们其实都在文学作品中"图解"自己政治的、哲学的、伦理的观念，从而才有其存在的价值。托尔斯泰三部巨著中的三个不同的人物——《战争与和平》中的彼亥尔、《安娜·卡列尼娜》中的列文、《复活》中的聂赫留朵夫，他们在各自领地上搞的改革，其实就是托翁本人的政治经济学；让·保罗·萨特，干脆就在他的戏剧和小说中宣扬他的存在主义哲学。这样的例子比比皆是，我就不枚举了。于是，我常想，我们为什么就不可用文学作品来宣扬马克思主义呢？

写《龙种》，是我这样做的一次尝试。

4 月

20 日，《从〈龙种〉的拍摄谈我区开创文学艺术新局面》发表于《宁夏日报》。

28 日，宁夏电影制片厂摄制的彩色故事片《龙种》首映式在银川举行。

5 月

《从库图佐夫的独眼和纳尔逊的断臂谈起——〈灵与肉〉之外的话》被收入巴伟、虞阳编选，浙江文艺出版社出版的《中青年作家创作经验谈》。

6 月

18 日，《应该有史诗般的作品出现》发表于《光明日报》。

文章说：

1978 至 1980 年的"伤痕文学"实际上是作家本人精神伤痕的表现。我说："再给我们一段愈合的时间吧，到时我们会唱出夜莺般的歌。"

如今，又过去两年多了。纵观三中全会到现在，不但我国政治经济形势呈现出三十多年来从未有过的安定与繁荣，我们的文学艺术也创造了从未有过的百花盛开的局面。中国的作家艺术家，尽管有的生活条件还比较艰苦，而在创作的自由上和受社会的尊重上，也是 30 年来从未有过的。当代中国作家和艺术家，是在一个空前的思想活跃的氛围中创作的。伤痕，已基本上得到了愈合。

当然，现在还不是唱"夜莺般的歌"的时候……我们"在前进的道路上仍然存在着种种困难"。我们的生活是绚丽多彩的，然而又不尽如人意；我们取得了伟大的成就，但同时又出现了种种新问题。从某种意义上说，我们面对的世界，要比过去复杂得多，丰富得多。所以，这就要求我们作家既有历史的反思，又要直面当前的现实。（张贤亮：《应该有史诗般的作品出现》，《光明日报》1983年6月18日。有删节）

4—24日，第一次作为全国政协委员赴北京参加全国政协六届一次会议。其间，应中央统战部邀请到中南海座谈。

那一年我和作家何士光、冯骥才、叶文玲同时成为全国政协委员。我们四个作家刚刚从灰头土脸的世俗生活走出来，第一次步入壮丽的人民大会堂"参政议政"，怎能不感慨万千？他们不能了解，我这双跨过死人堆、20年之久没有穿过袜子的脚踏上人民大会堂的红地毯是一种什么样的特殊感觉。试问我同辈作家，虽然我们都是从艰难困苦中摸爬过来的，但有谁在20年间穷得连袜子都穿不上？

大会中的一天，当时的中央统战部部长召集了十几位新增的文学艺术界政协委员到中南海座谈。当时，文艺界最迫切的问题就是拨乱反正和平反冤假错案，发言者纷纷反映本地区、本单位存在的问题。我当时针对中共党建问题提出了自己的看法。我以为没怪罪我已经算走运，没想到两个月后的一天，我们宁夏（回族——引者）自治区宣传部文艺处处长刘德一同志给我来电话，叫我去宣传部"谈话"。到他的办公室，他很神秘地从抽屉里拿出份文件，在我眼前一晃，说："你在政协会上说的话，耀邦同志做了批示了。"他只让我瞥了一眼，我只看到是一份发给各级党校的什么红头文件，有关我的话的批语头一句是："这位作者的话值得注意。"（马国川：《张贤亮：一个启蒙小说家的八十年代》，《经济观察报》2008年4月19日）

1984年我的小说《绿化树》发表后，有同行讥讽我小说中"踏上红地毯"这句话太"俗气"。那请你想一想，我这双跨过死人堆、20年之久没有穿过袜子的脚踏上人民大会堂的红地毯难道没有特殊感觉？试问我同辈作家，虽然我们都是从艰难困苦中摸爬过来的，但有谁在20年间穷得连袜子都穿不上？

但是，我这双穿上袜子的脚并没有因为"踏上了红地毯"参政议政而自满，软化了我应有的锐气和勇气。

在《绿化树》发表之前的1983年，我就"踏上了红地毯"。一次，当时的中央统战部部长阎明复召集了十几位新增的文学艺术界的政协委员到中南海座谈。其中多数现在已经过世，今天仍健在的如我之辈，也垂垂老矣，记得有冯骥才、何士光、叶文玲等人。委员们在中南海富丽堂皇（今天想起来也很一般）的会议室中"分宾主坐下"。我刚从劳改农场爬出来不久，"中南海"这三个字对我来说是个可望而不可即的……地方，今天居然能在这里占一席之地，这种真正意义上的"云泥之别"，令我感慨万端。（张贤亮：《好大一棵树》，《文学界》2009年第1期）

我们第一次参加政协会已经是1983年的春天了。那时的政协与今天完全不同。文化艺术界的政协委员住在大雅宝胡同军区招待所，三人一屋，我和贤亮、何士光同居一室。士光家在贵州，人内向，有精神定力，我们三人性格完全不同，却能深谈。我们吃饭在大食堂里，十人一桌，每顿饭四大脸盆炒菜或烧菜，通常一盆菜中有肉，一盆炒鸡蛋，两盆素菜；还有三盆，一盆米饭，一盆馒头或花卷，一盆汤。我那时身体健壮很能吃，贤亮比我还能吃。他还常叫我给他带一个馒头回去。在食堂吃饭是不好再带走东西的。我就先把馒头放在眼前，再掏出手绢擦擦嘴，顺手把手绢盖在馒头上，完事将手绢和馒头一起抓走，回到屋里把馒头扔给他。我说："我可不能天天这么偷馒头，哪天把我抓住，只能把你供出来，撒了你这委员。"

一天我与何士光谈起贤亮这个奇怪的食欲。士光说他一定是曾经挨过饿，饿怕了，就像杰克·伦敦《热爱生命》中那个主人公，被从死亡线救到船上后，天天吃过饭必偷几片面包带回舱，掖在床垫下边，后来叫船员们发现了报告给船长。船长说："这是饥饿造成的，是对饥饿的一种恐怖，过一阵子就会好了。"果然，一些天后他的床垫下不再有面包了。

贤亮后来也不再叫我给他偷馒头，但他依旧见饭如命。他很聪明，主动结识了几个大会工作人员，和他们打得火热，每天夜里跟着这些工作人员去食堂吃值班夜宵。我想，他究竟经受过怎样极端残酷的饥饿才留下这样畸形的食欲？他好像总怕什么时候断食了，必须不断地吃。更奇怪的是，每遇到特别好吃的东西，我会很解馋地几口吃下去，他反而吃得很慢，带着一种欣赏的态度，慢条斯理地一点点吃，好像怕吃没了似的。我和士光笑他。他说："食色性也，你们不懂，这是孟子说的。"我笑道："贤亮你的食和色全是个谜，你可别怕我研究你。"（冯骥才：《激流中》，《收获》2017 年第 5 期。有删节）

7 月

创作谈《不可取的经验》（作于 1983 年 5 月 5 日）发表于《中篇小说选刊》第 4 期。文章说：

我的作品，常常是在"别人作品的触动下写出来的"。"我有比较多的生活积累"（这并不值得炫耀，这是"花了极大痛苦代价得来的"，我宁愿没有这么多的生活积累），但我却不爱动脑子，天生一个懒毛病，浮在自己的生活积累上，从不主动地从中提取出什么题材，非要别人来推动我一下，我才能想起来去写个什么。正如和我获得这些生活积累一样，是被迫的，被动的。

这种推动或启发，往往是从反面而来的才有力量。譬如，这些作品必须要引起我这样的思索："这种人是这样的吗？""生活是这样的吗？"直到我把我熟悉的人和生活与书中的人和生活相对照，而为"这种人"、为"生活"鸣不平的时候，我才有兴趣动笔。《邢老汉和狗的故事》是这样，《土牢情话》《灵与肉》《龙种》是这样，《河的子孙》也是这样开始写的。

8 月

4 日，给在上海举办的中国当代文学第三期暑期讲习班学员作讲座。

26 日，《文汇报》刊登记者林伟平专访文章《从碱水泉来的"牧马人"——访旅沪作家张贤亮》：

不管在礼堂讲坛，还是在清雅的宾馆卧室，他依旧是一副粗喉大嗓，俨然还是个牧马人。张贤亮最近旅沪，人更精神了。

他那曲曲折折的生活经历，深沉而富有诗意，大概可用"从'肖尔布拉克'到人民大会堂"的说法作粗线勾勒。

《肖尔布拉克》是张贤亮描写60年代外地人员"盲流"新疆的小说。这次来沪，他是同宁夏《朔方》杂志的一位编辑一起将这部小说改成电影剧本的。肖尔布拉克是个地名，意即"碱水泉"。小说的主旨是：凡吃过苦，在碱水泉里泡过的人，都有一颗金子般的心。小说并非作家自传，然而张贤亮自己，倒也确确实实在肖尔布拉克泡了二十多年。李準为改编电影剧本《牧马人》去过他生活的宁夏农场。眼看那无法形容的荒凉，连见多识广的李準也惊愕了，忍不住拍着他的肩膀说："哎呀，小老弟！想不到你二十多年来就生活在这么个荒凉地方！"

在那里本来无书可看，更不用说文艺作品。与他日夜相伴的，只有两本书，一本是恩格斯的《反杜林论》，一本是马克思的《资本论》二卷。在清贫中他孜孜矻矻地研究政治经济学和哲学的理论，甚至忘了被"劳改"过的"前科"，大胆地向《红旗》杂志投去论文；58 年（1958 年——引者）前，他发表过六十多首诗。在一起劳动的地方，一位有见识的回族老人，看出了他的才气，鼓励他用小说记录对生活的感受。从此，他有了新的欢悦和苦恼——《灵与肉》里留下了他童年痛苦的回忆和对祖国大地的赤子之情；《土牢情话》留下的是荒谬时代也无法泯灭的美好人情；对政治经济学"一往情深"的研究干脆会不加掩饰地出现在《龙种》里；逃荒时对古老黄河从外貌到内涵的认识，则通过《河的子孙》表露出来……

引人注目的是，他的作品中几乎没有一个可憎的女性形象，在作家饱含温情的笔端下，她们总是那样朴实、善良、勤劳、贤惠，她们是作家艰难生活时期"梦中的洛神"，即便是讨饭的女子也毫不例外。谈到这一点，张贤亮说："那时我下地穿的是露着屁股眼的裤子，她们先是一声喝：'张贤亮！你是要流氓怎么地！'说罢便会找出最好的布给你缝上……"

张贤亮今春被选为全国政协委员。四年前，他还在大田劳动，四年后走进了庄严的人民大会堂，出席全国政协大会。谈起这一点，作家感慨系之，十分动情。他说："我是在有生活经历，但没有艺术准备的情况下匆匆走上创作道路的。除了《土牢情话》，我对自己的作品，包括将发表在《小说家》第 2 期上的长篇《男人的风格》都觉得有缺憾。不过请相信，生活在发展，我们对生活的认识，也会随之不断提高的。"

长篇小说《男人的风格》发表于《小说家》第 2 期。

我和贤亮的相识，是在 1983 年《小说家》创刊的时候。其时，期刊竞争十分激烈。新办一种大型文学刊物，没有实力派作家的支持，是很难打开局面的。时任市委副书记兼宣传部部长的陈冰同志曾在宁夏工作多年，与贤亮友谊甚深，他动员贤亮将手头即将结稿的长篇小说《男人的风格》交由百花文艺出版社所属的《小说家》发表，以示支持。贤亮欣然同意。于是出版社总编辑谢国祥同志责成我抓紧落实。我接受任务后，当天下午便启程经北京坐夜车前往宁夏。第二天上午到达银川。因为与贤亮是头一次见面，按照事先电话约定的方式，出站时我手中举起一本《小说月报》。刚一抬手，不远处便传来一声热情的呼唤："是郑法清同志吧？我是张贤亮。"这就是我与贤亮第一次握手的情景。

20世纪80年代，汽车很少，贤亮还特意找来一辆小车，将我送到招待所，并与我共进午餐；下午，又陪我拜访了宁夏文联《朔方》编辑部的众多友人；晚间，还和朋友们一起，请我吃饭，共话当时的小说创作。从此之后，我便有了一群宁夏文艺界热情好客的朋友。

第二天上午，贤亮将我接到他的家中，商谈《男人的风格》结稿和发稿事宜，并设家宴款待。就是在他的家中，我第一次吃到了鲜嫩可口的羊羔肉。

按照贤亮的安排，他还想陪我去黄河岸边，让我坐一坐那里的羊皮筏子。我告诉他《小说家》创刊号发稿在即，我必须尽快返回天津。贤亮感到有些遗憾，沉吟一下，终于表示："那也好，将来还有机会。正好我去北京还有些事情要办，我们明天一起坐飞机去北京。三天以后，我去天津找你，稿子稍事整理就可以交付审阅。"

几天之后，贤亮如约来到天津并如期交稿。我知道出版社老编辑刘国良同志曾为贤亮编过第一本小说集《灵与肉》，他们彼此可说是知音。于是，特别请国良担任这部稿子的责任编辑，作为《小说家》第2期头条发表。

由于《小说家》创刊号同时发表了蒋子龙、冯骥才、叶辛三位作家的中篇力作，第2期、第3期又相继推出张贤亮的长篇和程乃珊的中篇，发行量一跃而达到 24 万余份，出现了当时期刊竞争中极为罕见的现象。（郑法清：《忆贤亮》，《朔方》2014 年第 11 期）

9 月

29 日，在中国作协宁夏分会会议上，当选中国作协第四次会员代表大会代表。

《满纸荒唐言》被收入周鉴铭编、湖南人民出版社出版的《走向文学之路》。

10 月

日文版《邢老汉和狗的故事》（六木纯译）由日本文艺春秋出版社出版。

11 月

致信冯骥才、何士光，以《写小说的辩证法》（1983 年 8 月 16 日写于北京）为题发表于《小说家》第 3 期。信中说：

我有很多要写的东西，有几个构思，是我们三人在 711 那间房子里海阔天空地神聊时谈过的。有时，我会激动得夜不能寐。我曾这样想，命运所以叫我遭遇到如此多的事，大概就是有意要把我造成一个写小说的吧。

我终于急煎煎地离开了上海，准备回宁夏去赶紧动笔，在今年还剩下的不多的时间里，把我设想的"系列中篇"——总题名为《知的历程》（即后来的"感情的历程——唯物论者的启示录"系列——引者）——至少先搞出一部来。

……在"空招"时，还记得吧，我们曾经关起门来检查过自己作品的失误，也议论过别人的弱点。我说过，我自己和某几位当代青年作家的某些(不是全部)作品有嫌于写得太"满"、太"实"。这个"满"和"实"是从贬义来说的。人物的动作、语言、心理活动所构成的情节是一个紧接着一个,这些情节连成一条不断的线,整条主线都直露地指向事先设定的目的,似乎这里就表现了我们的技巧,但却很少给读者留下回味的余地,反而使读者有一种沉重感。

……我对自己发表的作品从来没有完全满意过,作为一个普通读者,我读其他同志的作品时也常常有种焦躁情绪,有种恨铁不成钢的遗憾。许多题材、角度都很好,并且有一定深度的作品,总有某些地方让我扼腕而叹。

当然,我们这一代中青年作家都是仓促上阵的,"文革"("文化大革命"——引者)以前就先天不足,"文革"("文化大革命"——引者)之中又后天失调,致使我们在学识上和艺术修养上都相当赢弱。现在,我们开始拼命地来补课了。可是,从作品中看,许多同志补的课都仿佛嫌单一了一点,也就是说太"专业化"了,很少看出来在小说以外的各门艺术上进修的痕迹。

……有一天我和萧老——萧军一起在人大会堂的休息厅里喝茶。我问:"萧老,您看一个作家到了多大岁数就写不成小说了?"他风趣地说:"到多大岁数都能写,越老越成熟。问题是写小说就像谈恋爱一样,是青年人的事。到我这么大岁数,谈恋爱的心劲儿没有了,写小说的心劲儿当然也没有了。"这话虽是萧军式的俏皮,却很有哲理——一个作家应该永远保持对于生活的激情,年龄并不是能写小说的界限。这里,我就祝你们永远保持对于生活的激情吧,这对人到中年的我们非常的重要!(张贤亮:《写小说的辩证法》,《小说家》1983年第3期。有删节)

《邢老汉和狗的故事》转载于台北《文季》双月刊总第4期。这是张贤亮作品第一次被台湾文学刊物登载。

12 月

《学习毛泽东文艺思想的笔记》发表于《朔方》12 月号。

《男人的风格》单行本由百花文艺出版社出版。

英文版《灵与肉》（胡志挥、王明杰译）收入《中国文学》杂
志社编、外文出版社出版的英文小说集《中国当代短篇小说》。①

---

① 王旭、凌淑珍：《张贤亮作品在域外的传播与研究》，《新文学史料》2023 年第 4 期。
以下关于张贤亮作品外文译本译者、出版者情况，凡未特别注明者，均出自本文。

1 月

3 日，致信李国文①。信中说：

我是这样想的，对你我这样历经坎坷，命途多蹇的人来说，即使你在贵州的"群专队"里，我在宁夏的劳教农场里，也都在思虑着国家的命运。痛苦的生活清楚地告诉了我们，我们个人的命运是和国家的命运紧密相连的。在这种心情中，不要说两个姑娘那番有点令人心酸的对话，就是看到两条狗打架，我们也会联想到社会问题上去。这样，在三中全会以后，我们当然会如你所说的，"为立志改革的斗士们唱一支赞歌，使更多的人来关心、支持这场具有伟大历史意义的改革"了。

不改革，中国便没有出路，不改革，党和国家就会灭亡，不改革，你我就又会坠入十八层地狱，哪有你优哉游哉地写《花园街五号》，我优哉游哉地写《男人的风格》的条件？……我们还可以加一句：不改革，便没有当代文学的繁荣！

……作为一个当代中国作家，首先应该是一个社会主义改革者。我们自身具有变革现实的参与意识，我们的作品才有力量。如若我们自身缺乏变革现实的兴趣，远离亿万人的社会实践，我们就等于自己扼杀了自己的艺术生命。我们也就不能再从事这种职业了。

……当然，我们以社会主义改革者来要求自己，并不意味着我们必须写改革者。这是不言而喻的。程乃珊可以写《蓝屋》，铁凝可以写《没有钮扣的红衬衫》，我也可以写将在《十月》第 2 期发表的《绿化树》。（张贤亮：《写小说的辩证法》，《小说家》1983年第 3 期。有删节）

10 日，应陕西人民出版社《文学家》编辑部邀请，赴西安参

---

① 后以《当代中国作家首先应该是社会主义改革者》为题，发表于《百花洲》1984年第 2 期。《新华文摘》第 7 期、人大复印资料《中国现代、当代文学研究》第 10 期全文转载。本书有删节。

加系列文学活动，拜访胡采、王汶石、魏钢焰①、杜鹏程等陕西老作家。

　　冬日，古城的清晨……我们陪同作家张贤亮乘此美好的时光，去拜访陕西的老一辈作家。

　　……进了作协的大院……作协副主席王丕祥一见张贤亮，就对……不幸深表歉意。张贤亮这是第一次到西安来，尽管大家从未见面，但心却是在一起的。诗人余念②、魏钢焰也深情地谈到了这一点。正如女作家贺抒玉说的："贤亮是我们陌生的熟人。"

　　随后，我们穿过作协后院，贤亮说："没见过这么好的院落，

---

① 1957年，时任《延河》主编的胡采、副主编的魏钢焰，因《延河》刊发张贤亮《大风歌》、朱宝昌《杂文，讽刺和风趣》、平平《"论抒人民之情"读后》所谓"三株毒草"，而被指"思想上存在着资产阶级文艺思想，政治上存在着右倾情绪"，"没有明确认识到《大风歌》和张贤亮的思想本质"，并因此作自我检讨。胡采检查自己"曾认为《大风歌》有一种'盲目的冲击力，似乎把什么都要吹倒。'认为张贤亮是'否定一切的疯狂性'"，并检讨自己"近一年来，首先从政治倾向和政治标准这方面、从作为阶级斗争武器和文学的党性原则这方面，来考虑和观察文学作品与文学刊物，已经不够那么明确和强烈了，偏重从所谓艺术特征和艺术水平方面着眼和考虑，逐渐多起来了"。魏钢焰检查自己"开始认为：《大风歌》有'激情'，有'浪漫主义的气息'，经别人提意见后，才认为'和今天的时代感情不合拍'"，还检讨自己"在分析作家和作品时，那种缺乏明确阶级观点的资产阶级的非政治倾向，比如常常强调'作者的气质、对生活的爱，艺术良心、正义感、艺术的魅力……'"二人表示："通过检查工作，深深地认识到和体会到：七月号的错误，充分表现了自己的政治锻炼很不成熟，所站的马克思列宁主义和工人阶级的立场很不稳，没有很好经得起大风大浪的吹打。因此，下决心接受这一错误的教训，在今后的实际工作和各种斗争中，更好地锻炼和继续改造自己。"《延河》编辑部：《接受本刊七月号错误的教训　为保卫社会主义文学阵地而斗争》，《延河》1957年第11期，第86~87页。
② 1957年，时任《延河》编辑部主任的余念因发表诗作《方采英的爱情》（《延河》1957年第2期）和编发张贤亮《大风歌》、朱宝昌《杂文、讽刺和风趣》，被撤销编辑部主任并划为"右派"。关于编发《大风歌》，余念被指："张贤亮的《大风歌》的第一段，本来决定在《延河》四月号发表。后来，编辑部发现这首诗思想情感不对头，临时又抽了下来，并写信给作者，从创作倾向和时代感情两方面，对他的诗进行了批评。这一切都是余念亲自参加作的。作者张贤亮拒不接受编辑部的批评意见，写来了一封比《大风歌》更加狂妄、恶毒攻击党和社会主义的信。主编胡采同志看了这封信，认为张贤亮的信和《大风歌》，表现了一种'盲目地疯狂地否定一切'的思想情绪，认为这在一部分青年中有代表性，所以主张把来信和《大风歌》加上按语一起发表出去，让大家讨论批判。并当面把这种意思告知余念。这是在四月末或五月初时候的事。六月初，余念向副主编魏钢焰同志说：'《大风歌》压的时间太久了，这期（指七月号——引者）发表吧！'但是，在七月号上发表了《大风歌》，却没有同时发表张贤亮的来信，在余念署名'土木'所写的'编后记'中，对《大风歌》的问题，竟只字未提。既然余念在三月份就看出了《大风歌》有问题，怕犯错误提意见抽了下来，可是到了六月，余念看到右派分子在大鸣大放，到处散发反党反社会主义的烂言和毒草，这时，余念就不再怕犯错误了，并积极配合这个攻势，乘机把《大风歌》抛了出去。"《延河》编辑部：《接受本刊七月号错误的教训　为保卫社会主义文学阵地而斗争》，《延河》1957年第11期，第88页。

由此可以看出陕西省委对作家的重视了。"说话之间，已到作协主席胡采的楼门前，他正好迎出来。大家落座之后，宾主就文学创作有一段极其精辟的谈话。

贤亮：痛定思痛。尽管过去是一个悲剧，但在艰苦的生活中，我却读了许多马列主义的书。

胡采：对一个革命者来说，即就是当时不愉快，但对他也会起到一些积极的作用。你的作品，使我看到了这一点。只要和人民在一起，就会从他们的身上吸取到好处。

贤亮：在今年《十月》第二期上，我就写了《绿化树》这样一个中篇，请胡老指正。我们中青年作家身上的担子很重，我没有把自己说成灵魂的工程师，我只是想改革，没有改革就说不上文学的繁荣。

胡采：你的作品是明朗的，它在客观上已起到灵魂工程师的作用。你想到了作品的社会效果，这点是很重要的。

贤亮：作家必须从自由的王国到必然的王国，和党中央保持一致。

胡采：作家必须是生活的主人，才能写出好的作品。你以前是这样作的，希望今后继续努力。

在握别的时候，张贤亮感谢胡老的关怀，一再请他留步。之后，贤亮又拜访了作家王汶石、杜鹏程、李若冰等。当分别时，已是午后一时许，他应《文学家》编辑部之邀，还要往西安逗留数日，看看这块土地上的历史遗迹和今日的繁荣。他说，他的思念，在长安。（静波：《他的思念在长安——作家张贤亮小记》，见静波编著《梦楼小品》，陕西人民教育出版社 1993 年 4 月，第 78~79 页。有删节）

11 日，参加由《文学家》编辑部举办的"兄弟文学期刊与张贤亮见面座谈会"。

12 日，在西安人民剧院为青年文学爱好者作讲座。

14 日，在西安与中国作家协会陕西分会 70 多名作家、评论家、编辑、青年作者座谈。第一次和路遥见面。

　　我是在由陕西中国作家协会在西安举办的笔会上认识路遥的。可是路遥好像出席不多，出席时也是一脸愁云，很少说话。西安笔会还安排我在"人民剧院"讲了一次"创作谈"。……那天，我一人在台上舞之蹈之高谈阔论后，陕西作协请我吃饭，路遥也在座，仍然很少说话。但吃完了饭他非常诚恳地要我到他家坐一坐，说是他家离饭店不远。我记得他家就在陕西作协院内的宿舍楼里，连建筑面积也就七十多平方米的样子。当年人人家里的陈设都很简单，而路遥的家更是简单得近乎简陋。在他家里，和他坐在一起就和在农村炕头上盘腿而坐没有区别，西安这座城市立即消失了。坐下后他给我冲了杯茶，用一个乌蒙蒙的玻璃杯。我突然发现好像整个房间都和茶杯一样乌蒙蒙的，连他整个人都笼罩在一片蒙蒙的雾中。当时在座的还有王愚[①]（评论家），我记得从路遥家出来走到街上，我对王愚说，你们陕西作家大概是中国作家中最不会生活的一群了。王愚跟我笑着说：对了！贾平凹刚买了个电冰箱，冰箱里放的只是辣面子和醋。那时陈忠实还没有像今天这样经常被人谈起，后来才知道忠实那时常住在乡下。我们西北作家和农村有着割不断的情感与生活方式的联系，因而农村永远是我们的疼痛点。

　　这是我和路遥见的第一面，也是最后一面。

　　……路遥著作等身，在中国文学史上占着重要的一章，但他一生辛苦，不懂物质享受，大概没有过过一天快活的日子。不知怎么，

[①] 1957 年，时任《延河》理论编辑的王愚，因协助编辑部主任余念编发朱宝昌的《杂文、讽刺和风趣》，被指为余念的"反动助手"和朱宝昌"反党反社会主义思想的应声虫"，划为"右派"。《延河》编辑部：《接受本刊七月号错误的教训　为保卫社会主义文学阵地而斗争》，《延河》1957 年第 11 期，第 88 页。

我一想到他，就想把陆游"死去元知万事空"的诗句改成"未死已知万事空"。（张贤亮：《未死已知万事空》，见申晓编《守望路遥》，太白文艺出版社 2007 年 10 月，第 39~41 页。有删节）

在几次会上，他（张贤亮——引者）都从哲学的角度，联系创作实际，讲到作家的创作必须进入自由状态的问题。他认为，作家的本体"我"，以及与"我"相对立的外在世界，处于一种什么样的关系，对创作是十分重要的。一个作家，当他感到外在的世界，对"我"不是一种限制，而是和谐无间的时候，就是进入了心灵的自由状态。他还列举了 78 年（1978 年——引者）至 80 年（1980 年——引者）"伤痕文学"创作的状况，来论证自己的观点。……在他看来，我们绝大部分中青年作家，可以说都是三中全会的产儿，他们对马克思主义的拥护，对党对社会主义制度的拥护，对三中全会路线、对四项基本原则的拥护，是不言而喻的。但政治上的拥护并不等于思想上的认识。究竟什么是马克思主义？什么是科学社会主义？这些问题弄不清，而又非坚持不可，你就可能把它看成外在的、强加给自己的一种限制，一种框子。在这种状况下，什么分寸感呀，歌颂暴露呀等都来了。……作家心灵不自由，创作时必然瞻前顾后，无所措手足。要解决这个问题，不是摆脱马克思主义，摆脱"四项基本原则"，而是把这些外在的东西，变成自己内在的血肉，这样，框子就不复存在，你的面前，就会如列宁所说，真正"有个人创造性和个人爱好的广阔天地，有思想和幻想、形式和内容的广阔天地"。

他谈得很多的另一个问题是认为中国当代作家，首先应该是一个社会主义的改革家。他当然不是说每个作家都一定要直接去写社会主义改革。而是说作家应该清醒认识到，社会主义的改革，是关系到党和国家生死存亡的问题。因而应该具有强烈的改革的意识，要知道自己的历史使命。他说:"当十亿人都在为吃喝忙碌的时候,作为一个作家,你不承担一点责任吗?作家有了这种改革的意识,你在题材选择上是完全自由的,什么都可以写。我的《男人的风格》,直接写的改革,是给立志改革的人鸣锣开道的。但有更多的作品,从题材上看实际与此无关。"他甚至还认为,文学没有改革的意识是没有意义的。

张贤亮认为,要塑造社会主义新人,作家自己应该是社会主义新人。不要把社会主义新人看得高不可攀。社会主义新人不是天使及其信徒,他不可能没有缺点和错误,不是在后台装扮好了才登上前台的。只要他反对一切形式的剥削和压迫,对马克思主义有强烈的信仰和追求,他就是社会主义新人。他在"五四"剧院讲话时对下面的听众说:"我相信,在座的许多同志都是社会主义新人。我敢于公开宣称:我也是社会主义新人。一个作家,应该谦虚谨慎,但不要有自卑感。畏畏缩缩,精神低下,是写不出好的作品的。"坦率,是最有吸引力的一种品格。当张贤亮讲这些话的时候,台下气氛十分活跃,并报以热烈的掌声。

张贤亮同志谈话不仅坦率,而且相当雄辩,在原则问题上态度极其鲜明。这特别表现在五四剧院的报告会上他对听众所提问题的回答中。……请听听下面的对话吧。

有人问:你以为生活对你是公平的吗?

张贤亮答:我希望同志们不要老是计较生活对自己是不是公平。这是一辈子也计算不清的。

有人问:你是不是因为身边放着录音机才大讲马克思主义?

张贤亮答:十年……造成人与人之间的一种不信任情绪,以致一谈马克思主义,似乎就是虚伪。但是,文学的力量在真实,人格的伟大力量也在真实。我愿意做这样的人。

有人问：中国作家为什么写不出能得诺贝尔奖金的传世之作？

张贤亮答：不能得诺贝尔奖金，这里有极其复杂的原因。特别是政治原因。苏联的索尔仁尼琴就得过奖。我在艺术上不追求永恒，只求牢牢把握瞬间的真实。有了这一点，就能和读者进行交流，为他们所接受。美学只有在实践上才有意义。审美价值就在读者接受之间。一个作家真实地描写了他所反映的生活，到了若干年后，我们的后辈就能从他的作品中，了解到他们的先人在今天是怎样生活的，这就有了认识价值，从而也就获得了永恒。（陈深：《他也是黄河的子孙——张贤亮在西安》，《延河》1984 年第 4 期。有删节）

与杨仁山合作的电影文学剧本《肖尔布拉克—— 一个汽车司机的故事》发表于《电影新作》第 1 期。

散文《人比青山更妩媚——旅疆随笔之二》（作于 1982 年 9 月 30 日）发表于《朔方》第 1 期。

3 月

15 日，创作谈《创作自由从何而来》发表于《文学报》。

19 日，在北京参加 1983 年全国优秀短篇小说奖颁奖大会。

小说《肖尔布拉克》获 1983 年全国优秀短篇小说奖。

小说《绿化树》发表于《十月》第 2 期，《小说选刊》第 4、第 5 期，《小说月报》第 5 期，《新华文摘》第 6 期，《作品与争鸣》第 6、第 7 期，《中篇小说选刊》第 4 期全文转载。

小说《浪漫的黑炮》发表于《文学家》第 2 期。

《肖尔布拉克》入选上海文艺出版社出版的《1983 年全国短篇小说佳作集》。

在北京参加《十月》杂志社召开的"《绿化树》新书座谈会"

并发言[①]：

感谢同志们对《绿化树》的称赞和意见。作者受到评论家的重视，总是非常激动的。不过，我感觉得到同志们与其说是对《绿化树》这一部小说的重视，倒毋宁说是自去年下半年以后有一种担心和忧虑，一种热切的期待，现在，在 1984 年春天，看到我们的文学仍然沿着健康的道路继续迈进，仍然遵循着革命现实主义与革命浪漫主义的创作方法，于是由衷地感到欣喜。《绿化树》本身或许并没有达到同志们评价的高度，只不过适逢其会，在春天透露出来这样一点信息，给了同志们一种欣慰感罢了。

我已向《十月》的编辑同志表示过，我不准备就《绿化树》这一部小说写"创作谈"，因为她只是计划写的"系列中篇"之一。这里，我想谈谈我的计划，以求教于同志们。

所谓的"系列中篇"——《唯物论者的启示录》写的是什么，我在那简短的前言中已说了。我为什么偏偏要写九部，而不是八部或十部呢？除了"在清水里泡三次，在血水里浴三次……"外，还因为很少有音乐家写过第十交响乐，许多人都是写到第九交响乐就寿终正寝了。我准备每两年写出一部，我估计我只能有十来年的创作生命。

这九部中有五部是写主人公在 1979 年以前的经历的，四部写的是 1979 年以后的事情。在伟大的历史转换期，在我国社会主义社会进行全面改革的时代，主人公既然已成为一个信仰马克思主义的人，他就必定要用笔和舌直接参与一系列斗争。

因为两年才能写出一部，并且，所谓"系列"，只有全部完成以后才能按故事发展的时间顺序编成"系列"，我写的时候是"时

---

① 后发表于《小说选刊》1984 年第 7 期，文末自注："1984 年 3 月 23 日，4 月 30 日追记。"

空颠倒"的。比如，《绿化树》写的是主人公在 1961 年到 1962 年年初两个多月中的事，下一部可能一下子跳到 1975 年去了。所以，我尽量使每一部都独立成篇。有的同志对《绿化树》的结尾不太满意，我希望同志们能理解我，我只能用这样的结尾。但我承认这种结尾有股庸俗或至少是平庸的味道。我常常和自己的庸俗和平庸作斗争，可人总是很难"超越自己"，在以后所有的作品里我是否能克服这点我都很难保证。一部作品所达到的高度，取决于那个作者本人所能达到的精神高度和时代允许他达到的高度。

当然，我以后还要写《河的子孙》、《肖尔布拉克》和《男人的风格》这样的作品，并不是仅致力于写这部"系列中篇"的。

我希望读者能注意到，主人公在 1957 年前就是一个青年诗人，并且，如恩格斯所说，一个社会的统治思想就是那个社会统治阶级的思想。这样，从主人公特定的教养、素质和特定的社会条件出发，章永璘表现感情的方式和思想追求就是自然的了。他必定要使用许多伟大诗人和作家的语言，并不是我有意"掉书袋"；他只能在马克思的书中寻找人生的意义，并不是我有意往他脸上贴金。事实上，中国的很多知识分子，包括一些老一辈的革命家，不正是在"牛棚"里才对马克思主义有了更深刻的理解的吗？

我写的是"这一个"。但是，在《绿化树》中，章永璘作为一个文学人还远远没有完成。"人不能两次进入同一条河"，人也不能在两天中是同"一个"。"这一个"，要到《唯物论者的启示录》全写出来才可以说是完成。我觉得写出他来没有什么不可克服的困难，困难的是还要看在什么样的情况下写他的哪一段生活和心灵的历程。我希望我们的文艺政策坚定不移地沿着党的十一届三中全会所开辟的科学的马克思主义道路向前迈进。

我早就这样想过：在社会主义条件下追求马克思主义甚至比在

资本主义社会还要困难，至少不比在后一种情况下容易。因为马克思恩格斯曾明确地指出过无产阶级在资本主义社会中斗争的纲领与策略，却没有留下在社会主义社会中我们应该怎样行动（和写作）的遗训。这就给各式各样的假马克思主义者和糊涂的马克思主义者空出了好大一块地盘，让他们驰骋。我静等着对《唯物论者的启示录》的"批判"，那只会充实后两部中篇的内容。

但是，我热切地期待同志式的批评。当1984年以后有更多更好的作品问世时，同志们再返回来看，就会发现《绿化树》有许多不足之处。我希望能在我的起步时指出作品的缺点，以便我写好以下的中篇。

月底至4月，与严文井、陆文夫一道组成中国笔会代表团，应挪威、瑞典、丹麦三国笔会邀请，前往奥斯陆、斯德哥尔摩、哥本哈根等地访问、交流。在瑞典访问期间，拜访瑞典文学院并参观文学院图书馆。

承图书馆工作人员的好意，为我们中国作家来访，专门把翻译成外文的中国文学作品排出来摆在长桌上展览。这个展览，倒使我明白了中国作家，如巴金、艾青这样世界著名的作家、诗人尚未能够得诺贝尔文学奖的一个技术原因。

据工作人员说，长桌上的书籍已是瑞典文学院收藏的译成外文的中国文学作品之全部，但看来只有寥寥的数十本。我没有仔细数，充其量不过100本。那长桌子比乒乓桌略大一点，而所有陈列的书又都是翻开的，读者可以想象有多少了。这中间，又以译成外文的四书五经、《道德经》、《西游记》、古典诗词、宋元话本、明清小说居多。然而，如老子、吴承恩之流，是再也没有资格得诺贝尔奖金的了。

现代中国文学作品中，鲁迅的著作有几本，但都很薄；茅盾的作品有一本：《子夜》。

这些大师也已作古了。尚健在的巴金的著作，我们只看到两本，一本是《寒夜》，另一本也很薄，看起来不像是《家》。大家都知道，《家》已译成了许多外国文字，但遗憾的是这个最关键的图书馆却没有。艾青的诗没有专集，只有与闻一多两人的合集《死水与黎明》，而且是中瑞文对照本，这就可以估计出来所选的诗也不多。

当代中国作家的作品，我们只看到两本《中国文学》社编的"熊猫丛书"，一本是谌容、张洁、张抗抗、王安忆等六位女作家的合集，封面是她们六位女士的照片，故一看就认识。另一本是《中国当代短篇小说选》，其中有我的《灵与肉》。

现代文学作品，从封面看出，倒是港台翻译出版的比我们翻译出版的多。这且不去说它，使我们大为惊愕的是，姚文元的一本什么文学评论集，还当作主要的中国当代文学作品被陈放在很显著的位置上。这本书有三百多页，开本较我国一般的32开本大；我翻了一下，是一本打字本，不是印刷本。也不知译者是谁，但那封面却是印刷的，可能是哪一所大学自印的参考书。

工作人员对我们很友好、很客气，显然不会是有意使我们尴尬而放上这本书的。

他可能直到今天也不知道姚文元已经被我们打倒了，关进了监狱，也可能是照西方的习惯，认为人虽然犯了法，著作还可以保存下来。我们本想告诉他，姚文元这个文痞写的东西都毫无学术价值，不过是许多条打人的棍子，但转而一想，恐怕我们跟他说上一天，他也不会明白中国当时的政治背景，也只好作罢，放就让它放着去吧。也许它在将来还有点史料的价值。（张贤亮：《文学的殿

堂在股票市场的楼上》①，见张贤亮著《边缘小品》，陕西人民出版社 1995 年 3 月，第 14~16 页）

4 月

14 日，孙犁作《读小说札记》，其中第七则谈到《绿化树》：

张贤亮的中篇小说《绿化树》，这一期《小说选刊》只登了一半，我用两天时间读完了。作者的经历、学识，文学的修养，对事业的严肃性，都是当前不可多得的。

他的小说，受欧美，尤其是俄罗斯文学影响较重，时有普希金、果戈理、高尔基的创作精神，流露其间。开头一段，车夫所唱民歌，与大自然的协调，结合主人公的感叹，三方面交相激扬，其神韵，达到了使人惊心动魄，回肠荡气的效果。

马缨花这一人物写得很好，从中更可看到普希金、梅里美、高尔基人物创造的神髓。描写她的形象那一节，用笔自是不凡。

作者说这部小说，所得启示，与《资本论》有关，然从所读章节，实在还没有看出这一点。等看完以后再说吧。（孙犁:《读小说札记》，见孙犁著《孙犁全集·第七集·老荒集》，人民文学出版社 2004 年 7 月，第 239~240 页）

15—16 日，作协宁夏分会、《朔方》编辑部、《文艺通讯》编辑室联合举办《绿化树》讨论会。由何川江整理的题为《中国知

---

① 1995 年，此文收入作者散文随笔集《边缘小品》时，《作者按》说：“从所谓‘文学新时期’开始直到今天，中国文学界总把能不能得到诺贝尔文学奖当作中国文学走向世界的标志，甚至有‘诺贝尔情结’的说法。一个诺贝尔奖，使多少中国作家梦魂萦绕，有的人还专为奔这个大奖写了许多中国读者读得龇牙咧嘴、外国人看了也莫名其妙的作品。但真正和诺贝尔文学奖的主持人面谈过、多少了解点‘第一手材料’的中国作家大概极少，而我却有此机缘，还可说是在中国作家中与诺贝尔文学院接触最早的一人。此文写于 1983 年，当时严文井老师是我们中国作家访问北欧代表团团长，（陆）文夫兄和我是团员，陪同的翻译是作协外联部的何滨小姐。十几年过去了，评判诺贝尔奖的主持人已有更动，可是诺贝尔文学院楼台依旧，传统不变，也没有搞过任何‘体制改革’。我想，把这篇文章再次发表，还是有现实意义的。”张贤亮：《边缘小品》，陕西人民出版社 1995 年 3 月，第 11 页。

识分子命运的交响曲》会议纪要，刊登于《文学报》第 165 期，人大复印资料《中国现代、当代文学研究》1984 年第 14 期转载。

23 日，创作谈《努力提高认识生活的能力》发表于《人民日报》。

创作谈《必须进入自由状态——写在专业创作的第三年》[1] 发表于《文学家》创刊号，人大复印资料《中国现代、当代文学研究》第 14 期全文转载。

与冯剑华合著散文《第一次悼念——悼谢荣同志》发表于《朔方》第 4 期。

《邢老汉和狗的故事》被台北《光华》杂志节录转载。

5 月

5 日，宁夏文联和作协分会联合召开座谈会，祝贺《肖尔布拉克》获 1983 年全国优秀短篇小说奖。

20 日，从维熙致信张贤亮[2]。信中说：

我想《绿化树》如此强烈地震撼了读者的心，不仅仅因为你驾驭文字的深厚功力。也不仅仅因为作品有一泻千里的阳刚之美；更重要的是你严格遵循了现实主义的创作原则，视生活真实如作家生命。从这个意义上讲，《绿化树》这部中篇，超越了你的《灵与肉》、《土牢情话》，包括你最近获奖的短篇小说《肖尔布拉克》。贤亮同志，我这里毫无针砭那几篇小说之意，它们都是很不错的作品；我只是说那几篇东西，从人物的立体感和感情的多层次上去衡量，没有达到马缨花这一形象的高度。尤其显著的是，《绿化树》从生活真实到艺术真实，表现了高度的和谐统一，因而我认为《绿化树》是你新的创作高度，不知你以为然否？

---

[1] 作者文后自注此文"1984 年 1 月 15 日草于西安止园，20 日改于银川西桥"。
[2] 该信后以《唯物论者的艺术自白——读《〈绿化树〉致张贤亮同志》为题，发表于《文学大选》1984 年创刊号。

26 日，在全国政协六届二次会议上作关于繁荣文艺创作的
发言：

中国只有改革才有出路。党的十一届三中全会以来，中央的路线和政策首先受到八亿农民真心实意的拥护。在这场社会变革中，农民发挥了历史主动性，造成了农村包围城市的态势。他们和社会上勇于变革的一批改革家以及广大知识分子结合起来，形成了改革的坚实可靠的支柱。这股力量势不可挡。谁反对，谁就粉身碎骨。中国的改革大有希望，我是充满信心的。

文艺这块阵地非常敏感。改革和反改革的势力必将在这里碰撞、交锋。我们绝不能放弃、丢掉这块阵地，听任某些人用"左"的东西去否定三中全会以来的改革。不应当低估文学的作用。中国当代的中青年作家应当是社会主义四化建设的改革家。不管他写不写直接反映改革的作品，他都应当有一种使命感和责任感，有参与社会变革的鲜明意识，要用自己的作品为改革鸣锣开道。防止"左"的和右的东西干扰文艺，需要文艺界共同努力。作家的责任，就是用自己的优秀作品来占领这块阵地。

写改革的小说不少是写与反改革势力的斗争，容易陷入程式化。在目前的变革实际中，真正有大智大勇的改革者遇不上高水平的对手。反对改革的人不仅观念陈旧，连手法也极其陈旧，不外乎是造谣中伤、扯皮拖延老一套。生活翻不出新花样来。所以，我在《男人的风格》中避开了这种写法。写改革，也应当有多样化的写法。《男人的风格》中的陈抱帖是不是太"理想化"了？我自己认为还远远没有把现实中的改革者写出来。我接触到的勇于改革的人，很多能干极了，他们对中国未来充满信心和希望，甚至绘制了一整套的总体设想。这些人正是当前中国社会的脊梁和希望。他们试图冲破阻碍时代前进的一切看得见和看不见的陈规旧习，用自己的勇气

和魄力，也用自己的智慧和才干。这次在会上听了浙江海盐衬衫总厂厂长步鑫生的发言，很有感触，有雄心，有见地，有水平。这是小地方冒出来的勇于走新路的改革者。他们比我小说中的人物更丰满、更绚丽、更有力。可见，在生活中并不是没有陈抱帖这样的改革者。我们必须把他们写出来，即使写得不成功，也要为他们开道。在塑造好知识分子中的改革家的同时，我们也要更多地关注80年代的农民。中国的农民许多是很有主见，很内秀的。他们非常实际，又善于斗争。"夫子不言言必中"比单靠观念过日子的那些知识分子有本事。十年……时，中国的经济没有崩溃，八亿农民的支撑起了很大作用。农民是我很好的老师。《河的子孙》中的魏天贵在今天必定是一个优秀的商品经济专家、善于经营的管理家，是中国新型农民中的强者。

千百万人的习惯势力是可怕的。改革会触及社会各阶层的实际利益。反对者不仅有中上层人物，也会有习惯于吃大锅饭的普通群众。读者指出，我虽然在《龙种》中反映了这点，但没有写透。他们的看法，充实了我的思想。我应当向群众学习。（张贤亮：《张贤亮谈改革与文学》，《文艺情况》1984年第6期。有删节）

台北《文季》双月刊总第7期转载《灵与肉》。

《河的子孙》入选人民文学出版社编辑部编、人民文学出版社出版的《1983中篇小说选（第1集）》。

6月

7日，应宁夏大学文学社之邀，与文学爱好者座谈。在回答学生"有人说，你是王蒙所提倡的'作家要走学者化道路'的很有成绩的实践者；还有人称你是当代作家的一个典范，对此，你有何感想"时说：

不是这个情况。目前，我们这一代青年作家的确存在着这样一个问题，即在哲学、政治经济学理论修养上是很不够的。我在历次会议上都这样讲过。于是，香港报纸就把我称为"文坛狂夫"。我并不认为有什么错误。的确，我们应该看到自己的弱点。而我，不过是稍微注意了一点点。因为我过去的经历和他们不一样，我从来没有想当个文学家。我在学习《资本论》上，学习哲学上，过去的确是有一些自己的心得，那么，我运用到文学上，就成了目前这样一个状况，所以显得我好像比较突出，其实，我做得也很不够。现在，我在想，我的系列中篇的第二部就比较难写了。如果第二部不比第一部好的话，张贤亮这个牌子就要倒台了。所以，我准备最近读一些书，读一些理论方面的书。有一些对我过高的估计和一些过高的称号，我是绝不敢当的。

在回答"你是怎样处理独创和借鉴的关系的？你从什么时候开始走上独创的道路"时说：

借鉴，对于一个作家任何时候都是必要的。当然，我一开始受俄罗斯文学影响比较深。那么，我现在是不是才开始走上独创的道路呢？我看不要把独创这个概念理解得太狭窄了。可以说，在我刚开始写作头一个短篇小说《四封信》的时候，我就已经在写自己的东西了。至于说借鉴，恐怕直到我死以前都是不可缺少的。比如《绿化树》很明显地借鉴了现代派的东西。章永璘的那场梦，从现在来看，这样的借鉴，效果还是可以的。所以，我要说，千万不能故步自封，就是到了胡子一大把，白发苍苍的时候，还要不断地从比较优秀的作品当中汲取营养。但是，任何时候，都不能忘掉自己。我的《四封信》，就是借鉴了外国小说的写作手法，但是，那里面的内容，全部是我们中国人特有的生活和特有的思想感情。

在回答"你在中国古典文学里主要吸收了些什么"时说：

我很小就开始接触中国古典文学了。唐诗、宋词，包括六朝的骈文都在内。比如《论语》、《左传》、《史记》，在我们小的时候，都是必修课。我在这里面吸收了什么呢？就是它绝妙的、极其精练的语言和它非常严谨的文章的布局方式。

在回答"请你具体谈谈你在创作中自觉的美学追求"时说：

一个作家，他的美学，不只是从他的哲学观点、从他的理论修养里来的，我认为，还由他的生活经历，他的先天的那种气质决定。比如说，有的作家的作品调子比较忧郁；有的作家写得比较幽默；有的作家写得比较沉重等。对我来说，我认为，我不管哪一部作品，都还是比较开朗和幽默的。如果我没有这样的性格，那么，我也就不会活到今天。但是，因为我有这样的性格，而又经历过那样一段非常曲折艰难困苦的过程，所以又带上了一种很沉重的笔调。我无法选择我自己的美学观点，因为美多半是要由被感受的人来决定的。究竟美不美，还需要从实践中检验，也就是说在相互交流的过程中才能够得出它是不是具有美学的价值。我认为，尽管我描写了一个很阴暗的过程，但在我的作品里，还是能够透出它积极的、幽默的、一种比较明朗的笔调，包括《绿化树》在内。我很欣赏德国有个精神病心理学家，也是一个文学批评家荣格的一句话，他说："不是歌德创作了《浮士德》，而是《浮士德》创作了歌德。"我们中国的文学批评和文学理论研究还没有深入到这一步，即深入到作家的心理分析上去。比如说，这个作家自觉的美学追求是什么？他的美学观点是什么？是不是应该从他的性格，从他的时代，从他的经历当中去寻找？[①]

[①] 尹靖华、杨森君记录、整理：《张贤亮同宁夏大学学生谈文学》，《宁夏大学学报（社会科学版）》1984年第3期。

21 日，创作谈《唯物论者的艺术自白》发表于《光明日报》。加入中国共产党。

1984 年我与二十几位知名知识分子同时入党，影响非常大，新华社还发了消息。（马国川：《张贤亮：一个启蒙小说家的八十年代》，《经济观察报》2008 年 4 月 19 日）

创作谈《奋力跃过艺术借鉴的碛石——〈肖尔布拉克〉创作杂议及其答辩》发表于《写作》第 6 期。

7 月

1 日，赴北戴河参加《小说家》笔会并发言①。发言谈道：

我有这样一个看法，社会物质越丰富，技术越进步，社会思想问题就会越复杂，远远不是我们过去想象的，有吃有穿各种社会问题就解决了。相反，国民经济越发达，人的思想越活跃，也就越不满足。如果我们现在不注意精神文明的建设，那么西方社会出现的社会病，我们一样也会出现。这是不以人的意志为转移的客观规律。所以我认为我们要在任何时间、场合、地点大力强调社会主义精神文明的建设，这要提到一个非常重要的高度来考虑。那么落到文学家身上的担子就非常重要了，因为文学是建设精神文明一个很重要的手段，这不仅我们社会主义国家，文学艺术对社会风气的作用已经被整个人类史所证明了。我非常同意冯骥才同志的观点，就是说我们应该对这个问题有一个更深的考虑，应该站在一个更高的层次去考虑。文学要随着时代的脚步前进，要跟着社会主义物质文明建设的发展向前发展。目前的首要前提是文学家应随着时代的前进而前进。那么文学家怎样随着时代前进，就面临着这样一个问题：在

---

① 发言先以摘要形式刊载于《小说家》1984 年第 4 期，后以《抓住时代的脉搏》为题，全文收录于张贤亮著《写小说的辩证法》一书。

马克思主义思想指导下，重新调整知识结构和知识更新的问题。过去的知识显然是不够用了，如果我们对当代技术没有一个较全面的认识，对自然科学没有一个全面的了解，就无法反映这么一个广阔的迅猛发展的社会。我们过去的知识比较单一，文学知识较多，对社会发展全貌的认识理解得不够。还有一个知识更新的问题。……只有如此我们才能随着社会时代的步伐前进，我们的文学才能随着时代步伐前进。

我们还应注意到迅猛发展的社会给文学带来什么影响。过去我们提文艺为工农兵服务的口号，现在已经改为为社会主义服务，为人民服务，那么我们就应该认识到这个人民是什么样的人民，这个人民已不再是五六十年代的人民了，现在的人民大部分已经知识化，我们起码应该承认现在的人民比五六十年代的人民知识程度高，那么文学如果再按照五六十年代那样的深度的精神食粮去供给他们就不行了。我同意骥才刚才说的文学要加强文学性，如果还写一些简单、直露的作品就不容易打动读者了，就是说我们应该注意到服务对象的变化，提高我们作品的质量。（张贤亮：《抓住时代的脉搏》，见张贤亮著《写小说的辩证法》，上海文艺出版社1987年10月，第110~111页）

《小说家》创刊的成功，靠的是作者阵容和稿件质量。为了保证佳作不断，编辑们四方出动，广泛约稿。这时，贤亮又热情地提出建议，他主张出版社在北戴河举办一次《小说家》笔会。他认为把作家们请到一起，比一个一个去找要方便得多，并表示如觉此议可行，他愿意出面帮助组织。国祥同志听过我的汇报，立即拍板："这主意很好。力促落实。"于是便出现了1984年7月的北戴河《小说家》笔会。

由于贤亮的鼎力相助和出版社编辑们的广泛邀请，《小说家》

笔会可谓名家云集。笔会分为上半月、下半月两期举办。仅上半月就有陆文夫、冯骥才、李国文、邓友梅、从维熙、张贤亮、张洁、程乃珊等当代文坛最活跃的代表性作家到会。这使我十分感动。

当时还在改革开放初期，宾馆的条件远不如现在。居住环境应说尚可，餐饮条件却十分之差，大盆盛菜，大盆盛饭，吃得好坏暂且不论，只那乱乱哄哄的环境就很难使作家们适应。大家虽然没有一字之怨言，但我心中却十分不安，很觉对不起大家，急得我满嘴起泡。后来几经斡旋，才找到一个小屋，总算有了一个安静吃饭的地方，而且也盘子是盘子、碗是碗了。为了对朋友们表示谢意，出版社曾在当地的起士林西餐厅聊设小宴招待大家一次。这小宴却使我出了一个大洋相。我自幼生活在农村，从来不知西餐为何味，以致在服务员问我点什么菜时，居然说不出一道菜名。没有办法，只好说了一句大实话："中餐嘛，咱们天天吃；西餐嘛，咱们没吃过。你就看着安排吧。"此语一出，竟引出在座者一阵大笑。从此，成为话柄。后来，贤亮居然将我这句"名言"写进他的小说《浪漫的黑炮》。我得知以后，电话上"批评"他"不够意思"，他却在电话那端慢条斯理地说："那也是一个正面人物嘛！你这话有独特的幽默感。"

《小说家》北戴河笔会是一次名副其实的会议。每天上午，大家坐在一起研讨当代小说创作的问题。作家们畅所欲言，发表了许多颇具见地的意见。（郑法清：《忆贤亮》，《朔方》2014年第11期）

25日，致从维熙信《关于时代与文学的思考——致维熙》发表于《光明日报》。信中说：

在北京开政协会期间，一天在王蒙家吃饭，王蒙说起他有一次在什么会上讲话，称你是"大墙文学之父"，有听众又问：那么张贤亮是什么？他说他是这样回答的：张贤亮是"大墙文学之叔"！

这当然是他特有的幽默。不过我倒认为，如果可以把描写在严峻的现实之中，在大墙铁窗之内而不丧失积极的本质的、大写的人的作品称为"大墙文学"的话，的确是你的《红玉兰》①开了这种题材的先河，所以把我的名字排在你的后面是恰当的。故此，在这里我应该称你为"兄"。

……《第三次浪潮》的作者阿尔温·托夫勒说："在任何一个稳定的社会中，任何一个占优势的变革浪潮，其未来发展的图景是比较容易看得清的，作家、艺术家、新闻记者和其他对未来浪潮的发现者，承担了这项革命。"我认为他把作家列为"发现者"之第一位，是很有见地的。你在给我信中表述的对文学现状的看法，就表现了这种发现。我理解你的意思，并不是指文学本身"停滞或裹足不前"。正如你信中所说，尽管"由于'左'倾错误的流毒和多年来陈旧积习作怪"，尽管"以历史唯物主义为指导思想来描写'昨天'的文学作品，常是磕磕碰碰"，但当代文学不可否认仍然"跨入繁荣鼎盛时期"。你的忧虑，是把文学放在时代的坐标参照系上而生的忧愁，是面对着由于社会的迅猛发展，我们的人民已经开始发展他们的全面性，开始有着更大、更广阔的精神追求的现实，而对文学的进步还不满足。从这种意义上来说，你我的忧虑与不满足，正是我们走出大墙后，随着社会的发展而要求发展我们自身的全面性的表现。维熙兄，你的这种不满足是可贵的、高尚的。因为马克思说过："古代世界提供了从局限的观点来看的满足，而现代则不给予满足。凡是现代以自我满足出现的地方，它就是鄙俗的。"

我和你在北戴河朝夕相处的愉快的日子里，经常听到你说"使命感"这个词。我非常赞赏你具有明确的使命感。是的，在我们社会已经如此迅猛发展的形势下，在我们的人民已经开始发展他们的

---

① 即从维熙的中篇小说《大墙下的红玉兰》。

全面性，而即将成为以不满足和有着更大、更广阔的精神追求为心理特征的现代人的时代中，我们的文学应该怎么办？高度发达的社会应该有同等审美力量和同等思想意义的文学艺术与之适应。我们作家今后如果不能拿出具有更高的美学价值和更深刻、更丰富的思想内容的文学作品，以适应已经发展了的人民的美育要求和使他们得到精神享受，那么社会主义精神文明的一个非常重要的环节就会脱落而难以维系整个的社会精神。想一想，这将会出现多么使我们难堪的局面啊！（张贤亮：《关于时代与文学的思考——致维熙》，《光明日报》1984年7月25日。有删节）

创作谈《关于〈绿化树〉的一些说明》（作于1984年3月25日夜）发表于《中篇小说选刊》第4期。文章说：

《唯物论者的启示录》贯穿到底、到死的只有一个人，就是主人翁章永璘。整部书就是写他这样一个出身资产阶级家庭的青年知识分子（当然，最后几部他将是中年和老年了）如何经过一个很独特的历程成为一个马克思主义者的。这里困难的是，"马克思主义者"这顶桂冠，章永璘自己不能自封，作者也无法主观地加在他头上，那还要靠历史来检验，所以主人翁究竟是什么样的典型，九部中篇全写出来之后恐怕也难盖棺论定。

我写的是一个人，写一个人对马克思主义的追求；写一个自觉地承担社会责任的人。

……因为要分切开来，而一部离一部发表的时间又较长，所以我想把每一部都处理成一个可以相对独立的中篇。读者从《绿化树》里可以看出，结尾部分最好是在主人翁章永璘被送到山根下的那个连队即"鬼门关"——为止，那样比较有悲剧性的韵味，但是，如那样处理，就展示不出主人翁今后的命运了。所以我添加了最后一章，把《绿化树》封闭起来，让她成为一个单独的东西。我并不是有意要加上"光明的尾巴"。生活，本身就是光明的，亮色不一定在结局，而在过程之中。

另一个我想说明的是，《绿化树》是《唯物论者的启示录》之一，但并不是主人翁生活历程上的"第一部"。这九部中篇按发表顺序来说对主人翁章永璘倒有点"时空颠倒"的味道。下一部我将写他在1975年的一段生活，而第三部却又倒回1960年去了。这种错乱，我只能在最后编成一部书时来理顺它。

……我非常高兴《绿化树》发表以后获得读者的喜欢，更使我感动的是文学界的老前辈给了她肯定的评价。在1983年全国优秀短篇小说发奖会上听到前辈对《绿化树》的称赞，比我《肖尔布拉克》获奖还兴奋。这对《唯物论者的启示录》是个良好的开端。但是，我正等待着批评，更在等待批判和反对。对于善意的批评，我一定虚心地接受，使我写以后几部时能够长进；对于批判和反对，则正好构成我写《唯物论者的启示录》后面几部的素材。想开创社会主义文学创作的新局面，和在其他各条战线上开创社会主义新局面一样，是不会一帆风顺的。（张贤亮：《关于〈绿化树〉的一些说明》，《中篇小说选刊》1984年第4期。有删节）

在宁夏第三次文代会上当选宁夏文联副主席、宁夏作家协会主席。

8月

1日，宁夏回族自治区劳动人事厅决定给记一等功，晋升三级工资。

记得在1984年，我作为《文艺报》的记者部副主任首次走访大西北……我拜访了张贤亮、高深和我的同学潘自强等……就是在那次旅行中，我了解到一个情况：张贤亮由于学历是高中，所以不能享受知识分子待遇，要通过参加高考获得更高学历才能评职称。当时张贤亮倒没有说什么，但是他的一些同事，也是我的一些朋友为这件事愤愤不平。归来后，我给《文艺报》的内参《文艺情况》写了一篇通讯《张贤亮算不算知识分子？》。这篇内参被光明日报社主管的《文摘报》转载，引起了巨大的反响。关于作家的职称、关于"知识分子"的认定，由张贤亮参加高考这一特殊的话题引发出来。（高洪波：《忆贤亮》，《光明日报》2021年8月30日。有删节）

《河的子孙》获《当代》文学奖。

散文《老人二题》发表于《文艺报》第8期。

9月

10日，丁玲在中宣部召开的文艺座谈会上的发言中严厉指责《绿化树》和邵燕祥杂文《农民到大饭店订酒席 ——南行随想之二》，引起争议。[1]

26日，《文艺报》邀请在京的文学评论家、文艺理论工作者、文学刊物编辑等20多人召开《绿化树》讨论会。与会者肯定了《绿化树》所取得的思想和艺术成就，认为作品反映出作者生活基础厚实、艺术描写准确、深刻、出色，是一部在当代文学史上重要的、有价值的作品。

与汪曾祺等合著小说集《灵与肉》由台北新地出版社出版，收录小说《邢老汉和狗的故事》《灵与肉》。这是张贤亮作品第一次在中国台湾地区出版。

10月

散文《飞越欧罗巴——"维京"的后代》发表于《朔方》

---

[1] 王增加、李向东：《丁玲年谱长编（下）》，天津人民出版社2006年1月，第744页。

第 10 期。

与杨仁山对话《秋凉夜话》发表于《文汇月刊》第 10 期。在谈到对《绿化树》的一些不同反应与评价，甚至"很厉害"的批判时说：

那是自然的，不足为怪。只是我希望对《绿化树》的批判，要像马克思所赞赏的俄国学者说的那样：以文化为对象的批判，不能以意识的任何一个形态或结果来做基础。这就是说，能作为批判的出发点的，不是观念，而是外部的现象，是事实。……我只要求对《绿化树》的批判不要从现成的概念出发。《绿化树》是一部用泪水写的书，写批判文章的人至少也要花点汗水来分析吧。文学创作不能从概念出发，文学评论更不能从概念出发，而要从这部作品和作品中的人物出发。很遗憾我发觉有的同志并没有真正去读《绿化树》便拉开了批判的架势。（张贤亮：《秋凉夜话》，《文汇月刊》第 10 期。有删节）

11 月

8 日，《改革、开放在向文学挑战：七作家笔谈》（从维熙、张贤亮、邓友梅、叶文玲、李国文、冯骥才、陆文夫）发表于《文学报》。

19 日，《北京晚报》刊登中央人民广播电台记者潘梦阳、张虎《"曾经大海知深浅"——访扎根西北的中年作家张贤亮》，介绍张贤亮近况：

晚上，当我们到张贤亮家里去作客时，他正和爱人、孩子看电视。他修长的身材，一双炯炯有神的眼睛，给人以文静潇洒的感觉。他兴奋地对我们说，自从党中央发出了开发祖国大西北的号召后，引起了各界人士的注意。许多有志青年来到大西北，立志把火热的青春献给边疆建设。近几年来，他为了使更多的人了解大西北，热爱大西北，创作了获《当代》文学奖的中篇小说《龙种》；最近又完成了反映西部地区生活的系列小说《唯物论者启示录》之第一部中篇《绿化树》。这篇小说一发表，就在当代文坛和广大读者中引起强烈的反响，被文学评论家誉之为"一部表现了一个信奉唯物论的作家气魄的杰作"。

谈话间隙，我们环视作家的会客室，墙上挂着一幅漫画家丁聪给他画的像，作家、书法家黄苗子为他写的一首诗，诗曰："身入开荒队，名传牧马人；当年太狼狈，今日颇斯文；男人重风格，污染叹精神；从来《绿化树》，期待四时春。"墙上还有一幅老作家秦兆阳给他写的条幅："曾经大海知深浅，又上高山识风云。"

这些都是今年 5 月份作家们在北京参加全国政协会议时，送给他的礼物。凡是了解张贤亮身世和作品的人，都会感到这些评语是他的生活的写照。

……张贤亮同志拿出一本厚厚的、旧得发了黄的《资本论》，说："这就是《绿化树》中主人公当枕头用的书。"

我们拿过书来看，扉页上是他在 1960 年写的罗曼·罗兰的话："向正在受苦受难而又顽强奋斗的自由灵魂致敬！"书里还有不少眉批。想到作家创作上的丰收，字里行间凝聚着他多么艰难的经历和心血啊！但是，他并没有沉湎于个人的回忆，他写过去是为了把历史的脚印记录在小说里，留给后人吸取教训，避免重蹈覆辙。

当我们了解到他是宁夏的"北京人"，问他是不是想回北京时，他回答道："我把整个身心都献给大西北了，我在这里生活、锻炼、成长。现在反映大西北的作品比较少，我要开拓文学领域里的大西北……"他兴奋地告诉我们，他今年"七一"前夕光荣地加入了中国共产党；同时被选为中国作家协会宁夏分会主席、宁夏文联副主席。他怀着真挚的感情说："我是党的十一届三中全会的产儿。党让我挑担子，我推不掉，只能干好。"（潘梦阳、张虎：《"曾经大海知深浅"——访扎根西北的中年作家张贤亮》，《北京晚报》1984 年 11 月 19 日。有删节）

12 月

3 日，杨仁山根据《肖尔布拉克》改编的同名电影在银川举行首映式。

5 日，与到银川参观访问的日本北海道大学副教授、中国文学研究者野泽俊敬就中国当代文学的创作情况交换看法。

29 日至 1985 年 1 月 5 日，参加中国作家协会第四次会员代表大会。开幕式上，张光年在代表中国作家协会所作题为《新时期社会主义文学在阔步前进》报告中，将王蒙、张贤亮等誉为中年作家群代表，并予以很高评价及期待。

一大批优秀的中年作家正处于思想上、艺术上走向成熟的创作活力最高扬的状态，他们勤奋笔耕，夜以继日，不断地向读者奉献出思想深刻、艺术精美的佳作。他们用自己的，风靡了广大读者群，向当代世界文坛，展示了新时期我国社会主义文学的新成就。他们构成了当前活跃的创作队伍的中坚群。这批中年作家，主要由两部分人组成：一部分是在新中国成立后陆续开始其文学生涯、放出异彩的作家。他们或在 1957 年、或在十年……中，先后受到"左"倾思潮的诬害，受到生活的严酷的磨炼，在人民中得到了充分的营养。一旦禁锢解除，他们的创作活力有如蕴藏丰厚的优质油井，猛然出现了持续的井喷现象，如王蒙、张贤亮……等；一部分是在新时期才在文坛上以其优秀作品驰名的文学新人，如蒋子龙、刘心武……等。他们虽是近几年才为人们所熟知，但在开始创作前都有较为充分的思想准备、生活准备和艺术准备，所以作品一开始就呈现较为成熟的风貌。由这两部分人组成的中年作家群，是一批非常有才华的人。我相信，期以时日，必有大作家、大作品从他们中间产生。使这一批中年作家的文学才能从被摧残、禁锢、埋没的厄运中解放出来，应该说是新时期我们党在文艺战线上的一个伟大胜利。对这一胜利在社会主义文学事业中将产生的深远的意义，我想怎么估计也不为过分。（中国作家协会：《中国作家协会第四次会员代表大会文集》，作家出版社 1985 年 12 月，第 20~23 页。有删节）

《绿化树》单行本作为"十月丛书"之一，由北京十月文艺出版社出版。

小说集《肖尔布拉克》由上海文艺出版社出版，收录《土牢情话》《龙种》《河的子孙》《肖尔布拉克》《夕阳》《垄上秋色》。作者《后记》（写于 1984 年 1 月）说：

《河的子孙》和《肖尔布拉克》，我觉得用黑格尔这样一句话就可以概括。他说，人格的伟大和刚强只有借矛盾对立的伟大和刚强才能衡量出来；心灵从这种对立挣扎出来，仍然坚持自己的性格，就愈能显出主体性格的深厚和坚强。这句话里蕴含的不仅有对人的历史的认识，也表达了一种美学观点。我认为，把阴暗写透了才能显现出光明。我从不讲究"分寸"和"角度"。我只力求写出已经成为过去的那段严峻的历史，在生活表象中开掘生活的现实性。茨威格说过，历史是真正的诗人和艺术家，任何一个作家都不能试图超越它。而正是在小说中描写的历史背景上，才衬托出了中华民族主体性格的深厚和坚强。

我的小说已有三部被搬上了银幕，可偏偏我有意按电影的要求写的《土牢情话》却没有被拍成电影。我很遗憾，但我始终坚信它还会搬上银幕。我对《土牢情话》有着偏爱。它是我写的第一部中篇。在这一页页纸里涸着我的泪水，因为故事里有我个人经历的一段影子：不是那缠绵的"情话"，而是"土牢"的恐怖和自己的迷惘。有许多不为暴力所屈服的知识分子，却容易被越过了真理一步的谬误所迷惑。因为越过真理一步的谬误常常比真理本身更有魅力，投合知识分子那种惯用悟性与知解力而忽视感性的对待生活的方式。

恶果总是先从自己身上发芽的。这个历史教训难道还不深刻吗？

所以我把它编在这部集子的篇首。

我看过一些作家为自己集子写的"自序"和"后记"，奇怪的是有许多人以前都没有想过自己将来能当作家或还能当作家。我相信这种话。在那长达十几年甚至二十年的噩梦中，人的头脑里还会残存下多少希望和向往呢？我自己在那二十余年里孜孜不倦地自学的是哲学和政治经济学，我早就看透了在极"左"思想统治下的所谓"新文学"，它所掩盖的现实要比它所揭示的现实多得多。

而在中国社会主义历史的伟大转折期，我居然当了作家。在文学创作上，我来不及准备行头，几乎是赤膊上阵的；我只好努力把过去的所谓"新文学"所掩盖的现实揭示出来。只有正视如此艰难复杂的现实才能进行社会主义改革。而只有在党的领导下搞好社会主义改革才能救中国，救自己，救我们的子孙后代。

我不准备写自谦之词和我的追求。在这部集子里，我在艺术上和思想上所达到的和没有达到的，全反映了我在1983年的状态。我把真实的我袒露在读者面前。

1 月

3 日，《自由，团结，进步，繁荣！》发表于《文汇报》。文章说：

今天，党中央在给中国作家协会第四次会员代表大会的祝词中以高亢而坚定的声音宣布："社会主义文学是真正自由的文学。"这句话，揭开了中国文学史崭新的一页。

6 日，当选为中国作协第四届理事、中国作协第四届全国委员会主席团委员。

9 日，与王蒙、冯骥才、邓友梅等 10 位作家一道会见中外记者，表示对未来充满信心，认为经济繁荣与文艺的昌盛是互为因果的，改革的方针、开放的方针不变，文艺的方针也不会变。新华社以《中国作家会见中外记者时说对创作自由充满信心》（记者郭玲春）为题作了报道。

18 日，致信《灵与肉》泰文版译者蓬兴色·素旺那军：

我所在的中国西北地区和您曾生活的泰国的西北地区，不论在自然风貌和生活习俗上有多大的不同，但我相信人们的心总是相通的，尤其在我们东方人之间，更不会有多大的心理障碍。得知您很喜欢《牧马人》（它的中文名称为《灵与肉》），并把他译成泰文，我非常高兴。中国与泰国，一直有着友好的交往，但遗憾的是通过文学来增进彼此更进一步的了解还做得不多。……1978 年以后，情况起了变化，中国当代的作家们……拂去了蒙盖在自己身上的历史灰尘，重新拿起笔来记录我们生活的这个时代。请您相信，中国当代作家的作品，就是理解当代中国和当代中国人心灵的最好的窗口。我高兴的是，您在泰国读者面前展示了一个中国人的心灵。

《牧马人》之外，我还有一篇小说《肖尔布拉克》（英译名为 *Bitter Springs*）与一部长篇小说《绿化树》（*Mimosa*）也译成了英文。《绿化树》的全译本还没有印出，这次赠送给您的是节译的部分。

这两本 *Chinese Literature* 中都有对我的介绍，请您作为泰文译本的参考。

您要我为泰文《牧马人》译本写篇序言，不知道这封信是否可以代替。我们中国人常把书信作为序言，因为这种方式显得更为亲切。

我曾经游历过北欧，还没有机会去东南亚访问，而在东南亚国家中，泰国是我最向往的地方。我希望能有在你们美丽的国土上与您拥抱的愉快。（张贤亮：《〈灵与肉〉泰文本·序》，见张贤亮著《写小说的辩证法》，上海文艺出版社 1987 年 10 月，第 78~79 页。有删节）

27 日，《绿化树》获 1984 年度《中篇小说选刊》优秀中篇小说奖。

29 日，在作协福建分会等联合举办的文学讲座上作演讲。①

第四次作代会期间，丁玲看望张贤亮，并为《中国》杂志约稿。

我走进宁夏代表张贤亮的房间，还没落座，住在同一层楼的老作家丁玲过来了。张贤亮没有料到老前辈先来看自己，有些不安。他祝贺丁老师办的《中国》文学双月刊诞生。年过八十的丁老师戴着一副红色眼镜，挺有精神。她说，我们几个老人闲聊没事，想找点苦吃，办个刊物，现在是骑虎难下了。她要张贤亮写稿，给她支持。（史中兴：《他们进入最佳竞技状态》，《文汇报》1985 年 1 月 8 日）

短篇小说《初吻——〈唯物论者的启示录〉附一》发表于《中国作家》第 1 期。

散文《飞越欧罗巴》发表于《百花洲》第 1 期。

书信《发挥女性优势——致乃珊》发表于《女作家》第 1 期。

评论《谈谈小说创作的问题》发表于《新月》第 1 期。

评论《西部文学与宁夏文学》发表于《朔方》第 1 期。文章说：

现在，电影界在搞"西部电影"，文学界在提倡"西部文学"（顺

---

① 由阿践根据录音整理的文字稿，后由潘自强拟题《作家的修养》，收入其编选的《写小说的辩证法》一书。

便说一句，"西部文学"这个概念最早还是我们宁夏的同志提出来

的），那么这"西部文学"和"西部电影"究竟有什么特点呢？我
以为，"西部文学"和"西部电影"不外乎是表现党领导下的人民
群众在开发大西北中的那种百折不挠的、坚韧不拔的开拓精神。"西
部文学"实际上是开拓者的文学。她的特色就是人物命运和故事情
节都是在荒凉的、严峻的，自然条件物质条件都比较严酷、比较贫
乏的背景下展开的，因而，"西部文学"比别的文学更能表现人的
品质的壮美、坚强，表现自然的绚丽多彩，表现祖国建设的飞跃。

《瞭望》第 2 期刊登《重新张开自由翱翔的翅膀——几位作家
漫谈作协第四次会员代表大会》[①]。张贤亮说：

> 许多作家的艺术生命，是在党的十一届三中全会后的历史性变
> 化中获得的。所以他们自豪地宣称自己是"三中全会的产儿"。例
> 如王安忆这样的新人，是三中全会后开始创作的，我们在座的几位
> "老右"也是三中全会之后出来的，特别富有历史性。中国实行开
> 放政策以后，中国的经济纳入了世界经济体系，经济带动文化，促
> 使文化也将纳入世界文化体系。要促进文学艺术进一步繁荣，需要
> 有开放的、灵活的指导文艺的政策，这样才能跟整个经济改革配套。
> 在对外开放、对内搞活经济的国策下，文艺上不可能实行别的政策，
> 对此，我有充分的信心，这是历史的必然，不必过多地担心。因为，
> 随着我们国家经济向前发展，文艺也将沿着这条必然的道路向前发
> 展。今后小波小折还会有，也可能出现反复，但从总体上说，我感
> 到很乐观，很自信。这次作协代表大会将为社会主义新文学开拓这
> 样光辉的前景。

---

① 系茹志鹃、陆文夫、高晓声、李国文、张弦、王安忆、张贤亮等应邀参加《瞭望》
杂志"如何进一步发展、繁荣新时期社会主义文艺"座谈时的发言。

2 月

《绿化树》获首届"《小说月报》百花奖"、全国优秀中篇小说奖。

创作谈《关键是要有激情》发表于《红旗》第 2 期，《评论选刊》第 4 期转载。

散文《飞越欧罗巴——北欧的汉学家》发表于《朔方》第 2 期。

3 月

31 日，与同为全国政协委员的冯骥才、叶文玲一道，邀请全国人大代表温元凯、叶鹏，以及北京作家李陀、郑万隆等召开座谈会，探讨文艺创作与经济改革二者的联系。

张贤亮强调了文艺创作的繁荣与经济改革的联系。他说，创作自由最好的保证是国家的经济改革。因此，中国作家的题材都应与经济密切联系。他认为，文化生活的活跃与市场繁荣有内在的联系。对文学走向世界的问题，冯骥才认为，国内对外国文学的研究介绍比外国对中国文学的研究介绍要深入得多。现在我们有一个任务，就是把西方最先进的文化与中国古老的文化连接起来。在谈到传统观念与现代化的生活存在矛盾时，叶文玲认为，一些传统的旧观念应该改变。谈到文学上的历史题材时，她说，过去指责历史剧是借古讽今，借古讽今有什么不好？李陀和郑万隆对经济改革以及改革对文学创作的影响，极感兴趣。李陀以作家特有的敏锐，与温元凯切磋了许多经济改革中的问题。（邹士方：《名人纪实》，辽宁大学出版社 1988 年 7 月，第 182~183 页。原载于《人民政协报》1985 年 4 月 2 日）

短篇小说《临街的窗》发表于《小说家》第 2 期《同题小说》专栏。

在北戴河笔会上，不知哪位出主意，大家写写同题小说。于是纷纷出题，却一个个被否掉，总是一题难尽众人意。然而这《临街的窗》蹦出来，立即被大家同声认可。此后，另几个朋友看了，也乐意加入。为何这题目勾得人人如此上瘾？细细思量，大概这"街"向来是社会生活的一种浓缩与展现，而这"窗"则是各自对生活的观察孔、瞭望口、视角。各人从各人角度观察生活，必有所感所得，又岂能相同，怎不想一试？事业上志同道合，艺术上各逞其技，文坛自来应如是。至于写得如何，只有印出来看，谁也不敢吹牛，却都一样用上牛劲就是了。（冯骥才：《关于同题小说〈临街的窗〉的话》，《小说家》1984 年第 4 期）

（1984 年 7 月——引者）《小说家》北戴河笔会……还有一个特殊的成果，使我喜出望外，那就是大家商定由王蒙、陆文夫、蒋子龙、冯骥才、李国文、邓友梅、从维熙、张洁、张贤亮等共同搞一项"同题小说"的创作活动，题目定为《临街的窗》。此类小说创作活动应属首创，在中国现代文学史上，也只有过朱自清、俞平伯等写过同题散文《桨声灯影里的秦淮河》一个事例，当时曾产生很大社会影响。因此，消息一出，全国关注，很多媒体广为传播，一时成为文坛佳话，《小说家》也因此而广受赞誉。（郑法清：《忆贤亮》，《朔方》2014 年第 11 期）

散文《飞越欧罗巴——北欧的福利和"大锅饭"》发表于《朔方》第 3 期。

《中篇小说选刊》第 2 期转载小说《土牢情话》，同时刊发创作谈《关于〈土牢情话〉》（作于 1984 年 12 月 18 日）。

《对创作自由的回顾与展望——答〈宁夏社会科学〉编辑部》（王枝忠记录、整理并经本人修改）发表于《宁夏社会科学》第 2 期。

4 月

2 日，在南京参加第三届全国优秀报告文学、优秀中篇小说和第七届全国优秀短篇小说颁奖大会，并前往自己的出生地寻根。

和作家朋友们聊了初恋的第二天，我说我要去"寻根"，看看祖父那座大花园现在怎么样了。前面说的那位好友——著名作家兼编剧（张弦——引者）作为授奖会的东道主之一，发动几个友人和我一起去。于是大家坐了一辆面包车直奔三十多年前曾经为我的家。按我提供的准确地址：××路××号，司机很容易找到地方，可是我家已经成了一个制造电机的工厂，门牌号却没变。早先悬挂楹联的门柱上如今一边是工厂的牌子一边是工会的牌子，倒也很对称。大门已不是原来的大门。我记得原来的门是厚重的木头门，镶着几排铜钉和两个铜环。现在大大缩小了的黑色铁门上莫名其妙地涂了好些红白油漆，大门仿佛成了画家的一块调色板，远看又好像抽象派的作品。几个作家走近仔细一看，才认读出是退了色的"大跃进"和"文革"（"文化大革命"——引者）的口号。一时我竟有些眩晕，几个历史时期叠印在一起，压缩了多少人间的悲欢离合！时间便如此无情地匆匆而逝，不管对国家对社会对个人来说多么伟大重要多么惊心动魄的事都会过去，都会变为陈迹。

我的好友是南京的知名人士，对看大门的老头一说老头便领着我们从旁边的小门鱼贯而入。不出所料，曾经为我家的花园早已面目全非，楼台亭阁无影无踪，绿树花草也被雨打风吹去。小溪变成一条平坦的柏油路，看门的老头说路下面埋了条排污管道，那大概就是我记忆中清澈的小溪了；荷花池被压在车间底下，花房改建为一排砖木结构的简陋平房。老头还记得花移出来后都死了："一棵都不剩！"老头也会发出感叹。看来，人要比花木的生存能力强得多。

老头仿佛是《失乐园》中的维吉尔，一一指点给我看什么什么是什么什么时候改造的。改造真的非常彻底！但工厂近年也很不景气，竟败落到与抗日战争时期我的大家庭一样，要工人各自去寻生路,老头说这地方将要被港商买去,真是"三十年河东三十年河西"！

厂房静悄悄的，既没工人也没机器的响声。一堆堆锈迹斑斑的电机半埋在凄迷的荒草中，那大约就是这家工厂的产品了。花园败落了，工厂也败落了。不管是花园也好工厂也好，不管是属于私人公家或是港商，人们在土地上忙来忙去只不过是来来去去往返的风，这片土地还是这片土地。友人们怀疑说你是不是弄错了，又有人开玩笑指着车间里的一泡尿迹说，你大概就在这里落草的吧。我突然想到"落草"一词的含义：既指婴儿出生又指去当强盗。神圣感立即被一种暗示所代替：是不是人生下必须是强者，不然便不能承受以后的命运？

本来这应该是我心中的二所殿堂，可在又脏又乱又破的厂房中我找不到一点令我感动的景象，准备好的一掬泪竟无处可洒。我想我原来就无所谓"根"的吧，生下来就命定和风一样要漂泊天涯。现在的问题倒是应该考虑准备停息在什么地方，也就是说死在哪里；"根"，对我已经没有任何意义，坟墓倒是我必须思量的前途。所有的过去都把握不住，那么就试试把握现在吧！"自掘坟墓"虽是个贬义语，但换个角度理解那不正是提醒赶往坟墓的老人要把自己的墓掘得舒适合体？一般人的坟墓都由别人来"掘"，"自掘坟墓"者才有精心设计、量体剪裁的自主权。

友人说既来了一趟总得留点纪念，我大致观测一下可能是我出生的院落的地点，站在一处铁皮自行车棚下照了张相，脸上的表情尴尬无奈得变了形。不知情的人看了这张照片一定会发笑：为什么我非要手扶着块"棚外禁止放车"的木牌留影，这有什么艺术价值可言？我还记得林木森森的院中有一棵高大的梧桐树，我母亲在树下怀抱着襁褓中的我的相片，今天正挂在我书房的墙上，而梧桐树却被一堵水泥砌的灰色标语牌替换了，"时间就是金钱　质量就是生命"两行红字赫然在目……所有这一切，都令我能非常高兴地用现在流行的话语跟它们说一声"拜拜"。从此我获得了解脱。既然"时间就是金钱"，我不会再对损耗掉的时间有丝毫怀念。花出去的"钱"再也收不回来，眼前的问题倒是怎样花手中这点不多的"钱"。

这次"寻根"反而激起了我"向前看"的精神，出生地全然颓圮全然消失，等于给了我一个新的起点。我在这所电机厂又诞生一次，活了半个多世纪我仍有权再得到一次"青春期"。这使我将近花甲时还敢投入商海。（张贤亮：《青春期》，《收获》1999年第6期）

南京是他（张贤亮——引者）的故乡，自从1951年离宁之后，这是第一次回到故里。他告诉我：他1936年12月8日出生在南京，家在湖北路一幢花园洋房里。那洋房占地七亩多，几乎占了公共汽车小半站路。花园中有一幢幢小楼，楼下有地下室。院中有棵大樟树，粗合数抱。一条小河穿园而过。河上有桥。河边有片梅林，故取名梅溪别墅。这别墅是他任国民党驻尼泊尔大使的祖父的私邸。抗战爆发之后，他们全家迁至重庆。一直到抗战胜利才回到旧居。敌占期间，他的家变成了日本宪兵司令部。回宁后，他记得在他那幢楼的地下室里，还见到日本人留下的许多刑具。他至今还保留着一帧他母亲陈静宜抱着他在别墅里照的幼儿照。他对故居很怀念，说这次要到湖北路转转，看看童年的家。

……次日上午，颁奖会由升任作协副主席的陆文夫主持，王蒙作评奖报告。王蒙说：这次评奖，中篇小说比较丰盛。读者欢迎的是拥抱时代、贴近生活、能够说出人们心里话、艺术上有特色的作品，特别提到了张贤亮的《绿化树》。还说即使《绿化树》这样的获奖佳作，人们对它仍可能有争议。有争议是好事，越争越清楚，越争越知道它的长处和短处。

王蒙作报告之后……与会者齐聚到会场前台阶上合影。恰巧张贤亮站在我身边，我问他昨天下午探望旧居有何感想。他说："到了湖北路一看，面目全非。过去的花园洋房没有了，只有一家工厂。当时的建筑荡然无存，只有一株皂角树还留在原地。树干上钉着一块牌子：'请勿存车'。我小时候觉得那株皂角树有两三抱粗，现在变得只剩一抱粗了。唉，童年的一切消失得无影无踪。"旁边的冯骥才听了说："这很悲哀，但悲哀也是一种感情财富。世上多少经典作家撕心裂肺地描写了人间的悲情啊！"（张守仁：《苦难造就了张贤亮》，《星火》2016年第5期。有删节）

11日，《我看影片〈肖尔布拉克〉》发表于《文汇报》。

散文《飞越欧罗巴——东方、西方》发表于《朔方》第4期。

4月

8日，新华社播发记者朱世达访谈文章《经济繁荣是创作自由的根本保证——访政协委员、作家张贤亮》：

作家、政协委员张贤亮今天在接受新华社记者采访时说，政府工作报告中所阐述的目前正在进行的经济体制改革，为作家的创作自由开拓广阔的天地。

这位49岁、以中篇小说《绿化树》而蜚声中国文坛的作家说："一个谋求振兴经济的国家，总是富有积极探索、勇于探索精神的。"

他说，党的十一届三中全会以后，党在经济上以经济规律指导经济，在文学艺术上也以文学规律作指导。中国作家对党中央提出的创作自由的原则表示由衷的欢迎。

他说，随着经济改革的发展，随着时代的发展，作家要自觉地把握时代，丰富自己，包括生活，他相信中国文学发展的前景是乐观的。

在他下榻的北京西郊的香山饭店，他对记者说，每个作家，不管他是写历史题材还是写现实题材，都要站在时代的高度上，关心这场经济改革。

……他认为，政府工作报告所阐述的这场经济改革将促进人与物、人与人之间关系的变化，并将促进社会主义民主政治的实施。

他举例说，在农村，由于实行了生产责任制，农民可以安排自己的生产和生活，这对于在农村实施民主政治是非常有利的。

这位政协委员欢迎对外开放、对内搞活的经济政策。他说，在改革的过程中可能会带来一些暂时的问题，"但这没什么了不起"，"因为经济改革符合社会进步的要求"。

张贤亮说："在任何时候，我对我的祖国、我们伟大的民族都抱着磐石般的信念。"这位作家说，近几年来日益发展的对外文化交流对于中国人民了解外国文化以及外国人了解中国文化是极有裨益的。在这种交流中，中国人民可以借鉴那些好的、进步的、适应时代发展的思想；同时，可以把中国优秀的文化精华介绍出去。

这位作家今年 8 月将偕同天津作家、《神鞭》的作者冯骥才前往美国爱荷华（艾奥瓦——引者）写作中心访问。（朱世达：《经济繁荣是创作自由的根本保证——谈政协委员、作家张贤亮》，《新华社新闻稿》1985 年第 5547 期。有删节）

5 月

7—17 日，率团参加在西安举行的西北五省区"科学与文学界笔会"。

李镜如、田美琳编选的《张贤亮谈创作》由《宁夏大学学报》编辑部内部刊印。《前言》说："《张贤亮谈创作》汇编的主要是他的生活实战和创作实践的经验总结，他同孟伟哉、李国文、从维熙、冯骥才、何士光等全国著名小说家，彼此交流创作感受的心得体会，以及他接受文学青年、文科大学生的邀请，报纸杂志记者的采访，广泛谈论文学创作、文学思潮、文学批评，继承古代文学传统，借鉴外国艺术经验问题的文章。这些文章，为广大文学爱好者、习作者、评论家、研究家提供了认识理解文学和文学创作规律，评论研究作家和作品特点的宝贵材料。……他的创作理论和创作实践，基本上是一致的。早期小说创作题材、主题和格调上的特色，是与他特殊的生活命运息息相关的。因此，他深刻揭露极'左'路线，表现痛切的情思，歌颂劳动人民的人性美、人情美。他热忱地拥抱现实生活，'近距离'地反映社会改革，也都和他的创作理论、指导思想分不开。甚至，他创作上存在的某些缺点和不足，也大都可以从他的理论见解上找出根源。"全书分为《创作自述》《作家书简》《作家专访》以及《主要生活创作年表》四部分，收录《满纸荒唐言》《从库图佐夫的独眼和纳尔逊的断臂谈起》《必须进入自由状态》《深入生活与学习理论》《应该有史诗般的作品出现》《努力提高认识生活的能力》《深入生活与认识生活》《在北戴河笔会座谈会上的发言》《牧马人的灵与肉》《牧马人的画外音》《〈龙种〉获1981年〈当代〉文学奖时的讲话》《从〈龙种〉的拍摄谈我区开创文学艺术新局面》《不可取的经验》《〈肖尔布拉克〉与〈河的子孙〉》《学到的和感受到的》《关于〈绿化树〉的一些说明》《关于〈绿化树〉》《张贤亮谈创作》《秋凉夜话》《张贤亮同宁夏大学学生谈文学创作》《北欧三国行——在祝贺〈肖尔布拉克〉获奖座谈会上的发言》《老人二题》（以上为"创作自述部分"）《心灵和肉体的变化》《"人是靠头脑，也就是靠思想站着的"》《以简代稿谈〈龙种〉》《写小说的辩证法》《当代中国作家首先应该是社会主义改革者》

《关于时代与文学的思考》《唯物论者的艺术自白》《一九五七年给〈延河〉编辑部的信》《〈大风歌〉后记》（以上为"作家书简"部分）《向生活深度开掘的人》《他也是黄河的子孙》《"曾经大海知深浅"》《访著名中年作家张贤亮》（以上为《作家专访》部分）以及《张贤亮主要生活创作年表》。这是国内首部张贤亮研究资料集，其中的《张贤亮主要生活创作年表》（田美琳编著）第一次对张贤亮 1936—1984 年生活、读书、创作情况进行较为全面、系统的梳理和介绍。

6 月

29 日，根据同名小说改编的电视剧《男人的风格》由宁夏电视台摄制完成并开始在该台播放。

《从库图佐夫的独眼和纳尔逊的断臂谈起——〈灵与肉〉之外的话》收入湖南人民出版社出版的《新时期获奖小说创作经验谈》。

7 月

散文《飞越欧罗巴（续）》发表于《百花洲》第 4 期。《自序两篇》发表于《中国西部文学》第 7 期。

8 月

19 日，评论《篇中见灵气——读郑柯〈大大谷〉有感》发表于《文汇报》。

19 日至 12 月 28 日，应聂华苓邀请，与冯骥才一道赴美国爱荷华大学国际写作中心，进行为期四个月的讨论交流和参观访问。

《男人的一半是女人——〈唯物论者启示录〉之一》由中国文联出版公司出版。

创作谈《改革中的男人》发表于《大众电视》第 8 期。

9 月

小说《男人的一半是女人》发表于《收获》第 5 期，引发广泛争议。①《小说月报》第 12 期，《新华文摘》第 12 期、1986 年第 1 期，《作品与争鸣》1986 年第 1、第 2 期，《中篇小说选刊》1986 年第 5 期转载并配发创作谈《关于小说的篇幅》。

我为什么将《男人的一半是女人》投给《收获》？其实，这主要是因为巴老当时是《收获》的主编。当年，我一边写稿一边就想着这部小说投给哪家刊物合适。现在"80 后"的新秀难以想象在他们（她们）出生年代的文化禁忌。文学是写人的，即使主人翁以动植物的面目出现说的也是人，而那时文学作品中的"人"只能描写他的上半身及大腿以下，大腿以上、腹部以下是绝对不能碰的，那真成了个要命的部位，而《男人的一半是女人》却偏偏动了那条"命根子"。20 世纪 80 年代中国的大型文学期刊除《收获》还有《当代》和《十月》，发行都超过几十万份。《当代》《十月》都发表过我的作品，编辑曾对我提出过修改意见，所以我对他们的口味略知一二，《男人的一半是女人》对他们来说口味偏重，我想，这种"风险"大概只有巴金老人敢于承担了，何况巴老的女公子李小林在北

---

① 张贤亮曾说："有人统计，我是新时期作家中受批评最多的一个。我想大致不会错。有家出版社仅仅收集了一小部分批评我的文章就出了本挺厚的书。"（张贤亮：《告地状》，《小说界》1992 年第 5 期）张贤亮所说的"挺厚的书"是指 1987 年 8 月宁夏人民出版社出版的《评〈男人的一半是女人〉》。该书"出版说明"说："张贤亮的系列小说《唯物论者启示录之一——男人的一半是女人》以特有的哲学思辨的穿透力和对人性不同凡响的探求，刺激了处在不同知识层面的读者的接受意识，为我们提供了多方面的美学思考和研究角度，因而引起评论家们的密切关注。截至 1986 年 9 月，全国有四五十家报刊发表评论文章，各抒己见，互相争鸣，进行探索。……当代文学的黄金时代是建筑在创作和批评这两根台柱上的。一部作品的出现，应该容许来自各种角度的批评、挑剔和鉴别，这比廉价的赞誉、中庸的宽容更为好些。因此，《男人的一半是女人》的出现和由此而生的批评，正说明这个黄金时代正在来临。……为满足专家、评论工作者和广大读者探索、研究之需要，我们选取全国报刊 1985 年 10 月至 1986 年 9 月发表的各种观点、各种角度的评论文章 44 篇，并附录小说《男人的一半是女人》，汇编成册，奉献给大家。"

京还当面向我约过稿子。于是我抱着试一试的态度投给了《收获》。

稿件寄出后我就去了美国，参加聂华苓主办的"国际作家写作中心"。登载《男人的一半是女人》的那期《收获》是我在爱荷华（艾奥瓦——引者）大学时问世的，十几天后我接到上海寄来的邮件，翻读一遍，一字未改，原汁原味端给了读者。（张贤亮：《〈收获〉与我》，见冯骥才等著《大家说〈收获〉》，复旦大学出版社 2013 年 1 月，第 45 页）

张贤亮的《男人的一半是女人》，有人认为写了性。本来它不叫这个名字的，叫个《××树》，和原来的《绿化树》一个系列的。他的书掌握在新华书店的人手里，出版社把选题给书店的人看，人家还以为是写什么植物的，认为这书看书名发行量肯定不行。后来拿给我们《收获》，索性就不用《××树》，改成《男人的一半是女人》。这是市场效应，但我们也是把握分寸的，不能过头。①（蔡兴水：《与孔柔谈〈收获〉》，见蔡兴水著《巴金与〈收获〉研究》，复旦大学出版社 2012 年 1 月，第 317 页）

散文《"铁骑士"、"髯客"、"自由城"》发表于《散文选刊》第 9 期。

10 月

8 日，在艾奥瓦"国际写作计划"举办的"作家的社会责任"讨论会上发言：

法国著名思想家伏尔泰曾说过："上天赐给人两样东西——希望和梦——来减轻他在尘世的苦难。"于是，我们这些生活在底层的、决心继续活下去的作家就在尘世的苦难中展开我们的希望和梦想。而我们的希望和梦想就是人民的希望和梦想。

---

① 这是《收获》杂志资深编辑孔柔的回忆。

在 1979 年以后，中国的政治起了急剧的变化。现在，我们虽然还不能说已经实现了我们的希望和梦想，但是已经具备了实现我们的希望和梦想的可能性。我们的希望和梦想就是要把中国建设成一个民主的、自由的、繁荣的社会主义国家。因为长期痛苦的经验告诉我们，只有这样的国家才能保证全体人民生活的安宁和幸福。中国作家们正和全体中国人民一起作这样的努力。也就是说，中国的作家们把这个目标当作自己的社会责任。

当然，作家的工作和其他人的工作是不同的，作家只注意，并且用语言去描写社会与个人之间、自然与人之间以及人的自我冲突中的人的心灵。而我们认为，作家的天职不仅在于表现，并且还在于使人的心灵变得高尚，使人富有勇气、荣誉感、希望、自尊心、同情心、怜悯心和自我牺牲精神。这些精神，是人作为人来说不可缺少的；从社会功利的角度来说，这些精神也是一个在贫困中力图振兴起来的民族不可缺少的。

这里有这样一个历史现象，就是，我们正在把过去从人民身上感受到的东西凝聚起来，并且化为艺术形象再还给人民，使人民在建设一个新的社会中得到鼓舞。

当然，中国作家和世界各国作家一样，都在追求永恒，追求自己作品的世界性普遍含义。但是，我们认为，永恒存在于作品所描写的现实的暂时状态中，普遍含义存在于我们所描写的个别人物身上。有人说，只有抽象的东西是永恒的。而我们认为黑格尔的话说得对：凡是抽象的东西都是具体的。所以，中国当代作家都密切地关注着我国人民在现实生活中的斗争，他们的欢乐和他们的痛苦，他们的胜利和他们的挫折。但是，请相信，即使中国作家笔下揭露了生活中的最阴暗的一面，他还是用对生活的爱写成的。中国作家力求从表现中国的特殊历史过程中取得世界性的普遍含义，力求从真实地描写中国的当代生活中取得作品的永恒性。

不过，我们也认识到，作为文学作品来说，只有艺术性是文学能发挥其社会作用的前提。所以，中国作家目前最大的追求，就是提高作品的艺术的感人力量。也就是说，作家的社会职责就是写出好的作品。（张贤亮：《在美国爱荷华"国际写作计划"讨论会上的发言》，见张贤亮著《写小说的辩证法》，上海文艺出版社1987年10月，第123~124页。有删节）

夜，读两人（张贤亮、冯骥才——引者）为这次准备的发言。张：《中国当代作家在艺术上的追求》；冯：《中国当代文学的真相》。意见明天谈：大致上不差，略嫌角度偏窄——何必太耿耿于怀于"世界如何看自己"？其实，更重要的是："自己如何看世界"。（苏炜：《爱荷华的流连——"过客日记"数则》，见苏炜著《远行人》，北京十月文艺出版社1988年3月，第260页）

谈及不日后的会议发言时，我粗略谈出己见。华苓建议：泛泛而谈近年中国文学的收获，列一大堆作家与作品，甚无必要，也甚无兴味（听了人家也记不住），"应该让各国作家从你们身上直接了解中国文学，你们自己的经历与创作，本身就是对中国文学成就最好的宣传"。从"自己"出发，掏出自己对生活、对文学、对世界的连血带肉的认识，其深度与丰富性就自然而然摆在那里了。大可不必专门去为"我们的文学多伟大"而摇旗呐喊什么。——华苓之见极是。张、冯甚表赞同。（苏炜：《爱荷华的流连——"过客日记"数则》，见苏炜著《远行人》，北京十月文艺出版社1988年3月，第262页）

和贤亮聊起了他们也须准备的演讲。看来中国作家如何提升自己的哲学层次（不仅仅只是在行文、谈吐中塞一些哲学术语、哲人名言而已），是一个吃重的问题。（苏炜：《爱荷华的流连——"过

客日记"数则》，见苏炜著《远行人》，北京十月文艺出版社 1988 年
3 月，第 274 页）

《张贤亮选集（第一卷）》《张贤亮选集（第二卷）》由百花
文艺出版社出版。第一卷收录《夜》《在傍晚唱的歌》《大风歌》《四
封信》《四十三次快车》《霜重色愈浓》《吉普赛人》《在这样的
春天里》《那老汉和狗的故事》《灵与肉》《垄上秋色》《从库图
佐夫的眼和纳尔逊的断臂谈起》《满纸荒唐言》《心灵和肉体的变化》
《牧马人的灵与肉》《龙种》。第二卷收录《土牢情话》《夕阳》《肖
尔布拉克》《男人的风格》。《自序》（作于 1984 年 9 月 11 日）说：

1970 年 7 月，在当时所谓的"一打三反"运动闹得最红火的时候，
一个黑黝黝的夜晚，我又突然地被抓了起来。那时，我刚从"群专
队"的"牛棚"放出不久。而前此我已受过三次"无产阶级专政"
的惩处。所以在他们把我投进农场私设的监狱后，我并不感到惊慌
失措，也没有觉得冤屈。打击受多了，反倒会麻木不仁；人定胜天
而又听天由命，早成了我的处世哲学。罪名当然是莫须有的，但规
定的角色却要扮演下去。当时当地如要和这些阶级斗争的猛士们抗
争，自己失之为识时务的俊杰，也打扰了人家搞运动的雅兴。

别的统统都淡忘了，唯有一件事记得很清楚。大约一个月以后，
一位姓李的看守"班长"说，你既然还在学习马列，那就要联系实
际，今天给你派个好活，最利于你改造思想。他把我领到菜地，交
给我一条扁担两个桶，叫我下粪池去挑粪。

粪池上结着一层如柏油似的黑皮。用锹把边缘掀开，才露出黄
糊糊（黄乎乎——引者）的、已经完全发酵了的粪肥。李班长以身
作则，也不怕臭，笑眯眯地蹲在粪池边上看着我。我向他要把勺子。
他说没有，告诉我，老乡们都是光着脚下池用桶直接舀粪的。于是
我只好卷起裤腿，拎着两桶，从粪池旁边的台阶走下去。

我不知道发酵了的人粪尿会有那么高的温度。我走下最后一级台阶，跳进粪池里时，猛地觉得两腿像被针扎了似的疼痛。等舀满两桶粪爬上来，挑着担子送到一百多米外的白菜地。再往回返，我看见我经过的田埂上所留下的足印里，有黄糊糊（黄乎乎——引者）的粪水，还有鲜红的血迹。

休息时，我在水渠里洗去两腿大粪，才发现皮肤已被粪肥烫得通红。脚底板，因为烫伤后又被摩擦而出了血。

我默默地坐在田埂上，既没有愤怒，也没有悲伤。我看着那血迹斑斑的足迹，悟到了我一生的命运。我一生恐怕都要走这样的路了。

对个人经历的命运感，推而广之，就是对世界、对国家的历史感。黑格尔说得好，"世界历史活动的基础高于道德的基础"。在这里，道德上的谴责是没有用的。最激烈的谴责实际上是最软弱的表现。所以黑格尔又说，"理性统治世界"。

这样的觉悟，都融于自己的作品中了。

现在呈现在读者面前的这部《选集》，是我一个创作阶段的回顾。而在我看来，这一篇篇作品又是我一个个带血迹的足印。我之所以一反常理，请编者高游同志将她们照发表的时间顺序，而不是按体裁来编排，就含着这层意思。最好让读者不但看到作者现在已达到的，并且能看到作者是怎样达到的。

给自己的作品写序，要难于给别人的作品写序。自夸既不得体，自谦亦有虚伪之嫌。我只能保证我袒露的是真实的自己，包括自己的缺点优点，短处和长处。然而，这相互对立的东西却又是一个整体，没有什么器具能把它们截然分开。所以，我并不能保证在我回顾以后会有什么长进。

已经走过了一段艰辛的路。翘首远望，前面的路还长。我得咬着牙继续往前走。

我只管走，只管写作品。对于我和我作品的评价，让后人去做吧。

11 月

29 日，在聂华苓为参加"国际写作计划"作家举办的告别宴会上发表演讲[①]:

女士们、先生们，首先请允许我对我们的主人——慈祥的保罗·安格尔和聪明美丽的聂华苓女士表示感谢。

美联社在 11 月 16 日从北京发出电讯说，国内已在对我的作品"展开批评"，许多在美国的中文报纸都用了对我"猛烈攻击"之类的标题。这引起了来自各国的一些作家的不安，对我表示关切，我也借此机会向朋友们说，我一定珍惜这种可贵的友情，永远把你们保存在我的记忆里。同时，我也曾接到过几次神秘的长途电话，说是要"帮助"我留在美国"政治避难"。我不知道他们是些什么人，出于什么目的，但我愿借此机会公开地用一个字来回答："不！"

一个在……废墟中站立起来的民族决不会允许再一次……摧毁他们刚刚重建的家园。我的国家不久前刚从噩梦中苏醒。而一个复苏的国家一定是有理性的、开明的、健康的。所以，我请朋友们放心，如果国内已在对我的作品"展开批评"的话，那一定也是一种正常的文艺批评，是每一个文学繁荣的国家都有的现象。作家应该欢迎这种批评，完全用不着担心。相反，我还很高兴，我的作品居然有了回声。荡漾山谷中的回声会把我的作品传播得更远。于是，它一定会找到理解它的人。

这次我到美国来，生活了三个月，走了万里路。我最大的感触

---

① 发表于《美洲华侨日报》1985 年 12 月 2 日。

是深刻地认识到我自己的国家的落后与贫穷。文学的责任是促进社会进步。回国以后，我要继续用微弱的声音对我国的社会进步作出一点贡献。如果我的祖国和美国一样富有，一样发达，我也许会留在美国生活，因为我也深深地爱美国，因为它是这样一个丰富多彩的国家，而现在，遗憾的是，我的祖国还不是这样，所以我必须回去。

最后，我请求朋友们和我一起举杯，为我的祖国，一个有五千年历史、十亿人民和九百六十万平方公里土地的国家，已经开始变得民主、变得繁荣、变得生机勃勃而干杯！（张贤亮：《在爱荷华告别宴会上的讲演》，见张贤亮著《写小说的辩证法》，上海文艺出版社 1987 年 10 月，第 125~126 页。有删节）

（《男人的一半是女人》发表后——引者）不久，果然起了风波，在纽约发行的《侨报》的主编王渝半夜打来电话，告诉我国内又要"反右"，像"文化大革命"首当其冲是文学作品一样，这次要拿《男人的一半是女人》祭刀，很替我担忧。接着，美国两大通讯社——美联社、合众社（那时还没破产）驻北京记者都发来消息，内容和王渝的话相同。一时间，似乎中国风云突变，"文革（"文化大革命"——引者）七八年再来一次"的话要兑现了。接下来几天，我不断接到"关心"我的"旅美华人"打来电话，劝我在美国申请政治避难，并许以高额"生活费"。幸亏我还有点定力，坚信改革开放不可逆转，离开爱荷华（艾奥瓦——引者）大学城，要到美国各地旅游之前，我担心大使馆会召我回国，失去了难得的旅游机会，于是在华苓为几十位来自世界各国的作家举行的告别酒会上，像模像样地发表了一通"爱国主义声明"，并让《侨报》登了出来，意思无非是向当局表明我不会叛逃。2010 年，时隔 25 年以后，当时在现场替我当翻译的美籍华人谭嘉女士和她的丈夫吕嘉行来我这里玩，谈起这段往事，模仿我一本正经的模样，不禁开怀大笑。（张

贤亮：《〈收获〉与我》，见冯骥才等著《大家说〈收获〉》，复旦

大学出版社 2013 年 1 月，第 46 页）

　　在我们出国时，贤亮将他新写的一部小说《男人的一半是女人》交稿给《收获》，这部小说发表在《收获》第 5 期时，我们正在美国，但它在国内却引起极大反响。那时一部作品的社会效应，是今天无法想象的。10 月底李小林在与我的通信中说贤亮的这部小说"在读者中引起了轰动，使《收获》创了一天销光的纪录"。可是在文学界的"反响"却是强烈批评，批评的一部分来自文学界，女作家批评得尤其尖锐，骂这部小说"黄色"，甚至一些老作家也接受不了，还写信给巴老，叫巴老管管《收获》。那时，巴老是《收获》主编，李小林是责编，这股过于猛烈的批评势头弄不好就会招来更大的麻烦。小林也感到担忧了，她在信中问我"贤亮也有所准备了吧"。

　　小林和我与贤亮都是挚友，从信中我看出她的担忧以及国内文坛有些反常的"异象"。

　　那时"文革"（"文化大革命"——引者）刚过去几年，虽然春回大地，但人们依然心有余悸。尤其文艺上的事。过去哪场批判不是从文艺上开始的？尤其是贤亮，他 1957 年被打成右派不就因为一首诗《大风歌》吗？并因此落难二十余年，如今贤亮的感受自然敏感和深切得多。

　　尽管平时看他挺自在，随性亦随意，乐乐和和，他的文学正处在上升期，好作品不断拿出来，外人以为他一定是志得意满呢。可是我和他在一起时间多，往往能看到他潜在和深藏的一面，有时他静下来，会长叹一口气，脸上变得阴沉起来，和公开场合里的风流倜傥完全换了一个样。我想此时的他多半回到了过去。我不去问他，不愿意让他回忆。可是他有时会不自禁对我说几句当年苦难中的什么人、什么事和什么细节。比如他黑夜在死人坑里摸到一些死人脸

时的感觉，比如他做过的女人梦。他说后来他见过的女人没有一个比那时他梦里的女人美。他讲过的一些细节和片段后来出现在他的散文或小说中，但也有一些没有。

他自 1957 年被打成右派，直到 1978 年平反长达 22 年，前后五次被关进牢房。他说记忆最深的不是挨打受罚，而是饥饿。他讲过一件关于饥饿的事，给我的印象深刻——

一天深夜，号子里二十多人全都饿得难受，偏偏隔壁是个厨房，大锅里正在熬糖稀，熬糖的味儿从墙壁上方一个很小的窗洞飘进来。饥饿的人最受不了这种熬糖的香味儿，馋得饿得嗷嗷叫。他们受不住了，想钻过窗去偷吃，但是窗洞太小钻不过去，恰巧号子里有个少年犯，瘦得一把骨头，大家就托举着这少年钻过去，谁料这少年犯过去竟然发出惨叫，原来下边是熬糖锅，他从高高的窗洞掉下来，正掉进滚烫的糖稀里。惨叫声惊动了监狱的看守，把这孩子从锅里拉出来，连打也没法打了，就又把号子的门打开，把这孩子扔进号子。

下边一幕惊人的场面出现了。号子里所有囚犯像饿虎一般扑上去，伸着舌头去舔这少年身上的糖稀，直到把这少年小鸡儿上边的糖稀也舔净了。

贤亮的心里有太多这样匪夷所思悲惨的事，太多的阴影。当《男人的一半是女人》出了问题，他陷入了困顿，不说笑话了，天天在屋里抽烟，我有时过去，有些情况不好告诉他，连小林信上的话也没全让他知道，更多时间是陪他抽烟。那时我一个人在异国他乡太久，感到寂寞，把烟又拾起来了。

贤亮有他得到国内信息的渠道。他天天打电话给他爱人冯剑华，想念他的儿子小小。他总在电话里与小小说话，一声声喊小小，看他那样子好像从此要天各一方了。此时，贤亮的作品要在国内挨批的事已经在五月花公寓传开。大家关心他，华苓也找他去，安慰他。大家都……想对他伸以援手，有人劝他在外边多留一阵儿。

毕竟中美相隔太远，难以知道国内更多真实的情况，那时还没有私人电话，只有公家电话，与国内联系完全靠越洋的信件。我一方面担心国内文艺界真会出现什么风波，贤亮回去会挨批；一方面又怕事情并不严重，贤亮误判不敢回去，反而会给文艺界造出事端。我便给王蒙打了一个电话试探着问问。王蒙接到我的电话挺高兴，问我俩在美国生活得如何。他也曾参加过爱荷华（艾奥瓦——引者）的写作计划。我说一切都好，只是听说国内大批贤亮，我们有点担心。王蒙一听就说，哪有什么批判，争论呗。咱们的作品不是常有争议吗？然后他用他惯常的开玩笑的口气说，告诉贤亮这家伙，愈批愈火，这下子他的小说畅销了，有大批稿费等着他回来领呢！

听了王蒙说话的口气我放心了，王蒙是最接近官方高层的作家，他的话是绝对靠谱的。后来我回国才知道，《男人的一半是女人》惹起的风波确实不小，但官方吸取了"文革"（"文化大革命"——引者）的教训，并没有要搞批判的迹象。《收获》是发表这篇小说的刊物，李小林和《收获》受到的批评压力不比贤亮小。为此，巴老还写过一段文字，表达他对这部小说的看法："这是部严肃的作品，也没有商业化的倾向。黄香久写得很感人，有点像陀思妥耶夫斯基笔下的人物。最大的缺点是卖弄，那段关于马克思、老子和庄子的对话，叫人受不了，也不符合人物的身份。最后那笔，可能有人会认为'黄色'，但写得确实好。"这段话没有发表，是后来李小林给我看的，由此可以看出当时对这部小说争议确实很大。巴老的话实际是把他的态度白纸黑字写了下来。他文学立场的纯正，思想的勇气，对真理的坚持，确实令人敬佩。

我与王蒙通过话，就赶紧跑到贤亮房间把王蒙的话告诉他。贤亮眼睛冒出光来，问我："王蒙真是这么说的？"我说："我能蒙你？"我把我和王蒙的对话照实又说一遍。

第二天贤亮就对华苓说，他有一份声明要念给大家听，转天晚间华苓约请国际写作计划的各国作家到她家里。大家都关心贤亮，所以去的人很多。贤亮向大家说，他对大家的关心表示感谢，并说他的作品在国内引起的争论是正常的文艺批评，现在中国不会搞大批判了，他是安全的，请大家放心。又说这些天有的朋友出于关心，要他留下。他说将来中国好起来，他有可能到美国来住上一阵子。

他的"声明"叫大家释怀，纷纷笑呵呵举杯祝他好运。

这个风波便过去了。（冯骥才：《激流中——1977—1988 我与中国文学》，《收获》2017 年第 5 期。有删节）

12 月

9 日，应中国作家协会福建分会、海峡文艺出版社、《中篇小说选刊》编辑部、福建省青年联合会邀请，在福州作文学讲座。

25 日，《新民晚报》刊登林明《张贤亮印象记》：

从文学讲习班出来时，张贤亮已经等候在门口了，他推着一辆自行车，上面坐着他的儿子张公仆，旁边站着他的爱人。他谦和地对我们说："真对不起，我最近在赶写一个长篇，你们远道而来，我这个作协主席照顾不周，多多包涵。走，喝杯冷饮去。"

他们夫妇两人把我们领到银川最大的迎宾楼，要来了每人一杯的咖啡、桔子（橘子——引者）水和冰淇淋。他热情地招呼我们："喝，尝尝味道好不好。"

说真的，这味道并不算好：那咖啡就像红糖水，那桔子（橘子——引者）水却像酸梅汤，那冰淇淋里放了过多的糖精后甜得发苦。

他似乎看到了我们在皱眉头，却笑呵呵地说："这味道当然比不上你们上海的啰，但是你们知道，这是我们宁夏自己做的冷饮，我们宁夏也总算有冷饮了。"

他问我们来银川的观感，我们谈了自己的看法，他说，这几年，银川确实有了变化，但再过几年来，变化会更大。

从相互的交谈中，他给我们一个强烈的印象，就是对生活、对未来充满了信心。

1957年7月，他在《延河》杂志上发表了《大风歌》这首诗，有人在《人民日报》上写短文责问《大风歌》刮的什么风，下面就据此当作"上面精神"给他定罪。于是劳教、管制、监禁接踵而来，他被罚到西北高原流放了足足二十年，直到党的十一届三中全会以后才平反。在他坎坷的生活道路上，他得到了普通人民群众的关怀，在他的作品中，常常出现了一些心灵美好的普通老百姓的形象，这是生活馈赠给他的。他是人民的儿子，他希望儿子也做人民的公仆[1]。

张贤亮思路敏捷，谈吐直爽，他不时引用马克思主义哲学、政治经济学的一些观点来剖析我们当前的社会，他是改革的积极拥护者，对改革和开放，他又有着自己独到的见解。他说，一个作家，首先应该是一个思想家，他很喜欢黑格尔老人的一句话："人是靠头脑、也就是靠思想站着的。"记得去年年初，他在西安举行的一次报告会上，有人向他递条子问："你是否因为身边放着录音机才大讲马克思主义？"张贤亮雄辩地回答说："十年……造成人与人之间的一种不信任情绪，以致一谈马克思主义，似乎就是虚伪。但是，文学的力量在真实，人格的伟大力量也在真实。我愿意做这样的人。"又有人问："你以为生活对你是公平的吗？"张贤亮回答

---

[1] 张贤亮先给儿子起名张公仆，后改名张公辅。

说："我希望同志们不要老是计较生活对自己是不是公平，这是一辈子也计算不清的。"台下响起了一片热烈的掌声。

在我们即将离开银川的时候，他托他爱人送来了两本他的刚出版的小说集。另外，还送来了一样特别的纪念品——瑞典的火柴盒。原来，他知道我们中有个同志是集火柴盒的，便特意把他出访欧洲时留下的火柴盒签了名送来——他真是个有心人！（林明：《张贤亮印象记》，《新民晚报》1985 年 12 月 25 日。有删节）

小说集《感情的历程——唯物论者的启示（第一部）》由作家出版社出版，为该社出版的"当代小说文库"丛书之一，收录小说《初吻》《绿化树》《男人的一半是女人》。书前《文学小传》说：

张贤亮，江苏盱眙县人，1936 年 12 月生于南京。1954 年高中毕业，1955 年到宁夏银川任干部文化学校教员。中学时代开始写作并发表诗歌，1957 年前发表了六十余首诗歌，后因长诗《大风歌》被错划为右派，1979 年平反。现为宁夏文联副主席，中国作家协会宁夏分会主席，中国作家协会主席团委员。

1979 年，他辍笔二十余年后重新开始创作。《灵与肉》和《肖尔布拉克》分别获 1980 年和 1983 年全国优秀短篇小说奖。《绿化树》获第三届全国优秀中篇小说奖。

青年时代，爱好俄罗斯文学和法国文学。由于家庭影响，中国古典文学的根基较扎实。在被错误处理的 22 年中，几乎与文学艺术绝缘。为了探究自己和国家的命运，转向研究马克思主义哲学与政治经济学。

张贤亮说："我的自我感觉是：我还算是个热情和坚定的人。在任何时候，我对我的祖国、我们伟大的民族都抱着磐石般的信念。这种信念不完全是从书本上得到的，更多的是通过艰难贫困的生活体会到的。"

《灵与肉》（胡志挥、王明杰译）、《肖尔布拉克》（瑞安译）、《绿化树》（戴乃迭译）收入《中国文学》杂志社编辑、外文出版社出版的英文小说集《含羞草：和其他故事》（*Mimosa:and other stories*）。

本年

英文版《绿化树》（戴乃迭译）刊载于《中国文学（英文版）》春季号①。

80年代中期，我的《绿化树》被陆续译成几种外文。首先译为英文，英译者是我非常尊敬的著名学者杨宪益、戴乃迭（应只为戴乃迭——引者）先生，他们夫妇俩与我商量，是不是把最后一节主人翁"走上红地毯"那一段删除掉。我坚持不删，虽然我很尊重并敬爱他们。说这话的时候在北京百万庄他们四面被书籍和酒瓶围绕的家里，因为住在百万庄，宪益老自己号称"杨百万"，宪益老和乃迭刚喝了些酒，正陶然于酩酊的享受之中，我也没有向二位老人家解释为什么我坚持不删的理由。后来是日文译者、俄文译者、波兰文译者及其他几种文字的译者，几乎都提出这种意见，还有与我熟悉的文学评论家，也认为"走上红地毯"那一段有俗气之嫌，破坏了全篇给读者的审美情趣，建议我在将来出版自己的《全集》

---

① "80年代杨宪益担任《中国文学》主编之后，刊物达到一个发展的高峰时期。……尤其改版后的1984年春季号达到了其辉煌的顶峰（中国文学杂志社，1986:3）。戴乃迭翻译的《爱，是不能忘记的》《爬满青藤的小屋》、《绿化树》等作品在刊物上刊登或被出版后，立刻被西方报刊评介和转载，在欧美引起极大的反响。刊物的贸易发行量显著增长，'文革'（'文化大革命'——引者）中丢失的教授、学者和白领读者又重新回来了，杂志出现了第二个春天。……普通读者对于新一代中国作家的作品表达出了浓厚兴趣，如民主德国的卡尔·儒勒每一期几乎总是从第一行看到最后一行，认为从《中国文学》上能看到许多令人惊叹的东西和出色的文学作品，通过阅读刊物上富有艺术魅力的作品和文章，对中国已经有了相当多的了解。……1985年春季号简直是一桌丰盛的宴席，张贤亮的《绿化树》尤其令人感兴趣……"王惠萍：《后殖民视域下的戴乃迭文化身份与译介活动研究》，新华出版社2014年9月，第70页。

时重新修订，出个修订版。对这些意见我仅置之一笑。

竟没有人理解那个主人翁"走上红地毯"是很重要的一笔，那不仅仅是主人翁个人命运的改变而是中国社会开始全面改变的象征。（张贤亮：《小说中国》，经济日报出版社、陕西旅游出版社1997年11月，第40页）

英文版《绿化树》（戴乃迭译）由英国企鹅出版社出版，收有张贤亮所作《序》：

一个社会和一个人一样，只有在他成熟以后才会有深沉的回忆，才有勇气自我批判，才能真诚地和比较客观地暴露他以前某个发展阶段中的幼稚与错误。……

我相信西方读者是能够把这本书读下去的。梅特林克（Maeteilinck）说过："说到底，我们只靠心灵之间沟通生活。"我们中国人虽然有中国人特殊的传统与生活方式，近几十年来又创造出许多特殊的政治术语，但西方读者从本书中还是可以看到，书中人物和读者有着完全相同的生存需求，有着完全相同的情欲、精神追求和心灵的交往方式。

本书是一部长篇自传体小说中的一部分，这里只叙述了主人公在1961年底从劳改农场出来到另一个国营农场去就业后的短短两个多月中的经历。……但本书不带任何谴责性，没有怨恨和悲愤。……黑格尔说得对：在这个时代里，历史在无情地发展着，而不关心个人的命运。但是，历史无情也有情。我们，大多数中国人，终于通过那一段苦难的历程成熟了。所以，我们珍惜那一段历史，要把那一段历史给予我们的经验牢牢地记在心里。而我又同意一个美国人的话："痛苦比所有的思想深刻，笑比所有的痛苦尊贵。"于是我就以一种幽默的笔调力图通过主人公特殊的命运再现过去的那一段历史，并从描绘中国西北部的一个小小的乡村来概括尽量多的社会内容。

我一直认为，要使一个文学人物的形象丰满，具有光彩，不但要写这个人物的感情、性格与性格的历史，还要写出他的思想，即抽象的理念活动。问题是要把思想——理念活动和人物性格与当时的情景有机地结合在一起。从写典型环境中的典型性格这一要求出发，本书主人公在当时当地只能在马克思的书中寻找失去的自己和人生的意义。……

需要说明的是，在本书中，男主人公还刚刚开始接触马克思主义。书中有一段他在内心里自认为真的是"资产阶级右派分子"和被当时流行的理论——"血统论"所迷惑的心理描写。这是一个真实的心理过程。当政治运动以群众运动的形式出现，又用貌似正统的马克思主义词句来论证运动的正确性的时候，受害者往往会很真诚地以为自己犯了某种"思想罪"而自谴自责。解除这种思想压力，一方面要诉诸具有朴实的、理性的、从生活本身来辨明是非的普通劳动者对他的关怀与影响，另一方面，就需要他像律师精通法律条文那样精通马克思主义。而他一旦精通了马克思主义，他也就掌握了一种积极的、带有批判性的世界观和方法论，他的精神会从实际的犯人地位升华出来，达到新的境界。

读者可能对本书的结尾不满意。这是因为我要使我计划写的这部长篇小说中陆续发表出去的每一部分都能独立成篇。中国读者喜欢有头有尾的故事，我必须照顾中国读者的口味。这部长篇小说分九个部分，待全部写完以后，我才能把它们按主人公经历的时间顺序编排起来。我之所以要把这部长篇小说分为九个部分，只是因为很少有音乐家写出第十交响乐，许多音乐家写到第九交响乐就寿终正寝了。我计划每两年写一部；我估计自己还有十几年的创作生命。到最后一部分完成时，我就可以用马克思的《哥达纲领批判》末尾的那句话作为结束：

"我已经说了，我已经拯救了自己的灵魂。"

我希望我在北欧访问时结识的朋友能看到这部英译本。这本书会用形象来补充我当时回答的问题：为什么中国的知识分子吃了那么多苦而始终对自己的国家忠贞不渝，以及中国今天的文艺开放到什么程度。现在，中国作家的笔只追随现象下的真实，社会现象表露出来的真实在哪里，作家的笔就写到哪里。

本书的译者戴乃迭女士是著名的翻译家，在向西方介绍中国文学上作了许多可贵的贡献。我感谢她喜欢这本书并把它介绍给西方读者。（张贤亮：《〈绿化树〉英译本·序》，见张贤亮著《写小说的辩证法》，上海文艺出版社 1987 年 10 月，第 80~83 页。有删节）

英文版《灵与肉》（Phillip F.C.Williams 译）收入《1980—1981 全国优秀短篇小说评选获奖作品集》（W.C.Chau 编），由外文出版社出版。

德文版《男人的一半是女人》（康拉德·赫尔曼译）由柏林新生活出版社出版。

1月

13日，在作协宁夏分会举办的专题报告会上，与宁夏回族自治区政协、党委宣传部、文联、作协近百位参会人员分享访美观感。

《男人的一半是女人》作为"收获丛书"之一，由四川文艺出版社出版。

2月

26日，冰心致信茹志鹃，谈及《男人的一半是女人》：

昨天我的大女儿吴冰给我看了一期《文摘报》（1986年2月23日），光明日报社和中华全国新闻工作者协会主办的，内登一段消息说："……上海文学编辑部主任周介人谈到对张贤亮小说《男人的一半是女人》的一些反映……老作家冰心看过作品之后，为作家难过得哭了。"我十分惊奇，他这消息是从哪里来的？我和张贤亮素不相识！就这篇作品，虽也"不甚欣赏，不够满意"，但何至于为作者哭了？！请你代问一下。（卓如：《冰心全集·第8册·书信（1928—1997）》，海峡文艺出版社2012年5月，第290页）

张贤亮有一部著作《男人的一半是女人》。它是《绿化树》三部曲最后的一部。写出来之后，北京的很多女作家看了之后非常不愉快。她们觉得这个小说完全是一种男人的视角，表现的是一种大男子主义的倾向。而且因为当时张贤亮的作品都比较引人关注，北京作家圈子里的人大都看了。最后是冰心老先生看了。冰心老先生看了之后，她也不喜欢。（程永新：《等待伟大的中国小说——答〈生活〉杂志问》，见程永新著《一个人的文学史（下）》，上海文艺出版社2018年7月，第283页）

后来，巴金的女儿李小林来编辑部，她说爸爸看了《男人的一半是女人》，觉得没什么问题。当时她这么一说，我们心中的一块石头落地了。

我注意到，有些人对老巴金也有质疑，对巴金的作品提出一些看法，我觉得很多问题都可以心平气和讨论的。但是我想说，在当时那个年代，那样一种气氛下面，老巴金讲这一段话是非常了不起的。因为他在肯定一部文学作品的艺术创造功能，一个作家艺术创造的自由，他肯定了作家对人性挖掘这样一种权利。老巴金不单是肯定了一部小说，深层次的意义在于，老巴金为中国作家今后的文学创作拓宽了道路，打开了天地。（程永新：《我与文学有个约会》，见程永新著《一个人的文学史（下）》，上海文艺出版社 2018 年 7 月，第 313~314 页）

评论《中国当代作家在艺术上的追求》（作于 1985 年 5 月 20 日）发表于《朔方》第 2 期，《新华文摘》《评论选刊》第 5 期转载。文章说：

艺术毕竟是艺术，文学首先是语言的艺术。在语言的艺术性上，中国当代的一般文学作品往往忽视运用语言的最重要的一条规律，即节省：语言缺少暧昧性、暗示性和多义性，缺少含蓄，缺乏幽默感，作者总力求把所想到的全部说尽，所以往往不能引起读者更多的联想，很难调动起读者在欣赏作品时注入自己的创造力。

由于语言艺术上的功力不足，作者在表达意念和作品的主题时，就常常用直接而且明显的概念，较少隐喻性和象征性的细节描写，较少用现实的和非现实的既确定而又模糊的形象来造成一种"象外有象、意外有意"的深邃的意境，让读者用自己的想象力、用自己的生活体验和审美情趣来补充和发挥，使读者获得一种只可意会而不可言传的艺术享受。

一般的中国当代作家都有很敏感的审美能力，具有细腻的同情心和人道主义精神，所以他们能写出独特的故事和风俗画，塑造出各式各样的典型人物，吸引和感动了亿万中国读者。但常常令人惋惜的是，在这样的故事，在这样的风俗画，在这样的人物的基础上，他们还可以写得更好些、更动人些。一部好的小说是一个立体的世界，它所刻画的人物和叙述的故事应该是多色彩、多声部、多层次、多侧面的。而要能创作出这样的作品，则要求作家不仅仅有生活经验，不仅仅经历过感情上的风暴，不仅仅怀有激情，还需要小说作者具有一定的诗歌、音乐、绘画、美学、历史学和哲学的素养以及尽可能广博的知识。而恰恰在这些方面，被耽误了十几年的当代中国中青年作家还处在进修的过程之中，多数人还不能说是很成熟了。因此，在一般的中国当代小说中，经常可以看到作者还不善于调集多种艺术元素来结构他的作品，在描写和叙述上面显得单薄和陈旧；三维空间在许多作品里只是以一个平面展现在读者眼前的。

……强调文学作品的韵味、意境、情趣，要求作家在精神世界中反映出外部世界的多色彩、多声部、多层次、多侧面性质，从而使文学作品"复归自然"，一向是中国美学传统中的民族特征。发展到现在，一贯遵循现实主义和浪漫主义创作方法的中国当代作家，还可以从西方现代主义中汲取艺术手段。我们既回向传统，又将两手伸向世界，中国当代作家做这样的两极延伸，就扩展了自己的精神覆盖面。再加上在这宽广的覆盖面下我们有着厚实的艺术的与哲学的修养，人口占世界人口四分之一的中国的文学，从整体上来说，必将……列于世界文学的前列。（张贤亮：《中国当代作家在艺术上的追求》，《朔方》1986年第2期。有删节）

3月

2日，李唯根据《浪漫的黑炮》改编的彩色故事片《黑炮事件》由西安电影制片摄制完成并在银川举行首映式。

19日，参加作协宁夏分会举行的新诗座谈会并发言。

30日，《今晚报》刊发中国新闻社记者刘雨生《怎样看〈男人的一半是女人〉——张贤亮谈作书的前前后后》①：

"张先生，你的大作《男人的一半是女人》我已拜读。这篇小说有关于性方面的描写，选择这样的题材是怎么考虑的？"

采访全国人大、政协两个会议的香港记者，28日上午在中国记者协会与中国作家协会书记处书记邓友梅，政协委员张贤亮、张瑞芳、刘长瑜等座谈时，单刀直入地向张贤亮提出以上问题。

张贤亮答道："我一向不愿意用书之外的话去影响读者。我是用很严肃的态度去写这篇小说的。我想通过一个人性的被扭曲，不仅在心理上扭曲，而且在生理上也受到扭曲，来反映一个可怕的时代，告诉世间这样的时代不能再存在下去。把这篇小说作为性文学，我自己感到很冤枉。我觉得它是最严肃的作品。"

"一般作家关于性小说的作品是怎么看的？"香港记者追问。

张贤亮回答得很直率："我一开始就没有把它作为性小说写。性是人性很重要的组成部分，写性是可以的，写得很好、很深刻，可算是很优秀的作品。我认为，有人在这方面进行讨论。但是，也有的作家写出来的是哗众取宠，只写性的部分，很庸俗，很浅薄。"

作家邓友梅插话说："在文学中表现性生活，在中国是有传统

---

① 3月31日，《文汇报》以《张贤亮在接受香港记者采访时说〈男人的一半是女人〉是严肃作品》为题摘要转发了这则消息。摘转时，文末比原文多了一段文字："最后，香港一位记者提到内部有个文件批评张贤亮。邓友梅说：'我声明，至少我们中国作家协会没有这个文件。'"

的。《金瓶梅》《红楼梦》都有。写性生活可能是严肃的，也可能是下流的。张贤亮的作品不宣扬性生活，只是作为塑造人物性格的手段。"

作家陆文夫说："中国人和西方人不同，西方人送礼给东方人，到家才打开看，以示尊重；而中国人送礼给西方人，西方人当场就打开看。性生活也是这样，西方人喜欢打开看，中国人喜欢关着门看。"

"《男人的一半是女人》发表后，有没有受到上面的压力？"

张贤亮说："没有，完全没有，只是文艺界的争论，我从美国访问回来时，批评的文章很厉害，但我的社会生活不受影响。"

邓友梅又插话说："我们发表持否定态度的文章，也发表持肯定态度的文章。不搞过去的一边倒。"

"有人问我冰心女士为什么哭，我不知道。"张贤亮说，"不知道是看小说哭了，还是其他什么原因。"

有人问："小说还有扩大发行的可能吗？"

"我的小说已通过《收获》《小说月报》等好几种刊物，以及出单行本，发行了数百万册，很不好买，因为卖光了。在上海卖到20块钱一本，在重庆出现了油印本。"

《张贤亮自选集》由宁夏人民出版社出版，收录《大风歌》《邢老汉和狗的故事》《灵与肉》《肖尔布拉克》《土牢情话》《河的子孙》《绿化树》《必须进入自由状态——写在专业创作的第三年》《当代中年作家首先应该是社会主义改革者》《关于时代与文学的思考——致维熙》。作者《后记》（作于1985年7月24日）说：

四百米跨栏之王美国黑人运动员摩西曾说："我从不回头看我跨过的栏和踢倒的栏。我在跑的时候，眼睛总盯住前面。"

从我蹒跚学步时起，我似乎就一直在跑着。我曾踢倒过栏，并且被栏绊得趴在地上，一倒便是 22 年。然而，即使是在爬行时，我的眼睛也总是盯住前面。不然就不能活到今天；我们是从黑暗中爬过来的。

读者可以看出，本书的第一首诗《大风歌》的献词"献给在创造物质和文化的人"，正是 25 年（四分之一世纪）后的今天我们为之奋斗的事业——"建设社会主义的物质文明和精神文明"。但在当时，面前的栏栅却狠狠地绊了我一下，不仅把我摔在地上，而且摔在陷阱里。所以，历史的经验告诉我们，要顺利地前进，还必须向后看，注意脚下。黑暗中隐藏着魔鬼，它会在我们满怀激情地向前迈步时，偷偷地掩上来攫住我们。

人们，我是爱你们的，可是你们要警惕！这好像是捷克人伏契克的话。

所以我向读者呈献出这本书。我尽量忠实地记录过去历史的一些片段。

但是，作为作家，我还是要学习摩西，将目光盯在前方的终点上，虽然我还要不断地写过去的生活。只有站在共产主义的历史高度上，才能把隐藏在黑暗中和活动在光天化日下的魔鬼揪出来。

4 月

《张贤亮选集（第三卷）》由百花文艺出版社出版，收录《河的子孙》《绿化树》《浪漫的黑炮》《男人的一半是女人》《古今中外》《伊犁，伊犁！》《人比青山更妩媚》《"人是靠头脑，也就是靠思想站着的……"》《当代中国作家首先应该是社会主义改革者》《写小说的辩证法》《必须进入自由状态》《努力提高认识生活的能力》《关于时代与文学的思考》。书后附有高嵩《〈张贤亮选集〉一、二、三卷作品年表》。

5 月

12 日，《请买〈张贤亮自选集〉》发表于《文汇报》，《新华文摘》第 7 期转载。

我自发表作品以来，就不断听到愤懑的声音、埋怨的声音、喊喊喳喳的声音，蜚语之后继之流言。更有板起面孔的说教，指责我"调子低沉"，"书中的主人公只知填饱肚子"，"只喜欢床上的行为"，"流传到青少年手中会起不良效果"云云。行了！这里我只引用一位苏联作家的一段不引人注目的话来回答："共产主义不是禁欲主义，它要求在一切个性领域中充分表现个性。这一问题马克思、恩格斯和列宁多次论述过。卡尔·李卜克内西在普鲁士地方自治会议的讲坛上揭露德国市民的虚伪时曾经指出，艺术始终如一地从两性关系中——从最细微的意义上理解的'色情'中，汲得最强烈的刺激……"用某些人还习惯的语言格式来说："这些话说得何等好啊！"

《张贤亮自选集》是一部充分地表现了个性的书；它用真诚来向由压抑造成的虚伪挑战！尽管若干年后，从字里行间也许会寻找出丝丝的虚伪，然而那"虚伪"也是真诚的。我正是要写出那个时代的思想特点——真诚的"虚伪"。

《张贤亮自选集》收入了 1984 年以前作者自以为满意的作品。全部作品都始终如一地从两性关系中汲取灵感。因为两性关系永远是生命力量与人类活动最基本的也是最高级的存在形式。

本书第一篇是使作者罹祸 22 年之久的诗——《大风歌》。这首诗当时的副标题是"献给在创造物质和文化的人"。而只有它诞生后四分之一世纪的人，才是它真正奉献的对象。其余的写自 1979

年至 1984 年，那么，它们会不会还要经过四分之一世纪才能被人理解呢？

我欢迎对我的作品提出批评，但并不意味着我认为我的作品在思想上有可批评之处。如果是这样，我便不会拿出来发表。可是，万一真有"流传到青少年手中会有不良效果"的情况，我个人完全不负这个责任。正如西方的一句谚语所说："美酒是上帝的赏赐，而酒鬼却是魔鬼所造。"

27 日，在宁夏回族自治区文联第三届二次全委会会议上当选主席。

29 日，《有创作自由也应有评论自由——张贤亮答记者问》发表于《文学报》。

评论《关键在于改造和发展我们的文学》发表于《文学自由谈》第 3 期。

《在作协宁夏分会召开的新诗创作座谈会上的发言》（余光慧记录、整理）、《张贤亮谈创作自由——答中央人民广播电台、中国国际广播电台记者潘梦阳问》发表于《宁夏创作通讯》第 2 期。

论文《结构与场景》发表于《宁夏艺术》第 3 期。

高嵩著《张贤亮小说论》由四川文艺出版社出版，书后附《张贤亮著作年表》。这是国内出版的第一部张贤亮研究专著。

6 月

12 日，由小说《浪漫的黑炮》改编的影片《黑炮事件》获中央广播电影电视部 1985 年优秀影片奖。

23 日，致信韩少功 [1]：

那天在侣松园门口，忙乱中还没来得及告别，待我拿到房号钥匙奔到门口，那辆破车已不见踪影。我想你还会跟我联系的，特地告诉了门房，但也没能再听到你的下落。

我试着写这封信，也不知你能否收到。

在北京待了两天，果然听到启立（胡启立——引者）同志在人民日报的一次会上，根据那位巴黎中新社记者唐某打的"内参"，批评了我们的代表团。使我痛心的不是打小报告，而是领导人惯于听一面之词。干脆走他娘的，躲进小楼写小说。你年纪轻，望好自为之，我是觉得已经束手无策了。

可能的话，把《生命中不能承受之轻》寄本来让我拜读。（韩少功：《落花时节读旧笺》，《上海文学》2015 年第 7 期）

29 日，与王蒙、从维熙、刘心武、莫言、刘索拉等作家一道参加王府井新华书店组织的签售、交流活动。

散文《访赌城》发表于《家庭》第 6 期。

———————————

[1] 关于此信，韩少功说："在很多人眼里，张贤亮是一位风度过人的文学男神，曾以《绿化树》《土牢情话》等小说折服包括我在内的大批读者。他后来转型为商界大亨，据说有钱便任性，曾以超长豪车接送朋友，路旁还有两列黑衣保镖一路随车小跑，其排场俨如帝王。他的放浪也大尺度，发出邀请时总是宣告：'带情人来的我就报销头等舱机票，带老婆来的统统自费！'这一类话是玩笑，但也难免给他带来争议。……一位熟读和盛赞《资本论》的热血之士，一眨眼成了金光闪闪的资本家，这是当代中国故事中并非少见的个人命运轨迹。从信中看，他也有温存的另一面，竟为一次忙乱中寻常的不辞而去，驰函以图追补，周到得让我愧他当时尚不知我的确切地址。至于信中提到的'内参'，是 1988 年中国作家代表团访法所引起的。那个代表团超大。其中有几位在巴黎痛责中国的体制和文化，得到大批听众激情的鼓掌，却与部分华裔人士爆发争议——包括他提到的'中新社记者唐某'。这场争执以'内参'或其他方式传到国内，后来也成为文化界思想纠扯的案底之一。……其实，据我当时了解的情况，争议双方首先有背景的错位，有语境的分裂，说的好像是一回事，但联想空间、意涵所指、听众预设等远不是一回事。刚出国门的中国人，满脑子还是官本位、大锅饭、铁饭碗、冤假错案，不发发牢骚，不冒点火气，好像也不可能。不过长期生活在外的不少华裔对这一切感觉较为模糊，恰恰相反，他们的切肤之痛是不时蒙受某些西方人的白眼，一身黄肤黑发没法改，最急的是没有自尊本钱，最愁的是没有自强后盾。好容易有了'两弹一星'什么的可供吹嘘；再说《论语》《道德经》，或扎个狮子舞个龙，图的是在'多元化'中也挤进一席。他们如今听中国作家反这反那，连传统文化也要一股脑儿统统黑掉，那还不跟你急眼？……真正听懂对方的意思，其实是不容易的。"（韩少功：《落花时节读旧笺》，《上海文学》2015 年第 7 期）

《灵与肉》入选唐达成主编、中国文联出版公司出版的《中国新文艺大学（1978—1982）短篇小说集（下卷）》。

中国作家协会创作研究室选编"新时期争鸣作品"丛书之一《男人的一半是女人》，由时代文艺出版社出版，收录张贤亮《男人的一半是女人》、韩少功《爸爸爸》、徐星《无主题变奏》。

7 月

7 日，美联社报道：

中国作家张贤亮说，他对中国保证文艺自由的诺言充满信心。张的小说《男人的一半是女人》曾受到了批判。张说："这部小说的主题是严肃的。它不仅仅是描写性，而意在通过描写性来说明在一个被弄乱的社会里人的性格受到抑制后其欲望也会受到抑制。"去年，几家报纸批评了这部作品。张……说："这样的历史以后不会再重演。"他接着说："几年来，我写了几部有争论的小说。但这些争议对我的创作、艺术的感受力、社会活动和自己的地位并没有带来不利影响——丝毫没有。"（《参考消息》1986 年 7 月 17 日。有删节）

当选中华文学基金会理事。

随笔集《飞越欧罗巴》由百花文艺出版社出版，收录 1984 年访问挪威、瑞典、丹麦后写的 13 篇游记：《"一个惊人庞大的商品堆积"》《"维京"的后代——北欧的汉学家》《金发碧眼的董仲舒——北欧的汉学家》《思索和表现人生的艺术》《没有被遗忘的角落》《从照顾残废人说开去》《天涯若比邻——北欧的同行》《"文化大革命"与北欧》《"铁骑士"、"滂克"、"自由城"》《北欧的福利和"大锅饭"》《文学的殿堂在股票市场的楼上》《旧幕、银幕、舞台》《东方、西方》。作者《后记》说：

这部游记不具有文学价值；我没有按一般散文的要求去使她富于文采。我只是想从趣味性和多少带点知识性出发，如实地写出我的所见所闻。需要说明的是，回国以后，我有时和知识界的朋友谈起此次的北欧之行，常常听到"报纸书刊上介绍的并不像你所说"的疑诘，这时，我仍然坚持自己亲眼看到和亲耳听到的东西。《百花洲》这个栏目的题名起得很好，叫"中国作家看外国"。这里的主体是"中国作家"；《飞越欧罗巴》中所记述的，又是我这样一个长期生活在偏僻地区而孤陋寡闻的所谓作家见闻，所以我宁可保持这样的特点，而不去考虑我的所见所闻究竟具不具有普遍性和真实性。也许我看到的只是一个偶然的情况，也许我看到的仅仅是那么一角，但那毕竟是我看到的。如果有错误，那么这个错误的意义也正在于"中国作家看外国"。"中国作家看外国"和外国作家看中国一样，不可能没有错误。但随着时间的推移，这个错误说不定会具有历史资料的价值。

……我还要说的是，如果我不是 1984 年，而是 1974 年或 1979 年以前的任何一年去访问西方这三个国家，那么我就会和刘姥姥进大观园一样，对现代化的一切都感到新奇和不解，乡气和土气可掬。而在 1984 年，我们国家虽然还在艰难的起飞阶段，但各方面已经呈现出了勃勃的生机，现代化的社会生活在中国人的眼里已并不陌生了，我们正在一条捷径上大踏步地追赶西方。尤其是，当我下了飞机，回到了我生活了近三十年的这座偏远的小城后我一眼就看到了马路边伫立着一间绿白相间的电话亭。这是前一个月我出国时还没有的。这间小小的电话亭使我几乎热泪盈眶；从这不引人注目的小东西上我看到了我们变化的速度。所以，我把这部不具文学价值的游记题名为：

"飞越欧罗巴！"（张贤亮：《飞越欧罗巴》，百花文艺出版社
1986 年 7 月，第 198~201 页。有删节）

8 月

23 日，《社会改革与文学繁荣——与温元凯书》发表于《文
艺报》。文章提出："当前，倒是要支持改革者改革现实、改革外
部世界、改革体制和种种制度的努力。也只有在这种改革中，存在
于我们自身以及一部分人身上的传统文化心理深层结构中的惰性才
能得到改造。"《评论选刊》第 11 期转载。

1986 年，当时很著名的"改革家"温元凯先生给我来了一封
邀请函，说准备在杭州召开"第二届新的技术革命与体制改革座
谈会"，希望我能参加谈一谈社会改革与文学繁荣的关系。在他
所定的日期我正有其他事，我回信感谢他的邀请并说明不能出席
的原因，还答应一定会写一篇发言稿寄去，权当我对座谈会的支
持。后来我忙自己的事，不知道这个座谈会是否如期召开，更不
知道座谈会上有什么样的发言，情况如何。写好发言稿，给温元
凯先生寄去的同时，我又投寄给中国作家协会的机关报《文艺报》。
不久，发言稿就以书信形式发表在 1986 年 8 月 23 日的《文艺报》
第 2 版，题目是《社会改革与文学繁荣》，加了个副标题"与温
元凯书"。

……一年以后……我这篇文章变成了全国重点批判对象。……
为了解脱我的困境和发表我这篇文章的《文艺报》的困境，当时中
国作协的负责人请胡绳老出面讲了几句话，也在《文艺报》上发表
出来。胡绳老大意说，张贤亮是个写小说的作家，对马克思主义研
究不够，谈社会改革的理论问题有错误，表达不准确，是可以理解

的。^①不久，猛烈的批判又猛然刹住。远在偏远地区的我不知为何，总不会是因为胡绳老的话吧？用"港台国语"来说，当时我真是"一头雾水"。

过去对人的批判非做出结论不可，视被批判者的态度定为什么什么"分子"，"表态"表得好还能获得免予处分。这次批判却没给我做结论，我还没来得及"表态"，就偃旗息鼓了。可是，没结论倒令人难受，好像人悬在半空中，我体会到了过去政治运动中有个词——"挂起来"的滋味。"挂起来"就是上不上、下不下，晃晃悠悠地随时有跌下去的可能，叫人提心吊胆，还不如干脆"下放"到什么地方让人感到踏实；我悟到"下放"一词其实就是"放下"，被"挂起来"的人"下放"到地上也就稳当了。过去，我从未享受过"挂起来"和"下放"的待遇，每次批判后都是立即送入劳改农场。现在回味，这构成当时文化环境的"挂起来"和"下放"等词语，真是太富有智慧了，再形象不过了！（张贤亮：《小说中国》，经济日报出版社、陕西旅游出版社 1997 年 11 月，第 214~216 页。有删节）

散文《我写维熙》发表于《文汇月刊》第 8 期。

---

① 胡绳文章刊登于《文艺报》1986 年第 10、第 11 期。红旗杂志社《理论交流》1986年第 21 期摘转胡文的主要观点："胡绳在《文艺报》10、11 撰文说，《文艺报》上发表过张贤亮同志的一篇文章。文中说，要为资本主义'平反'。有些同志看了不免皱眉头，张贤亮同志是位很有才能的小说家，从这篇文章看来，他其实不太了解资本主义，也不太了解马克思主义者（包括中国的马克思主义者）对待资本主义怎样看。他实际上是把'文化大革命'中的那种粗糙的、幼稚的、也是荒谬的对待资本主义的看法当作批评立论的对象，按照那时那种看法，资本主义社会中产生的一切东西都必须否定、排斥。其实那绝不能代表中国马克思主义者一向的看法。应该承认，我们过去对资本主义进行科学分析的确是很不够的。资本主义社会是人类阶级社会历史发展的顶峰，社会主义可以也必须从那里学到一些东西。但是，正如《决议》指出，要坚决摒弃维护剥削和压迫的资本主义体系和资本主义制度，摒弃资本主义的一切丑恶腐朽的东西。张贤亮同志的文章忽略了这个方面。过去有些宣传特别是'文化大革命'中的宣传把资本主义描绘得一团混乱。现在有的人出国一看发现不是那么回事，于是要给它'平反'，就容易从反对过去那种极端走向另一个极端。我认为张贤亮同志的文章对他自己提出的问题所作的答案，有些可能是不完善的或者是很大的片面性。但他提出的这些问题还是值得认真思考和研究的。用讨论和批评的方法来解决这些问题，需要有耐心、下苦功夫。"

日文版《男人的一半是女人》（北霖太郎译）由日本二见书房出版。

9月

6日，参加上海书市活动。

月初，与李国文、从维熙、叶楠、张洁、崔道怡等一道赴呼和浩特，参加由《山丹》《小说选刊》联合主办的"小说创作系列讲座"活动。

《张贤亮集》作为冯牧主编"新时期中篇小说名作"丛书之一，由海峡文艺出版社出版，收录《土牢情话》《河的子孙》《绿化树》《男人的一半是女人》。书后附作者《为这本书写的话》①（作于1986年8月15日）：

《中篇小说选刊》来信通知我，福建海峡出版社已将我的作品列入"新时期中篇小说名作丛书"的出版计划。除了要我"一张光面纸四寸个人半身照"之外，还要我数张"代表个人生活简历和文学活动的照片"。趁这个机会，我将我最珍贵的一张照片献了出来。这张照片就是读者看到的我年轻的母亲抱着仅有几个月大的我。地点在南京的祖宅。祖宅位于湖北路，原国民政府外交部后面，是一座很大的花园，名"梅溪山庄"，据说是我祖父和有名的"辫帅"张勋打麻将赢来的。1984年春天，我因《绿化树》获全国优秀中篇小说奖前往南京参加发奖会，和国文、骥才、友梅，在主人石言与张弦的陪伴下，去看了一趟这所祖宅。三十二年归故里，祖宅已荡然无存，变成了一座颇具规模的工厂。过去的记忆犹在，眼前的景物全非。即使记忆也是不准确的，原来印象中一直是粗可合抱的

---

① 后收入作者随笔散文集《边缘小品》（陕西人民出版社1995年6月）时改标题为《发疯的钢琴》。

一株皂角树，现在看来，只不过水桶般的直径而已。

我经常端详仅有几个月大的我，奇怪这个傻乎乎的婴儿怎么会变成这样神情阴郁喜怒无常、连我自己都讨厌的中年人。对这张照片看着看着，我会游离出我之外，似乎我既不是这个婴儿，也不是现在的我，而是另一个什么人。是一个什么人呢？我也搞不清楚，我觉得那个人应该比现在的我好一点。可是做了这番忏悔之后，我并没有高尚起来，在现实中我仍然做着一个连自己都讨厌的人。

抱着我的母亲，在1967年元月去世了。她是被"红卫兵"吓死的。那时我正在《土牢情话》中描写过的"鬼门关"劳改。管我的队长截获了我大姨发来的电报，板着面孔说："这个地主婆死得好！"现在这个队长已调回他老家内蒙古的一个县，仍然当着什么干部，大概还管着一些人。

我母亲的笑容永远凝固在这张照片上。

翻翻我写的东西：长篇、中篇、短篇、散文、电影剧本和所谓的评论，我也常常会觉得这些文字不是出于我之手，而是一个别的什么人的作品。我不会写作。从拍了这张照片后我就没有长大。我没有躯体。我肉体感觉不到痛楚。我只是一大堆莫名其妙、杂乱无章、无可言状、瞬息即变的幻想、想象、印象、感觉……我感到的只是自己的感觉。我是一架发了疯的钢琴。总有一天，这架钢琴会因自己癫狂性的颤抖而散裂。于是声音也消失了，在空气中留不下任何痕迹。

就写到这里吧。我现在正在听理查德·克莱门特演奏的：

"不要为我哭泣，阿根廷！"

10 月

散文《悼念程造之先生》发表于《朔方》第10期。

11 月

8 日，《张贤亮、冯骥才谈中国文学作品如何争取外国读者》刊登于《文艺报》。

27 日，《文汇报》《北京书简》专栏发表记者郑重《我看到的张贤亮》：

晚饭后，我走进他的房间，他说明天一早要离开，正在整理东西。他告诉我，明年初要发表小说《早安，朋友》，写的是中学生，通过学生与家长、与老师、与同学之间的关系，揭示一个社会现象——中学生的早恋。"你等着看那个轰动吧！"他得意地说。此外，他还准备写一部电影，展现宁夏山区移民生活，在极少外援的情况下，自力更生摆脱贫困，他说："我想通过这部电影给第三世界提供一点启示。"

他边整理东西边谈，突然想到衬衣该洗了，马上把衬衣脱掉，放在水池里动手洗。谈到《绿化树》中的章永璘读《资本论》，他说，不少人批评我写得虚伪，这冤枉我，当时就是那个样子。批评我写得不好可以，说我虚伪我无法接受。

《绿化树》中饥饿的章永璘已走在大红地毯上，《男人的一半是女人》的章永璘身上那女人的一半也已消失，下一个章永璘是什么样子呢？我感到张贤亮的作品风格比重较单一，变化不多，想听他谈谈在风格上有什么新的追求。正在这时，一位同行闯了进来。这位同行说他也是坐了七年牢的人，向张贤亮提出一连串问题。我的思路完全被打断了，只好在一边静静地听着，录之于下——

问："可不可以创造一个'劳改文学'流派？"

答："不可能，也没有必要。"

问："你在劳改时感到痛苦吗？"

答："只感到饥饿，痛苦的生活比幸福的生活回忆起来更感到温馨。"

问："你现在有时还感到痛苦吗？"

答："不痛苦。如果像我这样的人还感到痛苦，其他人还怎么活？我特别反对有吃有喝的人还大谈痛苦。"

问："你现在是否感到上面对你有一种压力？"

答："没有，我没有感到有任何压力。"

问："你能对青年说几句话吗？"

答："青年有青年的看法，照他们自己意思去活着。"

问："青年人想知道文学创作的捷径，你看呢？"

答："文学只需要真诚，不需要别的。"

这个问答是在张贤亮洗衣服中进行的。既没有思想准备，也不像想要炫示什么，因之也没有那种装腔作势之感。虽然不是我想要采访的，但还是可以作为本简的一部分。它使人感到，做人像文学一样，需要真诚，这就是我看到的张贤亮。

12 月

13 日,《理性激发灵感——〈写小说的辩证法〉前言》发表于《文艺报》。

20 日，作文《他在瘠土中生长》。文章说：

近年来，提倡和研究"西部文学"者不乏其人。我的感觉是，提倡者和研究者多把注意力集中在创作的对象上，正如我们对魔幻现实主义的介绍，着眼点也在于说它忠实地表现了拉丁美洲的神奇现实。而对于作者本身，我们却忘记了他正是从这种现实中向我们迎面走来的。作品所描写、所表现的地域性，就是作者的思维方式、审美经验与审美心理的根据。如果我们可以确认有一种"西部文学"的话，那么，我认为这"西部文学"只能由"西部人"来写；现代的"西部文学"，不应是与古代的"塞上诗"似的，完成于偶然涉足此间的游客之手。

本年

《肖尔布拉克》收入《人民中国》编辑、出版的日文版《现代中国小说》。

韩文版《男人的一半是女人》（郑成镐译）由韩国泰光文化社出版。[1]

希伯来文版《绿化树》（汉诺克·巴托夫译）由以色列特拉维夫阿姆·奥维德出版社出版。[2]

英文版《男人的一半是女人》（M.Avery 译）由纽约诺顿出版社出版。[3]

---

[1] 《男人的一半是女人》先后有四种版本被译成韩文，除郑成镐译本外，其他三种分别是金义镇译，韩国美学社 1991 年版；金世民译，韩国东西出版春秋园 1992 年版（书名为《爱情中人们》）；李帆译，韩国 saelon 文化社 1994 年版。"1992 年韩中建交以前，翻译成韩文的作品大部分都是现代文学，而张贤亮的《男人的一半是女人》1986 年就已经译成韩文，应该是最早译成韩文的中国当代小说。"[韩] 金英明：《中国西部当代文学在韩国的翻译与研究》，见陈国恩等主编《2014 年中国西部文学与地域文化国际高端论坛论文选》，暨南大学出版社 2015 年 10 月，第 114 页。

[2] "此书是该国作家巴特维根据英文本转译的。在数百万人口的这个国家，销售量竟达一万册。这是以色列出版的第一本中国当代文学作品。"（马祖毅、任荣珍：《汉籍外译史》，湖北教育出版社 2003 年 1 月，第 652 页）关于张贤亮在以色列的受欢迎程度，何大明《哦，拉南教授；哦，以色列》（《龙门阵》1993 年 9 月）一文记述了这样一件逸事："何大明写道，他在以色列时发现'中国小说译成希伯来文的很少，我仅见过两本'（指沈从文的《边城》和张贤亮的《绿化树》——引者）。有一次他'离开以色列时，登机前在本·古里安国际机场接受安全检查'，安检小姐盘问一位中国学者，'你知道张贤亮和沈从文写过什么书吗？……这位学者……被女孩子难住了，不禁茫然结舌。盘查员一下起了疑心，说你是中国人，竟不知道沈与张？！'后来幸得同行的'同胞赶来救驾，才得以放行'。"张晓眉：《中外沈从文研究学者访谈录·第 1 辑》，北岳文艺出版社 2015 年 5 月，第 85 页。

[3] 鲍晓英：《中国文学"走出去"译介模式研究——以莫言英译作品译介为例》，中国海洋大学出版社 2015 年 10 月，第 149 页。

小说《早安！朋友》（作于 1986 年 10 月）发表于《朔方》第 1 期，文末《说明》称："张贤亮同志在创作这部作品时，曾参考了我部提供的某中学教师黄万金同志搜集的几位女中学生的真实日记。在此，我部和张贤亮特向黄万金同志表示衷心的谢意。"《小说月报》第 1 期转载。但该期两份刊物均因故未能发行。[①]

八七年（1987 年——引者）初，宁夏的《朔方》杂志接获一本女中学生日记，编辑看了，觉得非常真实，但不是文学作品，发表不了，作为素材提供给我（张贤亮——引者）。我看了大吃一惊，没想到中学生的思想、教育、生活状况是这样的，而中国有五千万中学生。我觉得应该反映一下，就调查了解很多高二、高三的中学生，他们把对他们爸爸妈妈、老师不说的话全告诉我。

把这些口叙的实录资料，综合提炼，花了四十天工夫写出，艺术性比较粗糙，更不是我的代表作，我也不是专门写性，我写的是改革和开放年代里面，学生和老师的关系，学生和家长的关系，在狭窄的高考跑道上竞争的同学与同学之间的关系，也写到青春期教育的问题，结果《宁夏青年报》为了制造轰动，将二十万字的小说，摘取与性有关部分，浓缩成七八千字登出，引起家长、教师的不满。

全文是在《朔方》发表的。谣传作品发表后，一些学生和家长到我家门口游行，老作家冰心读了之后哭了，完全没这事。（施叔青：《文坛反思与前瞻——施叔青与大陆作家对话》，明窗出版社 1989 年 2 月，第 72~73 页）

我看稿看得已经十分乏累了，正准备走出办公室散散心。这

[①] 1994 年 4 月，时隔了七年之后，《早安，朋友》收入作家出版社出版的《张贤亮自选集 3·早安，朋友》（同时收入的还有《浪漫的黑炮》《河的子孙》）一书，这是该作第一次在国内公开发表。

时，负责通联的编辑又送来一摞稿子，我接过来，往桌子上一堆，一份稿子就从中滑了下来，我随手拾起往信封上一看，是宁夏中卫县寄来的，这立刻引起我的注意，我在中卫当过七年教师，对中卫有点特殊的感情。所以，凡是中卫县的来稿，我一律看，不管多忙，我一律复信，以表示亲切之意。

稿子的名字是《一个少女的日记》，我刚刚看完第一页，就被那真挚的情感所牵动和吸引。我一口气看完这部两万多字的手稿，深深地被手稿的内容打动，默默地坐在椅子上呆呆地深思起来。

一个职业编辑看稿子是很难动情的。因为毕竟看得太多了，有时是麻木了。一般的稿子打开看上一两页就知下文如何的，往往就无心看下去了。就是写得还不错的，也要硬着头皮耐心看。而眼前这篇，居然是文字牵着我的眼睛，引导着我的思路，在我面前展现了一幅幅中学生早恋及日常生活的画面，它深深地触动了我，使我沉陷其中而不能自拔。当我猛然省悟应该将此篇作品交给主编大人审定时，我才发现办公室、楼道早已空无一人，腕上的表告诉我已是中午一点半了。

我上街匆匆地吃了一碗羊面搓面就赶回编辑部，时间是两点刚过一点点儿，就见编辑部主任已经端坐在椅子上审稿子了，就兴奋地把这部稿子拿给他看。

编辑部副主任李唯说，"什么稿子叫你这么兴奋？"

我说："头条，真正的头条！"一个编辑部每期发稿，最愁的就是头条稿子，既有艺术质量、又有现实意义的好稿简直太少了。所以，主任一听是头条稿子，一把抓过来埋头就看。在旁边的几个同仁也争先恐后地轮番看起来。

不大工夫，采用"流水作业"式的看稿法，大伙就把这部稿子看完。编辑们都有目染十行的工夫。大伙一致认为这部稿子写得不错，反映了当前中学生的一些思想和真实面貌，只是这部日记体的稿子水分有多大，是真是日记摘抄还是创作？要是真实日记摘抄就太好了。

于是，我就发信给作者，请他说明《日记》的真相，如果是真实日记，请将原日记寄给我们。

没过几天，一个牛皮纸邮件摆在我的办公桌上。我迫不及待地打开一看，傻了，手稿上的文字竟是日记的抄本！只有前后两段是手稿"作者"虚构的，然而这两段却精彩极了。

我立即将原始日记交给副主任李唯先生过目。他翻了翻，立即召开小说组全部人马开会。

经过编辑们的认真讨论，一致认为此稿作为头条发，并指定我为责编。方法是：日记的全文照发，连错、别字都不改，以表示其真实性。编辑部负责写前言，请著名作家张贤亮写后语。我则负责将日记中的某些段落酌加编者按。

分派已定，即交付小说组长冯剑华女士将文稿带给她的丈夫张贤亮先生审阅，并请他写后语。

第二天冯剑华女士来编辑部对我们说，张贤亮看了文稿激动得直咳嗽。他对中学的情况只用四个字来概括："触目惊心"。他在激动中一夜就写了六千多字的"后语"，可是今天早晨，张贤亮又觉得光发一个学生的日记还不够典型，如果能将其改编成小说，融进更广泛的内容，使之更加典型化，就更具有社会意义了。张贤亮还说，都沛光知道编稿，太缺乏创作意识了……

副主任李唯和和主任潘自强一商量，认为张贤亮说得在理，于是就决定由李唯去和张贤亮面谈改编事宜。

为了落实日记的真伪和日记作者的一些想法，李唯、我还有另一位编辑，我们一行三人先去了一趟中卫县。

作者是一个腼腆如乡下女人的小伙子，几经吞吐；他才告诉我们，这日记是他妹写的，请我们一定保密！（看，我还是给泄露了出来）

"那么，"我问，"她还活着吗？"

"活着。"他回答，"后面写她死去的那一段是我瞎编的。"

然而，那段虚构真可谓是大手笔之作！

我们落实了这些才和张贤亮去谈改写的事。张贤亮认为自己有必要去见见作者，于是我们一行四人又去往中卫。

小伙子做梦也没想到赫赫有名的大作家张贤亮会来中卫看他！他窘迫得连话都说不出来了。一听张贤亮要根据他的素材改编小说，更是受宠若惊，立即答应由张贤亮改编。

编辑部为了确保作者提供素材和经济权益，以编辑部的名义和作者签订了合同；同时也与张贤亮签订了一份改编出来的小说一定交给《朔方》编辑出版发行的合同。

张贤亮是大名人，找他要稿子的人太多，有的编辑部索性派编辑在宁夏租了宾馆住下来，等"鸡"下蛋，有时一等就是一两个月！张贤亮自己也说，我自己就是只来亨鸡，一年也下不了那么多蛋，总得有个休息缓劲的时候呵！他虽然身为宁夏文联主席和作家协会主席，直接管《朔方》，但他也极少给《朔方》稿子。对这一点，我们虽然有意见，但也能谅解他。用他自己话来说，蛋下得太勤，就会下出软蛋来了。这次不同以往，这次是《朔方》抓的稿子，而且又是社会焦点，一定不能让给别人。我们知道张贤亮这人心太软，禁不起约稿编辑的几句好话，就把稿子给了人家，以前他就有过"一女多嫁"的先例，最后弄得不可收拾，所以，这次我们来了个"防患于未然"，先与他签订合同，并交诸法律公证处到时好有个说法。

张贤亮提出要见见日记的作者，那小伙子又吞吐了半天才说，回去和妹妹商量商量再说。

我们第四次下中卫时，见到女孩，也见到女孩的一些女友。通过两次秘密会谈，就更使张贤亮触目惊心了。因为他毕竟和中学生接触太少了，他的好奇心与责任感驱使着他连夜就干开了。

为了慎重，我们将原稿、日记和张贤亮改编稿一并交给文联党组和有关部门审查，得到中肯后，我们请人一边抄稿一边送印刷厂排印，按计划全文发表在《朔方》上。

为了提高《朔方》这一期的发行量，我们派出专人全国征订，同时将小说的精彩片段摘出来发表在《宁夏青年报》上以扩大影响。

由于是摘录，不免片面，只见一叶而不见森林。

《摘录》引起社会极大反响，尤其是在教育界，很多教师强烈抗议张贤亮，说他写出一部有害于青少年身心健康的坏书①，应

---

① "当年有一篇名为《歪曲了的人生》（《歪曲了的人生——银川市一些师生评小说〈早安！朋友〉（缩写稿）》，《宣传手册》1987年第7期——引者）的报道，记录了一些中学师生对小说的批评意见。归纳起来，有以下两种：第一，学生的观点。小说一开始就写高三（3）班王文明，在众目睽睽之下忍不住去摸同学徐银花的乳房，'这在重点中学不可能有，在普通中学，甚至工读学校、少管所也不会发生'；而徐银花被摸之后，不仅没有丝毫的羞耻感，反而感觉兴奋、舒坦，真让人难以理解，表明张贤亮'歪曲夸大了人性，从而失去了人性'。中学生性意识尚处于萌芽阶段，每个人心里都有'小秘密'，都有对女同学的好感，这些'还只是一种蒙眬、神秘的喜欢，还说不上是爱情，更说不想占有对方'。可小说把这种冲动写得'像匹野马，横冲直撞'。中学生的早恋现象是存在的，要正视它。但学生中的早恋绝非张贤亮笔下所达到的那种程度。如果真的一个班成了那种样子，整个社会将不敢想象。中学生出现的早恋一般都是单纯的、天真的、向上的。张贤亮描绘的淫乱现象，说明张贤亮根本不了解我们中学生。听说张贤亮根据一篇女学生的日记，撰写了这部小说，世界之大，无奇不有，那样的事，只占中学生中的千万分之一。张贤亮仅凭这样一点东西，关起门来塑造中学生，看了真叫人感到恶心。有些学生还担心，外省的学生看了这部小说后，误以为宁夏的学生真是那种样子，'那就丑化了宁夏'，传到国外，'那就丑化了中国'。所以，这部小说看似替学生说话，其实是帮倒忙。家长看了小说以后也会吃惊于学校之乱之糟，如此则学生不仅得不到理解和同情，反而会失去更多的自由。第二，教师的观点。一位老师说，小说把社会和学校写得那么灰暗，把老师写得那么无力，管束不了学生，其实不然，小说'颠倒了客观现实，也违背了起码的创作原则'。一所名校的校长则以自己几十年的教师生涯为据反驳道："这部小说不符合中学生的生活实际，我从教近三十年没有见过这些现象，男女同学间早恋现象是有的，但小说把中学生写成了一群动物，这些现象在工读学校里也找不到。"白草：《张贤亮的〈早安！朋友〉》，《朔方》2016年第2期。

立即予以查封。状告到省（应为自治区——引者）里及北京有关部门。

出版部门的领导火速调样书审读，通过几次讨论，决定暂不发行。《朔方》编辑部不敢违抗，立即通知印厂停机，但已印好成册的已有十四万册，这些书全部打入冷库，国家一下子损失十几万元人民币。

书一旦被禁，社会上的压力就更加大了，什么话都说得出来。但说书如何如何不好的，绝大部分都没看过书，都是捕风捉影，人云亦云。因为书根本没有问世。除了编辑和印厂的排字工人，谁也没看过，而攻击的浪潮却一浪高过一浪。

因我是此书的参与者，所以采取了"利益共沾，风险共担"的态度，极力维护此书。我对张贤亮说，这是一本划时代的伟大作品（当然这话大含拍马屁之味道，但毕竟人在困难时应该支持才是），现在出不了，将来一定能出。

张贤亮是一个十分豁达大度的人，在那"台风"四起之时也确实有点吃不住劲儿了，但在省（应为自治区——引者）党委和省（应为自治区——引者）文联党组的支持下，在"台风"期间，他的外事活动照常进行，只是因为着急上火住了几天院。

后来，我到北京鲁迅文学院上学时，见北京大街到处都有卖《早安，朋友》的，一种版本是天津出的，一种可能是盗本。卖得热火朝天，书商大赚其钱。而我们这个贫穷地区的贫穷编辑部却背了国家八万贷款，将十四万册书深深锁在冷宫里。鲁院毕业后，我又上西安去读西北大学作家班，见西安大街小巷都卖由《小说月报》出的增刊《早安，朋友》，心里大为爽快，实在为张贤亮先生而高兴。

待宁夏解放《早安，朋友》时，市场已饱和了，半价都卖不出去了，最后大约有几万册书拉入造纸厂去造纸浆。

那时，张贤亮先生正在西欧四国访问，我只好遥祝张先生："早安，朋友。"（都沛：《张贤亮和〈早安，朋友〉》，见都沛著《我们连队的卡西莫多》，二十一世纪出版社 2015 年 8 月，第 271~275 页）

在今天的中外记者招待会上，当有记者问及张贤亮的《早安，朋友》等出版情况时，新闻出版署副署长刘杲说，张贤亮的《早安，朋友》写中学生的性心理，先在《宁夏青年报》登了摘要，在学校、家长中引起强烈的批评。有些人冲到张贤亮家质问他想把青少年引到哪里去。新闻出版署同中国作家协会商量后，请宁夏的文学刊物《朔方》暂不发表，由作家协会研究后再作处理。（中新社北京 1997 年 5 月 15 日电。载于《文汇报》1987 年 5 月 20 日）

读张贤亮的《早安，朋友》。小说出后即被禁，这是曾镇南拿来的一份复印件，他曾盛赞这部作品。读后却觉得并不值得"禁"。倒也未如曾镇南所称扬的那样好。真实感很强（尤其是对感觉的描写），就是了。（扬之水 1987 年 6 月 9 日日记。扬之水著：《〈读书〉十年（一九八六年——一九八九年）1》，百花文艺出版社 2019 年 8 月，第 68 页）

2 月

《男人的一半是女人》由台北文经出版社出版。

3 月

《绿化树》由台北新地出版社出版。书前有郭枫《献辞》：

这不是一部小说，是一部活的史诗 / 纪录了那黑暗的年代苦难的大地 / 纪录了丑恶的嘴脸和人性的坚贞 / 也纪录了绝望中那永不熄灭的光明 / 在美丽而辽阔的西北高原上 / 马缨花、海喜喜、谢胡子…… / 那些奋斗在大风沙中的英雄儿女 / 以善良、豪迈、强烈而

深沉的爱 / 像绿化树，喜光而耐干旱瘠薄 / 献出无尽的浓绿覆盖着古老的中国

4 月

6 日，与马烽、冯骥才一道在北京接受港澳地区记者采访。

对中国文艺现状一次严肃的探讨，在轻松的无拘束的气氛中进行。作家马烽、张贤亮、冯骥才与关注着内地文艺动向的港澳记者今天作了历时 2 小时又 15 分钟的对话。

一个敏感的问题，首先向张贤亮提出：反对资产阶级自由化给中国作家带来了什么样的影响？因为曾经发表过有争议的作品而受到外界注目的张贤亮说出他的见解：中国作家经过这场斗争会更加成熟，在认识生活上更加深化，在表现生活时更为准确。"当然，"他强调说，必须遵照政府工作报告中提出的各项政策，在文艺界则坚持"百花齐放、百家争鸣"的方针。

"去年写的《社会改革与文学繁荣》的文章，是否给你带来了麻烦？"

"带来的是批评。"张贤亮回答得直截了当。随即引出一段"注解"："批评并非麻烦。我愿意反思，以不断修正或深化自己的认识。"

然而，反资产阶级自由化并不影响写作。当年天津队的篮球中锋冯骥才在选材、落笔时感到比在球场上还要自如。他说，作家写什么，怎么写，那是自己的事。一名记者向这位中国民主促进会的成员追问：是否党外作家比党员作家有更大的自由度？"一样。"冯骥才说得干脆。"作为一个作家，一个公民，我对宪法承担义务和责任。"在毛主席的《在延安文艺座谈会上的讲话》发表后走入文学行列的马烽，称自己是党培养起来的作家，他心目中的读者是农民，并且重视作品的内容与效果。他打了个比方：现在北京小吃

店卖什么的都有，比过去只有独家经营的情形大不相同了。但首要的是食品有没有营养，符合不符合卫生标准。

张贤亮也谈起了党员作家的社会责任。在一边受到"冷落"的冯骥才忍不住插话："你是否有点排斥我？"他的同行赶紧否认："我应当尽量团结你。"全场一阵哄笑，连那一问一答者也忍俊不禁。那位在会见开始时问到中国作家目前是否感到人人自危的香港记者，大约不必另求答案了。

坚持四项基本原则，并非说党员作家就要由上级划定写作的范围。对香港记者这方面的担忧，他们以为不必。至于能否在作品中批评党风，那是毫无异议的。张贤亮以他的小说改编的电影《黑炮事件》抨击了社会弊端为例，说："没有人说我为党抹黑。"

也无须回避对文艺局面变化存在的某种担心。冯骥才说，那是因为国家形势正在往好里走，人们在经历了过多的波折后期望着稳定。在相当长的时间内，文艺曾经作为政治的寒暑表，而眼下正在调节。他以为，把政治的批评与文学的批评分开是极为重要的。作家们还"纠正"了在座港澳记者们一个用语：注意，反对资产阶级自由化不是一场运动。他们相信，党中央的领导及正确的决策，将会使文艺事业更走向繁荣。

今后计划如何？记者们又一个关切的问题。扎根乡土，被称为"山药蛋"派作家的马烽，每年都有几个月走到他的农民兄弟中去；冯骥才继续他研究民族心理结构的系列小说；而张贤亮的反思，还包括艺术领域在内，他将用一段时间去体验生活，再多读点书。

这次会见由中国记协主办，马烽是全国人大代表，张贤亮、冯骥才是全国政协委员。他们正在京参加全国人大和全国政协的会议。（郭玲春：《马烽张贤亮冯骥才与港澳记者对话 反对资产阶级自由化不影响作家写作》，《人民日报》1987年4月7日第1版）

就在我还"挂起来"晃悠着没有"下放",也就是我的身心还没有"放下"的时候,1987年春季的两会期间,政协全国委员会大会的新闻组却通知我去接见海外记者。我向大会新闻组要求免了我出面。我知道记者们最感兴趣的就是关于"反对资产阶级自由化"的问题,因为海外盛传国内又要搞什么政治运动,因为根据历史经验,每次政治运动都是先从作家学者头上开刀的,海外人士担心是不是这次又会重演。可是,叫我这个还没有做出结论的重点批判对象去起一点安定人心的作用,我怎么谈呢?我不愿再违心地说对我的批判于我很有"帮助",更不能说别人搞错了,我并不是"资产阶级自由化",而是享受正常的"百家争鸣"的自由。弄得不好,前账未清,还"挂"着,接着又欠一屁股带两板凳债,给人提供更多的把柄。

记者招待会前一天晚上10点多钟,政协新闻组两位工作人员来我房间动员我,说:您谈这个问题最合适。我问为什么我最合适呢?回答说,因为您经过这次"批判"嘛!又说,海外记者对你比较感兴趣。我说,免了吧,这种兴趣不是读我小说读出来的而是我受了"批判"产生的。我还是不愿出面。政协新闻组工作人员又说,您就放开谈,报导是只对外不对内的,也就是说国内报纸不会报导的,所以您可以完全自由谈您的看法。我笑道,我正是"自由"了才被批判,现在你们二位还叫我"自由"呀!于是大家都笑,两人也就高高兴兴地告辞了。睡在床上一想,不对!仅仅海外报纸报导并不是一个安慰,难道国内读者就一点不知道海外是怎样报导的?尤其是最"关心"我的"读者",什么消息他们看不到?翻起身就给住在另一间房的冯骥才打电话,请教他怎么办,骥才说也请了他去。"反正你不去是不行的。你什么风浪没见过,还怕见记者吗?放心吧,我给你保驾。"他说。

第二天，人代会方面由老作家马烽同志出席，政协这边由我和骥才参加，中国作协由书记处书记邓友梅出面，作为中国文学界对海外记者举行的一次招待会，地点在东交民巷中国记者协会。果然记者们很"感兴趣"，我面前放着十几部大大小小的录音机，还有两台电视摄像机。来的人也很多。主持人刚宣布开会，第一位记者的第一个问题就直对着我问："请问张贤亮先生，你对'反对资产阶级自由化'有什么看法？"

我想了想，回答说："我认为，经过'反对资产阶级自由化'，中国作家在政治上会更为成熟，在艺术上会更精益求精，对生活的认识也会更为深刻。"

我只"总结"了这样三条，再下面的问题我也不回答了。我说我是来自偏远地方的作家，对一些情况不很熟悉，其他三位先生可以给诸位提供很多有趣的消息。这次记者招待会开得还不错，别的戏是他们三位唱下来的，马烽的稳重和骥才、友梅的风趣搭配得相当好，多少消融了一点海外人士对国内情况的疑虑。结果，并非国内报纸不报导，第二天，4月7日的《人民日报》头版就登了由新华社的资深女记者郭春玲采写的报导。我的回答全部如实地报导了出来。我认为我的回答还是很得体的，经得起历史的检验，反正你怎么理解都可以。（张贤亮：《小说中国》，经济日报出版社、陕西旅游出版社 1987 年 11 月，第 217~219 页）

5 月

20 日，在银川会见孟加拉国政府代表团，介绍宁夏文学界情况。

8 月

与李準、谢晋合著的《牧马人：从小说到电影》由中国电影出版社出版。

9月

小说集《肖尔布拉克》由台北林白出版社出版，收入《肖尔布拉克》《垄上秋色》《河的子孙》，书前有向阳《乱离愁苦张贤亮——〈肖尔布拉克〉代序》。

10月

1日，在银川接受瑞典电视台采访。

3日，应美国艾奥瓦大学国际写作中心邀请，赴美参加该中心成立20周年庆祝活动。

17日，在艾奥瓦以《我作为作家的生活》为题作5分钟演讲。

1987年10月，保尔·安格尔和他的夫人聂华苓女士主持的美国爱荷华（艾奥瓦——引者）大学国际写作中心成立20周年，我有幸被邀参加他们的纪念活动。华苓事先来信要我准备一篇题为《我作为作家的生活》的5分钟演讲词。正值我当时有一种要说真话的冲动，我就写了以下这篇讲话稿寄去。在爱荷华（艾奥瓦——引者）的谭嘉女士还细心地将它译成了英文。

女士们、先生们：

我敢说，在当今世界上，没有一个国家的作家比中国作家感受到这么多的痛苦和欢乐。在我们这个虽然广袤但人口密度却非常大的国土里，在历史的这么一瞬间，压缩着几代人的愿望、要求、理想和幻想，有的几乎是针锋相对。真正的作家，不可能仅仅只代表着一代人或一部分人，那些自我标榜为新生代或老一代代表的作家如果不是缺乏自知之明便是感觉迟钝。因为实际上，年轻人身上也都笼罩着历史的阴影。在夕阳西下的时刻，历史的阴影会越拖越长，越来越浓。

◄ 1987年

51岁

同样，老一辈人也都随时随地受到新浪潮的冲击。在生理上已过了更年期的人，血管里再一次地感受到青春期的骚动。

我可以虚构故事，但不能虚构自己。不但在写作的时候，在平时我也在寻找自己。历史的传统要把我固定在岩石上，现实却使我飘飞。而现实其实是历史的继续。我常常有一种被撕碎的感觉。当我自以为是在空中翱翔的时候，俯首一看，我的血肉还摊在那片不长青草的沙砾中间。

不断地自我反省是中国知识分子的特点。我们反省的根据不是自身的直接感觉，而是某种规范，某种既成观念。在我们国家，任何一种在历史上曾经行之有效的措施、方法都容易成为长久的规范；只要给谬误以时间，谬误也会成为真理统治人们的头脑。请别忘了我们有五千年的历史。这些东西形成了一个坚硬的外壳，我们却要在这坚硬的外壳中孵化出来。所以，可以理解，任何一个自诩为现代派的中国作家，也都散发着我们这个古老民族的气味。

其实，我和大多数中国作家一样：我们既勇敢，又懦怯；既有追求，又墨守成规；既想独辟蹊径，又心惊胆战地怕和整体脱离；我们常常大声疾呼，却又暗自感到底气不足；我们充满着热情奔放的幻想，但最终依然把笔下的方块字放在它应在的位置上；我们绝对有创造能力，却又经常不自觉地去寻找祖传秘方或是向西方著名作家模仿；我们习惯了政治的风风雨雨，我们并不吝惜个人的生命，但同时也习惯于为了民族的国家整体的利益和声誉而不断地妥协；当我们在客厅里向客人大胆地高谈阔论的时候，我们却又要小心地把厨房的门关上，以免妻子听见后向我们发脾气。

请别以为我是个悲观主义者。我和我的同事们正在障碍前面积蓄力量。我们积蓄的力量正在坚硬的外壳里回旋激荡。徘徊其实是进步的一种形式，因为毕竟不是静止不动。中国改革和开放的政治肯定还会遇到风雨。但是，中国民间传说中那位神通广大、变化无穷的孙猴子，正是在一个风雨交加的日子从一块巨大的顽石中蹦出来的。

请别以为我说的是中国文学和中国作家的前景。由于中国现实的多变，因而就使力图表现当代中国现实的作品有了厚重感；由于当代中国现实的多变而造成了这一代中国作家自身的复杂，因而使我们的作品无不具有多重性和多义性。我们这一代中国作家本身就是个谜，包括他的作品和他的生活。这足够后人去解析的。我们中国并不缺乏分量很重的作品，因为恰恰是具有以上所说的条件，使中国当代作家最适于表现人类本性中固有的二元化品质和自我矛盾。如果朋友们有兴趣，不妨翻一翻在当代中国享有盛誉或是引起争论的文学作品，你就会发现你的手捧不动那么多幻想、忧虑、苦恼和欢欣。

我的话完了，谢谢大家！

10月17日，我口袋里装着这份严肃的演讲词，由芝加哥大学李欧梵教授领着进入会场。我发觉，以色列的作家、波兰的作家、加纳的作家和一位中美洲的女作家都没有照演讲稿讲话。我不懂英语，但从听众的反应看，他们好像还不时地插进一两句玩笑。于是我临时改变了主意，反正我有一位极好的口语翻译作依仗。我就和李欧梵教授在台上如同说相声一般，我说一句，他译一句，说了以下一番话。

女士们、先生们：

在我讲话之前，我们可爱的女主人华苓再三嘱咐我不要超过5分钟。我懂得她的意思。她一定以为来自中国大陆的人都是善于做长篇的政治报告的。现在，我却想先讲一个笑话。有一个小说家写小说，写了三天三夜没有写出一段。他的妻子看他写得艰苦，便同情地问："怎么你写小说比我生个孩子还难？"小说家皱起眉头说："你生孩子容易是因为你肚子里有东西，我写小说困难是因为我头脑里没有东西。"

幸好我们不是这样的小说家。我们经历了一次又一次的折磨，我们肚子里没有什么食物，我们的头脑却充实了。我现在写作品，成了一名作家，是因为我头脑里的东西非喷射出来不可，正像怀孕九个多月的妇女一定要生出孩子一样。

我写了一些长篇、中篇、短篇小说，已经有五部小说被搬上银幕。有的演员曾因主演我小说中的女主人公而成为影星。评论家说，我给文学画廊中增添了一系列光辉的妇女形象，说我刻画妇女和表现爱情有独到的艺术手法。我听了这些暗自发笑。因为我在43岁以前根本无法谈恋爱。可以想象，劳改营里是没有女人可作为恋爱对象的。直到39岁，我还纯洁得和天使一样。我希望在座的男士们不要有我那样的性苦闷。

虽然我身边没有女人，但我可以幻想。正因为没有具体的女人更能够自由地幻想。在黎明鸡啼的时候，在结了霜的土炕上，在冷得和铁片似的被窝里，我可以任意地想象我身边有任何一种女人。她被我抚摸并抚摸着我。

1979年我在政治上获得了平反，我又有了创作和发表作品的权利，于是我就把以前的幻想写了出来。

于是，我就认识到了：文学是表现人类的幻想，而幻想就是对现实的反思。

我的话完了。谢谢！

全部讲话连翻译没有超过 5 分钟。我认为这篇听来很油滑轻浮的讲话，实际上是落在很严肃的主题上的。那就是最后一句。这次演讲意外地获得了很好的效果。（张贤亮：《我的倾诉》，见张贤亮著《追求智慧》，中国华侨出版社 1998 年 2 月，第 182~186 页）

18 日，在艾奥瓦应邀参加聂华苓主持的"我为什么写作"文学讨论会并发言。

10 月 18 日，在爱荷华（艾奥瓦——引者）的全体华人学者、作家、留学生，又举行了一次文学讨论会，仍由华苓主持。被推到台前的有海峡三岸的中华儿女：中国台湾的陈映真、李昂、蒋勋、黄凡等；美国的李欧梵、郑愁予、曹又方、董鼎山等；祖国大陆的有吴祖光、汪曾祺、古华、刘心武、张辛欣。讨论会的题目是"我为什么要写作"。

因为开始讲话之前，华苓特意向全体到会者介绍了远道而来的陈映真的老父亲。他为了祝贺国际写作中心成立 20 周年，感谢在陈映真最困难的时候得到华苓等在美国的文学界朋友的声援，千里迢迢来到爱荷华（艾奥瓦——引者）。陈映真的老父亲是我看到的慈祥的和具有风度的老人之一，当时的情景使我非常感动，所以我说了这样的话。

在这次讨论会上要我谈"我为什么要写作"，我想从陈映真的父亲来看望陈映真和我们大家谈起。我很羡慕陈映真。他在最困难的时刻，在监狱里，他的父亲和家人仍然能够关心他，去探监。我在祖国大陆曾经进过监狱，进过劳改营，也进过看守所。我唯一的亲人，我的母亲远在北京，靠替人编织毛线衣维持生活。她即使要关心我也没有能力。在寒冷的塞上，在平沙漠漠的大西北，身在监狱、劳改营和看守所里，我是多么希望有一个亲人来看望我一次。每一次听到号子外边传呼"某某某，你家里人来看你来了！"我都独自伤心落泪。我并不是想有谁来给我送什么东西，譬如食物和日用品。我只是想把我的感受、我的想法、我心里的话说给她听。"犯人"所受的折磨除了物质条件的困苦和失去的自由外，最主要的就是孤独感。孤独感比物质的匮乏更令人沮丧。而消除孤独感的最好方法便是倾诉，向亲人倾诉。

我为什么要写作呢？我就是要向亲人倾诉我过去没有机会倾诉的感受、想法和心里话。但我后来又发现，我用笔倾诉出来的声音并不完全被大家所理解。这样，我的孤独感并没有因生活条件和社会地位的变化而消除。

于是，我只有不断地倾诉下去。（张贤亮：《我的倾诉》，见张贤亮著《追求智慧》，中国华侨出版社1998年2月，第186~187页）

21日，《文汇报》刊登《大陆文学作品成为台湾畅销书 阿城、张贤亮、莫言、汪曾祺等在台已有专集》。报道说：

在台湾的出版社中，有兴趣出版大陆书籍的不下十多家，而其中的新地出版社态度最为热忱。他们以当代大陆年轻作家的小说为出版重点，取名"当代中国大陆作家丛书"，第一辑10册已全部面世，包括钟阿城《棋王、树王、孩子王》、张贤亮《灵与肉》和《绿化树》、张洁《爱，是不能忘记的》、甘铁生《人不是含羞草》、莫言《透明的红萝卜》、冯骥才《在早春的日子里》和《意大利小提琴》、汪曾祺《寂寞和温暖》、高晓声《极其麻烦的故事》等。据说，第二辑的"女作家、少数民族作家小说卷"亦将问世。

另一些台湾出版社最近出版的大陆文学作品有张辛欣《北京人》、张贤亮《土牢情话》和《肖尔布拉克》、残雪《黄泥街》以及张汉茂编选的《挣不断的红丝线》等。

《写小说的辩证法》（潘自强编）由上海文艺出版社出版，全书分为三辑，收录《从库图佐夫的独眼和纳尔逊的断臂谈起——〈灵与肉〉之外的话》《满纸荒唐言》《牧马人的灵与肉》《不可取的经验》《〈肖尔布拉克〉与〈河的子孙〉》《答文学青年问》《关于〈绿化树〉的一些说明》《关于〈绿化树〉》《在〈十月〉编辑部召开的座谈会上的发言》《必须进入自由状态》《写在专业创作的第三年》《同宁夏大学学生谈文学》《作家的修养》《关于〈土牢情话〉》《〈灵与肉〉泰文本序》《〈绿化树〉英译本序》《悟性与理性》《深入生活与学习理论》《努力提高认识生活的能力》《深入生活与认识生活》《抓住时代的脉搏》《秋凉夜话》《在美国爱荷华"国际写作计划"讨论会上的发言》《在爱荷华告别宴会上的讲演》《中国当代作家在艺术上的追求》《新诗的追求》《一九五七年给〈延河〉编辑部的信（附《大风歌·后记》）》《心灵和肉体的变化——关于短篇〈灵与肉〉的通讯》《人是靠头脑，也就是靠思想站着的》《以简代稿谈〈龙种〉》《写小说的辩证法》《当代中国作家首先应该是社会主义改革者》《关于时代与文学的思考——致维熙》《关键在于改造和发展我们的文学》《〈老人二题〉》等文章。书前有张贤亮前言《理性激发灵感》，书后有潘自强《编后记》。《编后记》说：

在《朔方》紧张的编务之余，我利用两个多月的假日和夜晚，总算编出了这本集子。张贤亮把它定名为《写小说的辩证法》。

这本书收集了张贤亮自 1957 年（主要是 1981 年以后）至 1986

年8月这段时间发表在全国各地报刊上的文章。全集共收33篇，分为三辑。第一辑收15篇，主要集中了作家有关小说创作的体会、经验和创作生涯回顾方面的文章，是我们理解张贤亮小说的一把钥匙；第二辑收9篇，主要包括作家面对当代纷纭繁杂的社会问题和文艺思潮，所写的文章和在有关会议、文学讲座上的发言。其中《在美国爱荷华（艾奥瓦——引者）"国际写作计划"讨论会上的发言》一文是第一次公开发表。第三辑收9篇，主要是作家和编辑部、其他作家、理论家之间的通信，以及评介他人作品的文章。总的看来，张贤亮所发表的文章，大部分论及的是有关小说创作的问题，但其他方面的内容也较为丰富，有些文章互为渗透，互为补充，故分编三辑，仅能说是大体分类，彼此之间并无严格的界限。为了能使读者清晰地了解作家的创作历史和思想的发展轨迹，每辑文章的编排，基本上以文章发表时间的先后为序。不过，考虑到读者阅读方便，我将《〈大风歌〉后记》抽出，附在第三辑《一九五七年给〈延河〉编辑部的信》之后。

　　由于工作关系，我对张贤亮的文章，除个别篇什外，大部分是随发随读，受益不小。但这次有幸借编辑集子的机会，又全面、细致地通读了他的文章，从而才有了一个较为宏观的感受。真是文如其人！张贤亮的文章体现了他的性格风貌。话从心中来，文从笔下生，他的痛苦和欢乐，他的疑虑和思考，他的学识和智慧，他的追求和见解，他的敏捷和善辩都滚滚而来。对于我们多灾多难的社会，对于和他同悲同乐的人民，张贤亮像赤金一样纯真，毫不造作；像烈火一样炽热，毫不冷漠；像黄河一样袒露，毫不掩饰，这是支撑他文章的魂魄，是吸引读者的磁铁！张贤亮注重理性的分析，有时旁征博引，显露出一种顽强的思辨精神；他有自己的思维模式，不傍门墙，不被世俗左右，认准道路，直呼而去他的文章，不讲"格式"，挥洒自如，行文朴素，字里行间，时时蕴藏着幽默。这就是张贤亮的风格！

老作家冰心曾说过这样一段话："成功的花，人们只惊慕她现时的明艳，然而当初她的芽儿，浸透了奋斗的泪泉，洒遍了牺牲的血雨。"是的，这形象地说明了成功者的艰难。张贤亮的生活和创作道路是坎坷的，但如果人们在赞叹张贤亮在文学上取得的成就时，要了解、认识他那"奋斗的泪泉"、"牺牲的血雨"，那么，不妨请读一读《写小说的辩证法》，它会告诉你一切！

小说集《土牢情话》由台北林白出版社出版，收入《土牢情话》《龙种》和《夕阳》，书前有向阳《乱离愁苦张贤亮——〈肖尔布拉克〉代序》。

《初吻》入选香港艺术推广中心出版的《中国大陆当代小说选·短篇（一）》。

11月

4日至1988年2月20日，《早安，朋友》连载于台北《自由副刊》。

5日，台北《人间》杂志总第25期刊登陈映真访谈文章《张贤亮：向生命的梦幻和暧昧开眼》：

80年（1980年——引者）后，中国大陆出现了不少传奇性地跃升文坛的作家。张贤亮就是其中的一个。1979年之前张贤亮经过五次政治上的挫折，不但是长期被打成右派，而且还是个"反革命分子"。今天，他成了大陆上知名的小说家，是少数文艺界出身的"政协委员"之一。生于1936年的张贤亮，在1980年之前，从来没有写过小说[1]。

80年（1980年——引者）以后的大陆文学，概括地说来，有

---

[1] 此说有误。张贤亮是1978年年底开始小说创作的。

什么特点？

"1949年以后，大陆上的知识分子，特别是作家，和大陆的政治关系太密切了。"张贤亮说，"政治上开放些，上轨道些，作家和知识分子过得舒畅些。政治上脱了轨，收紧些，作家和知识分子首当其冲，受到最先而且往往也最重的打击和挫折。……历史使今天幸存于世的中国大陆的作家和知识分子，感到责任特别重大，感觉到自己的命运和中国的政治有太密切的联系，也因此特别关心政治，特别关心国家的命运。"张贤亮说。

张贤亮出身于极为贫困的宁夏。……他说，"作家和知识分子不能因为别人造成的错误，把问题推给别人去解决。问题还得要我们自己来面对、思考和解决。"作家对自己和人民、国家的遭遇、失败与挫折，有切肤之痛，所以写作的时候，自然就要求自己去表现自己和社会的命运和状况，探求问题的根源。"这样一来，主题、内容上迫切的要求，与技巧、艺术上的要求，有时就不能那么一致。"张贤亮说，"何况大家都中断太久了，起步时，不免艺术技巧上比较直截。但表现技巧上，一般而论，都进步得很快，表现上也很有创意，很多样化……"

1957年，张贤亮因为《大风歌》一诗，打成了右派。"1979年，今天著名的……王蒙都摘了帽子回北京去了！我还因为头上有一顶'反革命'帽子，一直到80年（1980年——引者），还在宁夏劳动。"①他笑着说。二十多年来，下放、坐牢的张贤亮，从来没搞过文艺创作。"那时候，一直认为通过社会科学才能理解我们的社会，读了不少马恩的原典。"他回忆说，"不论如何，我还相信马克思、恩格斯的东西，是观察、理解和分析世界和社会的比较准确的方法……57年（1957年——引者）后二十年间，我遭受五次重大打击，能

---

① 此说有误。张贤亮1979年9月获得"平反"，开始在南梁农场子弟学校担任教师。

继续活下来，还真靠的是这些社会科学让我在精神上有个支柱。"

在那个时代，他一边下放劳改，一边写一些政治、经济学和哲学的论文，寄到理论刊物上，全被退回来了。"有一个朋友说……我不如写些文艺性的东西。"

1980 年（应为 1978 年——引者）吧，张贤亮急着想改变自己的处境，就写了一个故事，投到宁夏省（应为宁夏回族自治区——引者）的文艺刊物（《朔方》杂志——引者）。"79 年（1979 年——引者）以后，刊物编辑可以只凭作品的质量而不是作者的阶级和历史来决定用稿，我的东西就以显著地位登出来了。"张贤亮说，"我想了，如果这样写就叫小说，我看我还能写很多。"他的作品一篇篇刊出来了，引起宁夏党组织的注意，从而得以平反，摘了帽子。1980 年，他正式被选到中国文学工作的岗位上[①]。

为了写小说，他拼命学习、看书，越觉得文学是个严肃而值得他终身以赴的事业。他觉得，七八年来，他的创作思想经历了一些变化。1979 年，他写东西，纯粹是想引起别人注意他的存在，从而改变他的命运。"写了一段时间，我开始觉得，写作是为了不让我过去二十年来的生活在中国大地上重复，我写了一些黑暗的体验与生活。"张贤亮说，"再写下去，我觉得光是记录和揭发还不够，应该在作品中进一步分析和探索造成那些问题的原因来，作家于是就得比较深入地探索中国的政治和社会体系了，这时期的作品，社会性强，有人叫'改革文学'。可是今年春天开始，我的创作思想又开始起变化。"

他说，年初以来，他的创作进入了一个"新的领域"。"长期以来，许多自以为明白不过的东西，现在开始有些糊涂了。我开始主动地迎接而不是忽视、躲避生命中某些暧昧、不明、梦幻般的领

[①] 1980 年 1 月，张贤亮由宁夏南梁农场子弟学校调至《朔方》杂志任编辑。

域。"他说，"我被这种感觉迷住了。我试着想写一种感觉而不是思考。"他的话让人难以理解。不是说作家对中国和人民的命运有深切的责任吗？不是说他有不错的马恩的底子吗？不是说历史的唯物论和唯物辩证法是认识世界、社会和人的"尚为有效"的工具吗？

张贤亮似乎一时还说不清楚。他说写人的具体命运易，写"命运感"难。他说他目前的"不明白"难。那是一个历经浩劫与磨难后的生命的"不明白"，和青年们的不一样。他说他一生戏剧性的起落本身，就叫他对"命运感"有着特别的感受。总之，他这回要在没有任何预设的目的和意念下写个长篇，"而且写得很激动……"他说。

这些话，除了等着看他正在写的作品，一时也无法让人理解。不过，长时期为外加或自觉的使命写作，对生命中的"暧昧"和"不明白"发生强烈的倾向，在艺术上，也未必不是好事吧。人们应该等待他的新作，才能明白那到底是不是张贤亮文学真正的"新领域"，还是一次也常见于创作生活中的失败。……（陈映真：《张贤亮：向生命的梦幻和暧昧开眼》，《人间》总第25期。有删节）

作文《我的倾诉——台湾版〈男人的一半是女人〉自序》[①]。

12月

10日，赴京参加中国作协主席团会议。

《早安，朋友》由台北远景出版公司出版。

本年

应洁泯（许觉民）之邀，为其主编的《中国当代作家百人传》[②]

---

① 后发表于台北《自由副刊》1988年1月23日。文见张贤亮著《追求智慧》，中国华侨出版社1998年2月，第182~187页。
② 求实出版社1989年6月出版。

撰写《小传》和创作谈《回向传统，伸向世界》。《小传》说：

我1936年12月生于南京一个没落的官僚家庭，祖籍江苏省盱眙县。抗日战争期间，在四川省重庆市读小学。抗日战争胜利后，随家返回南京读中学。1951年北上，在北京读书。高中毕业后，没有考上大学，自愿报名来到当时还非常落后的西北地区，在甘肃省贺兰县的农村中当一名文书。1956年，调往甘肃省干部文化学校当文学课教员。1957年，在"反右运动"中因发表的一首诗歌《大风歌》被错划为"右派分子"。从此劳改、管制、关押达22年。在接二连三的惩罚的间歇期间，在一个农场当农业工人，并曾过流浪生活和乞讨生活。1979年获得平反，开始重新发表作品。1980年调往宁夏文学艺术界联合会工作，先当编辑，后专业创作。现任中国作家协会主席团委员、宁夏文学艺术界联合会副主席、宁夏作家协会主席。

1983年，被选为中国人民政治协商会议全国委员会委员。

1984年应邀访问挪威、瑞典、丹麦。

1985年应邀去美国参加爱荷华（艾奥瓦——引者）"国际写作计划"。

《肖尔布拉克》由萨普林卡翻译，收入莫斯科青年近卫军出版社出版的小说集《相会在兰州》。①

法文版《男人的一半是女人》（洛伊·米歇尔、杨元亮译）由巴黎贝尔丰出版社出版。《绿化树》（潘·艾利安译）由瑞士洛桑法尔福出版社出版。

瑞典文版《刑老汉和狗的故事》（戈兰·马尔姆奎斯特译）由斯德哥尔摩论坛出版社出版。

---

① 白杨：《张贤亮作品俄译研究述略》，《国际汉学》2018年第1期。

《男人的一半是女人》由台北远景出版公司出版。

2 月

1 日，在宁夏文联第三届三次全委会会议上作题为《加快和深化文艺改革，争取我区文艺事业的新繁荣》的报告。

散文《野蝉鸣无调》发表于《作家》第 2 期。

《男人的风格》由台北远景出版公司出版。

3 月

5 日，评论《中国大陆的"改革文学"》①发表于《文艺报》。

中国大陆的所谓改革文学，是蒋子龙在 1979 年发表《乔厂长上任记》肇始的。改革文学实际上是先于社会的改革腾飞起来的。当社会的改革尚在泥淖中艰难地爬行时，改革文学因它投合了读者强烈要求社会改革的愿望而在一片泥淖的上空翱翔。

改革文学先于社会改革起飞，并不意味着改革文学和现实的改革的脱节。黑格尔说："艺术把现象的真实内容从这个肮脏的、短命的世界的纯粹外表和欺骗中解放出来，并赋予它们一种更高的来源于精神的现实性。"所以，改革文学的优劣和寿命不但要取决于它的艺术水平，还要取决于它的"精神现实性"，也即取决于作者本人思想的深度和历史的预见能力。

由于作家的修养、经历，主要是生活的社会环境的特殊性，我们的社会理想和千千万万改革的实践者一样，只能在一定的范围内展开。改革与保守的争论，看来好像是千百年来儒家内部的古文经学与今文经学之辩的再现，但 16 世纪的塞尔维特和加尔文的生死

---

① 本文系作者为台北远景出版公司版《男人的风格》所作的序。

之争，不也是在基督教义范畴内进行的吗？在任何时代任何社会，任何企图变革现实的努力，只能凭借历史和现实给予的现成材料。因为只有这种思想材料才是社会能够允许和接受的语言。本书(《男人的风格》——引者)的主人公和中国大陆每一个在现实中奋斗的改革者一样，是在用古人的语言说自己的话。

如果一部艺术水平较高的改革文学，剥去它所使用的政治术语等，它必然还带有生活于其他国家、其他地区的人们的一般性内涵。中国大陆目前所面临的由农业社会向工业社会的转型，都是全球人类曾经经历、正在经历或即将经历的发展阶段。因此对于中国大陆以外的读者，如果不过多地理会书中的特殊政治术语，那我就可以说："这里说的也是关于你的故事。"

6日，当选中国人民政治协商会议第七届全国委员会委员。

《感情的历程》由台北跃升文化公司出版，收入《男人的一半是女人》《绿化树》《初吻》。

4月

28日，《心灵之河的探索——张贤亮、蒋勋的文学对话》(刘俐整理)刊登于台北《时代副刊》。

30日，散文《一篇无题的文章》发表于台北《自由副刊》。

5月

25日至6月11日，与刘再复、陆文夫、刘心武、韩少功、阿城等赴法国参加由法国文化部、法国文化交流协会举办的中国当代文学研讨会。

《浪漫的黑炮》收入中国电影出版社出版的《黑炮事件——从小说到电影》。

6 月

应比利时布鲁塞尔范登等出版社邀请，参加国际图书博览会，并对比利时和法国进行访问。法文版《绿化树》《男人的一半是女人》，英文版《男人的一半是女人》在博览会上展出。

9 月

2 日，在《博览群书》《编辑之友》《书林》等 8 家报刊发起举办的第二届全国"金钥匙"奖评奖活动中，宁夏人民出版社选送的《张贤亮自选集》荣获"金钥匙"奖。

作文《土地渴望生命和智慧——为三北防护林建设局所编的报告文学集而写的序言》[①]。文章说：

公元前 525 年，释迦牟尼痛切地感到人生须臾却苦海无边，浩瀚的哲学著作又使人无所适从，而抛妻弃子，逃离宫廷，流浪到菩提伽耶的一株菩提树下修行。七七四十九天以后思想发生了飞跃，也就是达到了顿悟，创立了佛教。佛教对人类文化的贡献，现在已是众所周知的了。

但是，如果没有那一株菩提树呢？

稍后，中国的孔夫子周游列国推行自己的改革政策遭到失败，回到老家办起了教育。中国的第一所高等学校，就设在今天山东曲阜县的一方杏林里。弟子三千、圣人七十有二，皆出于郁郁葱葱的杏树园。西汉以后两千多年，孔子学说一直是中国文化的正宗。如果我们的嗅觉再灵敏一点，就可以闻到儒家经典里其实有一股苦杏仁的清香。

在西方，生于公元前 428 年的柏拉图，待自己的思想已初步形成体系时，在雅典创立了他的传播基地，名为柏拉图学园。园内林

---

① 后发表于《中国林业报》1989 年 7 月 8 日。

木葱茏，据后世记载很像是一处风景优美的"旅游点"。这一片树林中结出了一颗硕果，就是亚里士多德。他从公元前367年开始在这片林中徜徉了二十多年之久，终于成为继柏拉图之后的西方圣哲。现在，当我们评论西方文化时，追根溯源，总会寻到柏拉图身上。从亚里士多德到圣克古斯丁，从巴斯卡到怀特海，无不受了他的影响。正如怀特海所说：整个西方文化，如果要找一个恰当的概括，那不过是柏拉图哲学的一系列注释而已。所以，我们也可以这样说，整个西方文化，是在希腊的一片小树林里诞生的。

照马克思恩格斯的说法，人类是树林里的猿猴变的。树林养育了猴子，当然还有其他动物，可是唯独猴子变成了人。变成了人的猴子们第一次大规模的集体行动，就是走出树林。

《圣经》的说法又不一样。据《圣经》记载人是上帝造的。上帝造了亚当和夏娃之后把这一对活冤家放到伊甸园。伊甸园名之为"园"，可以想象那是一处有树有水有花有草的好地方，我们的老祖宗就优哉游哉地过着不愁衣食的生活。可是老太太夏娃如目前某些时髦的女士，物质的丰富不能满足她精神的需要，竟受蛇的诱惑吃了禁果。她有了智慧不要紧，却害得亚当和我们这些当子孙的从此失去了伊甸园，以致人人都要"自谋出路"了。

不管是科学也好，神话也罢，我们都可以看到相同的两点：第一，人成为人的过程是在树林里进行的；第二，在人成为人，长了智慧之后，人就走出了树林。那么，人走出树林以后又怎样呢？

我们且不说外国人，先来看看我们……

中国的西北部，据历史记载原是林木繁茂水草丰盛的地方，今日的陕西、甘肃一带是周天子的养马场。即使到汉，我们还可以从《汉书》、《三国志》等史书里看到有关这一地区的地貌描写：一串不加标点的木刻字行中，浓郁的绿色会扑面而来；翻动每一页，都会给你带来习习的荫凉的微风。

但是，现在你还能在这一地区见到那么悦目爽心的景象吗？

今年6月，我从巴黎回国，飞机掠过喜马拉雅山脉，经西藏、青海、甘肃、陕西、山西、河北到北京，三个多小时的航程里游子的眼睛不时地俯瞰着祖国大地，看着看着我的心不由得酸楚起来。那真是满目黄沙，惨不忍睹，焦灼的土地似乎执意要把人的眼泪吮吸干。裸体的女人是美丽的，如果你用一种艺术家的眼光去看的话，而赤裸裸的、没有一株树遮掩的土地却是丑陋的，不论你用什么眼光去看都毫无美感。

在空中，我顿悟到中国这片国土上林木凋敝就是中国文化衰弱的一个重要原因。

西北，是中国两条大河的发源地。两河文化从源头开始，才顺水流向中原，流向沿海。现在我们屡屡引以为豪的汉唐魏晋文明，无不以陕西甘肃为中心。当初的丝绸之路绝不像今天这样荒凉，当我们观赏敦煌石窟艺术和秦陵出土的铜车兵马俑时，莫不拜服在古代人高度的艺术创造力面前。这一带是水的上游，中国文化的上游，也是中国人智慧的上游。而曾几何时，上游衰落了。与文化和智慧的衰落同步的，恰恰是林木的衰落。我们也可以反过来说，正是林木的衰落致使文化和智慧的衰落。

没有树就没有人类，没有树就没有人的智慧。人和人的智慧都是在树林里产生和发展的。

……中国、中国人的兴旺肯定要和树木的兴旺同步，二者是一荣俱荣、一败俱败的关系。我们现在既需要阳光，我们也更需要绿荫。（张贤亮：《土地渴望生命和智慧——为三北防护林建设局所编的报告文学集而写的序言》，《中国林业报》1989年7月8日。有删节）

10 月

25 日,《说不尽的劳伦斯——致刘宪之①》发表于《新民晚报》。

上海能召开劳伦斯学术研讨会,很振奋。虽然我们所有的会在报纸上都会"胜利结束",但对您所主持召开的这个会我的确衷心地祝贺,希望能在学术上取得进展。

一部优秀的文学作品总是研讨不尽,何况是要研讨一位优秀的、具有时代影响的世界性作家,每一个时代都会对他有新的认识。认识不属于作家本人,而属于不同时代不同地域的读者和评论家。上海召开的这次会议,希望能够表现出 80 年代末期中国文学界对劳伦斯的认识水平,我想,大概也只能达到这一点,达到这一点也就足够了。

老实说,现在,在中国,我并不看重对劳伦斯研讨的学术价值,我以为我们现在居然能郑重其事地将劳伦斯来做番研讨,不论研讨出什么来,都具有很大的社会意义。

禁欲主义、教条主义、思想退化和人性的压抑总是联系在一起的。如果我们注意到每一个历史时期的进步,就可以看到最初的舆论和行为总是以广义的性开放为肇端的。汉、唐是中国文学艺术,也是中华民族力量的发展的一次高峰,在后世却目之为"脏唐垢汉",颇为不齿,于是中华民族的力量越来越衰弱了……都与性压抑有关。当然这是超出"劳伦斯研讨"的话题之外的。我想说的是今日我们能郑重其事地来研讨劳伦斯,本身是对改革开放、观念变革的一次贡献。

至于我个人,我以为能和劳伦斯并提是给我的荣幸,虽然我仍然以为我的作品另有旨趣,这点,我将在明年发表的长篇也许能说

---

① 刘宪之,英美文学教授,翻译家,中国劳伦斯研究会会长、英国劳伦斯研究会副主席,时任上海第二教育学院教授,后定居加拿大。

明少许。

　　遗憾的是 10 月间我不能参加盛会。第一，我的长篇必须最迟在元月交稿；第二，作为宁夏的文联主席，我必须主持准备第五次全国文代会的工作，估计这次会正在你们会议的前后召开。但我还是要给你们的研讨会以良好的祝愿。（张贤亮：《说不尽的劳伦斯——致刘宪之》，《新民晚报》1988 年 10 月 25 日。有删节）

　　散文《银川的爱与忧》发表于《朔方》第 10 期。

11 月

　　8—14 日，参加中国文学艺术工作者第五次代表大会。

　　17—19 日，出席中国作协理事会会议。

　　20 日，当选中国文联第五届全委会委员。

本年

　　英文版《男人的一半是女人》（艾梅霞译）分别由美国诺顿出版社、加拿大多伦多莱斯特和奥彭出版社出版。

　　《肖尔布拉克》《邢老汉和狗的故事》收入朱虹编译、纽约巴兰挺图书出版集团出版的小说集《中国西部小说选》（*The Chinese Western Short Fiction From Today's China*）。①

---

① 该书编译者朱虹回忆："1986 年，我恰好得到了哈佛大学英文系的邀请。他们有一个特别的项目，叫作'美国文学——国际展望'，专请美国以外的学者赴美举行三次讲座。我的题目是《美国文学在中国》，但我主要是借那次机会讲了一点我对当代中国小说的心得。为了帮助听众的理解，我译了贾平凹的《人极》和张贤亮的《肖尔布拉克》，复印了在会场上散发。会后有听众感叹说，没想到中国现在的小说这么有意思，真应该在美国翻译出版。我受到启发，在取得了原作者的授权后，译了八个短篇，其中包括王蒙、王家达、朱晓平、唐栋、贾平凹、张贤亮的作品，凑成了一部《中国西部小说选》（*The Chinese Western Short Fiction From Today's China*），1988 年在巴兰挺 (兰登的一个分公司) 出版，后来再版了两次。""《中国西部小说选》出版后反响较好，被英国买了版权，改了封面，用《苦水泉》（*Spring of Bitter Waters*）的标题重新出版。我 1989 年到了英国后有人送了我一本，我才知道有这么一回事。后来这本书又被转译成印尼文，在雅加达出版。这也是我万万没想到的。"朱虹：《爱玛的想象》，南京师范大学出版社 2012 年 4 月，第 28~29 页、第 31 页。

俄文版《灵与肉》（玛纳斯德尔斯基译）收入莫斯科文艺出版社出版的小说集《中国当代短篇小说》。[1]

俄文版《绿化树》（斯米尔诺夫译）刊登在莫斯科消息出版社发行的《外国文学》杂志第 8 期。

波兰文版《绿化树》（安娜·阿布科维奇译）由波兰卡托维兹西里西亚出版社出版。

荷兰文版《男人的一半是女人》（林特·希凡斯马译）由德国豪腾世界之窗出版社出版。

韩文版《绿化树》（朴在渊译）由韩国韩民族出版社出版。

---

[1] 白杨：《张贤亮作品俄译研究述略》，《国际汉学》2018 年第 1 期。

1 月

《我必须要告诉你——致我的小说的读者》发表于《文学报》。

《习惯死亡》单行本由百花文艺出版社出版。

2 月

小说《在巴黎写的长篇小说片断》发表于《大学生》第 2 期。

《编者按》说：

作家张贤亮于 1988 年初访巴黎，此间他应中国留法学生的盛情邀请，在同学自办的《留法通讯》上发表了这篇长篇新作（节选）。留法同学热情地推荐给本刊，现全文转载。

评论《西部文学的主干》发表于《小说月报》第 2 期。

4 月

小说《习惯死亡》发表于《文学四季》第 2 期，《中篇小说选刊》第 4 期转载。

编选的《树后面是太阳——苏俄短篇小说选》由台北圆神出版社出版。张贤亮《序》①说：

在国际政治家相互谴责的激愤言词后面，在斯德哥尔摩、日内瓦、纽约联合国大厦，或任何一处国际性政治会议之上，俨然地回荡着另一种响彻寰宇的声音。然而，这声音又的确是呢喃细语，是窃窃私语，如同空气一般无所不在又令人无可觉察。这声音穿着随

---

① 后以《蒲宁的短篇小说》为题，收入蔡葵主编、北京十月文艺出版社 1996 年 10 月出版的《小说家喜爱的小说》。自称："蔡葵先生要编一本《小说家喜爱的小说》，来信要我'从您广泛的阅读中选一篇'，并写两千字的短文介绍给读者。很是惭愧，我的阅读还称不上'广泛'，但仅就管窥之见，蒲宁的短篇小说曾给我很大的震撼。在苏联解体之前，我为台湾读者编选过一本《苏俄短篇小说集》，即以蒲宁为首，虽然严格地说来蒲宁不能算作'苏俄'的作家。这可见我对蒲氏的偏爱。现在趁此机会我再次将他推荐给大陆读者。我想就以我 1989 年为台湾读者所写的序言做介绍吧，今天看来，这篇序言并未过时，而且也没有突破蔡先生限定的字数。"收入其散文随笔集《追求智慧》（中国华侨出版社 1998 年 1 月）时，改标题为《谈俄罗斯文学》。

便，游游逛逛，毫无顾忌地闯入人的卧房，闯入人的心灵，然后就在那里悄悄地居住下来，生儿育女使那颗心从而变得丰满。

这声音便是寻常百姓的声音，文学的声音。

忘记了是谁说的：一个国家如果有了一位伟大的作家，便有了另一个政府。这么说来，倘若所有的政府都让作家来代表，也许世界会比现在美妙。

在我们阅读外国文学作品，从中得知那个国家普通人民的生活、思想、情感的时候，我们吃惊和感动的倒不是我们与他们的差异，而是如此的相似。

19世纪俄罗斯文学在世界文学中放射过夺目的光彩，斯大林时期曾一度晦暗。但是，近些年来的苏俄文学又倔强地抬起了头，她两手扒开成吨的政治文学垃圾，将一个真实的苏俄呈现了出来。每一个读者都会宽慰地感觉到：不论是以龙、以熊，或以鹰作为自己民族的标记，原来我们都是——人！

这本书没有编入曾获得诺贝尔文学奖的苏俄作家——肖洛霍夫、巴斯特纳克（帕斯捷尔纳克——引者）和索忍尼辛（索尔仁尼琴——引者）的长篇巨著，却用十月革命后流亡到法国的蒲宁的后期之作作为开端。正如瑞典文学院所下的评语，"由于他严谨的艺术才能使俄罗斯古典文学传统在散文中得到继承"，编者叹服他在最难驾驭的文学体裁——短篇小说——中所达到的惊人的艺术高度。寥寥三两千字，即将一个人平凡的一生中最具有普遍性的悲剧概括出来。读者竟会以为写的是他自己而唏嘘不已；把日常所见的生活琐事处理得那么富有艺术冲击力，令读者感伤而又无可求告，这不能不说已是短篇小说的极致。

继承了俄罗斯古典传统的当然不止蒲宁一人。在19世纪定型的俄罗斯文学的深厚的写实传统影响了几代人，并且还有继承流传下去的生命力。我们不禁要这样想：俄罗斯文学传统是不是就是文学本身内在的精神，抑或是构成文学的最主要因素之一。

本书的篇目都是近年来苏俄文坛上具有代表性的作家的代表作品。不言而喻，由于篇幅所限，这本书远远不能囊括当代苏俄文学的全貌。俄罗斯民族并不是一个特殊的民族，因为所有的民族都有各自的特殊之处。在这里，编者只想指出在她的文学作品中所表现出来的如黑森林般的深沉的忧郁和儿童式的天真的乐观。这也许可以说是他们整体的特色。读者可以批评所有的作品都缺乏现代的艺术手法，像乔伊斯、普鲁斯特、海明威和福克纳那样，但在仔细品味之后，你会发现他们泥土般朴实的叙述方式中蕴藏着永恒的艺术魅力。

《幽暗的林间小径》中，可爱的纳杰日达说："一切都会过去，但一切并不都会忘记。"是的，文学就记录过去和现在的时光，并向我们展示着未来。

8月

张志英、张世甲编《张贤亮代表作》作为"中国现当代著名作家文库"之一，由黄河文艺出版社出版，收录短篇小说《邢老汉和狗的故事》《灵与肉》《肖尔布拉克》、中篇小说《绿化树》《男人的一半是女人》。书后附有《张贤亮主要作品目录》。[①]

日文版《绿化树》（野泽俊敬译）收入日本响文社编辑、出版的《火种：现代中国文学选集》。

---

① 编者《前言》说："如果按时间的纵线和作品的内容来考察，张贤亮的小说创作大致可划分为三个阶段或三种类型：（1）回视历史的伤痕反思之作（约1978—1981），（2）追踪现实、正面表现改革之作（约1981—1983），（3）再度反思历史，以自我为表现主体，着力思考知识分子命运的开掘人性之作（约1984年以后）。"

10 月

唐金海、张晓云编著，四川文艺出版社出版的《巴金年谱》附录二《巴金访问荟萃（1979—1987）》载：

问：您（巴金——引者）喜欢哪些中国当代作家？

答：《红岩》《红旗谱》《青春之歌》等我都喜欢，王蒙、张贤亮、陆文夫等人的小说写得好，还有张洁、谌容等一批女作家，小说也写得好；这几年又出现了很多青年作家，很有才气。他们有责任心，有事业心，又有生活，思想又解放，读的书也多，写出了新的水平。中青年作家是中国文学的希望。[①]

11 月

日文版《吉普赛人》（高桥史雄译）收入日本苍苍社编辑、出版的《中国现代小说》第 11 期。

本年

英文版《早安，朋友》（节选）（Mark Kruger 译）由香港中文大学出版社出版。

英文版《男人的一半是女人》（艾梅霞译）由伦敦企鹅出版集团出版。

德文版《男人的一半是女人》（彼特拉·雷特卢夫译）由柏林利麦斯出版社出版。

挪威文版《男人的一半是女人》（英格丽德·弗雷德里克森译）由奥斯陆科普伦出版社出版。

日文版《男人的一半是女人》（白水纪子译）由日本凯风社出版。

———————————

① 第 1450~1451 页。

韩文版《早安！朋友》（姜清一译）由韩国英雄出版社出版。

越南文版《男人的风格》（潘文阁、郑忠孝译）由河内劳动出版社、年轻出版社出版。

3 月

5 日，作文《老实人的老实文学——南台〈女人和小镇〉序》。

《〈宁夏文艺〉与我——为〈朔方〉200 期而作》发表于《朔方》第 3 期。

9 月

15—22 日，出席在武汉召开的中国作协工作会议。

11 月

6 日，散文《我有一个红学家的"外公"》发表于《文汇报》，悼念俞平伯先生。

《关于〈习惯死亡〉的两封信》发表于《当代作家评论》第 6 期。其中第二封信曾发表于 1989 年 5 月 14 日台湾《民生报》。

亲爱的：

我一向认为作家要说的话应该都在他的作品中表达出来，如果还需再作文来诠释他的作品，只能说明他在艺术上的无能。所以，迄今我在大陆出版的全部作品都没有序言，在外文译本中，也只在英文版和荷兰文版的《男人的一半是女人》之前写过短短的一行字。譬如，给荷兰读者写的，仅此一句而已："人生是一个痛苦的过程，但是人并没有把人生看透，所以人人都有话要说。"

是的，你我还没有把人生看透，虽然自以为看透了。所以我们常常都有话要啰嗦，有时还要抢着说，还要奋不顾身地争取说话的权利。

其实，亲爱的，任何人，不论是多么伟大的人，有着多么辉煌成就的人，从他的心智和现实的对应上去看，他的一生都不过是一连串失败的纪录。不是吗？

我当然很愿意为你另外写些文字,尽管我明白写与不写都一样。我丝毫也影响不了你从你自己的角度和人生体验如何来读这本书。

在我写这些文字的时候,我是想象我正在为书中那位从台湾去美国的可爱的女人而写,书中的男主人公与她的爱情,是超乎现实,超乎世俗的。最终,他死在她的怀中。他死前对世界的最后一眼,看到的是她修剪得极为美丽的手指——"五个下弦月同时升起"。

他们都没有名字。书中所有主要人物全没有名字。这不是什么技巧问题。当一个人活得甚至觉得名字都是累赘的时候,他当然不愿意为他所创造的一个一个宠儿加上多余的东西。然而,这样,你捧着书观察他们时,你可以把他或她想象成任何人,甚至可以想象成你自己。

坦率地说,我实在舍不得将他们交到你手上。我写完这本书以后,我觉得极其空虚。我的亲爱的人都离我而去。他们失去了我的爱抚,在这变幻不定、险恶难测的世界,他们将会有什么样的遭遇呢?

亲爱的,他们的命运将在你心中。我求求你照应他们!

虽然我写的是爱是如何被毁灭的,可是奇怪的爱还会不断地产生出来,从那一颗不成形状的心中。所以,我仍然要说:我爱你!我爱你们每一个!

也许,真是这样,爱和性伴随在一起,将存在于人的一生。

别说话!亲爱的,悄悄地,让我们一起沉入梦境……

诗歌《献给不存在者》发表于《芳草》第 11 期。

12 月

创作散文《夜歌》①。

---

① 后发表于《朔方》1991 年第 1 期。

本年

德文版《男人的一半是女人》（康拉德·赫尔曼译）由民主德国柏林新生出版社出版。

瑞典文版《男人的一半是女人》（陈宁祖、琼森合译）由瑞典斯德哥尔摩论坛出版社出版。[①]

丹麦文版《男人的一半是女人》（斯塔默·海丁译）由哥本哈根时间出版社出版。

俄文版《男人的一半是女人》（萨普林斯译）由莫斯科消息出版社出版。

荷兰文版《绿化树》（林特·希比思马译）由豪腾之窗出版社出版。

塞尔维亚文版《男人的一半是女人》（江沙莲、佐拉娜·耶雷半奇译）出版。[②]

韩文版《黄河的儿子》（即《绿化树》，朴在渊译）由韩国Flower World 出版社出版。

《浪漫的黑炮》收入梁冬编、台北圆神出版社出版的《浪漫的黑炮——大陆黑色幽默小说选》。

---

① 本书编委会：《复旦外国语言文学论丛·2017秋季号》，复旦大学出版社2018年3月，第211页。
② 出版者不详。

1 月

散文《清晨之湖》发表于《长江》第 1 期。

15 日，《〈沙坡头·世界奇迹〉之序》发表于《中国林业报》：

读书，常不注意书前的序。我就不记得《三国演义》和《水浒传》的序为何人所作。《聊斋志异》的序却是读过的，因那确是篇好文章，爱好古典文学的人不可不读。我之喜欢起骈文就以此开始。因常不注意序，所以我的书没有一部曾请人写过序或跋。但近年来，要我写序的人倒逐渐多了起来。对此套用时下流行的话，我是"一则以喜，一则以惧"。喜的是能先睹为快，同时享受到品评的乐趣；惧的是怕狗尾续貂，把一本好书活活糟蹋了，致使生灵涂炭。我以为，一篇序如果写不到"聊斋自序"的程度，不如不写，然而，蒲松龄只此一位。所以，捧着别人交来的嘱序的书稿时，我真如汉代羊祜所说，"夙夜战栗，以荣为忧"了。

但对杨兆兴同志这部写沙坡头的长篇报告文学，我的确想写点什么。首先使我感兴趣的是他写的题材。因联合国的重视，沙坡头现在已举世闻名。中国人的创造力，在这一片大沙漠上表现了出来。今天，已经有不少描写治沙的小说、电视，甚至科教片问世，讴歌了长期在浩瀚的沙海中把自己的青春甚至一生奉献给改造大自然的人们。可是，我认为对这样的题材，怎么写也不会嫌多。近几年，萦绕在我心头最大的事，就是我国日益恶化的生态环境。据有关专家预测，全国耕地面积的减少和人口的增加，照目前这种速度持续下去。任何现代化的努力，都会受生态环境这个硬条件的制约，如果我们留给后代的土地使他们尚不能立锥，那我们国家和民族的前景就不是美妙而是阴暗得无以复加了，任何人类理想的制度都无法在没有土地的国度实现，这本是一个常识。过去我们强调阶级斗争，那是如何处理人与人之间的关系问题，现在我们强调的"一个中心",即经济建设,就是强调人与自然的关系了。其实,人类要在地球上生存还在于人与自然的关系。环境问题,不是悬在中国哪一阶层人头上的达摩克利斯剑,而是悬在全体国人头上的达摩克利斯剑。

西方和苏联的文学中,很早就有了以人与自然的关系为题材的作品。我们还是近几年才注意到这一领域的描写。我相信,随着人与自然的关系问题在人们的视野中愈来愈重要,这类题材的文学作品势必会大量涌现出来。在宁夏,中卫——这块沙漠和水乡交错的地方——总是吸引着关心这类题材的文学工作者。我曾以这里的"吊庄"为原型写过一个电影剧本,叫《我们是世界》,拍出来后,因为种种原因,只发行了两个拷贝,成了失败之作。写剧本的时候,沙坡头的治沙工作也引起过我的兴趣,所以,对今天杨兆兴这部报告文学就感到熟悉和亲切。杨兆兴同志是中卫人,又以一个普通工作人员的身份亲自参加过"治沙",我想由他来写还是比较合适的吧。

如果我们谈到文学的社会效应的话,那么,我以为,写这类题材的文学作品就是作家参与了人类拯救自身的运动。未来,在一个无阶级的世界里,人们纪念的必将是历史上面对自然界的英雄,就像在阶级社会中阶级斗争激烈的时代人们崇奉的总是历史上面对他人的英雄一样,从这种意义上来说,这类文学作品,将会取得不朽的效果。

4月

评论《好个诗情画意——读程大利散文集〈那片蓝天那方土〉》发表于《文艺报》第 11 期。

评论《观胡正伟画》发表于《江苏画刊》第 4 期。

5 月

15 日，致信章仲锷。

仲锷：

信收到，颇为你"待业"结束[1]而高兴，但文学是否有作为还很难说。可是既然吃了这碗饭，有饭碗总要比没饭碗好点。我的作品正在搞，反正我现在又不图名利，正想寂寞一些。近三年内不想发表什么大作品。慢慢写细一点，人也不累。……

稿子没有，友情还在。是否？

祝好！

问高桦好。

张贤亮 5.15[2]

8 月

14 日，散文《美丽的眼睛》发表于《文汇报》，怀念美国诗人、聂华苓丈夫保罗·安格尔。

16 日，赴贵州参加首届西南西北文联协作会议。

11 月

报告文学《海是龙的世界》发表于《中篇小说选刊》第 5 期。

本年

英文版《习惯死亡》（艾梅霞译）分别由纽约哈珀柯林斯出版社、伦敦弗莱明戈出版社出版。

英文版《男人的一半是女人》（艾梅霞译）由纽约巴兰坦图书

---

① 章仲锷因故于 1990 年冬由作家出版社调至《中国作家》杂志社。
② 张贤亮 1936—2014 致章仲锷信札，北京孔网拍卖有限公司，http://pmgs.kongfz.com/item_pic_1145126/。

1991年 ▶   出版集团出版。

55岁   希伯来文版《男人的一半是女人》（约坦·鲁文尼译）由特拉

维夫阿姆·奥维德出版社出版。

散文《父与子》发表于《黄河文学》第 1 期。

应邀担任本月创刊的《绿叶》杂志编委。

3 月

报告文学《大企业的小伙子》发表于《中篇小说选刊》第 2 期。

5 月

应英国《卫报》（*The Guardian*）《国际作家专栏》邀约而作的《追求智慧》发表于《文学自由谈》第 3 期。文章说：

工业时代的分工造出各种各样的人，作家是其中之一。而这种人又要用笔刻画出各种各样人来；整个人类依靠他们表现自己。被分工所固定，却要生动而深刻地表现一切人。作家如果不克服这个矛盾便不能写出优秀作品。20 世纪以来，文学逐渐从灿烂的 18、19 九世纪滑坡，几乎跌进低谷。一个重要原因就是作家自身的"作家意识"太强。他被固定住了，即使像鲜花一样艳丽也没有火焰的力量。

作家，首先应该是个人，"凡是人所具有的品质我都具有"。投入创作时，他的心灵应当像水一样以不同容器的形状为它的形状，他的个性完全盛在那特定的容器之中。现在的问题是，作家的个性及其职业性排斥其他一切容器，作家只以他的特性、目的和追求塑造人物。作家的"自我表现"成了"自我封闭"。可以说，20 世纪以来，我们只认识了若干作家，却没有通过他们的作品认识更多不同的人。与前一个世纪相比，在文学画廊中出现那么震撼人心，给人留下深刻印象的人物形象是极为稀少了。当代作家只不过依靠形式、语言或情节的魅力成为明星。这类明星就和体育明星一样，他的成绩会被不断的后来者不断地刷新。当代作家在人类文化史上的重要性，没有一个能和他们的前辈相提并论。

文学，其实和其他一切艺术形式与科学一样，是人类智慧的产物。高品质的文学作品表现智慧，一般的文学作品表现的只是机智。当代技巧的高度发展和专业知识的膨胀，给亿万人以十足的机智却泯灭了人的智慧；为金钱、名声而写作，和为政治而写作同样有害于文学。处在低谷中的东西方当代作家，都陷在这样的泥淖里。形式、语言或情节设置上的技巧固然会有魅力，但那不过是没有果仁的美丽的果壳。我们读但丁、莎士比亚、曹雪芹和托尔斯泰等人的作品的时候，我们会十分强烈地感觉到智慧之风扑面而来。他们的智慧调动起深藏于我们心中的智慧，因而与我们现代人相沟通。这种智慧的调动是极为重要的。可说这就是阅读的主要目的——使人成为大写的人，成为丰富的人。但在阅读当代作家的作品时，我们至多感受到阅读的喜悦，或是赞叹他们的机智与才华使我们知道了某种社会现象。智慧启发人的智慧，机智只是令人激动或获得常识。

失去智慧，是当代人的痛苦。有趣的是，东西方的优秀作家都不约而同地向一个方向去企图把它寻找回来。那就是"传统"，是"根"。从T.S·艾略特到北美的黑人作家，都想回到仅仅属于他、他的家庭、他的民族的历史中去。中国更有一种所谓"寻根文学"的兴起。诚然如一位中国学者所说："当人的思绪回溯到只属于自己、家族和民族的历史中时，历史就被'激活'了。"历史的意义被重新体悟、理解和弘扬，时间的一维性结构被重新拼拆、组合和构造。历史不再是一去不返的江河，而是一股在地下燃烧千年仍上下沸腾的岩浆。

但是，如果仅仅以题材的转换来刷新自己，使自己获得新的创作灵感和活力是不够的。真正的智慧，还必须通过这一途径更往前走、更往深走，向自己的内心开掘。

……在*Half of Man is Woman*英文版的扉页我曾写过这样的话："中国是一个神秘的国家，她不但在外国人眼里难以理解，在中国人心目中，也是一个谜。正因为她是一个谜，所以她才可爱。"其实故事本身并没有什么神秘的，对西方人来说神秘的是中国人的感受方式和思维方式。我在写所有的作品时并不局限于自己狭隘的经验，我清楚地知道许多生动的细节甚至对话都是从潜意识中翻腾出来的。我只要遵循我内心的指引，我的祖先就会对我娓娓而谈。他们无比丰富的经验会使我的作品远远超出我个人经历的范围。我所写的劳改营生活不过是一种故事的表现形式。实际上那里面凝结有我、我的家族、我的民族，进而有作为"人"的共同经验。这样，我就可对任何国家的人说："如果换一个名字，这也是说的阁下的事情。"中国的文化不止有文字记载的三千年，她不知有多少万年历史。她里面不仅饱含智慧而且有修炼智慧的方法。被西方人看作神秘的东西在我们中国人眼里是很自然的。我努力想使自己"转机成智"，就是将阿赖耶识转化为智慧，而这必须向自己内心不断地开掘。所以，我只能属于我的民族、我祖先的文化、我的黄土地。到达了智慧的彼岸，我就会完全融化在人类那颗巨大的心里。写作，不过是到达智慧的彼岸的一个修炼方法。

当然，我也很清楚自己一辈子也不可能到达那美丽的彼岸。如果成了大智慧者，我就不会再是一个作家了。（张贤亮:《追求智慧》，《文学自由谈》1992年第3期。有删节）

写作上文时，还为英国《卫报》（*The Guardian*）《国际作家专栏》作《参与、逃避和超越》一文：

任何一个国家的知识分子对他生活于其中的社会政治大致可以分为这三种态度：参与、逃避和超越。

中国有悠久的文化史。她给中国当代知识分子留下的文化遗产除了书籍经典，更有不成文的文化精神。我在英文版的 *Half of Man is Woman* 扉页上说过："中国是一个神秘的国家。她不但在外国人眼里难以理解，在中国人心目中也是一个谜。正因为她是一个谜，所以她才可爱。"有文字记载的历史，外国人容易理解，神秘的是那些没有文字的文化精神。而恰恰这一部分却是非常重要的。外国读者如果不理解这点，便不能较为深刻地理解中国的知识分子和他们对于社会政治的态度。

中国知识分子对社会政治不论是参与、逃避还是超越，都会有极为高尚的道德信念和文化精神作为自己的心理支柱。在漫长的中国历史中，在对待社会政治是参与、逃避或超越方面，都有许多圣人可引以为崇高的榜样。当然我这里要排除那些纯粹出于私利在政治圈子里投机取巧的人。……

如果在参与政治的过程中受到挫折或是当权者不符合自己的政治理想，很自然地就采取逃避的方式。孔子教导人们，当社会政治符合自己的理想时就出来为社会服务，不符合理想则隐于山林，即采取"不合作"、"弃权"的态度。这类人被称为"隐士"。许多"隐士"在中国文化史上的地位甚至高于一般有著作的知识分子。外国人可能会奇怪中国有这样的社会现象：学问越高、道德越好的人越不愿出名，最后至于连自己的名字都不要，在历史上仅留下一个代号。不过，其中也有隐于深山等待时机的人，如三国时期的诸葛亮。而即使是这类人也需政治家多次邀请才会出来投身于政治斗争。

不论是参与、逃避还是超越，所有的中国知识分子都是立足于一个大原则上的。这就是国家和民族。世界各国人当中，恐怕只有中国人的群体意识最强。我们今天称之为爱国主义和民族主义的精神，可以说从中国的远古一直贯穿到现在，而且集中地体现在知识分子身上。尽管儒、道、佛三家的学说或多或少地都主张"出世脱俗"，偏重个人修养，但它们与其他学派共同组成的中华文化具有极为强大的凝聚力，任何一种学派的知识分子都要把自己的灵魂安放在中华文化这个大范围内。历史上常有这样的现象，在国家和民族遭到危难的时候，不论是哪种学派、对现实政治持何种看法的知识分子都会暂时放弃自己的主张或不合作的态度，集合在当权者的旗帜之下。中国人一向重视"安居乐业"，国家的稳定和老百姓生活的安定是全体中国人的利益所在。……

谈了大的文化背景，才能谈中国的当代文学。中国的当代文学实际上全是参与型的知识分子作家的作品。这些作品与政治的关系当然十分紧密，许多作品甚至近似于政治宣传品。近几年，文学界有所谓的"远离政治"、"远离生活"的倾向，而且正受到批评家们的批评。其实那种倾向不过是对现实政治失望、迷惘或惧怕，而又不甘于退隐、不甘于寂寞、用一种迂回的方式参与政治的表现。所以那些作品中表面的"远离"和逃避是很虚伪的，是不可能有好的作品的。参与，没有什么不好。中国历史上的知识分子大多数是参与型的。"文以载道"是中国文学家的一贯传统。由于所谓的极"左"路线和"文化大革命"的深刻的历史教训，每一个中国人，每一个知识分子都认识到如果不奋起制止，那又将危及整个国家和民族的安定以及中国文化传统的延续。参与政治就成了对国家与民族的崇高责任。问题是文学毕竟是文学。好的文学作品应该以超越的眼光俯视现实，以"出世"的态度"入世"。超越和"出世"不同于简单的逃避，就在于那不是恐惧和厌恶的结果而是智慧的一种境界。中国历史上的"隐士"看似逃避现实，其实他们都有极为深奥的哲学基础；他们没有参与社会政治却以他们的言行参与了中国文化的建设。超越，不是不分辨善恶、美丑、是非、长短，而是在分辨当中抱着众生平等的无差别之心；以"般若"（梵文 Prajna）的心态观照事物的本来面目。

这里，我不得不谈谈自己。本来，孔子曾说过，只怕自己没有真才实学，不怕别人不了解自己。所以我一直不愿表白。而照道家的思想来说，表白和不表白都一样，也不妨把表白当作一次游戏。现在，西方的评论家把我和 Kundera（昆德拉——引者）与索尔仁尼琴相提并论，中国的批评界也指责我的作品有"自由化"和"反社会"倾向。其实我与上面所举的两位作家一个最大的不同点就是我作品中的中国文人的传统精神——"怨而不怒"，"哀而不伤"。我当然受过西方的民主主义和共产主义的影响，但更多的却是接受了中国的传统文化的教育。有时我觉得可笑。我以为西方不应该把我当作中国的一个 Dissident Writer（反抗作家），中国的批评界也无须把我看作是一个敌对分子。如果认真地读一读我的作品，就可看出来我是力图使自己达到某种超越的境界的。我只遵循我内心的指引。那必然会使自己的内心极为自由而在政治上超越出一切党派的纷争。

我想说一个禅学的故事作为结尾：一个老和尚在房中静坐，两个小和尚在院子里争论不休。一会儿小和尚 A 进来问老和尚，"师父，我和 B 争论经典上的一个问题，我这么说，他那么说，你说谁对？"老和尚说："你对！"A 走后，B 又进来问："我是这样说的，A 是那样说的，你说是谁对？"老和尚说："你对！"站在老和尚身后的另一个小和尚 C 不满意了，说："师父，A 和 B 两人只能有一个人是对的。你说他们两个人都对，你这不是不分是非吗？"老和尚回答说："你也对！"

中国的悲哀，不！整个人类的悲哀在于：大智慧者是从人类社会中产生的。而一旦他们获得了大智慧，他们就抛弃了人类。并不是人类抛弃了他们。

遗憾的是我这一辈子也不可能达到那样的高境界。所以我还会不断地写文学作品。（张贤亮：《追求智慧》，中国华侨出版社1998 年 2 月，第 212~216 页。有删节）

报告文学《漳浦一日》发表于《中篇小说选刊》第 3 期。

9 月

小说《烦恼就是智慧》[①]及代后记《告地状》同时发表于《小说界》《中篇小说选刊》第 5 期，《中流》1993 年第 2 期、《作品与争鸣》1993 年第 4 期转载。

此书的上部（当时书名为《烦恼就是智慧》）正值发表一周年。去年，在大陆，《烦恼就是智慧》由《小说界》和《中篇小说选刊》同期发表。在香港，明报出版公司出版了单行本。今年，美国的Martha Avery 女士翻译的英译本已经完成，即将在英、美两国出版。可是我得承认，在国内，除了一位教授曾针对此书及我个人在报刊上有过一些龃龉外，《烦恼就是智慧》和我的其他作品相比，似乎是遭到了空前的冷落，并没有引起多么大的反响。虽然也有读者寄来热情洋溢或行文哀痛的信，而比起我以前发表作品后所收到的信件，也少得多，仅有十几封而已。这对别的作者来说也许属于正常，不能奢望每部作品都会有强烈的反应，但我好像是习惯了每发表一部作品就坐等四面八方传来的喧嚣，习惯了把自己的书桌当作旋风的中心，于是，在周围这样冷清的时候，便不由自主地产生了失落感和某种困惑。

曾有一封读者来信使我短暂地兴奋了一下。这封信来自甘肃，她说她的遭遇和《烦恼就是智慧》上部最后一节描写的那个小女孩

---

① 系《烦恼就是智慧（上部）》。

的遭遇非常相像：那一年，1960年，她也是跟着她母亲到劳改队去看望她正在劳改的父亲，而去后，她的父亲却自杀了。"你写的是不是我的父亲呢？"可是，我仔细阅读了那封信后，发现她父亲劳改的地点和我当时所在的劳改队并不是同一个地方。我还是没有能找到那个扎小辫的小女孩！那时劳改场所遍布全国，所有中国人的命运都何其相似。同命运的人数之多，多得把痛定思痛、相互叙说共同经历过的特殊事件的那份惊喜都冲淡了。不论这个人曾承受过多么深重的苦难，在中国都绝不会是一个最特殊的事例。"人外有人，天外有天"这句谚语在现代中国赋予了新的寓意：你以为只有自己所受的苦最深最重，殊不知还有比你更不幸的人，连死者在阴间都不能夸口自己死得最凄惨。这也就是我经过了那些事情之后渐渐减弱了对他人的同情的原因之一。所以在兴奋和失望之余，我也没有给那位女士（现在她已有三十多岁了）回信。

当然，这本书受到一定程度的冷落和我们现在一些文学家感叹的"文学已经失去了轰动效应"①不无关系。人民群众对所谓的严肃文学的兴趣已普遍降低。可是我一直认为全社会在逐渐向商品经济形态过渡的过程中，在社会逐步开放，一般群众所享受的自由度逐步扩大的情况下，文学家、作家，像以前那样充当人民的唯一代言人和民意表达者的"文学辉煌期"肯定已一去不复返。文学只能是文学，小说只能是小说，文学正慢慢地移向它应该待的那个社会位置。不是人民群众降低了对文学的兴趣，而是读者对文学作品

---

① 《人民日报（海外版）》1988年2月12日刊登阳雨（王蒙）《文学：失却轰动效应以后》，认为："80年代中期以后，突出的好作品似乎是逐年减少。到了1987年，值得称道的好作品就更少，富有激情和感染力的作品似乎确不如前。"指出："文学的黄金时代确实是来了，黄金一样的作品却不会因时代的黄金而自动涌现。《红楼梦》的出现恰恰不是时代黄金的结果，我们需要观察，我们需要思考，我们需要探讨，我们更需要潜心全面努力。新时期的文学已经度过了它扬扬得意（洋洋得意——引者）而又众说纷纭的十年，新的十年需要的是更扎实、更沉静、更清醒、更严格要求的专心致志的劳动。"

的态度正逐渐正常化。读者有权从自己的爱好出发，把阅读文学作品当成消遣和享受，而不是像过去一样企图从中寻觅某种教育和启迪。现在全世界的各种信息通过广泛的渠道夜以继日地向读者滔滔流来，加上复杂多变的现实生活和足够的历史经验，读者自己完全能独立思考了。虽然不能说读者比文学家、作家更聪明，却也不能说他们愚昧，急需文学家、作家通过作品去加以开导。因而我的失落感并不是出于委屈，不是以为人们没有认识到这部描述三十多年前真实故事的书的价值，而是困惑于现在究竟需不需要这部书，人们需不需要再重复那一段历史经验，对那段历史的真实描述，在今天还具不具有价值。

是的，这不能不令我困惑。譬如说吧，和我当时同在一个劳改农场劳改的知识分子数以千计，不能设想他们都已死亡或丧失了阅读能力，也不能设想他们之中没有一个人有读到《烦恼就是智慧》的机会，要知道，《小说界》和《中篇小说选刊》都是在全国有影响的文学刊物，登载此书的那一期发行了十几万册之多。而且，我以前所发表的作品几乎每部都帮助我与失散的一同劳改过的难友取得了联系。可是，唯独此书发表后，我竟没有接到一封当年的同伴的来信。人们不是已经淡忘了便是不愿再去回忆，无暇再去回忆，连我这部描述当年生活的真实故事也不能震动他们。我叙述的事情在他们读来应该是历历在目，应该是记忆犹新的。难道直到今天还使我颤抖、使我经常在熟睡中惊醒的事就这样像风一般地消失了吗？我当然不想让人们再度陷入沉痛，但是，至少我应该得到一个会心的微笑吧！

同时，我又有些不安地感到，读者现在仿佛对幻想与虚构比对历史的真实更有兴趣，或者说对用颜料涂抹过或经过编造的历史比白描的历史更有兴趣。不过这个问题不容深思，再钻研下去又成了文学概论中的一般性问题了。而我写这部书，正是要一反我过去的笔法：我在尝试一次对一般性文学手法的挑战。

由于受到我过去从未受过的冷落，我也曾对此书的艺术表达方面做过检查。我一页一页地翻下来，就我的文学水平来说，我并没有发现此书在艺术的表达上有什么明显的不足，只是发现所有的人物都似乎以一种漫画式的形象在活动或在死亡。这好像违反了我们中国文学一贯遵循的典型化和重视细节描绘的原则。然而我觉得这不能怨我不善于刻画人物。当社会的大环境粗暴地把人们一切似乎多余的线条都砍掉之后，把人们从历史中所继承和形成的所有有异于动物的那种细腻的、多层次的情感和思考，也即我们现在通常所谓的有关"文化"的那部分都剥夺光了之后，把人们还原为最单纯的生物人之后，所有的人只能是这样粗线条的、以极简单的形式来活动或死去。如果要观察和研究"人性本善"和"人性本恶"问题，要了解人性的原始标本，那么1960年中国的劳改队便是最佳的实验室。

……为这本日记做注释时，我所做的只不过是极力回忆我亲身体验过的经历，并尽量排除后来获得的有关这类事情的各种资料在我脑海中留下的印象，尽管我利用这些资料会大大丰富此书的内容。我力图将此书还原成纯粹私人的记录。我想，这样，此书即使没有多大的历史价值，也会具有心理学和社会学的价值。

同时，我也无法将那一段发生在中国的历史写得比苏联与东欧作家写他们自己的劳改营历史的书更为"深刻"。因为，叙述真实的历史，其深刻性就在于其真实性；完全的真实就达到这部书所需要的特定的深度，而不在于作家从现在的个人认识出发去进行理论性的阐明，假如自以为是地要将那历史做一个理论性的总结，那不但是画蛇添足还会败坏读者的胃口。我以为，我这部作品，只要说

明中国的劳改队与苏联及东欧各国的劳改营有什么相同与不同，那
么，从对过去的描述中，也许会透露出一点未来的社会发展信息吧。（张贤亮：《烦恼就是智慧（下部）》，《小说界》1994年第2期。有删节）

28日，致信广东作家吕雷（笔名李海新、小思），谈及"下海"办公司事。

吕雷弟：

寄的材料皆收到。谢谢！

人生不如意事十有八九，尤其文人之间多麻烦。做生意跟文人一起做，罗索（啰嗦——引者）当然多了。我希望你不必介意，自己干自己的好了。

我这几天也是在考虑，对办公司有点犹豫起来：现在的日子我还蛮好过，也不缺钱花，何必自讨苦吃？但一想人生难得一搏，在商品经济大潮中冲一冲也许会体会到更多的生活，所以又想试一试。

望今后多联系。

祝好！

贤亮

92（1992——引者）.9.28

11月

17日，致电悼唁路遥："文星陨落，痛失良友；贤弟先行，吾随后到。"

《张贤亮爱情三部曲》由华艺出版社出版，收录《绿化树》《男人的一半是女人》《习惯死亡》。

应邀担任新创刊的《黄河文学》名誉主编，并为该刊题词："黄河六盘费安排，塞外难写济世才。若效周公三吐握，穷乡不见凤

凰来。"

12 月

16 日，在宁夏作协第三次会员代表大会上，发表题为《文化型商人宣言》的演讲。

中国文化人正困于四十多年来从未有过的窘迫；在逐步解除了计划经济的束缚奔向商品市场的亿万人的洪流中，文化人已痛切地有了落后和失落的感觉。似乎文化和文化人都遭到空前的忽视和冷遇。很多文化人茫然不知所措：是继续自己的专业还是随波逐流，也涌到杂乱而又繁荣的、嫉嫌而又诱人的市场上去？

其实，我们应该认识到，中国从长期以来占统治地位的计划经济向社会主义市场经济的转变，正是文化和文化人从不正常的、畸形的和被主宰的状态，恢复到正常的、适当的、主动的状态以及实现自我价值的一次历史转机。中国的文化和文化人，都将经过产前的阵痛，落到它应有的社会地位上。

建设社会主义市场经济，才能真正冲决中国文化人自"五四"开始就企图冲决的旧文化、旧传统、旧意识和旧观念，才能真正实现我们在 1949 年就向往的政治目标。"德先生"和"赛先生"，不是凭天真的理想、幼稚的热情，更不是靠政治口号和政治运动能迎接来的。这方面我们已经有非常惨痛的经验。只有发达的市场经济，才是两位先生的红地毯！

正如马克思所说，"'思想'一旦离开'利益'，就一定会使自己出丑"，我们靠"思想"过日子已经太久太久，所以我们的"丑"才会出得这么大。小平同志的南巡谈话（南方谈话——引者），公开提出了"三有利"的原则，这就要让所有的"思想"都落到实处来鉴别。当然我们只会选择适用于"三有利"的。"三有利"，才是建设中国的新文化也即新文化人的行为指南。

在这次难得的历史机遇中，文化人如果不亲身参与市场建设和商品经济，也在商品大潮中当一个弄潮儿，不但不能解除眼前经济上和精神上的窘迫，而且会辜负先辈们的教导甚至辜负自己的一生。

本年

作文《给海容的一封信》。文章说：

从小说艺术的没落，不由得使我想到整个人类智慧的退化。这不是我们中国一国的问题。在世界范围内，苏联的小说家，哪怕是得过诺贝尔奖的也好，至今没有出现超过托尔斯泰和陀思妥耶夫斯基的大家；美国历史短，且不去说他；英国当代的作者，我还没有看见一位比狄更斯和萨克雷更有才华，作品更具有经典性的；法国也同样，几位诺贝尔奖的获奖者的作品都不会比巴尔扎克、斯汤达、雨果、左拉、莫泊桑流传得久远；就拿童话来说吧，你举得出来有一个当代作家达到了（不说越过）安徒生或格林兄弟的水平吗？我们自己，不举大家都熟悉的《红楼梦》，就看短篇，有一篇在艺术上赶得上《在酒楼上》，在人物塑造上比阿Q更具有典型性的吗？

而近代和当代，却是讨论创作方法和创作思想最多最激烈最"富有成果"的时代。

"我们播下的是龙种，收获的却是臭虫。"

小说虽然是雕虫小技，其实却是和一切艺术形式和科学一样是人类智慧的表现。

你读到的所有小说中使你拍案的地方，并不是高技巧的发挥，而是智慧的闪耀。也许有人会说小说尽管不怎么行，可是人类在科学上不是取得了空前的进展吗？表面看起来似乎如此，但人类用科学手段来自我毁灭也是空前的。你"像醉汉一样，若无其事地晃进了现实冲突"倒真无所谓，整个人类都在非常聪明地愚蠢着却实在值得忧虑。

……但我并不是一个悲观主义者。请你读一读汤因比和池田大作的对话《展望二十一世纪》。这两位学者把人类未来的希望寄托在中国不是没有道理的。中国文化中的确包含发展智慧的方法，就看你是不是能去发现它。一个小说作者，对技巧的钻研远远不如提高自己的智慧重要。（张贤亮：《给海容的一封信》，见海容著《远山》，宁夏人民出版社1992年3月，第1~3页。后被收入张贤亮著《边缘小品》，陕西人民出版社1995年3月。有删节）

《烦恼就是智慧（上部）》由香港明窗出版社出版。

1 月

22 日，《我们面临着一次历史的转机——文化型商人宣言》发表于《文汇报》。文章说：

计划经济向社会主义市场经济的转变，正是文化和文化人恢复到正常的、适当的、主动的状态以及实现自我价值的一次历史转机。中国的新文化和新文化人，都将经过产前的阵痛，落到它应有的社会地位上。

在伟大的历史挑战和稍纵即逝的历史机遇面前，我们必须全面地发展自己，以发挥出自身的全部潜力和潜能。中国的文化只有在坚实的经济基础上才能得到发展；中国的文化人只有参与了经济生活才能干预社会生活。

改任《朔方》杂志名誉主编。

2 月

26 日，在宁夏文联第四次代表大会上当选第四届委员会主席。

《张贤亮致李国文》（作于 1992 年 10 月 6 日）、《李国文致张贤亮》（作于 1992 年 10 月 11 日）发表于《作家》第 2 期。张贤亮信中说：

实际上，我觉得文学真无从谈起。不谈还是她的本来面目，一谈便走样，反而搞得读者无所适从。小说就是小说，诗歌就是诗歌，散文就是散文……靠读者自己去读或不读好了。刚踏入文坛的时候，不知深浅，也离开创作侈谈过文学，近几年稍觉成熟，便不愿写了。偶尔写一点，实在是为了"配合改革开放"应付老外的。我愿意看老友们谈文学的文章，其实是看你们文章的笔法，而不是看你们谈得有多深刻。谈文学，会越谈越浮浅。

"言语道断"，此话和"道可道，非常道；名可名，非常名"

相通。真理是不能用语言表达的；一切皆靠人的悟性。文学亦然。谈文学的东西，我喜欢读《文心雕龙》，因为古文优美的微妙掩盖住了他道不出的奥妙，读者只有在文词的微妙中去品尝或渐悟文学的奥妙。刘勰的高明也在于把懂不懂，仍然交给读者自己。但还没有一个显著的例子证明看了《文心雕龙》就会写文章的。几年前看《读书》杂志，见陈平原君介绍有三本外国人作的小说理论译本问世——福斯特的《小说面面观》、伍尔芙的《论小说与小说家》、布斯的《小说修辞学》，我都想找来读，可是找不到。后来一想找不到也算了。我没读过也勉强能写现在的小说，我也不相信读了就能把小说写得更好。

常有读者问，你劳改了那么多年，没有机会接触文学书籍，怎么能一放出来便会写小说（当然所谓"会"也只就我目前的这点写作水平而言）？我说，正因为我没读过文学理论才"会"写，也许读多了却不会写了。

近几年来我越来越痛切地感到我们过去所接受、所学习到的许多知识其实无用。不但无用，反而成了佛学所指的"所知障"，障住了我们的本来面目，我们的"本地风光"，使我们离我们自己越来越远。摆在我们面前的一大堆有关文学理论的书籍，有多少对我们的创作实践有帮助？现实情况好像也是如此，所谓新时期以来涌现出的大群大群作家中，没几个是大学文学系科班的毕业生。

诚然我的话有些偏颇（至今我还没在我读过的书里找到一句不偏颇的话）。我只想说，因为我意识到了这一点，所以有想找条新的解释文学创作实践的路子的动机。而要找新的解释，首先必须"破所知障"。现在不是再去接受什么新的知识，而是要甩掉全部现有的知识的问题。甩掉一切，还我一个赤裸裸的本来面目，然后再说。

我觉得，要想真正有点懂得文学创作，倒应该深入到自己内心去。不要到外部寻求，不要去读那些废话。我那篇《追求智慧》的短文不过表现了我最近思路的一种变化而已。我以为，如果仔细去读，总还是能知道一点东西的。当然，我根本没有资格要求人家仔细地读。谁能说我的文章就不是废话呢？

真的，我现在写的所谓作品也不算少了，可是常常感到全部都是废话！连我与你的这篇笔谈也是废话。我认为你肯定会有同感。然而一方面认为自己写的是废话，一方面又乐此不疲，还嫌自己的废话少。人，真是没有办法！

但是，如果脸能厚一点，便也能活得洒脱。像煞有介事地去写，敝帚自珍，把别人的赞扬甚或批评、批判都当作自己存在的价值表现，也无不可。怎么办呢？好像我们也只能如此了吧！

实在是没有办法，现在我仍然觉得还有很多废话要说，而再不愿说废话。

所以又说了这么多废话。如果你也有废话，写来我还是喜欢看的。

问大嫂和李眉好！每次到京都在你这位"京城伯爵"家相聚，这才是人生的一乐。文夫（陆文夫——引者）醉醺醺的神态和叶楠的缺牙都是我爱欣赏的；还有张洁的脾气、晓声（高晓声——引者）的直率、骥才（冯骥才——引者）的辩才；士光（何士光——引者）话不多，却总有妙语惊人；克芹（周克芹——引者）已先我们而去，到了那一个世界，令人向往……我们神聊的时候，大嫂总在灶间操劳，多谢她了！其实我们神聊的那些碎语才不是废话，但读者喜欢听的却不是"不是废话"，而是废话，又有什么办法！

李国文信中说：

你在那篇《追求智慧》中，说道："20世纪以来，文学逐渐从灿烂的18、19世纪滑坡，几乎跌进低谷。"你认为："一个重要原因是作家自身的'作家意识'太强。他被固定住了，即使像鲜花一样艳丽也没有火焰的力量。"

我想，除去这个"作家意识"的主观原因之外，是不是也存在着客观原因？我认为，巨人，是属于一个特定时代产儿，过了启蒙期，便再无巨人。为什么漫长的中世纪的黑暗和愚昧过去，进入了文艺复兴时期，达·芬奇、米开朗琪罗、拉斐尔、但丁、薄伽丘、莎士比亚、拉伯雷、塞万提斯……这些巨人几乎是联袂出现？为什么沙皇俄国在专制的农奴制度开始崩溃的前夕，构成俄罗斯文学璀璨局面的果戈理、别林斯基、赫尔岑、莱蒙托夫、托尔斯泰、屠格涅夫、陀思妥耶夫斯基……几乎不差先后地给世界文学带来震惊呢？同样，中国五四新文化运动时期，在冲决出那万古不变的封建冰层，涌现出的像鲁迅、胡适、陈独秀、钱玄同……这样一批巨人，也似乎正是为了适应那个所谓"德先生"和"赛先生"的启蒙运动，才出现在中国这块土地上的。

从中国历史上看，唯其一个较长时期的在文化思想上的禁锢钳制，才会在渴求启蒙，等待启蒙者，需要促进整个社会发展，时代进步的总趋势。秦的焚书坑儒，然后才有汉代的文化繁荣，便是一个例证。如果想一想十年文革（"文化大革命"——引者），也就不奇怪新时期文学一下子那么热闹了。虽然不免有攀附之嫌，竟敢比美历史的巨人，但这种因果关系是显而易见的。

话题仍回到前面说到的路和走路这个题目上。

在黑夜的莽原上，在无路的地方走出来路，迎接黎明，那些拓荒者即是后人心目中的巨人。他们多是在这方生未死的启蒙期间，共同闪烁着灿烂夺目的，互相辉映的光芒。但是在有了路，有了许多条路以后，众多巨人同时涌现的可能性就不大了。当然也还会有个别惊世骇俗的人物出现。不过，怎么也是逊色了。

在欧洲各个博物馆里,圣母不知是多少画家笔下的主题,然而,拉斐尔的圣母像则是一座永也不可逾越的山峰,你信不?

在文学上,巨人不再,也就只好无可奈何,可跑出来指手画脚的侏儒,可真是让人哭笑不得的。不过,想到总的生态平衡,也就看得甚淡了。但路总得走下去,能"悟"则"悟"一点,不能"悟",也不必强求,所谓"如风吹水,自然成纹"也。因此,我写我的,他说他的,若能用稿费换来一勺水,一瓢饭,与友人共食同饮,不也是一件赏心乐事吗?

何况还有你的枸杞,发菜,为餐桌生辉呢?

《文化型商人宣言——致我亲密的商业伙伴》发表于《朔方》第2期。

3 月

江苏文艺出版社出版潘旭澜主编的《新中国文学词典》,收录"张贤亮""灵与肉""绿化树"词条:

张贤亮(1936—) 小说家。江苏盱眙人。抗日战争时期,在重庆读小学。抗战胜利后,在南京读中学。1951 年到北京读书。高中毕业后,未考取大学,自愿报名去西北,在甘肃贺兰县的农村当文书。1956 年调甘肃省干部文化学校当文学课教员。1957 年因发表诗作《大风歌》被错划为右派。从此,劳动、管制、关押长达22 年。其间曾下放到宁夏农场当农业工人,并曾有过流浪生活。1979 年获平反,重新发表作品。1980 年调宁夏(回族——引者)自治区文联工作,当过一段时间编辑,后专事创作。1983 年被选为全国政协委员。现任中国作协主席团委员、宁夏(回族——引者)自治区文联主席、作协宁夏分会主席。出版有小说集《灵与肉》《肖尔布拉克》《感情的历程》《张贤亮中篇小说选集》《张贤亮自选集》，长篇小说《男人的风格》《习惯死亡》，以及《张贤亮选集》等。是当代最有争议也最重要的小说家之一。作品多取材于自身经历过的苦难生活，生命的挣扎和罪孽的省思，赋予作品强烈的悲剧氛围。对中国农民和知识分子各自命运遭际、性格及文化构成的观照，表现出探究人生、思考人生的意旨，沉实，厚重，耐人寻味。既饱含感情，又深蕴哲理。《灵与肉》《绿化树》《早安，朋友》等作品或因流露的思想观念，或因作者回首往事时的心态和视角，或因其中的涉性描写，都曾引起广泛而热烈的争议，毁誉不一。所作《灵与肉》《肖尔布拉克》分获 1980、1983 年全国优秀短篇小说奖，均被改编拍摄成电影。《绿化树》获 1983—1984 年全国优秀中篇小说奖。《灵与肉》《绿化树》《男人的一半是女人》等作品还分别被译成英、法、日、俄、希伯来、泰、捷克、波兰等多种文字在国外印行。[①]

灵与肉　中短篇小说集。张贤亮著。百花文艺出版社 1981 年初版。收《灵与肉》《邢老汉和狗的故事》《土牢情话》等 5 篇小说，多系作者重返文坛之初所作。作品满贮作者痛苦的人生经验，却能从中提炼美的元素，表现"伤痕上的美和痛苦中的欢乐"，以求"不仅引起人哲理性的思考，而且给人以美的享受"。作品着力开掘劳动者粗犷的原始的内心美，长于在悲剧冲突中笔触直逼心灵，刻画人物命运。作者在设计结构和故事情节时，注重意境的创造和诗情的发掘，但写人物议论过多而描写不足。集中小说多在发表之初就引起过比较热烈的反响。《灵与肉》获 1980 年全国优秀短篇小说奖，并被改编拍摄成电影《牧马人》，小说与电影都曾引起过热烈的讨论，有广泛的影响。[②]

---

① 第 673~674 页。
② 第 657 页。

绿化树　中篇小说。张贤亮作。载《十月》1984 年第 2 期。是作者计划中的总题为《唯物论者的启示录》系列中篇的第一部。描写被划为"右派分子"的诗人章永璘，通过劳动者美好心灵的洗涤和《资本论》的启悟，经过苦难的历程，最终成为一个马克思主义的信仰者。通过主人公在两个月时间里的遭遇，展示其生活、心灵变化的复杂过程，尤其着意描写他在厄运中深层的心理活动和逆境里细腻入微的感受，生动反映了他身上所发生的脱胎换骨般的转变。马缨花是小说中另一个光彩照人的人物形象。她在章永璘最困难的时候给了他温饱和爱情。这位处于社会底层的劳动妇女对精神生活的向往和追求，显然寄寓了作者的美学理想。小说取材角度新颖，"艰辛得和美丽得都使我战栗的生活"写来雄浑悲壮，渗透着作者对历史、社会、人生的哲理思索。小说发表后，轰动文坛，获1983—1984 年全国优秀中篇小说奖。但也引出不少分歧甚至否定性意见。持基本否定态度的评论者认为作品明显带有"左"的印记，流露出贬低知识分子，把苦难和农民"神圣化"的思想倾向。①

◀ **1993 年**

57 岁

4 月

上旬，收到作家张锲信。信中说：

你在文学创作上有着过人的才能，已经取得很大的成绩，现在你又决心在商品经济大潮中当一个弄潮儿，想在文艺体制改革中闯出条新路子，寻找到作家在市场经济大潮中的恰当位置。我和你的许多朋友及读者一样，正翘首以待从西北高原上传来的有关你的一切消息。

对于市场经济大潮的到来，你一直持乐观态度，你说过：市场经济对我国的文人来说，既是严峻的挑战，也是难得的历史机遇。

① 第 1108 页。

我是赞同你这种乐观态度的。经历过十多年改革开放洗礼的中国文人，决不会被惊涛骇浪吓得退缩不前，一定会认清航标，找准位置、乘风破浪、直挂云帆，胜利地到达彼岸。（张锲：《为了头上这片灿烂的星空》，中国华侨出版社 1998 年 2 月，第 58 页）

14 日，宁夏华夏西部影视城有限公司成立，任董事长。

21 日，谢晋执导、根据《邢老汉和狗的故事》改编的影片《老人与狗》在镇北堡西部影城正式开拍。

《感情的历程——唯物论者的启示录（第一部）》由作家出版社出版，收录《初吻》《绿化树》《男人的一半是女人》，书前有《文学小传》。

主编的《花开的声音——少男少女抒情小说选》《十七岁的心情——少男少女纪实散文选》《多梦 多情 多思——少男少女纯情诗选》由成都出版社出版。

5 月

26 日至 6 月 9 日，应邀访问新加坡和马来西亚。在新加坡期间，参加第六届国际华文文艺营"亚太时代的华文文学"座谈会，并以《我的小说观》为题作专题讲座。其间，还应邀作为评委参加新加坡华人文学小说"第六届金狮奖创作赛"评奖工作。

8 月

13 日，在上海参加谢晋 – 恒通影视公司成立周年庆典暨"跨越世纪的文学与电影"研讨会。在谈到"文学与电影的分与合"时说：

人们说电影与文学处于低谷，我不知道，因为我还在写，书还在出，还在定合同。我想使自己保持超然的放松的态度，写我直觉的东西，凭着直觉去写。但是我和谢导也有共同的东西，这就是"梦想主义"。虽然从前的"梦想"要重新估量，价值观念要重新评价，可是最近《朔方》这个刊物要我写几个字，我还是写了"坚持梦想，争取辉煌"。

在谈到"写'政治'与'人性'的歧义"时说：

电影本身是遗憾的艺术，可以有更高的要求。说到写"文革"（"文化大革命——引者"），一会儿说要写，大作家将从这里产生，一会儿又说写得太多了，外国人不理解。我的书翻译成外文的，多半是写"文革"（"文化大革命——引者"）的，我认为外国人能够理解。同样，世界揭露"反犹太"的作品，他们是否会觉得中国人不理解呢？实际中国人能够理解。（《寄希望于文学与电影的共同繁荣》，《文汇报》1993年8月21日）

小说集《蒲柳人家》（刘绍棠、张贤亮、蒋子龙、谌容著）作为"入选《世界名人录》中国作家作品丛书"之一，由中国友谊出版公司出版，收录张贤亮《自传》《邢老汉和狗的故事》《灵与肉》《肖尔布拉克》以及《张贤亮主要作品目录》。

9月

11—13日，出席宁夏回族自治区党委宣传部、自治区文联、自治区作协在银川联合举办的全国回族作家笔会。

10月

主编的《你好！忧愁——少男少女抒情散文选》由成都出版社出版。

11 月

11 日，应以色列文化教育部邀请，率中国作家代表团赴以色列访问。

1994 年，我率领中国作家代表团访问以色列。由于我们三人组成的中国作家代表团是第一个访问以色列的文学性代表团，我的三部作品——《绿化树》《男人的一半是女人》《习惯死亡》已被译成希伯来语，仅《绿化树》一书在 500 多万人口的以色列即发行了 4000 册，所以很受以色列政府和民间重视。……访问期间，两个电视台同时对我用直播的方式进行采访。……据说主持人在以色列电视界很有名望，采访过许多来以色列访问的外国人士。……20 分钟的节目眼看很顺利地就快结束了，最后，他突如其来地问我："张贤亮先生，你是一名共产党员，近年来你以作家的身份走访过很多西方国家，请问，经过比较，你究竟是认为资本主义好还是社会主义好？"

这已越出了文学和社会的一般范围，是直接针对我个人的政治态度和个人信仰来的提问。……我莞尔一笑，回答说："这个问题对一个共产党员来说不成为问题；历史唯物主义者不会做这种比较。因为我们共产党人认为社会的发展是一个自然的流程：原始共产主义社会以后是奴隶主义社会，奴隶社会以后是封建社会，当封建社会的生产力发展到一定程度时，就被资本主义社会所替代，同样，资本主义社会的生产力高度发展以后，就会自然地出现社会主义社会。这就像春天以后是夏天，夏天以后是秋天，秋天以后是冬天一样。你不能比较到底是春天好还是夏天好，或说是秋天就比冬天好，每个季节都有它的好处和特点，不管人们认为好不好，每个季节都必然要来临，你也必须去适应它、度过它的。"

紧接着，他又问道："请问，你是名共产党员，可是听说最近你又办了企业，成了资本家，这如何解释？"

只剩下一点时间，无法跟他详细解释我这个企业的具体情况，我"下海"有我作为作家的特殊目的，不完全是做他理解意义上的私人资本家。但我觉得他的问题提得很好，给了我一个介绍中国的机会。在中国，现在的确有很多不任公职的普通共产党员雇了工人，当了小业主或被称为"民间企业家"的有产者，有不少这样的共产党员"民间企业家"还在各地地方经济中占有相当重要的地位。于是，我款款答道："不错，我这个共产党员还是个资本家。这是由我们现在所处的历史阶段决定的。譬如说我在冬天的时候，必须在身上多穿一件衣服，可是到了春天，不须别人说，我自己就会把衣服脱掉一件的。"

……第二天，给我们开车的以色列外交部的司机，一个高大健壮的犹太老人很高兴地对翻译钮保国说，他昨天晚上看了我讲话的电视，才知道什么是"社会主义"（！？）。（张贤亮：《小说中国》，经济日报出版社、陕西旅游出版社 1997 年 11 月，第 46~49 页。有删节）

出国前一天以色列驻华大使亚可夫会见中国作家代表团，我们如约前往大使馆。……张贤亮说，他很高兴率领中国作家代表团访问以色列，他首先向大使介绍我（张同吾——引者）和张宇的成就，这表明中国对首访以色列的重视，派出的是个高规格的代表团。然后他又讲道：我们对以色列国和犹太民族并不陌生，中国许多的教科书都记载了犹太民族灿烂的文化，《圣经》旧约可看作是犹太民族古老的传奇般的历史，我们对犹太民族的坚强和智慧表示敬佩。远在宋代有一批犹太人流亡到了我国河南开封，犹太人在世界各地遭受迫害和屠杀，唯独在中国的犹太人生活得很安宁，他们虽然已被中国文化同化，但至今保留着自己民族的风俗。讲这段话时，亚可夫大使不断点头，眼睛里流露出感激的神色。张贤亮又说：在第二次世界大战时期，有六百万犹太人被希特勒屠杀了，那时我国正受到日本帝国主义的同样残酷的统治，我们有两千多万同胞被日本人杀害，中以两国人民都有过惨痛的经历，是能够相互理解并共同浇灌友谊之花的。他的发言虽然是礼节性的，却有鲜明的外交色彩和国家意识，这是他的修养与境界、智慧与经验、气质与风度、思想深度与文化视野相融合的外化。就这样拉开了出访的序幕。

……（到达以色列第二天——引者）傍晚，以色列的许多著名作家满面春风地来到我们下榻的宾馆一起共进晚餐，然后又陪同我们到一个小礼堂参加"中国作家朗诵会"，走进一个充满乐观气氛的夜晚。……这个夜晚是中国作家首次"亮相"，他在以色列又是尽人皆知的大作家，他的《绿化树》《男人的一半是女人》和长篇小说《习惯死亡》均由英文版译成了希伯来语出版，且都在五千册之上，以色列人对中国现当代文学所知甚微，除了鲁迅、老舍、艾青，还知道有个张贤亮，今晚这位明星出台，自然是衣冠楚楚、神采奕奕、风度翩翩。他的即席发言实在精彩，他知道以色列人关心宗教课题，他的话从这里导入经转折而引申，在介绍了我和张宇之后说："今天我们参观了耶路撒冷老城，我深深感觉到整个耶路撒冷就像个巨大的宗教博物馆，你们悠久的历史和精湛的艺术令我们敬佩（听众热烈鼓掌）。我们四个人都不是教徒（听众神色严肃，洗耳静听下文），但我们尊重世界上一切宗教，就像尊重人类一切美好的信念（为其宽容大度而热烈鼓掌），如果说还有一种超越宗教的宗教，那就是人类之爱，这是一种崇高的永恒的精神，我们作家和诗人，都应该是追求这种精神的先驱，那么在未来的历史上，今天我们聚会的小礼堂，就会成为文学的圣殿。"台下掌声如潮，我看到人们兴奋的神态，他们为他的智慧与潇洒所倾倒。外交家式的风度、哲人般的深邃和作家的风采，共同构成了他的魅力。

……张贤亮有种内在的自信力，使他应答自如不遮不掩，不管是同以色列作家们交谈还是访问耶路撒冷的希伯莱大学和特拉维夫大学时的答问都很精彩，而且是十分个性化的。

问：你们真的有创作自由吗？

答：这毫无疑义。

问：现在与过去有什么本质区别？

答：过去我在监狱里，二十多年没有自由；现在可以走遍全世界畅所欲言。

问：你的作品是不是写你自己？

答：我是写一个时代，写历史的光荣和罪恶。

问：那种坚韧不拔的力量和奋进精神是否同你的性格有关？

答：当然。

问：经商和写作矛盾吗？

答：不，不矛盾。市场经济是丰富多彩的，有才华有胆识的作家都该有新的感受新的体验。去年我办了四个公司……我亲任董事长，同时我又写了一部长篇小说《钱歌》，即将由作家出版社出版。只有你实践了，才能体会在这种竞争中怎样激活人的生命力。（张同吾：《异国回眸思贤亮》，《作家》2015 年第 1 期。有删节）

《烦恼就是智慧》[①] 入选人民文学出版社编辑部编选、人民文学出版社出版的《1992 中篇小说选（第二辑）》。

《烦恼就是智慧（下部）》完稿。

---

① 系《烦恼就是智慧（上部）》。

本年

英文版《烦恼就是智慧》[①]（Martha Avery 译）由英国 Secker & Warburg 出版社出版。

希伯来文版《习惯死亡》（西拉·艾力扎译）由特拉维夫阿姆·奥维德出版社出版。

俄文版《土牢情话》（阿伯德拉赫马诺娃、谢曼诺夫译）收入莫斯科虹出版社出版的《"红都女皇"事件之谜》一书。

日文版《土牢情话》（大里浩秋译）由日本亚洲文学协会·梅昆社出版，收录《邢老汉和狗的故事》《灵与肉》《土牢情话》。

张贤亮《序》说：

　　小说就是故事。而不论是什么样的故事、哪怕是神话或童话，也都是一种人生经历。人们爱读小说，大概出于这样一种心理：任何一个人的最大遗憾，不可弥补和无法挽回的人生遗憾，就是每一个人只能过他自己命定的生活。任何人都不能在人生的中途改变成另外一个人去过另外一种生活。即使是那种借用外科手术的变性者，在改变了性别之后，"她"仍然是他。"她"与他总是同一个人。于是，人们要想丰富自己，使个人短暂的一生能包容更多的人生经历，就只能凭借阅读小说来展开想象，增加自己的人生阅历，从而使自己变得更为聪明起来。

　　我不能说中国的当代小说更为有趣，但我可以肯定中国人的当代生活比任何一个国家的人民的生活更为曲折多变。没有哪个国家的人比当代的中国人尝过那么多辛酸苦辣。其实，由于种种原因，中国的小说家远远没有全面地将它反映出来。这还需要一个历史的过程。也许要到将来，我们才能回顾得更为清楚。但是，仅仅目前的中国小说，也可以使外国读者对中国人的生活略知一二了。

[①] 同上。

当然，人们读小说并不是抱着与读历史或新闻报导同样的目的。人们还是要求这本小说有趣，要求得到情感的满足。我想，日本读者应该是很喜欢和能够读懂中国的小说的。因为我们有一个共同的精神传统，这就是"禅"。"禅"要求我们尽力去理解文字之外的不言之意。那是一种境界，是只可意会而不可言传的。

我只希望日本的读者读了我的小说，放下书来之后，心里有一种说不出的滋味。

你的心里增加了一些什么，但这又不单纯是对中国人有所了解，而是对整个人生有一种体会。

可是我不希望你得出任何结论。（张贤亮：《〈土牢情话〉日文版序》，见张贤亮著《边缘小品》，陕西人民出版社 1998 年 3 月，第 83~84 页）

韩文版《绿化树》（金英玉译）由韩国德寿出版社出版。[1]

---

① ［韩］金英明：《中国西部当代文学在韩国的翻译与研究》，见陈国恩等主编《2014 年中国西部文学与地域文化国际高端论坛论文选》，暨南大学出版社 2015 年 10 月，第 114 页。

1 月

17 日，应荷兰国际小说基金会邀请，参加"鹿特丹第四届国际小说节"活动。此后又应英国 Secker & Warburg 出版社邀请，赴英国进行为期三天的访问。

18 日，由新闻出版署主办的第一届国家图书奖评选结果揭晓，冯牧主编、海峡文艺出版社出版的《新时期中篇小说名作丛书》（作者王蒙、邓友梅、从维熙、冯骥才、陆文夫、张贤亮、张洁、张一弓、张承志、贾平凹、蒋子龙、谌容）获奖。

3 月

16 日，与王蒙等 33 位参加全国政协会议的文艺界委员联名致信巴金，表达敬意和慰问。

小说《烦恼就是智慧（下部）》发表于《小说界》第 2 期。

4 月

散文《父子篇》《无"观"之观》收入王必胜、潘凯雄编选，长江文艺出版社出版的《小说名家散文百题》。

5 月

29 日至 6 月 10 日，应澳洲中华艺术节组委会邀请，访问澳大利亚。

主编的《早恋的感觉——少男少女抒情散文选》由成都出版社出版。

6 月

《中国当代作家选集丛书·张贤亮》由人民文学出版社出版，收录《邢老汉和狗的故事》《灵与肉》《土牢情话》《河的子孙》

《绿化树》。

《我的菩提树》（即《烦恼就是智慧》）作为"中国当代小说文库"丛书之一，由作家出版社出版。书后注明"完稿1993年12月从耶路撒冷各各他（Golgotha——耶稣被钉死之地）归来之后"，并附代后记《告地状》。

7月

《〈凤城夜话〉序》发表于《杂文界》第4期。

散文《出卖荒凉》发表于《旅游》第7期。

9月

散文《遗传："父子篇"之三、之四》发表于《大家》第5期。

10月

17日，宁夏作协、宁夏电影公司联合召开"张贤亮电影作品讨论会"，对《牧马人》《黑炮事件》《老人与狗》进行讨论。

主编的《送你一串风铃——少男少女抒情诗文选》由成都出版社出版。

11月

自选小说集《张贤亮中短篇精选》由宁夏人民出版社出版，收录诗歌《大风歌》、小说《邢老汉和狗的故事》《灵与肉》《肖尔布拉克》《土牢情话》《河的子孙》《绿化树》、散文《家长会》《理发洗澡》《遗传（一）》《遗传（二）》。该书在武汉举办的第六届全国书市上被列为十大畅销书之一。张贤亮《前言》（作于1994年8月28日）说：

自 1985 年以后，我就没有写过中短篇小说，《男人的一半是女人》、《习惯死亡》、《我的菩提树》等，都算是长篇了。可是，如果将《自选集》原封不动地再次呈献给读者，却又反映不出近几年来我的创作风貌。近年来，除了写长篇，我还写了些散文。敝帚自珍，我自以为一些散文写得还不错。而要将这次再版的《自选集》做较大的补充和改动，时间又不允许。这样，我就决定在这本再版的书里，前面保持原貌，即一首诗歌，三个短篇和三部中篇，最后一辑的三篇论说文全部删去，补以我新写就的四篇散文。我觉得，这种变动，使这本书倒更为丰富了一点，所以干脆连书名也改为《张贤亮中短篇精选》了。

一般以为，"短篇"指的就是短篇小说，可我认为，某类散文也应列入"短篇"之内。我相信，读者看了本书所选的散文是会同意的。另一点要说明的是，为什么我总不舍得将《大风歌》割爱，尽管把一首诗选入"中短篇集"会令人感到不伦不类，因为，就是这首诗使我身陷囹圄达 22 年之久。22 年后，这首诗又以"重放的鲜花"被文坛所承认，我才能重新执笔。如果我在 1957 年不发表这首诗，就不会有 1979 年直到今天的一系列小说，我可能就会有另一种命运。所以说，这首诗简直可作为这本书的基调了。

原《张贤亮自选集》中还有篇后记，是 1985 年 7 月写的。将近十年过去了，如果读者有兴趣，可参照一下我前不久出版的《我的菩提树》的后记，就可以看出我的创作态度和创作思想是一以贯之的。这是我感到俯仰无愧，敢于直面任何批评或指责的。故而仍将她赘于书后。

最后，我还应感谢本书编辑布鲁南先生，要在二十天内赶出这本书来，所付出的心血和劳动是可想而知的。

《习惯死亡——张贤亮自选集之二》由作家出版社出版。

《早安！朋友——张贤亮自选集之三》由作家出版社出版，收录《早安！朋友》《浪漫的黑炮》《河的子孙》。

12 月

散文《一点启示》发表于《人生与伴侣》第 12 期。

本年

英文版《绿化树》由伦敦 Secker & Warburg 出版社出版。①

英文版《我的菩提树》（艾梅霞译）分别由美国大卫·戈丁出版社、伦敦马丁·塞克华宝有限公司、波士顿密涅瓦出版社出版。

法文版《习惯死亡》（洛伊·半歇尔、安明山译）由巴黎贝尔丰出版社出版。

德文版《习惯死亡》（莱纳·施瓦茨译）由柏林 Q 出版社出版。

荷兰文版《习惯死亡》（林特·希比思马译）由布雷达德豪斯出版社出版。

越南文版《男人的风格》（潘文阁、郑忠孝译）由河内劳动出版社出版。

---

① 鲍晓英：《中国文学"走出去"译介模式研究——以莫言英译作品译介为例》，中国海洋大学出版社 2015 年 10 月，第 149 页。

2 月

18 日，出席《朔方》编辑部举办的青年小说家座谈会并讲话。

3 月

《高扬精神　面对挑战——在青年小说家座谈会上的讲话》发表于《朔方》第 3 期。

《边缘小品》作为"中国当代名人随笔"丛书之一，由陕西人民出版社出版，收录《消遣的方式》《女人内裤的哲学》《中国土著的廉政观》《文学的殿堂在股票市场的楼上》《有感无序》《土地渴望生命和智慧——为三北防护林建设局所编的报告文学集而写的序言》《"中国首届版画精品展"前言》《〈周开成书法作品集〉序》《他在瘠土中生长》《〈火浴〉序》《好个诗情画意——程大利〈那片蓝天那方土〉序》《老实人的老实文学——南台〈女人和小镇〉序》《给海容的一封信——〈海容小说集〉代序》《〈胡正伟画册〉序》《贺兰山文学丛书·总序》《〈凤城夜话〉序》《儒将颂——〈胡世浩将军书画珍藏集〉代序》《别有一番滋味在心头》《好！——序〈塞上：税务的风采〉》《发疯的钢琴》《〈张贤亮小说自选集〉前言》《我的倾诉——台湾版〈男人的一半是女人〉自序》《〈土牢情话〉日文版序》《必须进入自由状态——写在专业创作的第三年》《当代中国作家首先应该是社会主义改革者》《关于时代与文学的思考——致维熙》《文化型商人宣言》《谈下海》《到中流击水》《致王蒙的邀请函》《拓展生命占领的时空》《出卖荒凉》《参与、逃避和超越》《追求智慧》《致李国文信》《关于〈如是我闻〉的通信》《父子篇》（《家长会》《理发洗澡》《无"观"之观》《遗传（一）》《遗传（二）》）《悼外公》《美丽的眼睛》《羊杂碎》《夜歌》。所作《序》说：

　　陕西人民出版社李玉皓女士几次来信来电，要我把近几年发表的散文随笔编成一部集子交她出版。李女士我还无缘谋面，但和骥才谈过话，骥才来长途说她是位很热情的编辑。前几年，我一心写《习惯死亡》，这两年，边写《我的菩提树》边办公司，俗事繁杂，只是在别人的要求下零零星星写了些文章及与友人的信件，像是散兵游勇，布不成阵势，也没有想到要把它们收编成一个团队。而李女士一再催促，盛情难却，于是动手将其归拢起来。一看结果，确也不少，而且自己觉得尚有一定的可读性；在现在"假冒伪劣"书籍泛滥成灾的文化市场上，还可说具有一点真正的文化价值。

　　这本集子中，有一部分是我替别的作家的作品写的序。其实我写的序都是"有感无序"的，是"借他人酒杯消自己块垒"，趁给别人写序时说些自己要说的话，竟常常与所序的书无关。我没有记笔记的习惯，今天的日记，仍如《我的菩提树》中1960年在劳改队记的日记，是本流水账。平时的一点思考和感想，也就在给别人催着写序时记录下来。所以这些序言都能与所序的书脱离，可以独立存在。

　　我幼时在重庆，因为要"躲警报"（躲避日本飞机轰炸）和母亲与早夭的弟弟住在乡下，上城市的正规小学前，曾就读于一间私塾，冬烘先生是位清朝秀才，开篇即讲《左传》："郑伯克段于鄢……"本性愚钝，别的都忘却了，至今，不忘的是先生座后的一副对联："文章西汉两司马，经济南阳一卧龙。"不知怎的，从此，就给我种下了"文章"必须和"经济"相结合的精神影响。也许这副联语并没有这层意思，甚而恰恰相反，"文章"归"文章"，"经济"归"经济"，至少是那时的"经济"并非这时的"经济"。但从这间破旧的瓦屋出来，幼小的心灵就抱着学必须我用的目的了。往好里说，开始的教育就决定了我今后的一生不会仅仅作个空头文学家，往不好处说，却是我永远也当不成一个静坐在书斋里研究学问的学者。

翻阅自己写下的随笔，竟是很杂。深度不敢说有，涉猎的方面倒是很广；说理未必透彻，抒情确为真切。平生不愿作伪，也不善作伪。当然，真情流露并不能说是好文章，但起码也不是坏文章吧。还值得一提的是，本书中有三篇文章——《必须进入自由状态》、《当代中国作家首先应是社会主义改革者》、《关于时代与文学的思考》——是写于十年前的，过去一直没有机会把它们收入散文专集，现在所以不揣"落伍"拿出献丑，是因我自认为它们并没有随时迁事移而丧失思想价值，在当时，从某种角度来说，它们简直可说是"超前"的。读者如有兴趣，可从中看出，我今天的"下海"，在那时已有前因；从我一开始重新执笔，步入中国文坛直到如今，我的创作思想和为人处世的态度是一以贯之的。我以为这才是我俯仰无愧，敢于直面任何指责或批评的根本。

既然将它们出版，就须起个书名。因为杂而广，并且谈文学时似非谈文学，抒此情处又有其他的表露，读起来好像重点在这里，想一想重点却在那里……故题名为：

《边缘小品》。（张贤亮：《边缘小品》，陕西人民出版社1995年3月，第1~3页）

散文《父子篇》收入钱谷融等主编、中国社会科学出版社出版的"中国现代散文精品文库"丛书《太阳下的风景》。

5月

11日，在宁夏作协第四届二次理事会会议上，就如何促进文学事业繁荣发展等问题作长篇讲话。

《戏谈美港影视片》发表于《电视月刊》第5期。

6 月

6 日，从维熙《魂去来兮——文寄友人张贤亮》①（作于 1995 年 5 月 5 日）刊登于《文汇报》。

贤亮：

近日，选编自己将在"华艺"出版的八卷文集、翻箱倒柜之际，折腾出来一篇牵动我思绪的文章，这篇文章就是贤亮你写的《我写维熙》。在这篇文章之尾，你梦呓般地留下这么一段文字："维熙肯定比我活得长。我现在写了一篇关于他的文章，他也就欠了我一笔文债；待我死后，我想他是会写篇祭文还我的。他是一个钉是钉、铆是铆的人。"

重读这篇使我勃然情动的文章，我沉思良久。恍惚中，你仿佛从那已然褪色发黄的纸面上走了出来，在与我陈谈昔日在劳改队那些寒酸窘迫的往事，重唱那支你我都会唱的歌：

改造，改那么个造呀！

晚上回来一大瓢呀！……

俱往矣，你这篇文章至今发表已经八年多了，如果我没记错的话，你今年已经步入了 60 岁的花甲之庚。可是，你依然活着，而且活得似乎十分来劲。看起来，写你的一纸祭文还遥遥无期，索性提前偿还我拖欠你的文债吧！如何？

最近一次见到你，也有近一年的光景了。那大概是在 94 年（1994 年——引者）6 月的一个晚上，在那座人工雕饰出的假山假水的文采阁露天餐厅，我为出访美国一事与加州扬华莎女士面晤时，老弟

---

① 张贤亮去世后，从维熙在接受记者采访时说："后来他搞了一个影视城，来征求我的意见，我当时没有说什么，但对这个做法不太理解。我后来写了一篇文章，谈文人与商人的结合。可能这篇东西他看到了，也跟我疏远了。……现在回忆起来，我可以理解他了，他这么做有他个人的因素，他出生在一个从商的资本家家庭，这样的人的细胞基因里很聪明，有从商的本领，胆子很大，也很勇敢。……他给中国文学里的性打开一道闸门，他为此可动了脑筋了。"陈梦溪：《从维熙追忆张贤亮：他给中国文学的性打开一道闸门》，《北京晚报》2014 年 9 月 28 日。

你飘然而至。衣着当然是名牌，谈笑依然如故，但是使我内心隐隐作痛的，是你大谈商海经以及宁夏西部影城，在"涛声依然如故"之中，似乎少了点对文学雨丝的情致。你拿出一串在时尚中流行的什么"经理"、"董事长"的名片给我。我当时的内心感悟是：那好像不仅是一张纸片，而且是一座昔日你我都曾见过的"大墙"，一下子把你我之间的情谊隔开了。我调侃你说："噢！真了不起，看样子你在商海也如鱼得水。"我还对你说起，我曾在《光明日报》上写过一篇题为《时间》的文章，大意是说中国或许不缺张贤亮这样的经理、总裁，而缺少从死亡线上活下来的陀思妥耶夫斯基。能写出《绿化树》《烦恼就是智慧》《习惯死亡》的张贤亮，是有希望、也有能力问鼎这项文学皇冠的。这话是我的心声，在北戴河海滨你我以及文夫、国文、张洁相处的那段美好的日子，你虽然常去海边浪漫地去"吸精神鸦片"（引张洁写我的文章中，对贤亮的用词），但朋友们都对你寄以这种厚望。你有不凡的才华，又在多年劳改生活中有了一口属于你的深井，如果你能像绞水那么紧摇辘轳，不断汲上来一斗斗沉积着历史苦涩的浆汁，说不定在你的那方沃土上，真的能浇灌出一个"陀翁"来呢！

但是，在那片假山假水旁的餐桌上，你仿佛把这一切都忘记了。真的。当你谈及到你还要找你经管的宾馆内服务员谈话，告诉她们不要干涉在宾馆下榻旅客的个人生活问题时，我觉得你不仅仅远远疏离了文学，而且是在另一生活领域中，浪费着你本身赋有的才情。你在《我写维熙》这篇文章中，曾谈及到我"从平反改正那一刻起，创作的黄金季节已经到来，而无需等到党重申创作自由的政策之后"。之所以如此，我想这是多年来的火岩浆燃烧于你我之腹地，从而产生你我新时期以来的文学井喷。这里，我所以要重提往事，意义不在于忆旧，而在于对今天和明天的提示。

时间这个悭吝的老人，是最严酷无情的，上至达官权贵，下至百姓庶民，它都给予一次生命的轮回。你老弟也不能例外。不能一只手在商海泛舟，另一只手创造文学奇迹。记得，昔日我读过洛克菲勒的历史传记，他在创业时期，精神可以专注到不看报纸，不听新闻，对事业痴迷到忘记一切的地步。那么，你在无情的时间剪刀差面前，你到底要干些什么呢？自古以来，"仕"与"士"不能在一颗灵肉内为伍，难道"士"与"商"就能灵肉合一？

近两年来，我以难友加诤友的目光，关注着你的行踪。在报纸杂志上倒是能不断看到你的"高大形象"，但都属于宣传媒体的商业行为的报道文字。你的诗歌难道死了？不要忘记你是因写诗而中箭落马于五七年（1957年——引者）的；你的小说是在怀胎？还是正在分娩？！最近，我终于从一张文摘之类的报纸上，看到你今年要写完一部长篇小说的消息。虽然是只言片语，我却为这条短讯而感到欣悦。

鱼和熊掌兼而得之之士，自古至今近乎零。我祝贺你下海（你说是为振兴宁夏文化）的勇敢和智慧，但同样为你浪费文学才情而惋惜。因为你说过，我肯定要比你活得更长，那么你就得更珍惜一点时间，你似乎更应该积极地消费余热余光了！对吗？！

我提及的"积极消费"的注释，就是奉劝老弟把更多的光阴，消费到文学上来。你比我有灵气，但比我更容易被时尚雕琢，当亚当和夏娃制造人类时，就遗留下这样的人生不等式。今年暮春，国文、叶楠、燕祥、长天、张炜等一批文友聚首黄山，听说黄山之行是你提议的，你在京期间，你我还在电话中相约在黄山见面。不知缘起何故，你突然改弦易辙，从上海开完作协主席团会议之后，便飞回宁夏。据云：又是你的公司要你马上回去。

如此看来，从商也并非像老弟你说的那么潇洒，一只手经商，一只手从文，本身就是个神话。退一步说，即使你是想以从商"寻找第二职业"的文学感悟，似乎也为时过晚了一点：张炜、苏童、叶兆言、刘震云、陈染、林白等升起在文坛的一批新星，如果去尝试"第二种感觉"，也许还不失其可以赢得的时间；对于你我这样年纪的作家而言，这个想法近乎一种非文非诗的孟浪。

我感觉贤亮你太贴近时尚了。这种贴近对你文学创作来说，不仅没有什么益处，反而是对你满腹才情的自戕。大概是在80年代后期，你我在《光明日报》上发表过讨论文学问题的文章，当时你在文章中，就把你推崇的《第三次浪潮》中的经济弦韵，引进了文学主体。我不否认经济与文化相互影响与相互制约的内在关系。但经济毕竟不是文化，从商不等于从文。记得当时我就忧心地对国文兄说过："这小子要下海，海水是又苦又咸的，我去过西沙群岛，知道海的性格。"国文兄也无可奈何地感叹道："这小子像天马行空，随意性太强，劝说怕是无用的。人各有志，干脆由他去吧！"

几年来，你辛辛苦苦像鸟儿筑巢一般，建立起西部影城的雏形。我在美国游览好莱坞影城时，突然想起了老弟拿给我看过的你的影城广告画片：几座古老茅屋，几个酒瓮，还有一些中国西部荒漠的舞台道具……这条路太遥远了，面对无所不有的好莱坞，我当真地既为你勇于开拓的精神而产生一点点兴奋，又为你失落太多的时间和应该诞生的大部头作品而悲凉。

你说过，你不想当富翁。这话是指物质的占有而言？还是指精神富有而言？还是二者都不囊括在其内？那么贤亮老弟你灵肉里的罗盘指针，到底定位在人生经纬哪个刻度上呢？

在这十几年光景中，你我曾数次相聚。每次你来我家，不仅激起我感情的冲击波，而且使我产生创作上知难而进的勇敢。也许我们是挚友加难友的关系，没有流行于世的"文人相轻"，只有"文人相重"。也许正是因为后者，我昨夜重读你的《我写维熙》之后，才决定推开堆满案头的文集编选文稿，提笔给你写这封长信。

我想看到的张贤亮，是文学新时期初潮时在文学之海里弄潮扬帆的张贤亮，而不是因为商业行为导致冬眠的张贤亮！

当然，你也可能正在为第二次文学冲刺作种种准备，像曾经拿下"世界跳高冠军金牌"的朱建华那样，在冲刺之前，总要先退后几步以积蓄生命热能，然后飞身跳过生命之高竿。但愿如此。但即使如此，日落留给黄昏的时间，也不是慷慨的。曾使中国乒坛扬眉吐气的乒乓球世界冠军容国团，曾留下"人生能有几次搏"的感悟之言，作家的才情虽然与体坛体育名将的技能相比，生命力要持久一些，但它也不是无限的、永恒的——世界上曾有过以"日不落"命名的"大不列颠"，但自然界的万物却没有"日不落"的童话。

贤亮，寄去的是挚友的一片真情和诤友的忠诚心声。记得，好像是大科学家爱因斯坦说过的话："鲜花与荣誉对比友人的诤言来说，我愿意把后者送给别人。"但愿贤亮老弟能有这种风采。我之所以如此为之，只有一个根本原因：我把你看得比我重。这是实话。

信长情长。

望自珍重处之！

20日，《新民晚报》刊登记者钱勤发《荒凉中创造奇迹——银川访张贤亮》：

记者参观影视城的次日下午，造访了张贤亮，年近花甲的张贤亮依旧风度翩翩，这位宁夏文联主席、作协主席谈得最多的还是文人下海问题。他说，文人下海并不是了不起的怪事，既不需要去鼓励它，也没必要去反对它，顺其自然。认为文人同金钱要分开的想法不适应当前建设市场经济。写作是体现生命价值之所在，但需要精力、感受和材料，建设经济市场就是火热的生活。

旋即，张贤亮将话锋一转，说道：文人经商带着文人的特性和社会责任感，我所选择的一种商业要对当地经济有促进作用，不同于炒股票、炒房地产，或倒卖紧缺物资。影视城除了荒凉，还是荒凉，但荒凉可以化腐朽为神奇，通过创造力变成人文景观，取得经济效益。张贤亮说：我出卖的是自己的智慧。凡是中央领导或国内外友人只要到了银川，必到华夏影视城参观，这也大大提高了银川的知名度。

当记者问及下海是否影响创作时，张贤亮说，我从来没有停止过创作，基本上每年写一本书，产量中等偏上，目前正在写一部题为《无法苏醒》的中篇，刊今年9月号《中国作家》杂志，这几天就要完稿。他说：这是我很重要的一部中篇。但他不愿透露其"重要性"。

《张贤亮选集（1~4卷）》由百花文艺出版社出版。其中，第1~3卷分别于1985年10月、1985年9月、1986年4月出版，第4卷为首次出版。第4卷除收录百花文艺出版社1986年7月出版的《飞越欧罗巴》中的13篇散文外，另收录《早安，朋友》和《习惯死亡》两部小说。

8 月

《张贤亮小说自选集》由漓江出版社出版，收录小说《邢老汉和狗的故事》《灵与肉》《浪漫的黑炮》《绿化树》《习惯死亡》。《自序》①（作于1994年12月11日）说：

有道是文坛上"各领风骚三五年"，但俗话说"六十年风水转一转"：原来曾风行一时的小说过了若干年，又会引起人们注意。在尽皆哀叹"严肃文学衰退"的今天，把70年代末到80年代"文

① 后以《对生命的贪婪》为题，收入其所著的多种散文随笔集中。

学复兴期"的小说再找来读，也还过瘾。据说书店里现在很难买到我的书，于是一下子有好几种选集出版，既然市场有这种需求，出版社只要觉得不会亏本，我自然也不想矫情藏拙。

漓江出版社出版的这本选集，稍稍与别的选集不同。我要求这本集子囊括我小说的不同风格和所描写的社会各个侧面。我个人的命运经过大起大落，生命有晦暗的阴影也有过明丽的亮色，既然文学创作纯然是个人行为，创作出的作品也当然是作者个人人格和经历的表现。我从1979年"平反"后开始写小说[1]，迄今只有短短的十五年。这十五年中我可说是扶摇直上，固然凭借了改革开放的好风力，但也有我自己生活积累深厚的优势。1976年吉林下陨石雨时，我还在离银川市六十里之遥的贺兰山下"监督劳动"，曾以《陨石》为题口占打油诗一首："流光似火落蛮荒，铁魄铜魂体内藏；历遍三界方悟道，空间未必是天堂。"这里的"三界"，指的是凡夫生死往来之世界：上自六欲天，中自人界之四大洲，下至无间地狱。那时我当然还不能说"历遍三界"。"平反"后，"三界"虽仍未"历遍"，离"悟道"更差得远，却也多少尝到个中滋味。回顾大半生：要过饭，讨过钱，戴过铐子关过监；也曾失恋也曾被人追求，也曾踏过红地毯也曾赴过国王宴。这话听来也许俗气得要命，可是我天生就没有仙风道骨，是个大俗人。罗曼·罗兰说"性格就是命运"，反过来，命运何尝不能再塑性格。我有这样的命运，于是就有这样的性格，于是就化为风格反映在所写的每部作品中。坎坷塞滞也是一种丰富，起落上下给我提供了广泛接触人的机会。所以我的作品就决不会是单一的、一种类型的。

我所有的作品，不过表现了我对生命的贪婪，总想利用机缘做多种的尝试，即使是小说，我也不愿仅用一种笔法书写。

---

[1] 张贤亮开始写小说是在1978年下半年，而非这里所说的"1979年'平反'后"。

有权发表文章以来，我一直没有想将"作家"当作一门职业，仅靠写小说安身立命。提起笔我便想参与社会活动，我是把写作当成社会活动的一种方式来对待。说是"主题先行"也好，说是"文以载道"也罢，我总是把我的作品能给人以什么这个问题放在首位。个人的作为和个人的作品相比，我重视前者。我不愿做一个除了会写写文章之外别无它能的人。今天看来，事实证明我这种生活态度或说是生存方式是对的。鲁迅在 1919 年（应为 1918 年——引者）即大声疾呼"救救孩子"，如今大半个世纪过去了，这个任务倒好像越来越迫切，可见得文学功能的微弱。大师数十大卷作品也只是在这个民族的皮肤搔了一下，不管是政治排斥他或利用他，其实他都与国家民族的命运无所补益。鲁迅要是现在看到中国人在日俄战争中被砍头的电影，大约也不会再以为文学即能救这个民族，还是医生有点实际的用处。我倒以为文学今天真正降落到了它应该待的那个位置，这就是汉武帝早就给规定了的"俳优文学"。听说张承志要告别文学，我猜想他并不完全是对当今"文学的堕落"表示激愤，也有一种对整个文学的无力感。而我，则早已看惯了比"堕落"更堕落的人和事，面对作家见"意义"就躲、"纯文学"变成了高智商文字游戏的书摊，我丝毫没有激愤，我采取的方式是干脆宣布我所有的小说都是"政治小说"，在人们的印象中尽量减弱它的文学性。

然而，不但我几种版本的选集都能卖得出去，竟还有人盗版，证明读者还没有忘记我，或新一代的文学爱好者仍对我的作品有一定的兴趣。这又说明我的"政治小说"除了政治之外还有一点文学性。我想，这大概也是由我的性格和人生态度所决定的。我把文学创作当作参与社会活动，这便真正发挥了语言的基质——用有意义的工具做有意义的事情——因而它就比任何玩弄语言以逃避现实的猜谜游戏式的作品更具有生命力。而政治对于人最大的影响，无过于灵与肉、生与死。这样，我写政治其实就一下子触到了文学的根本，人最关心的终极价值。

正因为我始终把关注和参与现实社会放在单纯的文学创作之上，因而即使蜷缩在西北一隅的弹丸之地，我自认为自己有一定的敏锐，有一定的超前感。在中国大陆，我是第一个写"性"的（《男人的一半是女人》——1985）、第一个写城市改革的（《男人的风格》——1983）、第一个写中学生早恋的（《早安！朋友》——1986）、第一个写知识分子没落感的（《习惯死亡》——1989，不客气地说，平凹的《废都》晚我5年，当然他的写法与我不同）、第一个揭示已被很多人遗忘的"低标准瓜菜代"对整个民族，尤其是知识分子的生理和心理造成严重损伤的（《我的菩提树》——1994）……你可以说我写得不好，但我毕竟开了风气之先，是功是罪，我以为只有后人才有资格评说。

亚里士多德说"人是政治的生物"，马克思说"人的本质是一切社会关系的总和"。尤其在中国社会，人的真正属性不通过政治几乎无从表现……柏拉图的爱情常常也要以政治术语来表达……但只要把语言当作语言，将语言的功能发挥到极致，艺术便从中产生了，那也是今日的中国文化，不可置疑地体现了某个历史阶段的特征。

最后，请允许我引用哈尔滨的白实来信中的话结束这篇前言，我并不是以读者的赞扬为荣，实在是我从她的话里感觉到了我自己的价值。

"自从迷恋语言，我最多地便是对死亡的触摸。你那些关于死亡的议论，已成为我追求生命的经典。死亡，似乎是探索生命之门，每敲它几下，听听它的回声，才更真切地感受到生命的存在，生命的危难。……你说你的'全部人生价值和人生目的就是阻止极"左"路线在中国复活',以亲身经历和感受写的是'政治读物',是这样的吗?……我读过一些类似你经历的报告文学,如果单从哲学、政治经济学的角度,历史的证明已足使我们切齿。阻止极"左"路线的重演,这一使命基本完成。我从你的作品里所汲取的更多的还是文学的质。语言是你智慧的珍珠,是你思想的太阳雨,你的语言穿透岁月,岁月的断壁纷纷坍圮。你的语言犀利、敏感,牵动着读者的每根神经。从你的语言中,我看到你灵魂煎熬的全过程,死而生的一切痛楚,看到你漠视来自生存与死亡全部内容的所有恫吓,让人捧着你的语言如同捧着你的五脏六腑,让人辛酸痛彻却不让人懈怠、萎靡、绝望……"(张贤亮:《自序》,见张贤亮著《张贤亮小说自选集》,漓江出版社 1995 年 8 月,第 1~4 页。有删节)

9 月

14—22 日,应邀前往英国参加" ' 95 英国文学和作家"活动。

1995 年 9 月 12 日至 23 日,我应邀前往英国参加" ' 95 英国文学和作家"(UK.YEAR OF LITERATURE AND WRITING 1995)。在此期间有两次重要活动,14 日在威尔士举办我作品的朗诵会。先由英国著名记者、《卫报》(GUARDIAN)(*The Guardian*——引者)的社论主笔约翰·吉丁斯(John Gittings)介绍中国和我的创作情况,在我朗读自己的作品后回答听众的问题。21 日由英中文化中心在伦敦举办我的讲演会,讲演会采取与牛津大学 Wadham College 的刘陶陶博士对话的形式。除此之外,还分别在威尔士和伦敦接受了 BBC 记者、传讯电视记者及《星岛日报》(欧洲版)《丝语》《天下华人》等华文报刊的采访。

"　'95英国文学和作家"是由英国政府资助的民间文学艺术活动，每年举办一次，支持者皆为世界著名作家学者，但主办人对我国国内文学情况不很了解，邀请的中国作家都是旅居海外的华人作家艺术家，如北岛、杨炼、曲磊磊、Maxine Hong Kingston、Evelyn Lau等等，所以中国大陆有作家到会本身不仅对介绍中国大陆的文学状况有重要意义，而且也是中国海内外作家间交流的一次机会。

英国人对中国当代文学知之甚少，英国著名汉学家、爱丁堡大学教授、苏格兰中国协会会长John D. Chinnery和他的夫人陈小滢（陈西滢的女公子），在此之前就曾接到专为"　'95英国文学和作家"撰稿的记者电话询问："中国现在有没有文字书写的文学，还是仅有口头文学？"由此可见一斑，所以除了刘陶陶博士的问题，其他的问题比较肤浅并不奇怪。（张贤亮：《访英问答》，《文学自由谈》1996年第1期。有删节）

中篇小说《无法苏醒》发表于《中国作家》第5期（责任编辑章仲锷），《中篇小说选刊》第5期转载并发表《聊充"创作谈"》，《中华文学选刊》第6期转载，《新华文摘》1996年第1期转载。

《〈边缘小品〉序》发表于《黄河文学》第5期。

10月

29日，《拓展生命占领的时空》发表于《文汇报》：

从80年代末90年代初开始，在中国大陆商界人士、"个体大款"日益趾高气扬、飞扬跋扈的衬托下，文人作家们的生活和精神状况就日益显出贫血性的苍白和委琐。作家不再是令人崇敬的"灵魂工程师"，作家自己都自嘲是"耍笔杆子的"、"爬格子的"。"耍"虽已无神圣可言，但还保留一点潇洒，"爬"而且是在"格子"

中，其窘态则更为可掬。于是有人惊呼"人文精神的失落"，于是有人惊呼"严肃文学的衰退"，然而我要问，今天的文学是不是还像十几年前那样"严肃"地对待社会和人生？十几年前文学的"轰动效应"正在于文学对社会和人生的批判，尽管那时作家们还很幼稚，却抱着孩童面对魔王的勇气。那时作家的内心追求和社会的演变同步，人人都显得自信而饱满。但当年幼稚的批判精神今天却成熟为饱经世故的远离和逃避。在社会进一步演变中，很多作家囿于"专业"的圈子不知所措，或是哀叹世风日下，孤芳自赏，或是自以为如炊烟般地得到"升华"。文字垃圾和玩弄高智商的文字游戏充斥文化市场；原本在文坛个别角落的无病呻吟，漫衍（蔓延——引者）成整个文坛处处可闻的有病呻吟。制造文字垃圾的作者其实本身就是垃圾，在平面上延伸的作家即使产量再多也不能说水平有所提高。这就证明：知识是绝对必须尊重的，而知识分子尤其是作家，却不见得都值得尊重。

我的经商与其说是想解决一点宁夏文联经费的困难，扩大生活面，积累创作素材，还不如坦率地说是想摆脱蜷缩在书斋中精神上的惶惑和困窘。钻研故纸今文中西理论，固然可以平稳地成为学者，而冲出"专业"的藩篱用头和社会来一次实实在在的碰撞，即使粉碎了，鲜血碎骨的飞溅也是生命的一种高扬。正如一位我以为是很理解我的读者来信中所写："也许不愿活在近乎死亡的昏聩之中，人类便不断地为生命设置障碍。走长城、奔沙漠如此，你的办公司也如此，无非是给自己生命的跑道加跨栏，给自己的绑腿加沙袋。多一些生命的阻力和负载，多一重生命的艰辛与体验，（就）多一重越过自己生命的力量。生命是多层次的，（丧失也是一种生命的体验），丧失的机会越多，再生的光芒就会更将他通体照亮。"

《短篇的功夫——〈世界微型小说名家传世精品〉序》①发表于《飞天》第 10 期：

　　人对世界的认知越来越广，越来越大，而人造的东西却越来越小，越来越趋于精致。就拿现在开始进入人们家庭的电脑来说，自 20 世纪 40 年代问世到今天，已从四层楼房那么大的体积变成了掌中之物，而且体积越小功能越全、使用价值越大、价格也更昂贵。恐龙因其身躯庞大而绝灭，小小的文昌鱼却至今还活动在地球上；有道是"大有大的难处"，反过来就意味了"小有小的好处"。在当今世界，生活节奏加快，人们获得知识、接收信息、消遣娱乐的方式又不再单纯是读书一项，这使我们写小说的人常常自觉不自觉地要考虑自己写的作品的篇幅：多长读者才易接受？过去人们认为鸿篇巨制才可算作伟大作品，而现在除了经典名著，大部头的小说放在书店里已经很少有人问津了。

　　从文学史上看，小说的祖先实际上是短篇，用现在的眼光来衡量，还是"微型小说"。小说史是整个历史的一部分，它必定也要遵循历史发展的逻辑，有个否定之否定的过程：最早是短篇，还是"微型"的，慢慢发展到长篇，并且越来越长，到一定时候又会恢复为短篇，直到它的起始点——"微型"为止，再周而复始。目前，可说就到了短篇，尤其是"微型"短篇开始风行的历史阶段。

　　真理总以最简单的形式出现，小说也是这样。"小"应是既简单又精致的，以"小"见大的。……后来，我偶尔看到一则幽默轶事，说一家报纸征求最短的小说，结果是这样一篇小说获了奖："人类在世界上灭绝以后，只有一个人幸存下来，当他孤独地坐在房里的时候，门外响起了敲门声。"

----

① "世界微型小说传世精品"丛书包括《哭泣的女人》《英雄之死》《他们学狗叫》等，张贤亮主编，由海南国际出版中心于 1996 年 3 月出版。本文又以《微型精品　传世之作》之名发表于 1996 年 3 月 27 日《新民晚报》。

我恍然大悟，拍案叫绝，这篇"微型小说"非常全面地概括了小说的全部要素！简直是一个非常科学、非常完美的小说公式：一，有时间（人类灭绝以后）；二，有地点（房里）；三，有人物（幸存者）；四，有事件（人类绝灭）；五，有故事（绝灭以后如何如何）；六，有情感心理描写（孤独）；七，有悬念（来的是谁？）；八，有余韵（能让读者发挥想象）；九，有哲理（如果来的正好是个女性，世界从此又开始有人类绵延，所谓阴阳和合，如果来的是个男人，两人的关系又怎样处理？）等等……所以说，"微"者不微，其意深焉；佛家语"一粒米见大千世界"，此之谓也。

我个人虽然多半写的是中篇和长篇，喜欢读的却是短篇。……一次在机场候飞机，看了美国作家约翰·契佛的一个短篇……故事很简单：一个人乘飞机赶回家过圣诞节，恰巧碰上飞机遇险，在空中折腾得够呛，终于有惊无险，平安到家。回到家他当然会很兴奋地向妻子孩子唠叨在飞机上的险情，说如何如何危险，他怎样差点死掉，然而妻子孩子没一个对他的安危感到兴趣，兴趣都在过节上。后来他觉得无趣，一个人爬上楼悄悄地吊死了。契佛不加一点评论，文风冷峻，行笔简捷。而我以为他这段不长的文字赛过千言万语，是那么凝练地表现出了当今社会亲情感的毁灭，家庭成员不过是拢聚于一个虚伪的"家庭"外表下生活在一起而已。直到今天我还想不起来有哪部长篇令我在几分钟内感动如此。（张贤亮：《短篇的功夫》，《飞天》1995年第4期。有删节）

11 月

2—5 日，在威海参加由中国环境报社、环境文学研究会、中国作家杂志社、（北京）生活·读书·新知三联书店和威海市环境科学学会联合举办的"人与大自然——环境文学研讨会"。会议期间，与陈映真的分歧引发关注。

在烟台的会议上，台湾作家的大会发言都有板有眼，讲究学术性逻辑性，大陆作家常是自由发挥，聊到哪儿算哪儿，还不时地调侃自嘲一番，那次会上我说我觉得在一个贫穷落后的地方大谈"生态环境"真有点奢侈，这种反调使齐（齐邦媛——引者）老师大为吃惊，于是认真地找我谈，这让我知道在台湾学者面前玩笑不得，于是也认真起来……（张贤亮：《野鸟原音——两岸·十日·百年》，见张贤亮著《追求智慧》，中国华侨出版社1998年2月，第113页。有删节）

在台湾影响很大的乡土作家陈映真先生对经济发展过程中保护环境的可能性不无疑虑，由此出发，他对西方模式的经济起飞，物质文明的负面作用颇有批评，而曾经亲历过国家闭塞落后、贫穷匮乏的刘心武则有不同看法，他们在会上展开了既激烈又有趣的争论。

而身处经济相对落后的大西北的作家张贤亮，则一方面向会议提交了题为《土地渴望生命和智慧》的文章，一方面不无幽默地说着"欢迎污染"的反话。也许张贤亮是矛盾的。作为作家，他深知自然是人类的母亲，必须妥为爱护；作为西北人的一分子，他又渴望那块土地改善物质条件，尽快脱贫致富。

这个矛盾也许正是整个第三世界的矛盾。好在人类走到今天，已经能清楚地认识到：发展是重要的，必然的，而可持续发展更是重要的必然的，因为，对大自然的过度掠夺与破坏，所带来的只是短暂的利益，祸害与阻滞却是永远的。而这一点，也是这次会议最明确的意识，最强烈的声音。（林方：《草非草 树非树——"人与自然"环境文学研讨会侧记》，《中国作家》1996年第2期）

我（查建英——引者）见到陈映真是在山东威海的一个会上，那都九几年（应为1995年——引者）了。他可能真是台湾70年代构成的一种性格，强烈的社会主义倾向、精英意识、怀旧，特别严肃、认真、纯粹。但是他在上头发言，底下那些大陆人就在那里交换眼光。你想那满场的老运动员啊。陈映真不管，他很忧虑啊，对年轻一代，对时事。那个会讨论的是环境与文化，然后就上来一个张贤亮发言，上来就调侃，说：我呼吁全世界的投资商赶快上我们宁夏来搞污染，你们来污染我们才能脱贫哇！后来听说陈映真会下去找张贤亮交流探讨，可是张贤亮说：哎呀，两个男人到一起不谈女人，谈什么国家命运民族前途，多晦气啊！这也变成段子了。其实我想张贤亮是心里明白大陆有些事情跟陈映真讲不清也讲不通，保不齐陈映真再在哪天一发呆气把他的什么"政治不正确言论"给抖出去，不如打打镲算了。虽然他们的年纪大概也差不多。（查建英：《八十年代访谈录》，（香港）牛津大学出版社2006年，第8~9页）

《"中国电影从这里走向世界"——镇北堡电影拍摄基地导游词》发表于《朔方》第11期。

《无法苏醒》入选王干主编、作家出版社出版的《糜烂：新状态小说》（"中国跨世纪全新小说精品库"丛书之一）。

12 月

高嵩编《张贤亮近作》（责任编辑潘自强）由珠海出版社出版，收录长篇小说《我的菩提树（上、下部）》及代后记《告地状》、中篇小说《无法苏醒》、散文《我为什么不买日本货》《我应该有所表示！》。所作序《好好做人——〈张贤亮近作〉》（作于1995年11月13日）说：

写文章并没有什么诀窍，是什么样的人就会写出什么样的文章；作品不过是作者人格的外化，罗曼·罗兰说"性格就是命运"，其实也可以说"性格就是文章"，于是，文章就表现了作者的命运。

我"下海"以后，许多关心我的朋友和读者曾担心我从此会中断写作，维熙还专门就此在《文汇报》上召唤我"魂兮归来"，但如果仔细看过我过去所有的作品，就会发现我是一个积极关注和投入社会活动的人，就会发现我把写小说不过当作是关注和投入社会的一种活动方式，倘若有机会，我肯定会采取写作外的另一种方式。我曾在一篇文章中说过，"上帝或自然在造人的时候，也就是说人在母胎中的时候，并没有决定这人将来的职业，因而每一个人天生下来都是全能的"，如有可能，我会挖掘上帝或自然赋予我的一切潜能。所以，"下海"就是我的必然，是我的命中注定。

我想大约也正是我有这样的性格，才能熬过长达二十二年的劳动改造，才能入死出生，才能代表死者告诉世人我们曾经过一段那么黑暗的时期，从而对现在的"活"应倍加珍惜。"生命对于我们只有一次"，生命对每一个人都只有一次，佛经中说人获得人身之难，如"盲龟之遇浮木"，用现在人们熟悉的话来说是：每一个人都是"珍稀动物"！任何人，不管他在历史上多么重要，有多么了不起的成就，都无权残害其他任何个人，漠视其他人的生命和让其他人为他献出生命。我认为我有权代表死者写出：

《我的菩提树》！

譬如，在纪念反法西斯战争胜利五十周年之际，在我们回顾那段令人痛心切齿的历史的时候，很多人都写了非常好、非常动人的纪念文章，而好像只有我一个人却偏偏不满足仅仅"以史为鉴"，一定要现在就有所作为不可，于是产生了：

《我为什么不买日本货》！

拒绝，也是一种行动！

说到"下海"，我想，我会比坐在书房里完成单纯的写作计划的作家能更深切地体会到，我们在建设社会主义市场经济这一历史任务面前，在各方面都准备不足。我们在肉体上跨入了新时期，但肉体内仍笼罩着旧时期的阴影。如果说关键的问题是"换脑筋"的话，那么恰恰是"脑筋"还没有完全转"换"，归结起来可用马克思的话来说，就是上层建筑严重地制约了经济基础。这就产生了：

《无法苏醒》！

我想用这部"近作"来回报关心我的友人和读者。所谓"近作"，正是我"下海"以后写作的，除了收入这部书的一部长篇、一部中篇和一篇文章外，这期间还由陕西人民出版社出版了一部散文集《边缘小品》。作为一个业余作者，两年多出版了这些作品，我想在数量上至少还能算及格，即使是用单纯的任务观点来衡量，我也完成了一个"专业作家"的任务了吧。

我还会利用业余时间继续写下去，我很赞同王蒙这样的看法，"写作基本上应该是业余的事"。

那么，什么又是"业"呢？

我以为，只有好好做"人"，才应该是正业吧！

最后，这部"近作"能在很短时间跟读者见面，我应该感谢高嵩先生和潘自强先生！

本年

英文版《我的菩提树》（艾梅霞译）由美国大卫·戈丁出版社出版。

荷兰文版《绿化树》（林特·希比思马译）由布雷达德豪斯出版社出版。

越南文版《男人的一半是女人》（程繁译）由英国威特敏斯特CA文艺出版社出版。

1月

5日，《好好做人》发表于《文汇报》。

随笔《睡前絮语》《访英问答》发表于《文学自由谈》第1期。前文谈到对正在进行的"人文精神讨论"的思考：

现在正大谈特谈"人文精神的失落"，这也是我从王蒙的文章①中才得知的。于是找了些杂志来读，想搞清楚什么是"人文精神"，以便知道自己丢了些什么，好赶快去捡回来，看来看去，竟发现我压根儿就没那玩意儿。活了近一个花甲子，自己没有，别人也从未用那种精神对待过我。……不知道还好，一知道竟吓一跳，真是"人生读书忧患始"了。

所以我很赞同王蒙的意思，我们压根儿就没有过的东西怎能谈到失落呢？（张贤亮：《睡前絮语》，《文学自由谈》1996年第1期。有删节）

散文《电脑写作及其它》发表于《朔方》第1期。

应邀赴广州参加"南国书香节"，为《张贤亮近作》签名售书。

2月

20日，随笔《何为我"本命"？》发表于《新民晚报》：

我生于1936年12月，生肖属鼠，今年算是我"本命年"。鼠跟了我近六十年，我却一直不理解鼠和我有什么关系：虽然本人不算漂亮，但也非"獐头鼠目"之辈，气量虽不算大，也非"鼠肚鸡肠"的人，我的外形和性格有哪点像鼠呢？鼠怎样在冥冥中决定

---

① 王蒙：《人文精神问题偶感》，《东方》1994年第5期。王蒙提出："我不明白，一个未曾拥有过的东西（指人文精神——引者），怎么可能失落呢？我们可以或者也许应该寻找人文精神，探讨人文精神，努力争取源于欧洲的人文精神与中国的文化传统与实际生活相结合，结出中国式的人文精神之果，却不可能哀叹人文精神的'失落'。流行歌曲唱道：'不在乎天长地久，只需要曾经拥有。'因为考虑是否天长地久的前提必须是曾经拥有。难道我们要改歌词唱道'即使从未拥有，也得天长地久'了吗？"

我的命运呢？

鼠给人的印象很糟，几乎是地球的灾害，灭鼠已经成了世界性的行动，当人问起我属相时我常羞于回答。如是属龙或属虎，会给人一种威风凛凛的感觉，属牛或马，也让人以为还能进行创造性的劳动，狗鸡羊猴兔猪等，尚不失为可爱或可吃的动物家禽，唯独鼠和蛇令人讨厌。解放前，我父亲因我属鼠而请齐白石画了一幅蹲在灯台下的老鼠，白石老人题道"老鼠愿人富"。那时年幼，觉得盼望人富裕总是好事，现在想来仍颇有贬意，"愿人富"不过是图好揩油而已。用上海话来说，鼠总是一副"贼骨头"！

说属相和人的命运有关，想想自己，似乎未必。在农村时，听老乡说到了"本命年"一定要扎红裤带，好辟邪。我一直不懂为什么"本命年"会有"邪"，和一直不懂鼠和我有什么关系一样。按天干地支推算十二年是一个"本命年"，那么，十二岁时我倒是很风光，就是父亲能请齐白石画画的时候，但这"风光"的出身却奠定了我以后倒霉的基础。二十四岁在劳改，三十六岁仍在劳改，日子虽不好过却也未死，和我一起劳改死掉的多半也未必是在他们的"本命年"内。四十八岁有大半年在国外，乘飞机也没出事，跑了三个国家也没丢东西。如说"本命年"会走运吧，我命运的真正转折点在1979年，那年我四十三岁，倒和属相完全无关。说实话，我是承《新民晚报》盛情要我谈"本命年"才想到今年是我所谓的本命年的，然而也由此可见还有许多城里人和老乡一样注意这个"本命年"，更进一层又想到中国人真会给自己画框框，自己给自己设禁忌，就是西方人所说的"塔布"（taboo）。有了框框和禁忌，有了taboo，烦恼也来了，畏惧也来了，战战兢兢，不可终日。本来我们就活得很累，何必再添些累赘呢？

不错，今年是我的"本命年"，可是我该怎么过还怎么过。如果今年我倒了大霉或得了大奖，再请读者们注意，"本命年"的确有它的道理，不然，您就别信。还是什么都不信，潇潇洒洒地过日子好。

◀ **1996年**
60岁

散文《一年好景》发表于《中华散文》第2期。

3月

随笔《为何不能"彻悟"？》[1]发表于《文学自由谈》第2期。文章说：

很多年来，当人们由我的作品谈到我本人的时候，我私下里都会想起司马迁在《报任安书》中的一句很沉痛的话……"刑余之人不可言勇"。有不少评论家也如王志刚先生那样，说我"显示出了一个负有责任心的高扬人文精神的传统知识分子的强烈忧患意识"，但我心底实在很惭愧，我是一个有自知之明的人，我深知自己不过是个"刑余之人"。据说司马迁受官刑后掉光了胡子，成了个太监式的废人，而举凡受过刑罚的人无不留下内外伤，被吓破胆更是常见，还怎能谈到"强烈的责任心"呢？

诚然，司马迁在此是正话反说，他指出文王孔子孙子屈原等等，正是在"刑余"后的困境中才发愤做出大成就的，与孟子"天将降大任于斯人也"那句话的意思一脉相承。我却是把它在正面意义上来理解。不能要求一个民族的十亿人……都能承担起天降之"大任"。要知道我们这个民族曾经几乎每人都多多少少地受过刑罚或刑罚的牵连，你怎能要求人人具有胆识和勇气？现在我们不断提倡"解放思想"、"更新观念"、"换脑筋"，而人们总是"心有余悸"。今天为什么还会"悸"？"悸"的心理障碍也就在这里。……我们这十几年来一直对过去所受的灾难性影响估计不足，尤其是对在精

---

[1] 这是作者写给《书友周报》编辑赵明霱的一封信。《书友周报》1996年第16期刊发了一组有关《我的菩提树》的评论文章，张贤亮在信中对这些文章的观点作了回应。

神上的恶劣影响估计不足，对过去的所谓"思想"的余毒清除不力，我们还没有深刻地认识到今天的困难并不是改革开放带来的，而是我们还没有完全从噩梦中苏醒过来。1994年我到荷兰，莱顿大学一位人类学家对我说："人类的60年代正是发展到高度文明的时代，我总想不通你们有五千年历史的文化大国为什么在那时有五年没有一名大学毕业生，这在世界历史上都是罕见的。"我才大吃一惊……我们仿佛自小就失去了一根手指，到大了也不觉得不方便。可见我们对灾难性的伤害已经处之泰然，对品质和素质上的低水准已经习惯。而并不以为我们和别人有什么不同。当然，要跳出藩篱也可能如洪强先生所说，我们会"从一个藩篱跳到另一个藩篱之中"，但一个人首先要跳出已经证明是害人的藩篱才能寻求新的天地，不是吗？总不能因为害怕又落入新的圈套而永远待在牢房里吧。

我的"不聪明"也许是因为我受的灾难比一般作家深或对痛苦比一般作家敏感，也可以换成周苇风先生的话说我直到现在还"没有把主人公当人看"。周先生说得对，躲在潜艇里的水兵们比我更有资格得到"彻悟"，他们是出于"对生命，对自由的热爱"。但要说明的是，他们要求的东西对我来说是太奢侈了，我不过要求重新做个人罢了，哪怕是躲在潜艇里。即使我原本就是条狗，但如禅宗六祖说的"狗子也有佛性"，难道我就没有资格也"彻悟"一下吗？周先生说"人的活下来与狗的活下来是不一样的，人活的是一种希望或绝望"，而《我》（《我的菩提树》——引者）一书就是要证明历史上曾有把人的"希望或绝望"都完全剥夺的时候；人活着仅仅是动物性的本能，所谓"蝼蚁尚珍惜生命"是也，甚至常常连这点本能也遭剥夺。从周先生的行文看他年龄不大，他没有痛切地感到沦为"狗"的悲哀，所以他会从"人"的角度看问题。这就更证明了我忧虑得有道理……我的"彻悟"并非要生命和自由，不过是想还原为"人"，并且希望我的下一代（包括周先生）能过真正"人"的生活。我并不像周先生所说"内心绝望"、"生活的热情也熄灭了"，相反，正因为我觉得有不少人还不以为自己尚有条狗尾巴，并不比我像人样却洋洋自得……《我》（《我的菩提树》——引者）一书可以说全是在为挣扎成为人充满热情的号叫。……

感谢魏耀军先生注意到了《我》（《我的菩提树》——引者）一书的艺术特色。其实这也是一种挣扎。从我写小说开始直到今天，我总是在不断地寻求多种形式来使自己真正成为一个"人"意义上的小说家。（张贤亮：《为何不能"彻悟"？》，《文学自由谈》1996年第2期。有删节）

4 月

11—12 日，出席在北京召开的中国作协第四届第十次主席团会议。

随笔《"宫雪花现象"》发表于《广州文艺》第4期，引发争议。

1996 年 1 月，《广州文艺》杂志托我代为向张贤亮约稿，张应之。一个月后，他拿出一篇散文《宫雪花现象》，交我寄去，于该刊 4 月号揭载。作品写的是作者和一位颇为引人注目的女性的正常交往，不料刊出之后，批评和质疑立即纷至沓来。我是原稿的第一个读者，觉得作者是故作惊人之笔，写得很俏皮，有休闲性，也有正面意义，在政治和道德的层面上并无什么问题，行文没有出格之处。贤亮的作品，向来是研究的热题，本无须我来评论。因为这篇散文的面世与我有关，我遂不能已于言，写了一篇《我看〈宫雪花现象〉》，表达我的上述观点。从写作到发表前，张贤亮都毫不知情；刊登以后，他也许看到了，但从来没有和我说起过此事。（吴淮生：《往事钩沉忆贤亮》，《朔方》2014年第11期）

6 月

1—3 日，赴台北参加中央日报社主办的"百年来中国文学"研讨会。与会者还有台湾的无名氏、余光中、南方朔、朱西甯、施叔青、陈若曦、李昂、齐邦媛、张晓风，海外的王德威、纪弦、北岛、严歌苓、刘再复、许子东，大陆的吴祖光、刘登翰、古华、陈平原、陈思和、贾植芳、沙叶新、谢冕等。

1995 年（应为 1996 年——引者），台湾《中央日报》举办"百年来中国文学研讨会"，除台湾本地及海外作家学者，他们还分别邀请了 20 多位大陆学者作家，我也有幸忝列其间。大陆学者作家都是分别从各地赴台的，而且这些高修养的学者又何必有"领队"？可是我到北京，中国作协的部门负责人跟我说，这支"队"由我"领"，大家到了台北机场，几位作家学者也向我说，他们临行前有关部门也对他们打招呼，说要"听"我的，弄得我受宠若惊，我有何能何德敢"领"贾植芳、吴祖光、谢冕这样的老前辈？连沙叶新、刘登翰、谭楷我也不敢"领"，敢"领"的只有叶文玲小妹。可是我又不能辜负领导对我的信任，领导的意思也是要大家安全并把这次会开好。于是我只得当仁不让，将几位作家学者请到一起说，我们……在某种场合、在某种时刻，不"讲政治"就是最好的"讲政治"，希望大家在这次研讨会上别"讲政治"，只交流学术，交流亲情，增进海峡两岸彼此的了解。结果"功德圆满"，不管谁说什么都没有争论，即使个别对大陆学术界不太了解的台湾和海外学者，也对我们一行有较好的印象。（张贤亮：《小说中国》，经济日报出版社、陕西旅游出版社 1997 年 11 月，第 156~157 页。有删节）

首先要提的不是台湾朋友，而是一下飞机便认识的大陆年轻学者陈思和先生。据他说 80 年代初他在复旦大学听过我讲创作，那时我对他还没有印象，只是后来他出名了，知道他编了一套很好的丛书——《火凤凰丛书》。其实在这次会议上我也没有机会和他交谈，但从下飞机直到离开台湾，他对八十高龄的贾植芳教授"执弟子礼"的真诚谦恭，照顾周到，令我十分感动。我们中国人对学人的评价，注重的是"道德文章"，道德二字是放在前面的。我自步入文坛接触文人以来，看到文章写得好而道德却不太够格的还真不少。在物欲横流的当今还能看到古风犹存，高尚的老师带出高尚的学生，我以为是我的幸事，对我这个不拘小节的狂生也是一次无声的教育。我想他和贾教授大概并没有发觉我一直注意着他们，而默默地被净化。无声的行为往往比长篇大论的文章对人的影响更大，这大概就是俗话说的春风化雨的意思吧。

其次要说的是，此次台湾之行，与不少现在在大陆很知名的台港和美籍华人作家见了面，如林佛儿、张错、纪弦、痖弦、无名氏、施叔青、虹影等人，和古华、北岛、李昂、陈若曦是旧相识了，而遗憾的是，除我和李昂有一次由《中央日报》主持的对话外，却没有很多时间与其他朋友交谈，有的仅匆匆一面。然而，给我留下深刻印象的，却是余光中先生在会场上的一句发言：

"今后两岸交流，希望多来作家……"

我想，这句话大概可以作为这次研讨会的主题，胜过千言万语。

这里我必须谈到齐邦媛教授。齐教授是我去烟台(应为威海——引者)参加一个"环境文学研讨会"上有幸认识的。在大陆，我也与前辈作家学者常有交往，比较一下两岸的老前辈的作风是很有趣的。大陆前辈们……虽然他们对自己的本行专业仍严谨热诚，但对人对事已不太计较，常采取"冷眼"的态度；对后辈新人，如是"在朝"的，那么他们负有当然的"领导"责任，不去接近也不行，而"在野"的前辈，则如鲁迅所说的，对"文学青年"多半敬而远之，对不熟悉的后辈，大陆前辈们一般不太主动去接触，即使有哪位年轻点的作家写了部他喜欢的作品，也就喜欢罢了，对作者本人也很少有结识的兴趣。而台湾前辈却有许多仍保持着学者的天真，保持着一种传统的古道热肠，齐邦媛教授就是其中的一位。

在烟台（应为威海——引者）的会议上……我说我觉得在一个贫穷落后的地方大谈"生态环境"真有点奢侈，我说我呆的宁夏就"欢迎污染"。这种反调使齐老师大为吃惊，于是认真地找我谈，这让我知道在台湾学者面前玩笑不得，于是也认真起来，结果我们谈得很投机。到了台湾，齐老师更是以主人的身份照顾我，由"中国文学百年研讨会"安排后剩下的四天，就是齐教授请《联合报》负责接待的。……我以为《联合报》接待了我，总要我也做点什么，结果什么也没让我做，使我今天还对《联合报》有点歉意。到台北"故宫博物院"，是齐老师领我去的，整整陪了我一天。早上她来我住的酒店接我时，正有个法国人向柜台用英语询问怎样去"故宫"，齐老师听了立即说我们也去，你就跟着去吧。齐老师又成了这个法国人的义务导游，在每个重要的展室和展品前用英语给他讲解，连门票茶资都是齐老师付账。从齐邦媛教授身上我看到台湾前辈学者对台湾的热爱和自豪，非常希望外来人认识和理解台湾的心情。在50年代，台湾人的生活也很艰辛，齐邦媛教授这一代人是亲身经历了艰苦创业的全过程的，因而对台湾的一切都非常珍惜，就像大陆人珍惜大陆今天改革开放的成就一样。

台北对我来说不但没有新鲜感，相反，还处处引发我一种怀旧的情绪。我十四岁前生活在南京，住湖北路狮子桥，旧居是当时南京很有名的所谓梅溪山庄，就是老"外交部"后面。同伴指着车窗外告诉我，那就是现在设在台北的"外交部"，我转头一看，一瞬间仿佛时光倒流了四十多年。不知我记忆是否有错，在我印象中，似乎台北的"外交部"就是南京的"外交部"的翻版，只不过规模似乎稍小一点。儿时的情景猛然涌动出来，一时感慨万端，正如张先《千秋岁》中所言："天不老，情难绝，心似双丝网，中有千千结。"

◀ 1996年

60岁

此次在台北，我还有一个很大的收获，就是从姑妈那里找到了我祖孙三代合影的照片。我父亲有四个胞妹，也就是说我有四位姑妈，在大陆的三位已相继去世，在台北健在的是我六姑。六姑父查良鉴，在台湾司法界曾任高级职位，也已逝世（这样高攀上去，我和著名武侠小说家金庸——查良镛还有亲戚关系）。六姑常来大陆，但如果这次我不去台湾，她老人家也不会翻箱倒柜认真去找多年前的老照片。而这些照片对我来说是非常珍贵的。原来在我和我母亲手中的家庭照，都在"文革"（"文化大革命——引者"）中烧毁了。供奉先人绘影，也算是中国人的一种"文化传统"。我想，中国人讲究的"孝道"，大概是出于人类追求"根系"的本能；我是谁？我是怎么来的？任何人活到一定岁数、对此产生疑惑后，都会在脑海中出现这个问题。从单细胞到古代猿人再到古人直到现代人至每个人，血液也如江河一样在地球从远古以来是不断流淌的，只不过它是在人体内部一代代通过传承而流动的罢了。据我看，人拥有的最老的老古董就是流在每个人身体里的血液，或说是血液中的某种成分、元素，那就是自己的"根"。凝视着从六姑处得到的老照片（照片中的我只有13岁），似乎找到了现在的我的一段"根"。（张贤亮：《野鸟原音——两岸·十日·百年》，见张贤亮著《追求智慧》，中国华侨出版社1998年2月，第108~109页，第112~115页。有删节）

1995年，中国作家协会和《联合报》文化基金会合办，由我邀集了十四位台湾作家前往山东威海参加王蒙主持的"人与大自然"研讨会。那也是个空前的大聚会，台湾与会者有刘克襄、胡台丽、王文进、李丰楙、陈信元、林明德、瓦历斯诺干、金恒镳、杨南郡，都是台湾书写自然的作家，他们写的论文扎实，论述"人与自然"

称得上国际水平，我感到很骄傲。

大陆作家有五十多位，许多是我已读过作品的。在北京转机去烟台的时候，王蒙介绍一些重要作家，我看到相当钦佩的张贤亮，禁不住像个台湾歌迷似的说："啊！你的《绿化树》好令我感动！"我记得在旁几位大陆作家略带诧异的笑容。后来才渐渐明白，两岸作家对反映"文革"（"文化大革命——引者"）痛苦的作品，如对《绿化树》的看法并不相同。即使是台湾人人知道的阿城《棋王》《树王》《孩子王》，他们评估也不会如此之高。凡事稍涉政治观点，人与人之间立刻保持相当距离。

会议开幕式和许多互相访谈的场合，我们诚恳地期许文学心灵的交流。在沉痛地共同走过甲午战争纪念馆的那一整天，我与张贤亮和另外几位作家，曾经相当深入地谈到中国人这一百年的境遇。……我们台湾去的会友，每晚都沿着海边散步，步道离海只有数尺，浪潮轻拍海岸，海水下还埋着一些百年前的沉船和骨骸吧！海景美得令我叹息，恨不能把这月光打包带回去！这月亮，一百年前清清楚楚地见证了台湾的割让。（齐邦媛：《巨流河》，（北京）生活·读书·新知三联书店 2010 年 10 月，第 313~314 页。有删节）

10 日，赴香港参加"中国文学一百周年"讨论会。

7 月

30 日，在上海参加《文汇报》《笔会》副刊创刊 50 周年座谈会。

8 月

《初吻》入选梅松、陶李编，长江文艺出版社出版的"中国当代著名作家自荐爱情小说"丛书《孽海》。所作前言《自荐者的话》说：

接到长江文艺出版社《中国当代著名作家自荐爱情小说丛书》编辑先生的来信，要求作者给自己推荐个人所写的爱情小说前面写几句话。对别人写的爱情小说来点评论还容易，毛遂自荐自己如何如何会写爱情小说，却很像是"征婚广告"或有引诱婚外恋之嫌，所以看了信后我不禁扑哧一笑，很佩服编辑先生的幽默感。

我写过不少"爱情小说"，或说是我所有的小说中大多都有爱情描写，可是为什么偏偏推荐《初吻》，不过是因为她正适合这部书要求的长度而已，别无他意。

9 月

短篇小说《普贤寺》发表于《芙蓉》第 5 期。台湾《新大陆》第 4 期、《小说选刊》第 11 期、《中华文学选刊》1997 年第 1 期、《新华文摘》1997 年第 1 期转载。

10 月

18 日，下午，参加由宁夏大学举办的"鲁迅逝世 60 周年纪念大会"。

29 日，出席宁夏作协举办的"吴淮生创作生涯 50 周年作品研讨会"并致辞。

11 月

随宁夏出版代表团参加在深圳举办的"第七届全国书市"并为读者签名售书。

12 月

16—20 日，参加中国文联第六次全国代表大会并当选为中国文联第六次全国委员会委员。

16—21 日，参加中国作家协会第五次全国代表大会并当选为中国作家协会第五届主席团委员。

三卷本《张贤亮小说新编》由宁夏人民出版社出版，上卷收录《初吻》《灵与肉》《土牢情话》《我的菩提树》，中卷收录《肖尔布拉克》《邢老汉和狗的故事》《浪漫的故事》《无法苏醒》《普贤寺》《男人的一半是女人》，下卷收录《绿化树》《习惯死亡》。所作《前言》（作于 1996 年 9 月 10 日）说：

> 这部书名曰"新编"，有些篇什为新作，编排装帧上力求有些新意。我祖籍江苏，生于南京，在重庆、上海、北京等地长大，十九岁即带着老母弱妹落户宁夏。至今我还记得 1955 年和大批北京移民一起先乘火车到包头，再乘波兰出产的"Star"牌大卡车走了四天到贺兰县的黄河边的情景。那种波兰卡车如今可能除开过它的老司机外，再没人对它有印象了。坐 50 年代最差的汽车走最差的道路，并不比在 18 世纪骑毛驴舒服。从学校学到的成语"风尘仆仆"四字，一路上获得到了最切身的感受。有的路段仅仅是草原上自然形成的，如鲁迅所说是人走出来的或羊群踏出来的。在这样的道路上颠簸，遥望远方隐没在荒草丛中的地平线，似乎预感到未来的"坎坷"，同时也让我知道了所有的书本知识都是空泛的，如果没有自己的经历去充填的话；书本上文字所表达的语言有它内涵的血肉，学人只能用自己的生命去融合；一个在书斋里苦读而成的学者，很可能没有一个阅历丰富的文盲的人生更充实。这大概也是我直到今天还为何如此贪婪地要体验不同生活的原因吧。
>
> 但一个人毕竟有他的"命定"。任何人都不能越过他的"命定"，不管他对生活和生命多么贪婪。他只能是"这一个"，他只能在"命定"的圈子里打转。这是上帝也好、自然也罢，对全部生物，包括人在

内最根本的制约。一到宁夏落户，连劳改劳教都没能离开宁夏（有不少人被送到青海新疆更偏远的地区）。从十九岁到花甲，四十余年来我也在此住惯了，即使有机会跳出这个圈子也不愿跳了。佛家语说"心安即福地"，好像我只有在这里才"心安"。我曾在巴黎和纽约住过不算短的时间，还游历过世界上一些风景优美条件舒适的地方，但我并不觉得那里是我的"福地"，因为在那里我不能"心安"。制约竟然会成为一种幸福！这话只有经历丰富的人才能体会出其中滋味。这全然不是什么通俗的"爱国"二字可以包容的表现，确切地说不过是一种"造就"。

我不愿说这种"造就"是悲剧，宁愿说是一出喜剧，因为最终回顾起来我会一笑置之，同时也使我现在对任何事情都抱着无可无不可的态度。宁夏人民出版社是我第二故乡、也即"福地"的出版社，社长和编辑都是我的好友，承他们抬举，说要编我一部小说集，于是我说你们要编就编好了，只要卖得出去。有人说我办镇北堡西部影视城是"出卖荒凉"，而我写小说是"出卖痛苦"，这是用商品经济的词语来评价文学了。在目前，这的确还是很时髦的用语，无可非议的。不过，"痛苦"其实就是生命的感知，因此更准确地说写小说应该是在"出卖生命"吧。也就是说，"出卖痛苦"并不是让购买者痛苦，而是让购买者得到一种生命的感知。能感知到痛苦其实也是一种幸福，和制约也是一种幸福一样，因为那实际上是个体生命的体现。我想，这大约就是文学的积极性所在，也是悲剧比喜剧更为动人的原因。所以，请您拿着这本书的时候，注意手中并不是普通的纸张，如果您留心，那里面有血会淌出来。

这篇小序是在我写另一篇长篇小说中抽空写的。生命就这样地过去了，而且生命很贱，书价虽然涨了，但您仍然随便在哪个书店书摊上都可以花点钱买到生命。

生命，即使是曹雪芹、鲁迅等大师的生命，好像都永远是一种最便宜的商品。

散文随笔集《小说编余》（责任编辑王雄，即小说家南台）由宁夏人民出版社出版，收录《何为我"本命"？》《为何不能"彻悟"？》《拓展生命占领的时空》《出卖荒凉》《女人内裤的哲学》《我为什么不买日本货——〈我为什么不买日本货〉后记》《消遣的方式》《文化型商人宣言》《谈"下海"》《到中流击水》《访英问答》《也谈"小人"——读〈历史的暗角〉》《必须进入自由状态——写在专业创作的第三年》《电脑写作及其他》《好好做人——〈张贤亮近作〉序》《〈张贤亮小说自选集〉前言》《我的倾诉——台湾版〈男人的一半是女人〉自序》《〈土牢情话〉日文版序》《〈张贤亮小说新编〉前言》《小说的公式——〈世界微型小说传世精品〉总序》《〈凤城夜话〉序》《儒将颂——〈胡世浩将军书画珍藏集〉代序》《〈曹广福中国画集〉序》《老实人的老实文学——南台〈女人和小镇〉序》《夜歌》《美丽的眼睛》《宫雪花现象》《发疯的钢琴》《羊杂碎》《文学的殿堂在股票市场的楼上》《关于〈如是我闻〉的通信》《关于时代与文学的思考——致维熙》《悼"外公"》《父子篇》。所作前言《蓦然回首》（作于 1996 年 10 月 22 日）说：

这本随笔集出版正值我 60 岁，传统的说法是我已到了一个"花甲子"。过去读古典小说，常见到"来了一位年逾花甲的长者"这样的句子，于是脑海里就立即出现一个白发白须的老头儿，步履蹒跚地向我走来。古人说"人生七十古来稀"，可见古人活到 70 岁的不多，"花甲"已算是高龄"长者"了。我从未想到我有一天也会变成那副模样，以"长者"的龙钟老态出现在人们面前。直到今天，我仍觉得"老"离我很远，可是"掐指一算"，从自然规律和人文习俗上讲，我竟然不知不觉"垂垂老矣"！说"不知不觉"，是我真还没想过我已经在这世界上活了这么多年。人常说"活着不容易"，现在看来"活"倒是挺容易的事，一晃就过去了。

我时常想到的一个词是"死"，却极少想过"老"这件事。那么，60年来我究竟做了些什么？是怎样一天天到了"花甲"的？ 60，是很大的一个数字，就在口头上念也要念一分钟。但回首往事，却袅袅如烟，似曾经历，又似模糊的想象。虚构的小说和真实的回忆搅在一起，仿佛五颜六色形状不同的单细胞藻类在水面上浮荡，分辨不清。

写小说的人常常会被小说来写。不知是这60年中自己曾写过些小说，还是这60年中自己真正经历过那些事。

随笔却是较为现实的，有感而发，就事论事，多数是借题发挥。有的篇什看来是信马由缰，却有一定的轨迹可循；有的篇什如散珠走盘，杂乱无序，但也不出设定的范围。并且，随笔最大的方便之处就在于直截了当，不用布防，无须转弯抹角，不像写小说那样绞尽脑汁将主题隐晦在形象里。写过一些随笔后，我渐渐喜欢起这种文体来。也自以为懂得了许多大师为什么后期逐渐减少了小说创作的数量，或干脆放弃了小说而生产出大量深邃的随笔类文章。人老了，就喜欢有啥说啥，言简意赅，并不完全是精力不济的表现。

然而，俗话说"老小老小"，有的人年龄虽老却童心未泯。写小说肯定要比写随笔更讲求艺术性，尽管现在人们认为"玩文学""玩艺术"不对，文学艺术是需认认真真将全副心血投入进去的严肃事业，这是不错的。可是，就创作者自己来说，结构、营造和精雕细琢一件艺术品（包括小说），的确是一种个人情感上的享受。我自己就有这样的体会，完成一篇小说比写了一篇随笔更为快乐。在小说写作的过程中，虽然回忆有时会将痛苦调动出来，虽然想象一个合适的细节常使人费尽心思，虽然推敲出某个恰当的词或字会"拈断数茎须"，但是，比起写随笔来，却更具有"好玩"的成分。这里说的"好玩"指的是一种意境，正如陆游诗："此身合是诗人未？细雨骑驴入剑门。"我一写小说，就有"细雨骑驴入剑门"之感。这种神游只有诗人和小说家才能体会得到。随笔的笔法虽较为随便，而写诗写小说时却更能引人（指作者本人）入胜；古人说"诗言志"，我却觉得随笔是"言志"性的，诗和小说倒更多地讲究"比"与"兴"。个人情感和思想，通过"比""兴"传达和宣泄出来，其过程比单纯的"言志"有趣得多，简直是一种自娱。小说写到妙处，竟会自我陶醉。所以，自我感觉还没有老的我，当然更会把小说继续"玩"下去了。也就是说，我仍然是把写小说当作我的正业，写随笔一类的杂文只不过是副业，因而我才将这本集子命名为《小说编余》。

本年

《无法苏醒》获《中篇小说选刊》1994—1995年度优秀中篇小说奖。

英文版《我的菩提树》（艾梅霞译）由伦敦 Secker & Warburg 出版社出版。[1]

英文版《男人的一半是女人》（艾梅霞译）由伦敦企鹅出版集团出版。

意大利文版《我的菩提树》（玛拉·穆扎雷利译）由米兰巴尔思尼·卡斯托尔迪出版社出版。

---

[1] 鲍晓英：《中国文学"走出去"译介模式研究——以莫言英译作品译介为例》，中国海洋大学出版社 2015 年 10 月，第 149 页。

4 月

应海南省新华书店邀请赴海口签名售书。

5 月

散文《对一种负疚的分析》发表于《中国残疾人》第 5 期。

《普贤寺》收入中国作家协会、《小说选刊》杂志社选编，华夏出版社出版的《1996 年全国短篇小说佳作选》。

8 月

14 日，《叫卖我自己》发表于《文汇报》。文章说：

自"新时期文学"兴起以来，我大约是最被争议的作家之一。从小说、散文、言论直到"下海"，每年都会爆出新闻。作家不成作家，倒像一个新闻人物。西方谚语说"被人议论总是好事"，其实我本人真避之唯恐不及。如果读者稍稍注意一下，可以发现我从来没有对批评或指责我的文章作过反批评或辩解。对我作品作客观公正的分析的评论家，将我当作一个社会存在、一个研究对象进行纯学术的剖析。我是他们刀下的一只青蛙，他们完全从科学出发，既对我没有丝毫恶意，也不是对我有什么好感，我无须公开向他们表示谢意。对无端的批评指责，我知道一反批评倒会招来更多的麻烦，陷入争论的泥淖，所以我一直回避文学圈内的热闹，连那篇随笔《宫雪花现象》引起非议，甚至有人格上的侮辱，我也报以沉默。

我今年 61 岁，健康无病，还能为要我的省市至少出力 10 年，一向拥护小平同志建设具有中国特色的社会主义理论，并身体力行，作品虽有争议但始终热爱祖国，有写作能力和办企业的经验，从不计较个人地位级别（这些都可向宁夏组织部调查）。小说被译成 27

种文字在世界各主要国家发行，还有一点国际影响。（张贤亮：《叫卖我自己》，《文汇报》1997年8月14日。有删节）

10月

随笔《我的视点》发表于《广州文艺》。

散文《我有一个红学家的"外公"》收入孙玉蓉编、四川文艺出版社出版的《古槐树下的俞平伯》。

11月

政论随笔《小说中国》由经济日报出版社和陕西旅游出版社联合出版。①

本年

应邀担任中国作家协会第三届作家权益保障委员会主任委员。

《我的菩提树》由台湾九歌出版社出版。

英文版《我的菩提树》（艾梅霞译）由波士顿密涅瓦出版社出版。

意大利文版《我的菩提树》（玛拉·穆扎雷利译）由米兰出版俱乐部出版。

马汉茂、金介甫主编的《现当代中国作家自画像》由纽约全球网站库出版，收录张贤亮等人的创作谈。②

---

① 关于此书的书名，著名学者王德威说："1993年，我在台湾及海外出版了《小说中国》文学评论集，并提出了'小说'中国的想法。在准备目前这本评论集的过程中，承蒙编辑告知张贤亮先生的新作也以《小说中国》为名。张先生是知名作家，过去几年也曾访问台湾，或许曾有缘得见拙作，因而对'小说中国'的观念亦有同感？如此，我当深为欣幸，并欢迎有更多识者加入对这一问题的思考。"王德威：《想象中国的方法》，（北京）生活·读书·新知三联书店1998年9月，第3页。
② 鲍晓英：《莫言小说译介研究》，上海交通大学出版社2016年10月，第33~34页。

杜博妮、雷金庆主编的《20世纪中国文学》由哥伦比亚大学 ◀ **1997年**
出版社出版，介绍1900—1989年中国诗歌、小说、戏剧的发展概况， **61岁**
新时期作家中主要介绍张贤亮等人的创作情况。①

---

① 鲍晓英：《莫言小说译介研究》，上海交通大学出版社2016年10月，第34页。

1 月

应泰国作家协会邀请，率中国作家代表团前往泰国交流、访问。

2 月

散文随笔集《追求智慧》作为"憩园文丛"之一，由中国华侨出版社出版，收录《"维京"的后代》《金发碧眼的董仲舒——北欧的汉学家》《思索和表现人生的艺术》《没有被遗忘的角落》《从照顾残疾人说开去》《天涯若比部——北欧的同行》《"文化大革命"与北欧》《"铁骑士"、"滂克"、"自由城"》《文学的殿堂在股票市场的楼上》《访英问谈》①《野鸟原音——两岸·十日·百年》《我为什么不买日本货》《我应该有所表示》《睡前絮语》《何为我"本命"？》《"宫雪花现象"》《对一种负疚的分析》《电脑写作及其它》《也谈"小人"——读〈历史的暗角〉》《"刑余之人不可言勇"》《小说的公式》《谈俄罗斯文学》《谈绘画》《〈土牢情话〉日文版序》《发疯的钢琴》《我的倾诉》《对生命的贪婪》《蓦然回首——〈小说编余〉前言》《好好做人——〈张贤亮近作〉序》《致李国文信》《关于〈如是我闻〉的通信》《参与、逃避和超越》《追求智慧》《消遣的方式》《中国土著的廉政观》《夜歌》《羊杂碎》《美丽的眼睛》《悼"外公"》《父子篇》。

3 月

长篇小说《习惯死亡》、小说集《无法苏醒》作为"中国当代名家作品精选"丛书之一，由山东文艺出版社和经济日报出版社联合出版。《无法苏醒》收录《无法苏醒》《我的菩提树（上、下）》。

散文《父子篇》（《家长会》《理发洗澡》）入选徐中玉主编、

---

① 即《访英问答》。

上海人民出版社出版的《中国当代名家散文小品精选》。

7月

3日，《中国绿色时报》刊登章仲锷《像我的张贤亮》：

有人说我长得像张贤亮，我总反驳道，为什么不是他像我呢？我有一张同他合影的照片，的确两人的轮廓五官近似，但他皮肤红润油亮，体格更"奘"些（北京俚语，壮实的意思），显然是经受过体力劳动锻炼的，不像我完全一副苍白瘦削的书生模样。

第一次接触他是在《十月》杂志社，大约1979年或1980年春，还穿着棉衣的时候，郑万隆介绍我们相识，随后他给了我他的第一个中篇《土牢情话》。应该说这部并未产生什么影响的作品，恰是他后来写的《绿化树》《男人的一半是女人》《肖尔布拉克》等各篇的滥觞。或者说是个中国西部高原的《第四十一》，写得蛮精彩的。篇中的男主人公似乎也叫"章永璘"（贤亮一些作品带有明显自述成分，易张而章，成为敝同宗，深感荣幸），作为劳改犯仍不守监规，被关进小号（土牢）里。看守他的是位"马缨花"式的女性，好像姓黄，一来二去，"革命"的黄女，与"反革命"的章郎便相好起来。依我看，是时作者正风华年少，人也高大标致，完全有可能被那位"觉悟不高"却感情丰富的女"看守"看中，天理终于抵不住人欲，爱神之箭一下便把两人穿在了一起，就像《牧马人》里所演示的那样。待到章郎"改正"之后，好像与黄女还有一次温馨的会面，但重温旧情已是灵与肉明显分离，令人顿生不胜今昔之感了。……

后来，我办《文学四季》时又发了他的《习惯死亡》，到《中国作家》后又发了他的中篇《无法苏醒》，这两篇作品都给我和贤亮带来了麻烦。……"批评"接踵而来，甚至谥为"两脚兽"，真是切齿之声可闻。不过毕竟世道变了，贤亮依然是政协委员、作协主席团委员，而那位最严酷的批评者①却在作协全委的竞选中落败了。后者，也遭到一家杂志的批判，那显然是按计划推出示众的。贤亮列为第二名，实属不凡，对他的"待遇"够高的了。但文章的水平实在不高，对《中国作家》的"批判"也还停留在"文革"（"文化大革命"——引者）中那种"难道……"抡棍子的模式水平上，不见有什么长进。

……我印象里，他在银川的确知名度相当高，除了因他手中这支笔外，还在于他接受新事物快，往往得风气之先，而且具有经济头脑，"下海"很早，成绩也颇可观。这同他早年在狱中钻研过《资本论》和政治经济学有关。他有时不免出语惊人，但细琢磨还是挺有道理的，例如今年初政协会上，他在小组发言，差点被误认为是经济学专家；还有前几年在纪念抗战胜利50周年之际，他痛斥死不认账的日本军国主义，表示要抵制日货。我很钦佩他的胆识，曾为文表示响应。还有件事我至今难忘，那次我们去银川，在市场上买皮货，我携带的400元钱被窃，他得知后采用付讲课费的方式给我补回。他待人之忠厚的一面，我是有感受的。

对于贤亮一直有些绯闻传言，据我冷眼旁观，应该说，风流或许难免，但并不下流。他还是很顾家的，对夫人与儿子常挂心头。有一次他夫人冯剑华携儿子去庐山度假，他提前打电话让我帮助安排在北京的住宿和转车事宜。另一次冯剑华的一组散文寄给《中国作家》，他也私下里打电话来关照。

贤亮可能是因为受过大磨难，见过大阵仗的，所以显得非常豪

---

① 指北大中文系教授董学文。董学文在《中国教育报》1991年4月18日发表文章《一头两脚兽的表演——评〈习惯死亡〉》（《中流》杂志同年第9期转载），指责："从《绿化树》到《男人的一半是女人》再到《习惯死亡》，人们看到的是作者及其主人公（章永璘）精神的滑坡和日益难以弥合的灵魂破碎。在后者，……放浪形骸的疯狂，一头两脚兽的表演，打破'卑劣和神圣界线'的冲动，夺回往昔所受损失的欲望，'性格二重组合'的大胆实践，这一切将主人公变成一个自虐、自残、自渎、自戮而又'自我实现'高度膨胀的形象杂烩。"

放豁达，用北京话说，就是"什么也不论（音'赁'）"。拿起笔来敢题词，下到舞场什么迪斯科、探戈、华尔兹都敢招呼，所以练就了挺像样的一笔行书，还参加过全国书法展览呢；进舞场更是八面来风，小青年自然崇拜大作家。不过有一年在山东威海开会，一些女作家对他那种讲氛围情调、投入式的跳法，纷纷退避三舍。贤亮倒也泰然自若。

后来又传来他与宫雪花打交道的传闻，我细读了他写的那篇文章，故意写得迷离扑朔，让人煞费猜详，实有自我"炒作"之嫌，也许贤亮要的就是这种效果。

贤亮像我，但内向的我真的愿意像他，特别是在性格上。（章仲锷：《像我的张贤亮》，《中国绿色时报》1998年7月3日。有删节）

8月

10日，与雷达、陈忠实等一起出席宁夏文学创作会议。

28日，自费赴湖南洞庭湖畔岳阳洪水灾区体验生活。

9月

17日，报告文学《挽狂澜》发表于《光明日报》，《中华文学选刊》（双月刊）第6期、《新华文摘》第12期转载。

创作谈《我的无差别"境界"》发表于《民族团结》第9期。

长篇小说《男人的风格》作为"中国当代名家作品精选"丛书之一，由陕西旅游出版社出版。

随笔《文化型商人宣言》收入上海教育出版社、上海社会科学院文学研究所编，上海教育出版社出版的《中国作家自述》。

10 月

小说集《初吻》作为"中国当代名家作品精选"丛书之一，由陕西旅游出版社出版，收录《初吻》《河的子孙》《普贤寺》《吉普赛人》《早安！朋友》《肖尔布拉克》《邢老汉和狗的故事》七篇小说。

小说《肖尔布拉克》《浪漫的黑炮》入选王富仁主编、西北大学出版社出版的《20世纪中国短篇小说精选·当代卷（二）》。

12 月

2—5 日，宁夏文学艺术界联合会第五次代表大会在银川召开，当选宁夏文学艺术界联合会第五届委员会主席。

1 月

8 日，散文《亦师亦友说谢晋》发表于《文汇报》。文章说：

谢晋和我一样，是个"主题先行"者，这也常常被人诟病。其实，"主题先行"与信马由缰，跟着感觉走都能出好作品。具有历史使命感，以民族国家命运为重的艺术家，其感觉总是引导他不由己地就选择与民族国家的命运有关的题材，即通常所谓的"重大题材"。当然，"重大题材"并非写"大人物"或大场面，鸦片战争是重大题材，在农村老汉和一条狗身上也可折射出民族和国家的命运。所以，这类艺术家的"主题先行"，与"文革"（"文化大革命"——引者）提倡的"主题先行"完全是两码事，实际上是一种深层的"跟着感觉走"。谢晋在他从影 50 周年的座谈会上说，在《拉贝日记》之后，他一定要拍一部反映"文革"（"文化大革命"——引者）的电影出来。他这艺术宗旨也是我一向遵循的，大概这就是为什么他又将我的另一篇小说《邢老汉和狗的故事》拍成名曰《老人与狗》的电影的原因。"文革"（"文化大革命"——引者）应该是中国电影一个挖掘不尽的题材，遗憾的是这类成功的中国故事片可说一部也没有，以致这一代年轻人中的绝大多数对中国这一段很重要的历史毫无印象。我以为这简直是中国艺术家的失职。张艺谋拍了很多被人叫好的影片。我问过周围的人，几乎都说最喜欢的却是他的《活着》（从盗版的光碟看到的）。为什么？这说明人们还是喜欢"重大题材"。如连续放映谢晋的一系列影片，从题材到题材产生的环境，都能与中国当代史的一部分挂起钩来，谢晋的电影不仅有"气"、有"神"，还有对民族命运的深沉的关怀。①

散文《"票证"的副作用》收入薛炎文、王同立主编，百花文艺出版社出版的《票证旧事——老票证》。

随笔《干部素质忧思录》收入柯灵主编、文汇出版社出版的"20世纪中国纪实文学文库"丛书《忧思与希望·第4辑（1976—1999）·社会卷》。

2 月

散文《老照片》发表于《朔方》第 2 期。文章说：

我与祖父、父亲三代人的合影，是 1996 年访问台湾时我姑母给我的。这张照片大约摄于我 12 岁在南京上初中一年级的时候，1949 年随她到了台湾。照片前左的中年人是我父亲。在大陆，我的家庭照片早已在一次次政治运动中一批批地暗中毁掉了。仅剩下一张我进劳改队都保存着的我父亲的单人相片，我在一篇散文中记述过：1971 年"一打三反"运动在农场展开的第一天早晨，对我采取"突然袭击"，要把我再次关进"土牢"的时候，我乘看守不注意，从装我全部"财产"的一个破纸箱里抽出来偷偷地揣进衬衣，然后把它塞进一条水沟的泥底了。倘若当时被搜出来，那可是一份确凿的"资产阶级孝子贤孙"的证据，对"右派分子"兼"反革命修正主义分子"的我，凭这张照片就可以立即逮捕判决的。这次从

---

① 谢晋去世后，张贤亮在其于 2009 年 2 月出版的长篇小说《一亿六》中，专门加写《附记》悼念谢晋："在写这部小说的时候，惊悉我的良师挚友谢晋去世。1981 年，谢晋老师将我的小说《灵与肉》改编成电影《牧马人》，对我这样一个刚刚获得平反、从劳改农场出来不久的作者，谢晋老师的《牧马人》获得的巨大成功，不仅提高了我的知名度，更鼓舞了我在文学创作上不断突破'禁区'的勇气，使我能与全体'新时期文学'的作家朋友们一起，为当年的'思想解放运动'做出一定的贡献。谢晋老师将我的两部作品搬上银幕（另一部是根据我小说《邢老汉与狗的故事》改编，由谢添老师和斯琴高娃主演的《老人与狗》），我可以说是与谢晋老师最亲密熟悉的中国作家。而在上海为谢晋老师开追悼会时，我却因右眼做白内障手术未能参加，也不能应邀到中央电视台录制纪念谢晋老师的节目，深感遗憾。所以，在这里，我必须告诉我的读者：谢晋老师永远活在我心里！我对谢晋老师的悼念是永久的！"

姑母那里，总算我又有了父亲的遗像。

1971 年那天早晨，我们这些"犯人"的工作是脱土坯。不知用这个"脱"字是否对，方言音是"tuo"，动词，"脱土坯"就是把搅拌了草秸的胶状泥浆捣进木模使它成型，晒干后当作砖盖房子，那土坯房就是被称为"干打垒"的了。为了就近取材，劳动场地设在水沟边，这样，把沟底的泥捞出来拌上草秸便可以捣进模子了。多少年后，我又一次到这条小水沟边凭吊。小沟早已干涸，成了公路旁的路沟，长满丛丛杂草。指向天空的根根芦苇，抽出白色羽毛般的长穗，像一条条招魂的灵幡在风中摇曳。人的肉体被消灭了，灵魂飞散了，印有躯体模样的那张被叫作"照片"的纸，被深埋在泥土中最终也化为泥土，也许还变成了"干打垒"的一部分，也许已与我后来住的"干打垒"的土房融为一体。这么说，父亲的阴魂始终没有离开我。长久地立在路边，似乎听见周围响起某种宗教在安葬仪式中吟诵的如怨如诉的祷文：

泥土归泥土，魂魄归魂魄！

4 月

散文《世纪之交的平常心》发表于《华人》第 4 期。

5 月

小说集《无法苏醒》作为"当代著名作家中篇小说文丛"之一，由河南文艺出版社出版，收录《土牢情话》《河的子孙》《浪漫的黑炮》和《无法苏醒》。所作《前言》说：

读者现在拿在手里的这本书，是经过我校订的。校订的也就是一些错别字及漏排。我现在没有、将来也不准备重新修订我过去发表的作品。有人说电影是一种"遗憾的艺术"，其实所有的艺术品包括小说都是遗憾的艺术。如果作者随着岁月的流逝有所长进的话，他总会对他自己过去的作品产生这样那样的不满。然而，推向市场的小说已经成为定型的产品，要改进，只有汲取经验教训制造另一种型号的同类产品了。

报告文学《挽狂澜》入选蒋元明主编、百花洲文艺出版社出版的《'98 惊涛——中国世纪抗洪大决战》。

6 月

小说《男人的一半是女人》入选由香港《亚洲周刊》组织评选的"二十世纪中文小说一百强"①，排名第 92 位。

---

① "二十世纪中文小说一百强"，首先由《亚洲周刊》编辑部列出 500 余本小说，再由 14 位评选委员选出一百强。14 位评委由来自中国、新加坡、马来西亚及美国的作家、学者共同组成，包括中国大陆的余秋雨、王蒙、王晓明、刘再复、谢冕，中国台湾的王杏庆（南方朔）、施叔青，美国的郑树森、王德威，中国香港的刘以鬯、黄继持、黄子平，马来西亚的潘雨桐，新加坡的黄孟文。"由《亚洲周刊》编辑部与来自全球各地的文学名家联合评选的'二十世纪中文小说一百强'，鲁迅的《呐喊》夺得百年小说冠军。紧接着是沈从文的《边城》、老舍的《骆驼祥子》、张爱玲的《传奇》、钱钟书的《围城》、茅盾的《子夜》、白先勇的《台北人》、巴金的《家》、萧红的《呼兰河传》及刘鹗的《老残游记》。""百年的文学精华，以三四十年代的作品为主导力量。当时的作家在风云变色、家国命运危难之际奋笔疾书，而这是作家拥有创作自由的年代，作品充分反映了时代的变幻与内心世界的翻腾，也展现感时忧国的主题，成为百年小说排行榜大部分精英的鲜明主题。""正如英语文学不等于英国文学或美国文学，《亚洲周刊》所选出的'二十世纪中文小说一百强'并非只是现代中国文学史的一部分，而是跃升至更大的范围，总结全球华人的写作与阅读经验。作者及读者不论持何种护照，只要是用中文，都可以分享共同的美学经验。""这集体的美学经验，也浓缩成 20 世纪的文学盛宴，让不同背景的读者都能分享多元化的口味，因为这一百年来的文学口味，汇合了甜酸苦辣，也汇合这时代变幻的味道。""邓小平复出……带来了文学的春天，引发中国大陆文坛汹涌的创作浪潮。当过知青的阿城创作了《棋王》、刘恒的短篇《狗日的粮食》、张洁的长篇小说《沉重的翅膀》。作家也通过文学创作反省'文革'（"文化大革命"——引者）、反'右'、土改甚至劳改制度，代表作是戴厚英的《人啊，人！》、古华的《芙蓉镇》、张炜的《古船》、张贤亮的《男人的一半是女人》和林斤澜的《十年十癔》。贾平凹的《浮躁》和杨绛的《洗澡》揭露人性在政治压力下严重扭曲，令人瞩目。""入选的中国大陆小说，在 1949 年以后面世的共 25 本……值得注意的是，入选的中国大陆小说共有 23 本在'文革'（"文化大革命"——引者）后创作，反映思想上日趋自由后文学比较丰收的季节。从 1949 年到 1976 年，不少在大陆脍炙人口的小说都没有入选，但杨沫的《青春之歌》等，尽管曾列于 500 多本的参考书单供评审勾选，但都未能入围。"邱立本：《〈亚洲周刊〉评选百年中文小说百强》，《文论报》1999 年 7 月 11 日。

7 月

散文《我与张曼新》发表于《海内与海外》第 7 期。

小说集《张贤亮小说精选》作为"'从头越'名家小说精品文库"之一，由四川文艺出版社出版，收录《初吻》《邢老汉和狗的故事》《灵与肉》《肖尔布拉克》《绿化树》《浪漫的黑炮》《无法苏醒》《普贤寺》。书中附有《创作年表》。

8 月

《邢老汉和狗的故事》收入陈思和主编、学林出版社出版的《二十世纪中国文学精品·当代文学 100 篇》。[①]

9 月

1 日，参加由中国摄影家协会主办，宁夏文联、宁夏摄影家协会承办的"第八届国际摄影艺术作品展览"开幕式并讲话。

30 日，出席宁夏文联、《朔方》编辑部主办的"首届西部作家笔会"并发言：

作家的创作是个体脑力劳动，容易产生孤独感。因为孤独，有时也需要寻找和选择机会交流，产生信息的火花。今天的会议提供了这样一个机会，可以相互寻求启发。也有外地作家与会，交流和谈话都将是随意的、精彩的，不像报刊上的文字，是经过过滤的。宁夏作家需要的正是这些，相信会后会产生某种精神的东西。

我刚刚完成一部小说，自认为是中国新时期以来到 20 世纪末重要的小说之一，拿出来不会弱于《男人的一半是女人》。从《无

---

① 该书《编选说明》说："本书强调感人的语言艺术魅力和知识分子人格力量相融合的审美标准，强调真正的艺术创造是超越时间和空间限制而永存于世的文学观念，一般不考虑文学史的需要，不考虑思潮流派的代表性，也不考虑作家在现实社会中的地位和影响。"

法苏醒》《普贤寺》到 1997 年《小说中国》出版，四年后再拿起笔来，我觉得比过去成熟得多，所以深感小说不会灭亡。任何文学形式都有产生、发展、消亡的过程，宋、元以来的古典文学极为灿烂，已成经典，不可能再产生。有些文学形式从民间走向庙堂，有的则相反。我担心小说会不会被更感官的东西代替？现在有些人以影视代替阅读原著想使小说不灭亡，永存，我认为一定要寻找小说的安身立命所在——语言。我把小说语言当作诗歌，其魅力是影视不可替代的，它有弹性和形象的包容。语言有别于影视，做到这一点，小说就不会衰亡下去，我的改编成电影的作品如《男人的风格》、《肖尔布拉克》、《牧马人》等语言是比较直露的、直白的。然而，我的得意之作《习惯死亡》是要在语言上追求独特的风格美，很难改编。现在有一些作家把注意力放在情节上，我希望同时更加注意语言上的问题，情节和人物形象很大程度上依靠语言，怎样去说这个故事，用什么样的语态和语言，也就是说，用什么样的句子，来构成一个通篇的语境。要用诗歌的句子写小说。一篇好的小说，必须用最漂亮的语言去完成。我现在正在写的《青春期》中塑造了一个新女性，可以说是世界小说中非常独特的一个女性形象。要写自己的感觉，这个感觉一定要到位，这种到位就是用自己最特殊的语气和语言去完成，不用成语，不吃别人嚼过的馍，这是诀窍。对别人用过的东西，可以反其道而用之。

在座的有许多成名的作家，也有即将成名的。名实际上是很累人的，一旦把名当作包袱背在身上，写作就会处于不自由的状态。在你写小说的时候，要把全部的"衣服"脱掉，不要有包袱，永远把自己当成是一个什么都没有的人去写，将纯粹的自我——不是社会给予的——全身心地投入到创作中，不问目的。不是有人说玩小说吗？那不是玩，这只是表面上的理解。把这么庄重的文学艺术当作玩，非常辛苦要把创作当作使自己快乐的事情，是高层次地玩，要达到最高的快乐境界，不是玩保龄球……的玩。只有达到最高的快乐境界，才能净化灵魂。我觉得写作的时候，应该非常快乐，你如果越写越烦恼，那么我劝你趁早搁笔别写了。

接下来，我谈谈社会责任感问题。这不是外在的，不是哪个部门和领导分配的，也不是社论和讲话强加的。社会责任感应该是自觉的，是知识分子尤其是作家的人生状态。它不是一种约束，而是作家的最基本的道德品行，一个作家有了社会责任感，才会更深地挖掘历史和社会，写出达观的作品，用来提升全民族的社会责任感。作家是一种善于剖析自我内心和灵魂的人，是忧国忧民的有社会责任感的人，他写作的时候，必然表现出忧患意识。知识分子包括作家应该对现实和人生持批判态度。我们现在遇到一个历史上良好的时期，政治稳定，民族团结，经济迅速发展，我们的精神生活环境比以往任何时候都好，最集中的体现当然是改革开放，思想解放，有更大的思想自由的空间。一个有自我意识的作家，生活在这样一个时代，肯定会有自己的看法和理性的思考，会自发地在写作中表现出来，实际上责任感本身也有表现的要求，这是很自然的过程，不需要他人耳提面命。（张贤亮、冯敏、李敬泽、红柯：《首届西部作家笔会发言纪要》，《朔方》1999年第11期。有删节）

长篇小说《男人的风格》作为"中国当代名家作品精选"丛书之一，由陕西旅游出版社出版。

《大风歌》收入谢冕主编、北京十月文艺出版社出版的《中国当代文学作品精选（1949—1999）》。

10月
散文《我与〈朔方〉》发表于《朔方》第10期。

中短篇小说集《初吻》作为"中国当代名家作品精选"丛书之一，由陕西旅游出版社出版，收录《初吻》《河的子孙》《普贤寺》《吉普赛人》《早安！朋友》《肖尔布拉克》《邢老汉和狗的故事》。

《邢老汉和狗的故事》入选钱谷融主编、华东师范大学出版社出版的高等学校文科教材《中国现当代文学作品选（下卷 1）·小说（1949—1995）》。

11 月

小说《青春期》发表于《收获》第 6 期、《朔方》2000 年第 2 期，《中篇小说选刊》2000 年第 2 期转载并刊发作者创作谈《关于〈青春期〉》，《小说选刊》2000 年第 2 期转载并刊发作者创作谈《秋天的话》，《作品与争鸣》2000 年第 4 期转载。

《灵与肉》入选陆文夫主编、作家出版社出版的《中华人民共和国五十年文学名作文库·短篇小说卷·上（1949—1999）》。

12 月

作品集《青春期》由经济日报出版社出版，收录小说《青春期》，散文、随笔《老照片》《父子篇》《睡前絮语》《随风而去》《丫头婆姨》《小说规律》《出卖"荒凉"》《"不可说"》《我与〈朔方〉》《心安即福地》。书前《作者的话》（作于 1999 年 9 月 29 日）说：

《收获》在 1985 年发表了我的《男人的一半是女人》，当时在中国文坛曾引起很大争论，至今已译成二十多种文字在世界各国发行。据 1999 年 6 月 25 日《参考消息》报道，那部小说又被香港《亚洲周刊》邀请的海内外知名学者评选为"二十世纪中文小说一百强"之一。十四年后的今天已是 20 世纪末，作为一名作家，我想我应该写出一部小说表达我的世纪末情怀。我个人认为这部新的小说比《男人的一半是女人》有所提高，至少不比它逊色。

报告文学《挽狂澜》入选中国作协创研部编、长江文艺出版社出版的《1998年中国报告文学精选》。

本年

波兰文版《我的菩提树》（耶日·阿布科维奇译）由华沙火花出版社出版。

1 月

应邀担任《中篇小说选刊》顾问。

3 月

《请用现代汉语及现代方式批判我》同时发表于《文学自由谈》第 2 期、《朔方》第 3 期，《中华文学选刊》第 5 期转载。

《惰性：一张无形的网——西部大开发"人文生态环境"谈》发表于《世纪》第 3 期。

《老板三味》发表于《商界》第 3 期。

5 月

报告文学《挽狂澜》入选柳萌主编、大众文艺出版社出版的《历史痕迹——报告文学卷》。

散文《遗传——"父子篇"之四》入选邓九平主编、大众文艺出版社出版的《中国文化名人谈父亲》。

杂文《中国土著的廉政观》入选牧惠、蓝翎、朱铁志主编，大众文艺出版社出版的《真话的空间》。

6 月

22 日，出席由《人民文学》《小说选刊》、宁夏回族自治区党委宣传部、宁夏文联、《朔方》编辑部在北京联合举办的"西部有风景　宁夏三棵树——陈继明、石舒清、金瓯作品讨论会"。

《亦师亦友说谢晋》收入文汇报笔会编辑部编、文汇出版社出版的《默守高尚：'99 笔会文粹》。

7 月

12 日，出席宁夏回族自治区党委宣传部、宁夏文联、《朔方》编辑部在银川联合主办的"第二届西部笔会暨中短篇小说创作座谈会"。

小说集《男人的一半是女人》入选"百年百种优秀中国文学图书"丛书，由作家出版社出版。

8 月

《灵与肉》入选中国作家协会创研部选编"新时期争鸣文学丛书"之一，贾平凹等著、时代文艺出版社出版的小说集《鬼城》，并收录汤本评论《一个浑浑噩噩的人——评小说〈灵与肉〉的主人公许灵均的形象》、艾华评论《不是新时代的"阿 Q"，而是新时代的新人——也谈〈灵与肉〉中的许灵均形象》以及张贤亮创作谈《心灵和肉体的变化——关于短篇〈灵与肉〉的通信》。

《绿化树》入选中国作家协会创研部选编"新时期争鸣文学丛书"之一，从维熙等著、时代文艺出版社出版的小说集《雪落黄河静无声》，并收录胡畔评论《〈绿化树〉的严重缺陷》、蓝翎评论《超越自己与超越历史》、张炯评论《关于〈绿化树〉评价的思考》、严家炎评论《读〈绿化树〉随笔》、黄子平评论《我读〈绿化树〉》。

《男人的一半是女人》入选中国作家协会创研部选编"新时期争鸣文学丛书"之一，张贤亮等著、时代文艺出版社出版的小说集《男人的一半是女人》，并收录黄子平评论《正面展开灵与肉的搏斗——读〈男人的一半是女人〉》、韦君宜评论《章永璘是个伪君子——一本畅销书引起的思考》、刘学圃评论《成功与不足——关于〈男人的一半是女人〉的思考》。

10 月

应鲁彦周之邀，参加在安徽举办的"迎驾文学笔会"。

2000 年……他（张贤亮——引者）应安徽老作家鲁彦周之约，参加某白酒企业赞助的笔会，我很幸运地，成为那趟笔会的随行记者。

猜测了很多回的作家出现在我面前，他的样子，在意料之外情理之中。他当时年过六旬，依旧风度翩翩，脸瘦削修长，五官都是偏清秀的那种，最让他显得卓尔不群的，是他眉眼间的桀骜与淡漠。他也说笑，有时甚至显得比别人更热闹，但那种热闹是瞬间就可以收起的，眼神里马上就能竖起一道拒人千里的屏障。

他会跟同行的女性炫耀自己的大牌衣履（我后来在别人的采访里也看到这一点），遭到嘲笑他也不在乎。有次他还吹嘘自己非常擅长炒作，有很多得意之笔，"你们知道我最成功的炒作是哪一次吗？"他细长的眼睛踌躇满志地看着天花板，后来写出《媳妇的美好时代》等作品的金牌编剧王丽萍狭促地接口："宫雪花那次呗。"他翻了个白眼，不朝下说了。他给宫雪花的书写的那个序确实有点太那啥了，但他的无语并不见得是难堪。

他喜欢女人，也喜欢展示自己女人缘——据我肉眼观察，他也真的有。有天早晨，他大步跨进餐厅，一路嚷嚷，说是昨晚凌晨两点，会务组居然给他打电话，问某女士是否在他房间。他夸张地愤怒着："别说不在，就是在你们也不能打啊！"说不上他是想以此洗刷自己，还是存心张扬他们也许是莫须有的暧昧关系。

那个笔会上有很多著名作家，其中不乏出口成章能言善道者，但他明显是人群中的异类，以 60 多岁高龄，成为风头最劲的那个。有人琢磨他，有人嘲笑他，也有人嫉妒他，有个老作家私下里对他极其不以为然，说他曾长期受迫害很压抑，现在勾搭年轻女孩报复社会。但这位老作家也爱跟女孩子搭讪啊，只不过没那么坦荡罢了，而正是这种坦荡，使得张贤亮的风流只是风流，不带一丝猥琐。

那次是在九华山，山路陡狭，主办方安排了滑竿，两个轿夫抬着两根竹竿，中间架着一把竹椅。作家都是讲究人文关怀的，难免觉得让人抬着很尴尬，任主办方一再劝说，都不抬步，讪笑着左顾右盼，嘴里说着"这怎么好意思"之类。但那滑竿虽然被主办方包下，却得有人坐了，轿夫才能拿到钱，于是轿夫也跟着一路央求，一大堆人堵在路口，你推我让，人声喋喋。就在这一团热闹之际，张贤亮自顾自地走向一架滑竿，我正好站在旁边，看见他无声地从口袋里掏出一张百元大钞，轿夫接过，悄声感谢，两人一气呵成，默契如行云流水。他怡然坐到椅子上，昂首朝前方而去，将身后依旧姿态百出的作家们，比得好不迂腐。

还有一次是在黄山，山高树多，正是照相的好背景，有个小姑娘搂着一棵大树，欲做小清新状，一件极为扫兴的事发生了，她竟然在树上摸了一手不明黏稠物。同行的男人们怜香惜玉，个个觉得自己有义务将小姑娘从窘境里解救出来，七嘴八舌地帮她释然，有说是露水的，有说是树脂的，唯有张贤亮先生一言不发，从口袋里抽出一张纸巾递过去，秒杀了那些只会耍嘴皮子的男人们。（闫红：《风流者张贤亮——他将杂沓人声留在身后，张先生，走好》，《美文》（上半月）2014年第11期。有删节）

我听说，张贤亮老师其实早在2000年10月下旬就应邀来黄山参加过安徽文学笔会，同行的有王蒙、鲁彦周等文学大家。张贤亮对黄山赞不绝口，异常兴奋，在众人中比较活跃，一路欢声笑语。在黄山始信峰云雾缭绕，时浓时淡时，张贤亮幽默了王蒙一把，先出上句"蒙蒙亮亮亮蒙蒙"。没想到，王蒙反应极快，回敬下句"亮亮蒙蒙蒙亮亮"。大家的水平略窥一斑。

也许是黄山美景太迷人，也许被徽州文化所感染，擅长写小说的张贤亮，又有了写《大风歌》的诗兴，泼墨挥毫，在黄山写下了几首诗和楹联，如《黄山松》：

千株万棵松，笑迎八面风；立于古冰川，依然绿葱葱。

《黄山行》：

北海炼丹见玉屏，狮子峰巅拜观音；石猴飞来笔生花，排云始信有光明。

妙哉，将著名景点串珠成链。

赠李平易等文学同仁明信片所写诗句是：

谪仙几历落红尘，如梦悲欣常作真；功名荣辱应一笑，莫将今世误前身。

又如：

流光似火落蛮荒，铁魄铜魂体内藏；三界历遍方悟道，心平随处是天堂。

张贤亮老师还为入住酒店即兴挥就楹联：“儒商传统望继承再兴歙黟古地，法家精神盼发扬更辟老庄新天。”（胡建斌：《那年，偶遇张贤亮》，《黄山日报》2014 年 10 月 10 日）

11 月

8 日，散文《历史文化的价值》①发表于《中国文物报》。文章说：

一个人不能没有灵魂，一个民族不能没有自己的历史文化。身处在由农业社会向工业社会、计划经济向市场经济迅速转轨的时候，中国应该特别重视历史的传承。我们不能丧失我们的历史文化，犹如我们不能丧失自己的灵魂！

---

① 这是张贤亮于 2000 年 10 月在浙江临海举办的中国古城会上的书面发言。

现代社会，科技是第一生产力，但我们切不可忘记另一个重要的生产力——文化。一段黄杨，因艺术家的精心刻削而价值连城；一团泥土，因艺术家的精心塑琢而高登殿堂。本来不值钱的材料，由于文化的加入而百倍千倍万倍地增值。对于一个古城，它的古街古建，哪怕是城门上的铜钉、台基下的一块碎石，都自有它的价值。它们是历史的载体，它们记录着某种文化！试看20世纪初，当人们在大漠中发现楼兰古国时，举世为之震惊。直到现在，当我们进入那片看上去满目荒凉的土地，我们仍然会强烈地感受到历史的震撼，仍然会深深地经受灵魂的净化！

这种价值，更具体地反映在旅游上。西湖不只是一湖水，它是一湖诗；泰山不只是一座山，那是一座历史！人们为何爱游西湖因为在西湖他们不仅可以看到如西子般的美丽，还能听到宋人的低吟浅唱。人们为何乐登泰山因为在泰山他们不仅能够一览齐鲁青未了的清奇风光，还可以领略千古一帝的雄风气概。试想一下吧：如果那里只有山只有水而没有历史、没有文化，难道它们还会受到世界上那么多男男女女的无比宠爱。

再看我们银川那个看上去有点儿破烂的"西部影城"。那只不过是两座古堡的废墟。我们几乎原封不动地展示它们，世人却从五大洲蜂拥而来。它们的价值在于，历史与现实在这里得到了天然的衔接、商业与文化在这里缔结了美满的姻缘。这就是历史的魅力，文化的魅力！

让我们回到此次古城会的会场——临海。我听说那里有一座比京北明长城还早建成的古城，还有一座镌刻着抗倭烽烟的堡垒以及唐寺元塔、明清街市。在东南沿海如此汹涌澎湃的经济大潮中，你们竟然能够保留这么多的历史足迹，其间付出的辛劳非我所能想象。自然，其他与会的古城想必也都作出了各自的努力。那么，请在古城会上把我这一切都袒露出来吧，给那些正在肆意毁弃古街古建的城市树一面镜子，让那些无视历史文化价值的父母官们无地自容！

本年

美国著名汉学家金介甫撰文《中国文学（一九四九——一九九九）的英译本出版情况述评》①，谈及张贤亮的创作：

张贤亮的创作在性爱、试验和自我升华方面更引人注目。……他的短篇小说集《含羞草及其他》（*Mimoam and Other stories*）运用了传统现实主义手法，在《男人的一半是女人》（*Half a Man is Woman*）中，尝试了魔幻现实主义手法，进一步将监禁以及监禁导致的性无能作为中国人生活的象征。最后，在《习惯死亡》（*Getting Used to Dying*）中，运用了与世界普遍的现代主义有所不同的手法。这种手法明显从福克纳和昆德拉那里借鉴来的。该作品由玛沙·艾维丽翻译、编辑。张贤亮的这些主要作品表明，中国新时期小说完全与其他国家一样，是复杂并"属于我们时代的"。张贤亮创作了《我的菩提树》（又名《烦恼就是智慧》）（*Grass Soup*）。这是部独特的作品，其中插入了饥荒年代简单记下的监狱日记，还有大段大段的沉思，文体形式传统（采取中国古代史书中做批注的形式），在心理方面又很现代，作者说，他的看守们既折磨他，又喜欢他。他承认，他后来对他们心存感激。（金介甫著、查明建译：《中国文学（一九四九——一九九九）的英译本出版情况述评》，《当代作家评论》2006年第6期。有删节）

---

① 原文为齐邦媛、王德威编《二十世纪下半期中国文学评述》（*Chinese Literature in the Second Half of a Modern Century: A Critical Survey. Bloominton and Indianapolis:* Indiana University Press. 2000. ）的附录 "*A Bibliographic Survey of Publications on Chinese Literature in Translation from 1949–1999*"。中文节译本见金介甫著、查明建译：《中国文学（一九四九——一九九九）的英译本出版情况述评》，《当代作家评论》2006年第6期，第75页。

1月

1日，随笔《过好每一天》发表于《文汇报》。[1]

《未来世纪："不可说"——关于21世纪的展望》收入张锲主编、华文出版社出版的《未来100年大眺望——中国作家院士十人谈》。文章说：

> 今天来"眺望21世纪"，实际上包含许多希望的成分。对未来的"眺望"与其说是理论的思考或是占有大量数据的科学推论，不如说是主观想象估计的成分更多，至少就一个作家来说是这样。不过也值得一读：因为眺望者的主观中已经含有个人的理性常识，他是从他立足的全部知识出发放眼未来的，所以，"眺望"实际上是作者对目前社会状况的了解与评估；此时此刻、也只有此时此刻才是明天的历史条件，才是历史发展的必然性的基础。
>
> 同时，我认为，眺望未来世界和理解我们现在生存于其中的现实世界一样，思想，也许比"理论"更为重要。我们现在不缺乏"理论"，我们更需要有悟性的思想。（张锲：《未来100年大眺望——中国作家院士十人谈》，华文出版社2001年1月，第7页）

3月

12日，作客人民网"读书论坛"回答网友提问。谈到中国文学现状时认为，中国文学现在已进入一个很正常的状态，在20世纪70年代末80年代初，中国文学曾在中国社会中有着非常重要的作用，这并不正常。那正是中国人包括中国文学被压抑了20年之久的一次反弹。现在与其说中国文学目前进入了"盲区"，不如说因为中国作家都需要一个调整和适应的过程。谈到有些作家的浮躁问

---

[1] 后收入文汇报笔会编辑部编、文汇出版社2002年5月出版的《卧听风雨——2001笔会文粹》。

题时说，因为我们正处在一个浮躁的时期，为什么会浮躁，是因为社会转型期的震荡，这种震荡波及每一个人，于是我们都不由自主地浮躁起来了。谈到拒绝日货的问题时说："当时拒绝日货的那篇文章是在纪念反法西斯战争胜利 50 周年的背景下写的，出于有些人对历史的遗忘，发表了这篇激愤之辞，但是后来发现很难做到这一点。在经济全球化的背景下，用排斥某个国家的商品的做法，既是不可能，也是不可行的。我总是想强调那篇文章的后记里犹太人的一句寓言：'斧头被发明以后，森林害怕得发抖，神对森林说，只要你不给他提供柄，他便不能伤害你。'"谈起文人从商时说："从商不是我的主要目的，写作才是，我把从商当作与当代社会联系的一个重要手段。我觉得可以自豪的是自己除了写作以外还能够创办和经营企业，人所共知，'荒凉'是最难出卖的，连'荒凉'都可以卖出去，这表现了我的商业头脑和商业才能。'荒凉'必须有一定的文化艺术内涵，才能在市场上销售，所以我体会到文化艺术在知识经济社会中是一种非常重要的生产力。邓小平说科学技术是第一生产力，我认为，文化艺术是第二生产力。"[1]

邀在北京大学国际 MBA "大管理论坛"作演讲。

4 月

5 日，出席《朔方》编辑部在银川举办的"全区青年作家创作研讨会"并讲话。

散文《野鸟原音》入选金坚范、向前主编，重庆出版社出版的《日月潭情思》。

---

[1]《文学艺术是第二生产力　人民网读书论坛张贤亮访谈录》，人民网，http://book.peopledaily.com.cn/big5/paper15/16/class001500002/hwz118288.htm。

5月

《小说中国及其他》作为"跨世纪文丛"之一，由长江文艺出版社出版。除收录经济日报出版社、陕西旅游出版社1998年1月出版的《小说中国》全书外，另收录《"不可说"——对21世纪的眺望》《人与自然的关系是中国人永远面对的课题》《挽狂澜》《我怎样把"荒凉"推向市场》《"票证"的副作用》《"老照片"》《我为什么不买日本货及其后记》《跋：心灵在广阔的空间遨游——关于〈小说中国及其他〉的答问》（陈骏涛问）以及附录《张贤亮主要著作目录》。《跋》在回答"你，作为一个主要从事小说写作的中国作家，怎么会对中国的社会改革有这么强烈的参与意识？在文学越来越远离中心处于边缘的当今时代，你认为中国作家对社会改革都应当有这样的参与意识吗"时说：

"主要从事小说写作的中国作家"首先是一个中国人，这是毫无疑义的。我的职业是作家，但我又是一个中国公民。一个中国公民对中国社会改革有着"强烈的参与意识"，这并不奇怪，如果公民对社会改革漠不关心倒是不正常的。可是，不同职业、不同阶层和不同群体的人，对社会改革的"参与意识"会有程度的不同。……作家好像是一门比较特殊的职业，因为作家的心灵可以在更广阔的空间遨游，他们如果愿意的话，会毫不在乎个人的物质生活状况，可心游离于社会之外，只带一片干面包一瓶水就一头钻进象牙之塔。他们心灵的饱满（不是囊中饱满）和想象、幻想、意识活动的丰富性，完全能够抵消物质的匮乏。这使得作家超凡脱俗成为可能。他们甚至连什么盗版、什么知识产权都可以不管不顾，遑论其他。有人在物质生活中求得满足，有人在心灵生活中求得满足，作家可以是后者。各人的价值观念、人生追求不一样，即使是同一阶层同一群体的人也不会整齐划一，所以，同为作家也不会都一样的。有的作家对社会改革关心较多，有的作家关心程度较弱，这都很正常。我注意到，你提的是"参与意识"。关心，并不等于有参与意识。我认为，中国作家作为知识分子中的一类，是普遍关心社会改革的。到目前为止，我还没有发现一个毫不关心社会改革会对个人物质生活可能产生什么样影响的作家，这既是中国作家的悲剧也是中国作家的喜剧。但是，中国作家们对社会改革的"参与意识"，却深浅不一。

至于我，正如你说的，我的参与意识比较"强烈"。我想，任何一位作家如果经历过我的遭遇，都会和我有同样强烈的参与意识。……坦率地说，我并没有什么雄心大志，以为我参与了社会改革就会对社会有多少促进，我只不过是从人道精神出发而已。连人道主义也说不上，仅仅是人道精神罢了。如果我还算是个作家，这点精神总要有吧。我要请你相信，我并不是一个缺乏浪漫情怀的人，我年轻时是写诗的，今天我已过花甲，但仍然自信我情感的细腻、联想的丰富、对女性的神往和灵魂的张力，不逊于任何一位当代青年诗人。但当我一闻到花香同时便嗅到尸臭，一在纷纷细雨中散步便想起泥泞的崎岖，我怎能有"雨打梨花深闭门"、"今宵酒醒何处，杨柳岸晓风残月"的雅兴？忘记死者，我以为是我的罪孽。我已经《习惯死亡》了！

我决不相信中华民族是智力低下、道德堕落、野蛮强暴的民族；我反对任何从民族性国民性中来寻找那场悲剧的根源的企图。……我含着泪坚信中华民族是一个伟大的民族，有高度智慧的民族；想起我是这个民族的一员，我的自豪感就油然而生。

《小说中国》一书是我对社会体制改革有"强烈参与意识"的直接表现。然而我并不认为、更无权要求别的作家对社会体制改革都应当有强烈的参与意识。相反，在我参与意识很"强烈"，以致辗转难眠的时候，喜欢读的却是远离现实的散文小说，譬如金庸的武侠小说甚至"小女人散文"之类。你说今天"文学越来越远离中心处于边缘",说得很对。而这种现实确"来之不易"。文学本来就不应该像过去那样处于社会的中心,文学处于社会中心的时候就是文学或是国家处于危险状态的时候。如果中国当代文学作品全部是对现实社会改革有强烈参与意识的作家,那么,对中国、至少对中国文学,将是莫大的灾难。(张贤亮:《中国小说及其他》,长江文艺出版社 2001 年 5 月,第 340~343 页。有删节)

在回答"你今后还打算继续'政论性随笔'的写作吗?你显然也不会放弃小说创作,那么,你在小说创作方面有些什么计划可以向读者透露一二吗"时说:

如你所说,《小说中国及其他》是一本"政论性随笔"。就文体而言,"政论性随笔"是常见的,少见的是我写得这么长,好像有说不完的话。我觉得这种文体很好,好就好在它能让读者读政论能读下去。一般的政论文章没有随笔的自由及带有情感的水分,读者是会感觉枯燥的。我当然今后还会继续用这种文体写文章,坦率地说,我的话在《小说中国及其他》里还远远没有说完,意犹未尽。

说到"写评传"的话,感谢你对我的重视和抬举。我很少顾虑我活着时人们对我有什么看法,更不考虑死后人们会对我如何评价。我有两方书法闲章,一方是"抱膝山房","抱膝"者,袖手不管也;另一方是"随风而去"。我好也罢坏也罢,做了些事也罢碌碌无为也罢,最终我的肉体和灵魂都会"随风而去"的。老百姓常说的话没错,"人死如灯灭"。我不知你注意到没有,我还没有出版过分为好多卷的"全集""文集",虽然我也能够凑出那么多字数;我的书有的印得很差,我的盗版书也不少,另外,在中国作家中我大概算是挨批挨骂较多的一个,可是你发现过我和别人打过笔墨官司吗?并非我大度,实在是看得、经历得、感受得多了以后,虽还没悟透，也将任何事都看淡了。

我的电脑里存有好几部小说的未完稿，没事而有兴趣时常调出来打打。我已经完全有了"创作自由"，可以既不为别人而写也不为金钱或政治而写。写小说是我现在唯一的乐趣。对那些死者，我自以为已经尽了一个幸存者的义务。"我已经说了，我已经拯救了自己的灵魂！"我既从现在活着的人手中解脱了，也从幽灵那里解脱了。（张贤亮：《中国小说及其他》，长江文艺出版社 2001 年 5 月，第 350~351 页。有删节）

6 月

11—15 日，参加由中国作协、中国水利文协组织的小浪底采风活动。

8 月

出席由银川市委宣传部、《中国作家》杂志社、《朔方》编辑部、《黄河文学》编辑部联合主办的"西部文学创作暨长篇小说《马嵬驿》研讨会"。

2001 年 8 月，宁夏召开"长篇小说《马嵬坡》及西部文学研讨会"……张贤亮亲自给我打电话说……全国都说宁夏是大树底下不长草，我之所以亲自抓这次研讨，就是要证明张贤亮这棵大树底下不仅有草，而且也长树，宁夏正在形成良性的文学的生态群落……（陈德宏：《你"依旧潇洒"——点点滴滴忆张贤亮》，《钟山》2016 年第 5 期。有删节）

9 月

高嵩编《张贤亮小说精选》（第二版）作为"中国当代实力派

作家大系"丛书之一，由太白文艺出版社出版，收录小说《绿化树》
《习惯死亡》及附录《张贤亮作品系年》。

10 月

小说集《男人的一半是女人》作为"中国小说 50 强"丛书之一，
由春风文艺出版社出版，收录《男人的一半是女人》《习惯死亡》
及附录《张贤亮作品系年》。

12 月

18—21 日，参加中国作协第六次全国代表大会并当选中国作
家协会第六届主席团委员。

吃过饭，看过新闻，你到大厅转转，或偶尔有事外出路过大厅，
十有八九会看到他一支烟一杯咖啡，独享那份悠闲与孤独。当然，
此种状况一会儿就会改变，有时是三五个，有时是七八个作家聚拢
来，以张贤亮为中心进行交谈。我戏称这是"张贤亮文学沙龙"。……

张贤亮魅力何在？何以能够高朋满座，谈笑风生呢？……

其一，是他的大方与大器。只要他朝那儿一坐，不管后续来多
少人，他都跟服务生交待，他们喝咖啡、喝茶自便，统统记在我的
账上，最后我来买单。

其二，是他独特的人生阅历、识见与睿智，有很强的吸引力。
我们常说开卷有益，其实与阅历丰富而又有识见睿智的人接触、交
谈则更有益，所以才有"与君一席谈胜读十年书"之说。

当国人中的大多数对"抓主要矛盾"、"牵牛鼻子"笃信不疑
之时，他率先提出"细节决定成败"，引领此话语新潮流，我亲耳
听王蒙称赞，贤亮的说法，很有道理。

有一次张贤亮对我说，前不久他接受了日本共同社记者采访，

一时间纷纷扰扰，传闻很多，不知道张贤亮胡说八道了些什么！上级有关方面很紧张，又是调记录，又是听录音，结果发现，关键是谈政治体制改革的两句话："中国的问题，不是改变体制，而是体制的改变。"乍听，以为张贤亮在玩文字游戏。其实不然，词序的颠倒，不仅大有学问，而且大有深意。前者何意不言自明，后者显然是指改革开放——如今中国的一切成就，不都是改革开放的硕果吗？今后的国家进步，不仍需改革开放吗？张贤亮进一步解释说，有人总想把我打成"持不同政见者"，怎么可能呢？我是执政党——共产党的一员，我是改革开放的支持者、亲历者、参与者、受益者。我今天过的什么日子，我的前辈们——"资本家"过的什么日子！两相比较，他们差远了！……

改革，是与张贤亮接触中交谈最多的话题，似乎远远超过了对于文学及文学创作的探讨。他说，我们党由革命党转变为执政党，有许多经验要总结，有许多教训要吸取；无论是总结经验，还是吸取教训，都需要改革及改革精神，因此改革只有进行式，没有完成式……我张贤亮有时被某些人误解、曲解，甚至被视为"另类"，无非是我醒得早一点，走得快一点，想得深一点，远一点……

言谈之间，体现了张贤亮对改革开放的高度认同，同时，能以自己的创造才能在改革中得到充分的施展舞台与空间而感到骄傲与自豪！

作代会最后一天的重头戏是闭幕及闭幕之前的选举。我有幸被选为大会选举的若干监票人之一。……

当我在选举结果的书面报告上签完字，走下主席台时……还遇到了张贤亮，他约我散会后到前厅喝咖啡。

当我来到前厅的茶座时，以张贤亮为中心，已有陆文夫、邓友梅、李国文等五六个人围坐在那里了。

张贤亮招呼我坐好，等服务生送来了咖啡，笑着说：你这个监票人接触人多，消息灵通，说说代表们对大会有何反应。

对张贤亮的话，我一时摸不着头脑，只好用开玩笑的口吻说：大会圆满成功！反应很强烈亦很热烈啊，都在每天好多期的简报里啦！

张贤亮说，简报里说的都是官话——官话让当官的说去吧，我们说说私下的反应。

张贤亮的提示，真的让我想起了一件"私下的反应"——王蒙对巴老开幕词的议论——不是针对巴老，此时的巴老，年老体衰多病已不能与会了，针对的是巴老开幕词的撰稿人张同吾。……

张贤亮问：张同吾知道王蒙的议论吗？

我说：王蒙的话，当天我就告诉张同吾了，他大呼冤枉。他说，天地良心，我为巴老起草的开幕词，都是从巴老的文章及历来的讲话中选出来的，每句话都有来历，每个字都有出处。怎么变成现在的样子，我一点都不知道。张同吾还说，别人有此议论还好理解，王蒙不应该，他是我老师啊……

张贤亮呵呵地笑了起来。他说，这看法我们大家都有，只是不知道巴老的开幕词出自张同吾的手笔。还说，自古以来，我国的官方与民间就是两套话语系统，官讲官话，民讲民话，这很正常……对于这次换届选举，我也有看法！

此时我才醒悟，张贤亮启发我讲"私下反应"，原来是"引言"，目的是过渡到他的"私下反应"。果然，贤亮看了看因超龄刚刚卸任副主席的陆文夫、邓友梅，提高声音说道：文夫、友梅二位老兄，你们说一说，我和国文应不应该选个副主席？堂堂中国作家协会，没有几个重量级的作家当选，算什么中国作家协会？……陆文夫、邓友梅二位连说应该，应该！贤亮接着说，把一些40多岁的年轻人扶上去，那个凳子一坐二十多年，有那个必要吗？……

喝了阵子咖啡，大家起身到餐厅就餐。此时的餐厅人还不太多，我们七八个人占领了一张餐桌，分别将文件包放在凳子上或餐桌上，而贤亮另外还用帽子占了个座，大家各自去取饭菜。可能是张贤亮食不厌精，过于挑剔，也可能是他熟人太多，不断有人与他打招呼，等大伙各就各位时，他却迟迟未归。这天是大会闭幕，就餐的人特别多，餐位有些紧张，不断有人端着餐盘过来，看看两个有主的空位，悻悻地转身而去。不一会，王蒙端着餐盘过来，大家同他打招呼，却不让座，他有些奇怪，看着两个空位问：这是谁占的？邓友梅说，是贤亮。王蒙把餐盘放下，拿起帽子狠狠地摔到另一只凳子的文件包上，说，老子今天就坐这儿啦！大家哄堂大笑。笑声刚落，张贤亮端着餐盘站在了王蒙身后，瞪大眼睛作诧异状……大家又笑了起来，王蒙头也没回，但已感觉到了身后的状况，于是大声说道：我知道，这是某人为美女作家占的，我坐了，有人肯定不高兴！哈哈……不高兴就让他不高兴去吧……

贤亮落座，大伙边吃，边笑，边谈，进入了餐桌话题。

张贤亮说：王蒙，你是当过部长的人，你说这当官的诀窍是什么？

王蒙不吭声。王蒙初当部长时，有人问王蒙当"部长的滋味"，王蒙答以七个字：受尊敬，说话算数。如今不同，张贤亮的问题犹如赵本山的小品，"一根筋"回答肯定错，他会"两头堵"。所以，张贤亮再三催问，王蒙只是低头吃饭，就是不予回答。

无奈，贤亮只好自揭谜底：我告诉你吧，当官的诀窍在于说"不"！然后他解释说，在众声诺诺的官场，你敢于说"不"，你就是羊群里的骆驼，与众不同。你敢于同领导说"不"，领导对你会另眼相看，力避对你居高临下，颐指气使，因为他怕落下"以其

昏昏，使人昭昭"的恶名。对部下说"不"，可以树立威严、威信、

威望，令其不敢糊弄你……当然，前提是你说"不"要说得有道理，有水平……

大伙对贤亮的观点，岂止是赞同，简直是佩服，甚至是折服了，连王蒙都说有道理。

受到认同与赞扬的鼓舞，张贤亮似乎亢奋了起来，谈锋犀利，妙语连珠……张贤亮专注地笑嘻嘻地看着王蒙声调怪怪地说：请问王蒙先生，你害过"官场综合征"吗？

王蒙说，没有！绝对没有！

贤亮问，为什么？

王蒙说，这个部长我压根就不愿当，但我的意见不起作用。……找我谈话，要我服从组织安排。我说，作为党员，组织决定我服从，但我有个条件，只干三年，三年后请组织物色更合适的人选……刚好三年下台，既不是年龄过杠退休，也不是"被辞职"，哪有什么"官场综合征"？再说了，在当部长期间，我始终没忘写作的老本行，发了不少作品，你们没看见吗？……

王蒙的上台与下台，在文坛及社会上有许多传闻，有许多"版本"，如今听王蒙的"正版"自述，还是颇感新鲜，大家都听得津津有味。陆文夫连说，这就好，这就好！你当部长期间写的作品，我都读了，还是满新鲜、满新潮的……

接着，是贤亮那标志性的呵呵呵的笑声……（陈德宏：《你"依旧潇洒"——点点滴滴忆张贤亮》，《钟山》2016年第5期。有删节）

本年

为主编的"西北三棵树"丛书（陈继明小说集《比飞翔更轻》、石舒清小说集《暗处的力量》、金瓯小说集《鸡蛋的眼泪》，花山

文艺出版社 2001 年 4 月出版）作序：

东西部的差距在经济上是很大的，可是，有一样东西是没有差距的，就是"文化"。中国的重心曾经就在西部，在西部有数千年的文化积淀，有非常丰厚的历史积累，所以，西部的文化底蕴远远大于东部。而且近现代文学中的老一辈作家以及中、青年作家的实力绝不弱于东部。陈继明、石舒清、金瓯这三位青年作家的创作水准，是值得全国文坛瞩目的。他们生活在宁夏，他们的作品中所表现出的焦虑、烦恼、痛苦、压抑，不仅是宁夏和西部的，也是整个中国的，甚至全人类的。不管他们是否曾经刻意追求过"现代"，但是，凭着他们身为作家的天然敏感，他们在小小的宁夏，甚至在小小的山村，一定感受到了现代气息与周围人文生态环境的矛盾，也一定感受到了西部自然生态环境和人文环境的脆弱，这些因素在他们的作品中都有所反映、有所表现。……这三个作家从小而言是宁夏的，总而言之是西部的，扩大而言是中国的世界的。像约翰·契弗，他总是写纽约近郊的一个小镇，乔伊斯总是写都柏林，福克纳一生的写作都局限于"邮票一样大"的一个地方，而我们从来不说契弗是纽约作家，乔伊斯是都柏林作家，福克纳是乡村作家。真正意义上的作家都是全球化的，虽然他们往往都立足于"本土体验"。

说到"个人化"和"个性化"——我从来都认为文学是个人化的和个性化的。现在，我们为什么极力提倡个人化和个性化？是因为我们在很长一段时间内是否定个人化个性化的，"三棵树"所属的青年作家群对个性的张扬，实际上是个人化个性化的否定之否定。……

李敬泽把这三位青年作家称作"三棵树"，我感到很恰当，这是个"发明"。宁夏有个地名叫"一棵树"，一棵树能成为一个地名，可见那个地方的荒凉。三位作家在那么干旱荒凉的地方孜孜不倦地写作，对文学有这么深的追求，这种精神是可贵的。我相信，在宁夏、在西部，将来肯定会有更多的树长出来，满目青山的宁夏和西部将会展现在大家面前。（张贤亮：《序》，见陈继明著《比飞翔更轻》，花山文艺出版社 2001 年 4 月，第 1~3 页。有删节）

◀ **2001年**

65 岁

本年

越南文版《绿化树》（陈庭宪译）由胡志明市文艺出版社出版。

2002 年 ▶

66 岁

1 月

《庆祝与希望》发表于《朔方》第 1 期。

《我怎样把"黄河水"卖出去——用文化进行商品创新》发表于《新西部》第 1 期。

《以人文的名义书写财富》发表于《中国商界》第 1 期。

《从"发现"镇北堡到"出卖荒凉"》《感觉西部入世》发表于《中国民族》第 1 期。

2 月

《灵与肉》入选钱理群主编、浙江文艺出版社出版的《20 世纪中国小说读本》。

3 月

《环保意识：现代人的主要标志》发表于《新西部》第 3 期。《国际接轨第一功》发表于《水文化》第 3 期。

5 月

10 日，出席宁夏回族自治区党委宣传部、宁夏文联、《中国作家》杂志社、《人民文学》杂志社、《朔方》编辑部在北京联合举办的"宁夏青年作家小说研讨会"并讲话。

《与时俱进的举措》发表于《新民周刊》第 17 期。

随笔《过好每一天》入选文汇报笔会编辑部编、文汇出版社出版的《卧听风雨：2001 笔会文粹》。

8 月

《给中国西部"把脉"》发表于《新西部》第 8 期。

9月

12 日，出席宁夏回族自治区党委宣传部、宁夏文联、《朔方》编辑部在银川联合举办的"新三棵树——季栋梁、漠月、张学东作品研讨会"。

作家出版社出版《张贤亮作品精粹》7 册：《绿化树》《男人的一半是女人》《习惯死亡》《青春期》《我的菩提树》《中短篇小说集》《散文集》。

11 月

《张贤亮的诗文》（《大风歌》《今日再说〈大风歌〉》）重刊、发表于《诗刊》第 11 期。

演讲《荒凉的一半是财富》收入陕西电视台《开坛》栏目组编、中国青年出版社出版的《开坛——文化名人纵横谈》。

2003 年 ▶

67 岁

3 月

6 日,中新社电《张贤亮:〈英雄〉是中国文化产业化的成功首例》(记者孙璐):

全国政协委员张贤亮今天在参加政协会议分组讨论中明确表示,中国的文化需要产业化,而不久前热映的影片《英雄》正是中国文化产业化的成功首例。

张贤亮说,在中国过去的数十年里,文化几乎一直是被政府所"包办"的领域,文化产业能够依靠民间的力量发生发展,中国的普通百姓能有真正意义上的文化消费,不过是这几年来的事。文化艺术亟须走出深闺,大量地吸收民间资本和社会力量,并将其推向前台,在得到观众的认可中实现自己的价值。

散文《流放银川》发表于《华夏人文地理》第 3 期。

6 月

随笔《请用现代汉语及现代方式批判我》发表于《新大陆》第 5~6 期合刊。

7 月

《非"非典"的感悟》发表于《江苏经济》第 7 期。

8 月

《灵与肉》入选雷达主编、长江文艺出版社出版的《百年百篇经典短篇小说（1901—2000）》。

9 月

散文《故乡行》发表于《人民文学》第 9 期。

11 月

《经得住研讨的人》[1]发表于《文学自由谈》第 6 期：

我们这一代人活得不易，过得不易。我觉得我们这一代是理想主义者，当然我不是一个理想主义者，是多少还有点理想的一个人。但是我们能够迁就现实，也能够适应现实。有的时候我们必须这样逼自己，而有的时候我们又必须拔高自己来适应这样的一个现实，以适应来求生存、求发展。王蒙在这一点上是我们的表率，而且王蒙能从任何阴暗的地方看出光明来，能从任何看起来非常悲观的地方看出一个积极的、乐观的因素来。这也是他的一个特点。

王蒙现在已经达到绝对自由的状态。绝对自由就是说他很清楚自己的局限性，他很清楚现在的热闹只是现在的场面，而他并不想突破这种局限性，这是不可逃避的局限性。这就是一个智者，一个高人。

12 月

《当政协委员真好》发表于《中国政协》第 12 期。

本年

僧伽罗文版《男人的一半是女人》由斯里兰卡努格戈达皮亚西里出版公司出版。[2]

---

[1] 这是张贤亮在中国海洋大学主办、9 月 24 日在青岛开幕的"王蒙文学创作 50 周年国际学术研讨会"上的发言。王蒙夫人崔瑞芳（笔名方蕤）回忆："2003 年 9 月，在青岛的中国海洋大学，组织召开了王蒙文学创作 50 周年的国际研讨会。会上，曾在中国作协担任领导工作，做事谨慎小心的张锲先生发言说'王蒙是一位没有绯闻的名人。'顿时全场活跃起来。……据说我们的朋友张贤亮在会下表示：'作家怎么能没有绯闻呢？没有绯闻怎么能够成为一个作家呢？'……但是在大会发言的时候，善于思辨和辞令的张贤亮改变了说法。他说：'有人说王蒙是没有绯闻的。他当然不需要绯闻了，他已经得到了世界上最好的女性，足以涵盖一切的女性。如果一个男作家被女性所冷淡，所拒绝，所欺骗，再没有一点点绯闻，怎么行呢？'……他还没有讲完，众人已经开怀大笑，尤其是在台下第一排听发言的王蒙，笑得前仰后合，几乎出溜到地上。"方蕤：《凡生琐记：我与先生王蒙》，长江文艺出版社 2008 年 10 月，第 145 页。
[2] 译者不详。

2004 年 ▶

68 岁

1 月

16 日，评论《我看到了一种少有的气度》发表于《工人日报》，《光明日报》2 月 3 日转载。

29 日，《拓宽成才之路》发表于《人民日报》《议政与建言周刊》。

3 月

作客央视《艺术人生》，26 日播出。

4 月

散文《羊杂碎》入选人民文学出版社出版的《中华散文百人百篇》。

5 月

《绿化树》入选中国社会科学院文学研究所现代文学研究室、当代文学研究室选编，人民文学出版社出版的《中华中篇小说百年精华（下）》。

《绿化树》入选谢冕等主编、北京十月文艺出版社出版的《十月典藏品·黄卷·中篇小说》。

6 月

《绿化树》（节选）入选人民教育出版社中学语文室编著、人民教育出版社出版的《全日制普通高级中学（必修）·语文读本·第三册》。

7 月

《沙叶新、张贤亮等致丁玲信》刊登于《清华大学学报（哲学社会科学版）》第 4 期。

10 月

26—28 日，应邀参加在北京举办的"中国文化产业论坛"并被评为"2004 年度中国文化产业十大杰出人物"。

本年

法文版《男人的一半是女人》（洛伊·米歇尔、杨元亮译）由巴黎贝尔丰出版社再版。

法文版《习惯死亡》（洛伊·米歇尔、杨元亮译）由巴黎贝尔丰出版社出版。

越南文版《绿化树》（陈庭宪译）由河内妇女出版社出版。

越南文版《男人的一半是女人》（潘文阁、郑忠孝译）由河内作家协会出版社出版。

1 月

散文《美丽》发表于《收获》第 1 期，《散文选刊》同年第 4 期转载。

《访英问答》收入沈苇、武红编，新疆青少年出版社出版的《中国作家访谈录》。

《三月风》第 1 期刊登实习记者何光涛访谈文章《城堡中的张贤亮：我只是个丐帮头儿》。

2 月

2 日，《南方周末》刊登记者张英、万国花访谈文章《我的人生就是一部厚重的小说》。

记者：办企业以后，你写的小说越来越少了，距离上一部长篇小说《青春期》，你已经有 6 年没有长篇小说了。

张贤亮：我已经写好了一部关于五代人的家族史的长篇小说，一直放着反复在改。说实话，我挺担心以前的那些读者会对我有过高的期望值，这部小说发表出版会让他们失望，因为现在的读者的趣味已经被电影、电视剧改变了，他们能够安静地坐下来看一部和现实无关的小说吗？现在的文学评论也有问题，不够宽容，评论家不读小说，不关心小说的思想、主题，随便翻翻可以写一大篇评论来，另外一种就是骂派批评，动不动就语出惊人，抱着找不是的态度写文章，还有人身攻击，太极端了。所以我不急于发表作品。

中国文学后起的一代，比我们年轻的，他们已经创作出非常好的作品。要想对自己超越，要想在文坛上继续引起关注，对我来说是一个挑战。

一个作家没有发表东西，不代表着他不再写作。现在写东西，时间不是问题，自我挑战才是最大的问题，《亚洲周刊》评选 20

世纪 100 位优秀作家有我一个，100 本优秀小说也有我的作品。我经历了那么多的沧桑，所以我写小说不再对故事、情节感兴趣，而是对人的命运、对人的生命现象感兴趣，而这个东西是适合写哲学论文的，很难把它写成小说，我的困难就在这个地方。我现在要超越这些作品有困难。

记者：能谈谈这个长篇小说吗？

张贤亮：我的小说，万变不离其宗。我一直在想，我们总在提社会进步、人类进步。而一个人的灵魂，就是一个基因，穿行在五代人的肉体上，不管时代、环境怎么变化，它的内在其实是没有变化的，人与人的关系，在社会里的沉浮，他的行为、个性、性格、为人处世是没有什么变化的。

在这个思考的背后，我讲述的是一个时间跨度 100 多年的家族五代人的故事。活到这个年纪，经历过这么多的事情，写这种东西比较适合，对生活命运都有了一些体验。在小说里我一直在关注着这个变化中的社会，关心着人的命运。

我相信命运，我的命运决定了我能写出什么样的东西，写到什么程度。另外我认为，伟大的作品通常需要时间。10 年过去了，与我同时在文坛上竞技的同辈人也没有看到他们写出伟大的作品。

记者：你在 2005 年 1 期《收获》专栏《亲历历史》中发表的《美丽》，又是讲述一个"文革"（"文化大革命"——引者）的故事，过去了那么多年，你为什么一直在讲述这个主题？

张贤亮：这可能是我一辈子的主题，因为这就是我的命运，无论是此前的《绿化树》、《男人的一半是女人》、《习惯死亡》、《我的菩提树》等，还是《青春期》，都笼罩和纠缠在这样的记忆中。

虽然从政治角度来看"文革"（"文化大革命"——引者）结束了，但是在文化上、民族心态上这样的阴影并没有消除，我们没有来得及对这场革命给人心灵造成的伤害、摧残进行清理，甚至，我们都忘记了这沉重的一页，我们经历的一切被遗忘了。

米兰·昆德拉说过，记忆与遗忘的斗争，就是真理与强权的斗争。我写作完全是出于对社会的责任感，我把那 22 年的艰难岁月，和那时中华民族经济接近于崩溃边缘的状态，在小说里表现出来，为的就是不让那段岁月再重演。我们经历过什么，我们走过什么样的路。从我个人的角度来说，在那十几年里，有我的青春和生命最宝贵部分，它影响我一生，也影响到我的家庭，千千万万的中国人，我怎么可能忘记这些经历呢？如果有人读我的作品，对那段历史有所认识，那我将非常高兴。因为这正是作家的使命。

记者：你不仅出版了长篇政论随笔集《小说中国》，我还记得你那篇引起强烈反响的《我为什么不买日货》，对你这样一代人来说，相比文学来说，社会和政治好像一直是你们感兴趣的对象。

张贤亮：那篇文章是在纪念反法西斯战争胜利 50 周年的背景下写的，我写这篇文章也是有感于现在的人对历史的遗忘，我在文章里发表了这样激愤之辞，但是后来我发现很难做到这一点。现在在这个经济全球化的背景之下，用排斥某个国家的商品的做法，既是不可能的，也是不可行的。不过我总是想强调我那篇文章的后记里的犹太人的一句寓言："斧头被发明以后，森林害怕得发抖。神对森林说：只要你不给他提供柄，他便不能伤害你。"因为成长的环境和历史、文化原因，我们这一代人，不管你愿意不愿意，社会和政治都会影响到你，然后它成为你生命里的一部分。

中国文学现在已进入一个很正常的状态，在 20 世纪 70 年代末 80 年代初，中国文学曾在中国社会中占着非常重要的作用，那是因为中国人包括中国文学被压抑了 20 年之久的一次反弹，聪明人都在搞文学。那时候中国文学担当了一个思想解放的作用。我很有幸地成为这个先锋队中的一员。后来社会出现了其他机会，他们就去忙别的去了，我们现在说文学进入了边缘化，不如说中国作家都需要这样一个调整和适应的过程。

3 月

1 日，寄语人民网网友：

要想在市场上实现个人的最大利益，必须把别人的需要放在第一位，所以市场经济本质上是为人民服务的经济。（《张贤亮委员寄语人民网网友》，人民网，http://www.sina.com.cn）

4 日，在做客新华网"两会直播间"时说："任何一个国家、任何一个社会的终极目标都是要求和谐，这是世界各个国家共同的理想，我们国家这么广阔的土地、这么多的人口、这么多的民族，尤其现在又分了这么多的阶层，我们必须要在多民族、多人口、多阶层相互之间要和谐，这是非常必要的。""这一代的作家要'仁者爱人'，所谓和谐社会，皇帝都说人和人之间的关系要调节好，作家至少是仁者，希望人人互相关爱，这个是义不容辞的。"①

9 日，《南方日报》刊登报道《著名作家张贤亮委员：放开文化产业发展职业教育》：

张贤亮委员一向关注民生事务，这位《男人的一半是女人》的作者，这位经历了不同时代无数风风雨雨的老人，在本届两会上除了抛出自己准备多时的民生提案，还发表了对文化发展以及和谐社会的独到见解。

---

① 《全国政协委员张贤亮做客新华网两会直播间》，http://news.sohu.com/20050304/n224545698.shtml。

如何发展文化？放开！

"文化发展要放开，文化产业也要放开，这是惟一的办法。"张贤亮认为，文化在社会发展过程中要担当相当重的任务，文化产品是为了满足人们的精神需求，在中国当前文化产业刚刚起步的时刻，要加快文化及其产业的发展，必须解放作家等文化工作者的思想，让其创造性得到最好的发挥。

技术型劳动者：社会稀缺

一向认为"作家是社会边缘群体"的张贤亮谈道："文化产业是个性化、创造性最明显的一个产业，它能够非常快地将创意转化为商品和利润，其中间环节非常少。在这样的产业特征下，必须给作家等文化工作者最大的发挥空间，让其创造力得到完美的展现。"

……

"何谓和谐？"拆字有妙解

"何谓和谐？"在接受记者采访时，张贤亮抛出妙解："所谓和谐，和，是'禾'字旁一个'口'字，意味着人人都有饭吃。'谐'是'言'字旁边一个'皆'字，代表人人都可以说话。这两点是和谐最基本的条件。"仅仅这样就和谐了？非也！"要达到理想的和谐社会，是一个非常庞大的工程，不是靠哪一个部门的努力就能做到的。在我看来，和谐社会还有最重要的一点就是要建立完善的法治社会，政府依法执政，百姓知法守法，都要运用法律来保护自己的合法权益。"

张贤亮认为，市场经济基本的特点就是要实现商品的自由流通，但现在还存在很多没有自由流通的现象，如地方保护主义等，归根到底就在于没有按照法律和市场规律办事。因此，"法制基础上的市场经济"是在社会发展到今天所必须达到的阶段，也是和谐社会的前提。（徐林、方正、王晖辉：《著名作家张贤亮委员：放开文化产业发展职业教育》，《南方日报》2005年3月9日。有删节）

13日，《光明日报》刊登记者陆健、罗旭、蔺玉红访谈文章《文化体制改革敲响市场大门》：

我认为，文化产业将是我国一个新的经济支柱。……

当然，时至今日还有些人对文化进入市场有很大顾虑，认为文化产品有意识形态的性质，而市场是以消费者为主，消费引导生产，可能会导致文化产品的精神导向作用发生偏离。我倒是认为，没有市场的选择，我们就很难鉴别哪些东西是群众所需要、确应由市场调节的，哪些则不宜进入市场要由国家给予保证。文化艺术亟须走出深闺，大量地吸收民间资本和社会力量，并将其推向前台，在得到群众的认可中实现自己的价值。

当然，要防止由于走向市场而造成文化的低俗化，但这个问题也要通过改革和发展来解决，而不是封闭和停滞所能奏效的。要坚信我们的意识形态越是面向群众就越会被群众理解和接受，越是面向实际就越能显示它的生命力。（陆健、罗旭、蔺玉红：《文化体制改革敲响市场大门》，《光明日报》2005年3月13日。有删节）

31日，《促进文化繁荣发展的有效战略》发表于《宁夏日报》。文章说：

目前，文化体制改革正在紧锣密鼓地进行。而要发展壮大文化产业，就必须高度重视民营经济的作用。只有充分调动起民营经济发展文化产业的积极性，才能形成千军万马大办文化的形势。

文化产业其实是一种个人心智的产业。在"知识经济"的范畴内，文化创造与科学技术有所不同。在很大程度上，它不像科学技术那样要依赖集体的力量和较完善、较现代化的设备，它的生产过程是个人的创作过程，文化产品同时是创作者、策划者的作品，不像科技研发那样必须遵循一条循序渐进的科学规律。优秀的文化产品几乎全靠个人天赋、才智以至灵感的发挥，所以我们可以看到许多文化产品（作品）带有先验性和超前性，再加上文化产品又有与其他所有工农业产品不同的特殊性质：一、很多文化产品是非物质性的，它并不是为了满足人们使用上的需要，而是为了满足人们心理和精神上的需要；二、具有不能批量生产的唯一性和独特性；三、因此很多文化产品有其不可替代性，不像科技产品那样必须经常更新换代，尽管"江山代有才人出，各领风骚三五年"，不论后来同类的文化产品如何丰富多样甚至优越，早先的"这一个"永远是"这一个"；四、很多文化产品的价值不仅有超越时空的广泛认同和保值性，而且随着时间的推移会越来越增值；五、文化产品之所以冠以"文化"，就是因为它能集中反映那个国家、那个社会历史发展阶段的生产方式、生活方式、时代要求、集体意识和科技发展水平，这些构成一种人的生存状态。这种生存状态又只能通过有创新能力的人的心灵将其表现出来，所以优秀的文化产品都具有独创性；六、因而文化产品就有着非常深刻的个人印记，几乎每一件文化产品都与创作或策划它的人有密不可分的关系。创作或策划它的人的个人素养、气质、风格、格调、属于他个人的创作方式等等，会形成一种创作者策划者的个人魅力，最后成为他被社会所承认的个人品牌，仅仅他的名字就会产生价值，其价值进入市场就会形成高低不等的价格等。所以，文化产业中最主要的生产要素是生产者策划者个人。这是一种完全个人化、人性化的产业，是一种"资金投入少，脑筋投入多"的产业，这个"人"，不同于科技专利类的知识产权那样可以在产前被量化。

因此，发展文化产业不仅仅要以民间经营为主，在民间经营中还应强调创作者策划者的个人所有权。具体说，在各种生产要素构成的文化产业的经济实体中，如果是以股份制形式设立的，那么，创作者、策划者就应该占有能让创作者、策划者拥有主导地位的股权。只有这样，才能完全发挥个人的创造性和创新能力，解放文化产业的生产力。可以设想，这种产业如果全由政府经营，不但容易陷入其他部类的国营企业的通病，并且难以发挥产业主体——创作者策划者个人的智慧及创新能力。因而，文化事业这一块由政府为主兴办管理，文化产业这一块由民间为主兴办经营，二者相辅相成，互相配合，相互促进，才是行之有效地促使我国文化繁荣的战略。

4 月

散文《抚掌之交》发表于《时代文学》第 4 期。

5 月

《新周刊》第 15 期刊登夏楠访谈文章《张贤亮：我什么时代都怀念》。

《新周刊》：25 年前你被平反，随后又加入中国作协，当时有什么理想？当年你最喜欢的书是什么？最欣赏的人是谁？

张贤亮：就是非常多的话要说，想把积压了 20 多年的生活体验、想法都统统倒出来。《习惯死亡》是我个人最满意的作品。当然我也买了《百年孤独》《追忆似水年华》《尤利西斯》，可是每本书我都没有看下 20 行。当时欣赏的人是英文教材 *Follow Me* 当中的那个外国老师，在电视上会定期播放。那时还喜欢看电视剧《大西洋海底来的人》。

《新周刊》：请描述你记忆中的 20 世纪 80 年代，最为怀念的人？你们一拨成名的作家还有王蒙、陆文夫、蒋子龙、冯骥才、铁凝、王安忆等人，对80年代有什么特别贡献或价值？

张贤亮：这就像爱过一个人，即使时过境迁，那个人对你的影响也是深刻的。那是充满着希望、激情、憧憬的年代，未来有多种可能性。80年代给我印象最深的是胡耀邦。在80年代，广大读者把中国作家当成是思想代言人，一触及到敏感小说就洛阳纸贵，对思想解放有莫大的推动，这跟80年代作家写出那些作品分不开。我们没有达到一定深度，但是很多社会问题和历史问题是从文学中反映出来的。

《新周刊》：你认为80年代的作家跟今天的有什么不同？

张贤亮：80年代的作家的社会责任感比较强，所写的也是一个群体，也一定都有真实的社会基础。就是文以载道，以天下为己任。和90年代后的作家对比，现在的作家写个人感受多一些。但在艺术性上，80年代的确是比现在的作者要弱，如果说我们那时的表述是直白的，那么现在就更讲究技巧。

《新周刊》：那个时代的人最怕什么？你当时最怕什么？

张贤亮：最怕"反复"。我们不是充满了很多美好的愿望吗？改革开放越深入的话就越艰难，因为另外一边的声音也很强，也有疑惑，但是我们不能走回头路，这也是当时整个80年代的作家心态。

《新周刊》：你在今天忙的事情，符合你在80年代对自己的期待吗？

张贤亮：自己在90年代以后写东西少了，主要是90年代文学边缘化了。很多电影、电视、网络这些都将读者分流了，他们也不需要作家为他思考了，他自己也可以思考。觉得现在的文学就是"熊市"。

《新周刊》：从你个人的体会讲，是否觉得现在与80年代有着很大差别？觉得这种差别是什么？

张贤亮：第一个，社会上表现的积弊越来越多，使人困惑。第二个，主流意识形态还没搞清楚。现在有人认为很多社会问题是因为改革开放带来的，事实上根本不是……有很多人认为今不如昔，这其实对我们的改革开放非常不利的。

《新周刊》：你会怀念那个时代吗？

张贤亮：会。什么时代都怀念，即使我那段劳改的日子，今天打的馒头比别人大点儿，捡了一个烟头，就会很幸福！现在别人说我是"作家首富"却没感觉到半点幸福。另外一个就是年轻。凡是我年轻时候遇到的事情都值得我怀念。苦难会让美的东西的闪光点，超过美本身。现在呢，会审美疲劳。

《新周刊》：你觉得自己能够适应现在这个时代吗？

张贤亮：玩得非常好。我当年在牢里读三册马克思，一直觉得对未来的共产主义根本没有描绘，但是都提到一点把谋生的需要变成享乐，就是"劳动娱乐化"，这个很重要。所以想过共产主义并不难，只要从事让你高兴让你快乐的事情就好了。我也确信我是中国最大的一个玩家。

《新周刊》：想对现在 80 年代生人说点什么？

张贤亮：哦！我的思想是比年轻人还超前的，我跟身边的这群人也很聊得来。但是要是作为教导者什么的，那就别——中山大学、武汉大学跟我约了好几次去演讲，要知道一上去，几百上千人听我一个人讲，不好玩了。（夏楠：《张贤亮：我什么时代都怀念》，《新周刊》2005 年第 15 期。有删节）

6 月

9 日，《文化是第二生产力》发表于《宁夏日报》。文章说：

我认为，文化是第二生产力。我们过去没有充分认识文化也是一种强大的生产力，忽视了文化在经济领域的创造性。因此，在经济体制改革的同时，文化体制的改革并未跟进，致使我国文化产业的发展大大落后于整体经济的发展。……目前我国文化产业的产值还不到国民生产总值的三个百分点，这与决决五千年历史的文化古国的地位，极不相称。因文化产业的落后，也使作为社会共享资源的文化事业发展滞后。……面对经济的飞速发展、人民生活水平的不断提高，不能满足社会和人民群众的需求。众所周知，经过 20 多年的改革开放，特别是近十几年的努力，我国成为一个经济大国已指日可待，但因文化建设的落后，我们即使到了能称为经济大国那天，这个大国也是一个"跛足"的大国。这是一个极为严重的问题。（张贤亮：《文化是第二生产力》，《宁夏日报》2005 年 6 月 9 日。有删节）

28 日，在西安参加陕西省举办的纪念司马迁诞辰 2000 周年大型电视直播活动《风追司马》。

29 日，参加陈忠实创办的白鹿书院成立庆典并在书院"白鹿论坛"作题为《民族文化再造的思考》的演讲：

白鹿书院的卖点即重点是推广传统文化。5 月 28 日陕西省隆重举行的纪念司马迁诞辰 2000 周年大型的电视直播活动"风追司马"，我来了，这次白鹿书院成立我也来参加，为什么两次都来呢？因为考虑文化问题。但究竟什么是文化？可以说我们的兵马俑、秦陵是，从羊肉泡馍到葫芦头也都是文化。现在文化特别泛滥，文化是个筐，什么都往里面装，酒文化、食文化、茶文化等等。那么究竟什么是文化，文化对我们有多么重要？我不是学者类型的人，是个在实践中探索、自我思考的人，学习、看书只是作为我的一个参考。我得出的文化是一个时代的生活方式和生产方式产生的一种思维方式。

文化对民族很重要。文化是一个民族的DNA，一个民族的基因。……我们中华民族的DNA原来非常健康，具有活力和再生能力……但后来在19世纪末，由于国势衰弱，外族入侵，不断地赔款、割地，我们才发现我们的文化有问题，于是要求变异。但这个变异非常糟糕的是和政治形势和权力搅和在一起，因而变异没有成功。于是我们的DNA文化基因就非常脆弱，易受到外来病毒的感染，即外部人文生态环境、自然生态环境的侵袭扭曲。

现在所面临的种种问题全部在我们的文化基因上。从农耕经济形态，到计划经济，一直到现在的市场经济形态，在社会大转变过程中，易染病症，脆弱的文化基因就出现了非常多的问题。这种基因深入到人们的血液、骨髓当中是完全不知觉的，因而它的外部行为就非常不自觉，带着它所决定的思维方式和行为方式。……这也是我最近为什么要关注文化建设的原因。现在我们的文化DNA处于重组阶段，是百川争流，各显风骚的阶段。

要谈文化问题如果不谈体制，就很难使我们的文化DNA在重组过程中吸收多方营养。所幸的是，我们开始在西方文化、传统文化中摸索我们的文化。在一次传统文化讨论会上有人说："传统文化没有什么可讨论的，中国的落后就是由传统文化造成的，因为传统文化是农耕文化，这话有一定的问题。中国的仁人志士，包括鲁迅所说的中华民族的脊梁，每个人都是传统文化培养出来的。我们五四时代的先锋，新文化时代的战士，没有一个不是传统文化培育出来的。而我们现在的人，有多少传统文化的影子？我们要建设一个和谐社会和现代化的中国，要达到这样的社会就必须富国强民。这就是我积极地前来西安和大家探讨文化的目的。为此，陕西做了很多工作，所以我对陕西很钦佩！（陈忠实：《白鹿论丛·第2辑》，三秦出版社2006年12月，第1~2页。有删节）

贤亮不拿讲稿，侃侃而谈……且不说他的见解对我的启示，更直接的是情感因素，即是把一位我敬重的堪称伟大的作家的声音，熔铸进古老的白鹿原上。（陈忠实：《我去你来无尽意……——怀念贤亮》，《朔方》2015 年第 2 期。有删节）

7 月

散文《我失去了我的报晓鸡》发表于《上海文学》第 7 期。

8 月

18 日，应张贤亮之邀，中国作家协会第六届第八次主席团会议在镇北堡举行。

我记得是在 2005 年 8 月，中国作家协会在宁夏召开主席团会议，东道主自然是身为主席团委员的张贤亮，在那次会上他送了我一张明信片，上面写着他的一首小诗：

江郎才尽任逍遥，乘风策马过驿桥。东望黄河龙生雾，西眺贺兰凤凌霄。虽羡古文多经典，犹喜今日涌新潮。韶华老去无遗憾，指点青山看明朝。

附言：乞得骸骨喜吟一首

这首诗是他描写自己退休后的一种心境。"乞骸骨"，是古人致仕时上疏给朝廷："希望把我这把老骨头带回老家，不在庙堂了！"带着某种心酸和凄凉。看了这首诗之后，我当即也给贤亮写了一首小诗，诗是这样写的：

千古文章未尽才，岂容张郎独自哀。骸骨乞罢余峻骨，梦圆古堡举世骇。

因为是会议期间，贤亮看了这首诗冲我点点头挥挥手，我们会心一笑。（高洪波：《忆贤亮》，《光明日报》2021 年 8 月 30 日）

11 月

《邢老汉和狗的故事》（李奥诺娃译）连载于俄罗斯《今日亚非》第 11 期、2006 年第 1 期。①

本年

意大利文版《男人的一半是女人》（拿撒勒·达扎里译）由热那亚德·费拉里乡村出版社出版。

---

① 冯骥才：《心灵的桥梁——中俄文学交流计划国际学术研讨会论文集》，天津大学出版社 2010 年 7 月，第 216 页。

1 月

散文《架在重庆双肩上的精神品牌》收入重庆市作家协会主编、重庆出版社出版的《中国著名作家笔下的重庆》。

2 月

22—25 日，在上海参加中国作协第六届全委会第六次全体会议、中国作协第六届主席团第九次会议。

2 月 23 日，是中国作协第六届全委会议召开的第一天。因日前有媒体以"张贤亮搞旅游、池莉忙博客、陆天明做编剧"，质疑"作家搞'副业'谁来写长篇"，记者 23 日在会议间隙采访了张贤亮、池莉、阿来等诸位作家。不料，几位作家不是处于创作酝酿期，就是正在全力写作，或者已经进入了作品的修改润色阶段。张贤亮指出，作家本来就是兼职，搞"副业"无可非议；池莉则告诉记者："博客是我书稿的保险库，我是'博'，但不忙！"阿来更是笑说："编剧也是创作啊，而我阿来，就是写长篇小说的！"

"国学热"存在误区

23 日下午，著名作家张贤亮对某媒体说其"被生意占去了太多时间无暇写作"表示不满："我今天刚刚交掉一个书稿《美丽及其他》，包含了我最新的小说、散文、随笔和文论，手头也有一个长篇小说不断地在修改润色，怎么能说我们只搞'副业'呢？"张贤亮告诉记者，他之所以久久不愿把长篇拿出来，是因为看不惯当今社会的一些不良文化风气，"作家也要生存，西方的作家都是兼职，在中国为什么就不行？这是非此即彼的机械思维在作祟。"

批评"文风不正"

张贤亮向记者大大抱怨了一番"文风不正"的问题,"现在有不少新闻报道和标题常常轻浮刻薄,嘲笑多于理解,缺乏善意。如果社会就让这样的文风充斥着,我怎么舍得把自己对人生、对命运、对世界的思考就这样抛售出来?"面对非此即彼的机械思维,写小说能够进入文学史、经营影视城能够日进斗金的张贤亮,言语之间颇多无奈。

"国学"包括诸子百家

"我觉得我们社会的观念真的要好好改变一下了。"张贤亮说,"文风浮躁只是一个方面,我们看看近两年流行的'国学热',又有多少意义?仔细研究一下你就能发现,他们所谓的'国学'只是读经,而读经只不过是儒学而已。中国向来可是儒释道三家并存的,那么另外两家呢?怎能忽略不计?说得更夸张一点,所谓'国学'恐怕要包含诸子百家,那是何等丰富?却被现代人单一化地认作仅仅'儒学'而已,实在很可笑!"

长篇小说铸就一个"灵魂"

张贤亮告诉记者,他手头的长篇已经"磨"了3年,还未最终定稿,写的是一个"灵魂"穿行于一个家族五代人体内的故事,篇幅在30多万字。"五代人的肉体承载了一个灵魂,这个灵魂辗转于高官巨富和乞丐流氓的体内,却始终未曾改变。"张贤亮认为,这部作品和《习惯死亡》很像,故事性不是很强,但在语言上却下了大功夫。他至今尚无发表这部作品的想法,"一方面是我还想要好好修改,另一方面,我也确实不愿意凑这个热闹。"张贤亮表示,作家也要依靠自己的能力谋生,就算搞"副业"也没啥大不了,"西方的作家都是兼职，除了写《哈利·波特》的可以靠这个吃饭，别的作家也都是教员、是律师，我经营影视城和写作并不冲突，可以兼得两种身份，为什么必须非此即彼呢？"

打造真正的"文化"产业

张贤亮经营西部影视城年收入千万是依靠发展旅游业，因为去他那里拍电视剧完全是免费的。"影视城是夕阳产业，最多还有15~20年寿命，将来拍电影布景只需要电脑合成，也不要什么影视城了。"认识到这一点，张贤亮就在"旅游文化"上面下功夫，"我要把影视城改造成中国古代北方自然形成的小城镇的样子。我根据很多剧组留下来的纸糊的背景啊、道具啊，找到了真正存在的实体物件，集中到影视城，现在你们能看到的张艺谋拍《红高粱》后留下的酒坊就是这样来的。"张贤亮为影视城的生存收集了大量物质的、非物质的文化遗产，希望能够将之打造成真正的"文化"产业。（干琛艳：《知名作家透露写作计划　认为有副业无可厚非》，《新闻午报》2006年2月27日）

3 月

13 日，散文《一生中最大的幸运》发表于《人民日报》。

散文《周涛属于世界》收入游成章编、新疆人民出版社出版的《众眼阅周涛》。

4 月

小说集《感情的历程》作为"重温经典"丛书之一，由作家出版社出版，收录《绿化树》《男人的一半是女人》和《初吻》。

5 月

18—21 日，出席南通市人民政府、江苏省作家协会、文汇报社等联合主办的中国旅游文学论坛。

记者日前出席了在江苏省南通市举行的中国旅游文学论坛，围绕着"市场经济条件下旅游与文学的互唤互动互用问题"，著名作家张贤亮和席慕容当场就此提出了截然不同的观点，引起人们思考。

当年写出多部重量级文学作品的张贤亮，近年更多地以成功"文化商人"的身份出现在大众视野中，跟他紧密联系在一块儿的不再是小说，而是他一手创办起来、盈利丰厚的"西部影视城"。通过"贩卖荒凉"，用"文化"做包装，把一个荒漠里的废墟变成目前银川市唯——个国家级 4A 级（旅游——引者）景区的张贤亮，在这次旅游文学论坛上谈及于此，自然表现得志得意满，对文学和旅游的关系也看得非常实在，认为二者就是要互相促进、共同繁荣，通过文学作品挖掘和传颂旅游景点的文化内涵，将会大大提升旅游景点的知名度，从而为景点带来显著的社会经济效益。

台湾作家席慕容则当场表示了对张贤亮观点的反对意见，她认为作家不能急功近利，"如果希望文学作品能在短期内给旅游产业带来成效，这种思维本身就是可怕的"。她坚定地表示，"文学"和"旅游"是相对独立的东西，二者的目的和发展规律都不相同，不应为了短期效益硬性将其进行"拉郎配"。她说："文学作品不是短期内搭建起来的布景，如果希望文学作品能在短期内给旅游产业带来成效，带来旅游人数和经济效益的剧增，这种思维本身就是可怕的，那就可能不是推手，而是杀手了……"

与会人士就此问题在会上、会下展开了讨论。有人认为，时下"文化"是个包罗万象的词，什么东西都可以拿来贴个"文化"标签助长身价，这已经是当下的社会发展现状，作为"文化"一部分的"文学"自然也休想免俗。文化为经济服务，至少在现阶段是合理的，没有什么可以羞羞答答的。另外一些文化界人士则表示，没有了自己的独立性，文学也就不称其为文学，"文学"和"宣传文章"还是有区别的，利用一些文学手段写几篇目的明确的宣传文章无可厚非，但这样的文章不能称其为"文学"。（李菁：《旅游与文学互动引争议 席慕容现场叫板张贤亮》，《新民晚报》2006 年 5 月 24 日）

散文《宁夏有个镇北堡》发表于《收获》第 3 期。

《张贤亮精选集》作为"世纪文学 60 家"丛书之一，由北京燕山出版社出版，收录《绿化树》《男人的一半是女人》《初吻》《灵与肉》和《肖尔布拉克》。

6 月

8 日，开通新浪博客并发布第一条博文：

我已经在新浪 BLOG 安家了，欢迎你时常过来做客，大家多多交流哦。我会把一些新鲜有趣的东西记录下来一块与你分享。（张贤亮新浪博客，https://blog.sina.com.cn/s/blog_49bed4eb010003kb.html）

7 月

《小说中国》作为"张贤亮读本"丛书之一，由时代文艺出版社出版。《再版前言》（作于 2006 年 4 月 28 日）说：

我与其他中国作家稍有不同的是：一方面，我从 1983 年即任全国政协委员，到 1997 年已历 14 年（至今已有 24 年），我不仅以我的作品参与了改革开放早期的以"实践是检验真理的唯一标准"为主题的"思想解放"运动，——冲破了文化思想上的禁区，还有幸在较高的政治层面上一定程度地参与了改革开放的启动过程，并有机会获得比较准确的政治信息。政协委员"参政议政"的职责又使我必须关心中国现实的方方面面，也就是说我会比一般作家对中国现实问题更加关注；另一方面，自1993年起我便亲身投入市场经济，将一片荒凉、两座废墟成功地变成宁夏首府银川市唯一的国家AAAA级（旅游——引者）景区，年游客量达30多万人次，使文化艺术在市场上产生出极高的附加值，我可以自豪地说我是中国文化产业的先行者之一，所以，我也可说比一般作家更多一些市场经济的历练，深感改革的艰难，有较坚实的发表政治见解的思想准备和信息资源。坦率说，我和中国大多数……的人们一样，不只是改革开放政策的既得利益者，个人的命运已和改革开放的路线紧密地联系在一起，并且比年轻一代作家具有较强的历史感，我们自己亲身的经历就告诉我们中国除了改革开放外再没另一条路可走。面对改革开放处于挑战时刻，我必须义不容辞地挺身而出。这本书就是凭着针对改革的反对派而发出的愤慨写就的。我不是专门研究学术的学者，不是经过逻辑思维训练的理论家，只不过是一个写小说的人，可是，虽然没有理论基础，我也还有"理论"的权利，更重要的是有"理论"的激情，笔下自有一种真情实感，并且能通过事实和故事来讲道理，所以，这本书还是有很强的可读性。

可是，此"小说"非彼"小说"。也就是说这不是一本通常所说的小说类文学作品。在我的写作史上，我特别将此书归于"文学性政论随笔"，这是我杜撰的一个取巧的说法。因为它没有一般政论文章所具备的严肃性和组织严密的逻辑架构，只不过是以"随笔"形式写就的"政论"，所以只好叫作"政论随笔"，但整部书我又是用文学的笔法处理的，有的地方还是通过铺陈亲身经历来说明道理，因而此书又不乏文学性，故为"文学性政论随笔"是也。

这绝不是我有意混淆视听，诱骗读者以为这是本我新出版的小说而掏腰包。我之所以非叫它"小说"不可，是因为我一开始动笔即发现不仅是我一人，中国还没有任何一个思想家、任何一个学者能够将"中国"为题大大地"说"一番。中国这个主题太大，人口十几亿，土地面积960多万平方公里，上下历史5000多年，纵的横的都是一个大块头，千头万绪，随便选出一个有关中国的命题都是一根没人能啃得动的硬骨头。……这里顺便敬告读者，任何自称是"中国通"的人高谈阔论中国问题的书都值得怀疑，没有一个死去的人和活着的人能拿得下这个大题目。其实所有谈论中国的书都和我这本书一样，是"小说"而已。

这本"文学性政论随笔"从动笔到正式发表已经过去10年。10年来，中国社会的发展证明了这本书还有一定的前瞻性。这里我不想一一指出哪些现实没有出乎我论点的预料，读者阅读后会发现，本书不仅没有过时，而且至今许多社会现实问题仍然在本书早已论述的范围之内……

这本书表达了我对中国社会改革的观点、理念及思虑，我绝不希望我的思虑不幸而言中，反而希望我是杞人忧天。……

为了再版，我又翻看了一次我10年前写的这本书，我觉得没有必要做什么改动，而且时间也不允许我这样做。虽然这10年来又涌现出许许多多新的可喜及可忧的社会现象，足够我再"小说"一番，但那会是另外一本书了。既然这本书还不能说过时，还切中时弊，仍然表达了我今天的思考及忧患意识，还不如保持它的本来面目为好。……

本书1997年出版时我在扉页上题了马克思在《哥达纲领批判》中的一句话："我已经说完了，我已经拯救了自己的灵魂。"这次再版，我想引用但丁在《神曲》炼狱篇中的一句诗作为结束语：

"走自己的路，让人们去说吧！"（张贤亮：《小说中国》，

时代文艺出版社 2006 年 7 月，第 3~8 页。有删节）

《青春期》作为"张贤亮读本"丛书之一，由时代文艺出版社出版。全书分为两卷，卷一收录《青春期》《老照片》《父子篇》《睡前絮语》《随风而去》《丫头·婆姨》《小说规律》《出卖"荒凉"》《"不可说"》《我与〈朔方〉》《心安即福地》，卷二收录《习惯死亡》。

8 月

散文《大话狗儿》发表于《上海文学》第 8 期。

评论《妙道自然 天人合一——胡正伟的绘画艺术》发表于《中国书画》第 8 期。

《张贤亮近作》作为"文汇原创丛书"之一，由文汇出版社出版。辑一《我失去了我的报晓鸡》收录《宁夏有个镇北堡》《故乡行》《我失去了我的报晓鸡》《丫头·婆姨》《作家出游》《国际接轨第一功》《时尚制造者》《女人内裤的哲学》《中国土著的廉政观》《透视中国人的英雄观》《诚信政府与无诚信的官员》《变形语言的审美享受》《今日再说〈大风歌〉》《过好每一天》《"力工"》；辑二《西部，你准备好了吗》收录《西部企业管理秘笈》《中国文化产业概谈》《我对中国的未来很乐观》《我为什么不买日本货》《是"挑战"，也是"机遇"》《关于"怀疑的文化"》《开放的中国，开放的文学》《西部，你准备好了吗？》《给中国西部"把脉"》《西部"入世"》《西部生意随想》《企业管理与资本运作是一种复杂的脑力劳动》《"全盘推出，闪亮登场"》《东西部的差距究竟在哪里》《对树立宁夏文化品牌的一点思考》《西部吸引人才应有新思路》《衡量现代人的主要标志》《非"非典"的感悟》《小地方的文人"仕宦"》《〈在那远离北京的地方〉序》

《心不老最重要》《回顾与展望》《永远的巴金》《参政议政要有前瞻性，与时俱进老而弥坚》《大话狗儿》《〈小说中国〉再版前言》。《自序》说：

20 世纪末的 1999 年我发表了小说《青春期》后，即着手写作酝酿已久的一部我称之为"灵魂的叙述"的小说。小说，说到底是语言的艺术，而由于在现实生活中我扮演着多种角色，就使我在语言的艺术性上遇到很大挑战。我越来越从心底里佩服许多在人文领域的各个方面都能游刃有余的前辈，那确实是需要极为深厚的语言文字功力的。每一种语言文字的表达方式都有各自的特点，写在书面上就是各种不同的文体。仅就文学作品而言，就有几种甚至数十种文体。我个人觉得，诗是最难写的，其次是小说，比较容易一挥而就的是散文随笔。诗是所有艺术作品中最主要的元素。不论什么艺术形式，绘画也好，音乐也好，包括电影戏剧等，其中最基本的、最能打动人的那个核心部分就是诗。缺乏诗，作品便没有灵魂。将小说写出诗意，是小说的最高境界。我一直力图达到这个境界，我的《习惯死亡》就是这样的一次尝试，但我以后继续向这个高度努力的时候，越来越感到力不从心。这并非完全由于年龄和基础功力的限制，还因为我的现实生活每天不停地要在各种社会身份中转换所致。每一次转换身份，不但行为需要转换，同时还要转换心境，转换思路，转换思维方式，甚至神经末梢的感觉都需转换。有的场合，我的神经末梢必须粗粝，像板刷上的毛那般耐磨，有的场合它又必须特别细致，多愁善感。这样，落笔在书面上，就必须转换语言文字的表达方式。每天在各种不同的语言系统中游走，确实有很大的难度。

据我所知，中国作家中只有我与市场经济的结合最紧密。虽然在文化产业化的今天，写畅销书也是种市场经济行为，更不用说写电影电视剧本了，还有些作家在写作之余玩玩股票、期货或房地产什么的，但并没有一位作家像我这样亲手创办操持一个企业。前半生的命途多舛和后半生在几个社会领域间跨越，使我有较为丰富的人生阅历，拥有丰厚的写作素材，自认为也有一定的观察力。我对目前的社会改革和社会经济生活比一般中国作家熟悉得多，又比一般企业家更多一些理性的思考和文化批判。我游走于不同领域之间，占有一种"边缘优势"。可是，有很多人生经验及社会批判是很难用我所熟悉的小说形式表达的。虽然小说有各式各样的写法，譬如《战争与和平》最后简直就是哲学论文，《苏菲的世界》通篇都是这样；真正读懂《尤利西斯》的人极少。而我对我手头写的小说有特别的期望，我希望它是"纯洁"的小说，不谈"道理"的小说，虽然我有很多"道理"可谈。所以，我觉得我在企业管理上的经验和对文化产业化的意见直接用论述的形式向公众表达较为恰当。

……笔端游走于各种不同的语言系统之间是我游走于各个不同的社会领域的反映。我十分庆幸从1983年改革开放初期即进入全国政协，至今已历五届，让我有从底层一直到高层接触中国社会的机会，近距离地观察了二十多年中国改革开放的艰难历程。扩大了的眼界，为思考的深化提供了较强的资源。还在1997年中共十五大以前，我就发表了二十多万字的、我称之为"文学性政论随笔"的《小说中国》，即小小地、略微地"说"一下中国问题的意思。……

……在几个领域间跨越会使人的眼光具有一定的前瞻性。这本集子里收集的文章，仅仅是近年来可以公开发表的一部分，还有不少言论和笔记是现在不便于发表的。……我们不回避现实却回避历史，面对现实和未来我们表现出极大的勇气，却又像伤心的恋人似的怕回顾往事；我们有胆量揭露现实的种种丑恶却怯于暴露丑恶的过去。我至今搞不懂这种奇怪的逻辑，也只好将那部分暂不公之于世。但我还是想说，我的眼光之所以具备一定的前瞻性，就是因为我从不脱离历史去思考问题。我认为这才是"科学的发展观"。现实的发展是历史发展的延续，要洞察现实会发展到怎样的地步，怎样发展到那个地步，不与历史相联系就不辩证唯物的历史观。就因为我立足于历史，才对改革持有坚定不移的决心。今年政协会期间，正是社会上辩论"放缓改革步伐"还是"加速改革步伐"的时候，英国《泰晤士报》记者在政协委员住地华润饭店采访我，问我对这个问题有什么看法。我说，请问，改革怎能有"放缓"和"加速"之分？改革不是国民生产总值，不是 GDP，可快可慢可高可低，只有改革与不改革的分别，动与不动的分别。我们的问题是改革应该急速配套，而不是"放缓"，主张"放缓"就等于不改革。

我确信，我有关企业管理及文化产业的见解对读者有一定的帮助，特别是正在从事这方面工作的读者。读者会发现里面有许多观点和意见是新颖的，这是我出版的最具有实用价值的一本书。（张贤亮：《张贤亮近作》，文汇出版社 2006 年 8 月，第 1~6 页。有删节）

10 月

下旬，先后与来银川演讲的余秋雨、易中天围绕"和谐社会与中国文化""历史"对话。在与余秋雨对话时提出：

一、中华传统文化在构建和谐社会过程中将会起着强大的支撑作用。二、我们也只有继承中华传统文化，汲取和发扬中华传统文化中适合现代化的部分，将其纳入主流意识形态，才能与世界其他文化对接，我们的意识形态才能影响世界其他国家，成为一个与我们人口和国土相应的大国。三、中国文化本来就基础薄弱，再加上受过"文革"（"文化大革命"——引者）的冲击，构建和谐社会将是一个长期而艰巨的任务。

在与易中天对话时，认为：

历史不但是民族的精神根系与支柱，是民族的"集体记忆"，更是一个民族的智慧宝库和思想资源。我们拒绝历史传统，拒绝祖先的精神文化遗产，就会使我们的思想资源非常狭窄，自己画地为牢，弄得我们的意识形态单薄，经验狭隘，思想苍白，语言缺乏说服力。同时，我们知道，世界上没有凭空产生出的想象，所有的想象都是记忆的高度爆发；记忆力是想象力的基础。一个记忆残缺的民族是不会有丰富想象力的，而想象力又是创新的发动机。不能设想，一个想象力有缺陷的民族会有很强的创新能力。记忆—想象—创新，这是三者的内在逻辑关系。可见，历史对我们今天建设"创新型社会"的重要性。

中国人还特别注重自己在历史上的地位及评价。"留取丹心照汗青"不仅仅是史可法一人的志向，历史上的"精英"们无不如此，都非常在意后人对他怎样"评说"，这种"历史情结"也可说是一种"宗教情结"。中国人对祖先的敬畏不下于西方人对上帝的敬畏，"祖先"其实就是历史的传承。所以，社会如果不注重对社会成员的历史教育，不把对本民族的历史认知放在重要位置，就会让社会成员变得无所敬畏，肆无忌惮，连法律也管不住他了。

我相信虽说"一切历史都是当代史"，但时代是不停发展的，社会是不断变迁的，每一个"当代"编写出来的历史都会向历史真实一步一步复原。……历史会顽强地显现出它的本来面貌。所以我认为，"一切历史都是当代史"的后面还应加上一句："一切当代史都是对历史真相的逐步复原"。

在中国，文、史、哲三者是一体的，最初级的《三字经》既是识字的课本又是历史知识的启蒙。小学生一开始识字就同时开始历史哲学基本素养的灌输，润物无声地塑造着一个人的人格精神。我在劳改期间虽然只许读一本《资本论》，但激励我活下去的却是当时不准读却仍在我脑海深处的古文经典。比如孟子的"天将降大任于斯人也，必先苦其心志，劳其筋骨，饿其体肤，空乏其身，行拂乱其所为"，这句名言使我终身受益。在我劳改的22年中，"心志""筋骨"、"体肤"饱受了"苦"、"劳"、"饿"的折磨，好像整个身躯都是"空乏"的，干什么都不对，做好事也变成坏事，四处碰壁，动辄得咎，真正是"行拂乱其所为"，但只要想到这是"天将降大任"于我的考验，一切都能咬牙忍受了。这就是我之所以能活到中共的十一届三中全会，活到今天的秘诀。（张贤亮:《雨·天话语——与余秋雨、易中天的对话》，《朔方》2007年第1期。有删节）

11月

10—14日，在北京参加中国文联第八次、中国作协第七次全国代表大会。会议期间，在接受采访时说，建设和谐文化不仅仅是文艺界的任务，更应该是全社会的系统工程。和谐文化也不单是对一部作品的要求，而是指文艺呈现的多样性、包容性。[①]

12月

27日，参加《解放日报》第七届"文化讲坛"并作题为《没有记忆，就没有创新》的演讲:

今年10月份，易中天先生访问宁夏的时候，我有幸和易先生有一次对话。在那次对话里，我曾经凭一个小说家的经验说过这样的话，我说，世界上没有凭空产生出的想象，所有想象的东西都是记忆力高度爆发的结晶。

---

① 《胡锦涛在第八次文代会第七次作代会开幕式上发表重要讲话》，新华社2006年11月11日电。

所以记忆力是想象力的基础，一个记忆残缺的民族是不会有丰富想象力的；而想象力又是创新的发动机，不能够设想一个想象力有缺陷的民族会有很强的创新能力。所以，记忆—想象—历史—创新，有一种内在的逻辑关系。可见，历史对我们今天建设创新型社会是多么重要。

要继承，就必须要熟悉历史，历史是我们中华民族的"集体记忆"。而中国有近五千年的成文史，这是我们在全世界可以引以为豪的精神财富。

上次和易先生对话的时候我还谈到这么一个观点。我说，历史从某种意义上来说，是中华民族当中人口最多的主体民族——汉族的宗教。我们知道，汉族在几千年以来没有专一地崇奉过某种独特的、历久不变的宗教。中国历史上的儒、释、道三家并存，以及民间从玉皇大帝、关老爷一直顶礼膜拜到狐狸、黄鼠狼，这种信仰格局，表现了汉族在宗教信仰上的开放态度和自由状态。

汉族既可说是无神的，又可说是泛神的、多神的民族，始终没有统一于一种特定的宗教。这可以说是我们这个多民族国家之大幸。中国人口最多的民族没有统一地、专一地崇奉某种独特的宗教，就使我们这个主体民族和其他少数民族之间没有精神上的隔阂，而能够很真诚地沟通，以结成一个统一的中华民族。

生活在当今世界，我们可以看到，这种没有宗教信仰干预政治的情况，对于我们建设一个多民族的和谐国家是多么重要。然而，人都是有宗教情结的，人口如此多的民族不可能没有一个共同的信仰或崇拜的对象。

我以为，长期以来汉族人真正崇奉的宗教其实是历史，历史是汉族人的隐形宗教。以汉族为代表的中国人一直是从历史中寻求指导，碰到任何问题都以史为鉴，就像西方人到上帝那儿去祈祷一样，我们是到祖先那儿去祈求答案。

中国人对祖先的敬畏不亚于西方人对上帝的敬畏，而敬奉祖先其实就是重视历史的传承。诸子百家，以及包括四书五经、二十四史在内的各种经典文献，对中国人来说都和《圣经》一样，有着世界观和价值观上的指导意义。历史上正面和负面的经验都是人们在现实生活中的参照，都有警示及规范人们行为的影响力。包罗万象的成语、典故、至理名言、"子曰诗云"等，成了中国人的"教条"。

同时，正因为历史可以说是汉族人的隐形宗教，它也就起着民族凝聚力的作用。我们知道，犹太人在近两千年中流散于世界各地，却"流散"而不"流失"，一旦有了时机，便很快地建立起自己的国家，就是以宗教为其团结和联系的纽带。共同认定的祖先、在悠久历史中形成的生活方式与文化习俗，使我们中华民族内部也有了一种精神上的超稳定性。我们民族虽然多灾多难、颠沛流离，但是也能够和犹太人一样，紧紧地维系在一起。

因此，我认为历史不仅对我们当前的继承与创新的课题非常重要，不仅是我们文化创新的智慧库和思想源泉，还是我们人文精神中最重要的部分，是我们民族的精神根系与支柱。中华民族的每一个成员，只有在一个共同的集体记忆之下才能够凝聚起来。

……我们的社会转型恰恰在"信仰危机"中开始，一直没有道德支持，没有信仰来指导人心，规范风气。于是，在人们追求"利益最大化"的市场经济中，不可避免地出现了千奇百怪、匪夷所思、闻所未闻的不良现象。一些有识之士叹息我们的人文精神失落，我看我们首先是失落了我们的历史，由此才失落了人文精神。

可是，当谈到要从历史中继承什么，往往第一道门槛就是批判、否定。这已经成为我们的一种思维习惯。长期以来，这种思维习惯实际上致命地妨碍了我们的继承，历史的继承。其实，历史就是历史，历史是一个有机的整体。

我们常常说，历史是人民群众创造的，却不理会几千年来无数人的活动就具有无限的可能性和丰富性。历史记录了人类曾实现的或曾想象的一切，任何人都不能在这个无限性中任意地把"精华"或"糟粕"随心所欲地剔开。

……

历史上所发生过的一切，它们都是由生产力所决定的生产关系，并由此关系生发出来的文化生态中的自然产物，而正是这林林总总的、无数曾经实现的、曾经想象过的一切，构成了我们今天的集体记忆。民族记忆的无限丰富，正是我们今天能够展现无限想象、具有无限创新空间的精神资源。

历史有人们愿意回忆的部分和不愿回忆的部分、辉煌部分与阴暗部分的区别。可是，往往就是那些人们不愿意回忆的阴暗历史，更具有警醒当代人的价值。

我们有五千年的历史，这两部分历史比任何一个国家的两部分历史都错综复杂、循环交替而又亘续绵延。可以说，中国这一部"长篇电视连续剧"，比世界上任何一个国家、任何一个民族演绎的"连续剧"都长出十几倍，甚至几十倍，因而更多曲折精彩，也为人类积累了更多的经验教训。

诚然，中国的乱世多于盛世，但中国人艰苦卓绝、顽强拼搏、筚路蓝缕、生生不息地繁衍成为世界上人口最多的民族，毕竟是历史的主流。我们还创造了与西方近代科学完全不同的认识体系、思想体系和文化系统，这才是真正属于我们民族的"知识产权"，是人类文化遗产中不可或缺的重要部分。

既然我们理解了创新与继承的关系，认识到历史传承对于建立创新型国家的重要性，我们就应该敞开胸怀，用宽广的心态，以自然继承人或合法继承人的身份，主动自觉地继承中华文化的历史遗产。不以朝代、时代划线，把我们祖先近五千多年来的文化继承下来、传承下去。

我们应该让全中国人为自己的祖先曾有那么多丰功伟绩、创造出那么深厚的文化而自豪，从而加强整个中华民族的凝聚力，而民族的凝聚力才是建设和谐社会最根本的条件。（张贤亮：《没有记忆，就没有创新》，《解放日报》2006 年 12 月 29 日。有删节）

本年

希伯来文版《绿化树》（英文转译）由以色列 Hanoch bartov 出版社出版。①

夏志清撰文《张贤亮：作者与男主人公——我读〈感情的历程〉》②。文章提出：

如果要为 20 世纪 80 年代中国大陆小说发展的杰出成就选一位代表作家，我会选择张贤亮，虽然我尚未看过他的所有作品，也不敢说已经读遍 80 年代引起批评界关注的其他年轻作家的作品。我选张贤亮做代表，确实有我认为合理的主观因由：当我第一次碰巧读到他的小说《男人的一半是女人》（1985）时，我便震惊于张氏写作水平之高，同时也为此阅读经历而感到欣喜。那时我就想，就文学技巧与思维的活跃度而言，在我读过的为数不多的 80 年代作家中，尚没有人（包括评价甚高的阿城）能与张氏比肩。

---

① 齐宏伟：《中外文学交流史·中国－希腊、希伯来卷》，山东教育出版社 2015 年 12 月，第 228 页。
② 收入菲利普·F. 威廉斯（Philip F. Williams）、吴燕娜（Yenna Wu）编，（纽约）罗特雷洁(Routledge) 出版社出版的《改造与反抗：中国劳改队里的作家们》（*Renwlding and Resistance among Writers of the Chinese Prison Camp*）一书。后由李风亮译，发表于《中山大学学报》2008 年第 5 期。

后来进一步读了张贤亮的小说，我便确信，如果不是从创作实绩而仅就创造的天赋来说，张贤亮确可与张爱玲、沈从文等量齐观，其水准应在老舍、茅盾这样的 20 世纪三四十年代的小说家之上。同时，我也越来越意识到，尽管张贤亮的一些长篇每一章都包含着长段的叙述、对话、场景描写或人物刻画——这些正是他足以令人钦佩的才华的印记，但是这些长篇作品整体上很少有让我满意的。毋庸讳言，我对这些长篇小说（包括《男人的一半是女人》）的根本不满不是在文学方面。作为一个马克思主义知识分子、新时期改革政策的支持者，张贤亮满怀希望和乐观主义，却也因此损害了其自身对人类现实的更深刻理解。尽管如此，张贤亮还是尽可能机智、公平、大胆而不惧争议地保留了这些现实。今天我们能够在其小说中完整无缺地读到这样的现实，应该向他表示敬意。无疑地，张贤亮是当代中国最重要的作家之一。

1月

5日，《保护我们民族的"知识产权"》发表于《人民日报》。文章说：

中华民族在悠久的历史中，创造出了与西方完全不同的认知体系、思想体系和文化系统，这是真正属于我们民族的"知识产权"，也是人类文化资产中不可或缺的重要部分。正是因为拥有共同的记忆，历史上尽管多灾多难，但中华民族却始终紧紧地维系在一起。可以说，中国历史这部"长篇电视连续剧"，比世界上任何一个国家、任何一个民族演绎的"连续剧"都长出十几倍，甚至几十倍，因而有更多曲折和精彩，也为人类积累了更多的经验，当然也包括教训。

如今，我们的国力不断增强，对外交流日益密切，也在大力吸收西方先进文化。可前提是，你必须把祖产守护好。因为只有传统才是我们创新的出发点，只有保护好我们民族的"知识产权"，你才能心中有数，才能更好地创新。

我们应该敞开胸怀，以宽容的姿态，以自然继承人或合法继承人的身份，自觉地继承中华文化的历史遗产。只有把我们祖先留下来的文化继承下来、传承下去，才能加强整个中华民族的凝聚力，而民族的凝聚力才是建设和谐社会最根本的条件。

要建设创新型国家，必须有这样的文化气魄。

《雨·天话语——与余秋雨、易中天的对话》发表于《朔方》第1期。

《绿化树》作为"张贤亮长篇小说系列"丛书之一，由人民文学出版社出版。

《男人的风格》作为"中国当代名家长篇小说代表作"丛书之一，由人民文学出版社出版。

3 月

受邀参加民盟中央举行的"如何推进构建和谐社会的文化建设"专题座谈会并发言。

散文《一句哲言支撑了我的人生》发表于《秘书工作》第 3 期。文章说：

我四岁时，母亲就请了一位乡邻的先生来家里教我"认字"。先生五十多岁，本地人，一口四川话，如今回忆起来有点落魄的样子，面孔清瘦，一袭打补丁的长衫。他给好几家人当"家教"，对学生说不上关心，还有些冷漠，教着认了二十个字就走人，又跑到另一家去混饭吃了，天天如此，从来不考试，管你用功不用功。他老人家空着手来，甩着手走，没有什么教材，抓起哪本教哪本，正好我家有本《古文观止》，那就《古文观止》吧。

"郑伯克段于鄢……""子曰诗云、之乎者也"，四岁的娃娃，摇头晃脑，鼻涕老长，屁股生疼，字会背会认，识其形却不知其义。今天看来，这样的教师，这样的教学方法，这种不负责任的教育态度，哪能培养出一个人才。可是，在下不就是这样学出来的，让我终身受益。其奥妙就在于使用的教材。

古文最突出的特点是文、史、哲三者合一。在你读课本认字的同时，就潜移默化地、不知不觉地接受了历史教育、世界观教育和为人处世的基本教育，润物细无声地对受教育者进行着人格的塑造。儿童时期虽然对字识其形不知其义，但长大了就逐渐知其义了，也越来越深地理解其中的内涵。

那么，是什么支撑我熬过艰难的日子呢？别无其他，只是我早年读过《孟子》的一句话："故天将降大任于斯人也，必先苦其心志，劳其筋骨，饿其体肤，空乏其身，行拂乱其所为，所以动心忍性，曾益其所不能。"如此而已。

关于孟子这句话，据说还有段有趣的逸事。朱元璋当了皇帝后，觉得孟子不配摆在孔子旁边作为"亚圣"受人祭祀，就命令各地官员把孟子的牌位搬下来，取消孟子"亚圣"的称号。到了他老人家晚年，偶尔看到孟子这句话，不禁大受感动，马上下令恢复孟子配享圣庙之位。可见孟子这句话对乞丐和皇帝，或是从乞丐变成皇帝的人都有励志作用。

"文化""文化"，"文"能"化"人之谓也！学了一身知识技能，却没有经过"文"的"化"，再大的本事也不过是块粗糙的毛坯。

8 月

26 日，在新浪博客发布《关于在这里发表〈绿化树〉的想法》：

近日助理说，很多年轻人不知道张贤亮是谁，也不知道《绿化树》是什么，建议把早年的《绿化树》发表上来，目的为怀旧也为了让一些新朋友了解一下被时间带走的东西。

关于张贤亮为谁已经不重要了，如果大家觉得《绿化树》还值得一看，那很希望有机会打开这个博客的朋友一起来欣赏绿化树，欢迎大家多提宝贵意见。（张贤亮新浪博客，https://blog.sina.com.cn/s/blog_49bed4e601000a05.html）

28 日，更新新浪博客：

拒绝快餐文化，不要让时间带走灿烂的古老文明。（张贤亮新浪博客，https://blog.sina.com.cn/s/blog_49bed4e601000a1u.html）

30 日，在新浪博客发布《我这个年龄适合写命运》：

写实人生

我在西北生活了大半辈子，但始终保持着江南人的习惯，有人说我连口音也是软软的南方话。

有人问我为什么选择在银川生活？这完全是因为我年轻时无法选择，19岁开始劳改，一待就是22年，自然就习惯了。重获自由后去过很多地方，美国呀法国呀，多繁华的地方都体验过了，但觉得只有在这里才安心，所以叫安心福地，安心是非常重要的。所以，在我居住的小土屋内，挂着四个字安心福地。

经商让我的生活充实了很多，事实证明我的选择是对的。最好的深入市场经济方式莫过于创办经营一个企业，这让我对于社会体制改革了解得更深刻，比做专业作家的时候接触社会更密切，对我的写作很有帮助。当然这并不是说我再写东西就是写影视城，写商业，而是通过这个对人生感悟越来越多，让小说的细节丰富。我的书不会变成写市场经济大潮，仍然会是写体验人生命运感的故事。这样比我整天什么都不干只坐在书斋里更感性。

写作计划

现在写东西，时间不是问题，自我挑战才是最大的问题，我曾经取得过一些成绩，评选20世纪100位优秀作家有我一个，100本优秀小说有我的作品。现在要超越这些成绩有困难。这些年其实我一直在写，是一本时间跨度100多年，一家五代人的长篇故事，反映人生命运。在我这个年纪，写这种东西比较适合，对生活命运都有了一些体验。框架已经出来了，还在不断地改，小说重要的是细节。北京奥运会之前应该能出来了吧。反正我也不急，托尔斯泰70岁写出了《战争与和平》，我今年73岁，身体也还健康。我现在写书已经不像过去那样急功近利了。心态也平和了，接近佛家的。

日常生活

现在公司已经进入良性循环了，不需要每天花很多精力。我现在每天都有写书看书的时间，生活很滋润。每天带着我的小狗在院子里遛遛，到处指挥一下。要说忙也忙，每天迎来送往的事务也不少，但是我从来不应酬，出去吃饭都是派下面的人。

影视城没有外围墙

什么墙也是防君子不防小人，我住了 20 多年高墙，所以现在我自己从不围高墙。

我被关习惯了

我从来不听摇滚，我喜欢安静，旅游也不爱去，该去的地方因为工作都去过了。我已经被关习惯了。（张贤亮新浪博客，https://blog.sina.com.cn/s/blog_49bed4e601000a2l.html）

9 月

18 日，在新浪博客发布《假书声明》：

近日，一位好心的读者给我寄来一本书，书的名字叫《贪婪的诱惑》。读者寄过来的目的是想请我给他签个名，他抱着这本书是我的作品的心情，等待着我的回复。[1]

当我看到这本书的时候，确实给吓着了，书的内容非常不堪，封面设计也十分恶俗，唯一真实的是：作者真挚的感情、张贤亮的

---

[1] 张贤亮在这位读者所寄的《贪婪的诱惑》一书封面题写了这样一段话："这是本伪劣的侵犯我名字的非法出版物，我还是第一次从你这里见到。如方便，请再寄给我，我写一幅字赠你。张。"见张贤亮新浪博客，https://blog.sina.com.cn/s/blog_49bed4e601000a99.html。

署名。

看后，除了对出版市场管理工作水平提高的期待以外，还想在这里给其他读者做一个声明：

当前，市场上流传的这本《贪婪的诱惑》不是我的作品，我的助理把他的相关信息都已经拍摄下来，请大家甄别。另外，我把自己的作品在下面陈列一下，欢迎大家以后再见到同类事情的时候，能够有一个区分。

张贤亮的所有作品：

1. 河的子孙；2. 边缘小品；3. 绿化树；4. 习惯死亡；5. 浪漫的黑炮；6. 灵与肉；7. 邢老汉和狗的故事；8. 青春期；9. 无法苏醒；10. 土牢情话；11. 男人的一半是女人；12. 成功与不足；13. 一本畅销书引起的思考；14. 章永璘是个伪君子；15. 正面展开灵与肉的搏斗。[①]（张贤亮新浪博客，https://blog.sina.com.cn/s/blog_49bed4e601000a99.html）

21 日，在新浪博客发布《今年的中秋，您打算怎样过？》：

这个中秋，不知道您打算怎样度过？

27 日，我去北京参加崔永元的圆梦行动，这次行程非常紧张，很多人都在预约我的时间。我也很想借这次机会再去拜访一些老朋友。

今年的中秋节和国庆节几乎在一起度过，不知道朋友们计划怎样度过今年的双节？我的城内今年为全国各地来的朋友准备了许多传统项目，而且，近期又有两个电影在这里拍摄，想必，今年这里的节日气氛会很热闹。

[①] 12 以后均为评论张贤亮作品的文章名，且 13、14 应为一篇文章。上述文章作者分别为刘学圃（《成功与不足——〈关于男人的一半是女人〉的思考》）、韦君宜（《章永璘是个伪君子—— 一本畅销书引起的思考》）、黄子平（《正面展开灵与肉的搏斗——读〈男人的一半是女人〉》）。

有人说，所有到城里来的朋友，几乎都是宁夏附近的人，因为路途近。而远方的朋友会因为距离的问题不会光临我的城。

黄金周即将到来。一些旅游杂志和报纸又在向读者发布新的旅游路线。现在人的生活真是丰富多彩，这个假期，世界各地都可以去。但是，似乎海边的信息更多些，江南、丽江也很讨人喜欢。也许是西部影城太需要在这个时期向世人展示自己的魅力了。不过，我也很想知道，西部的苍凉是否还有年轻人去关注？西部的风光更会吸引谁的目光呢？

希望看到更多人的答案……（张贤亮新浪博客，https://blog.sina.com.cn/s/blog_49bed4e601000aa8.html）

《瞭望东方周刊》第 40~41 期刊登访谈文章《张贤亮：30 年后，文学回到了正常位置》。

《男人的一半是女人》作为"中国文库"丛书①第三辑之一，由人民文学出版社出版，收录《绿化树》《男人的一半是女人》。

11 月

15 日，率领中国作协作家代表团一行十余人，赴日本早稻田大学进行为期半个月的学术访问及座谈交流。

---

① "中国文库"丛书《出版前言》称："主要收选 20 世纪以来我国出版的哲学社会科学研究、文学艺术创作、科学文化普及等方面的优秀著作和译著。这些著作和译著，对我国百余年来的政治、经济、文化和社会的发展产生过重大积极的影响，至今仍具有重要价值，是中国读者必读、必备的经典性、工具性名著。"

小说《初吻》发表于《朔方》第 1 期。《〈嘎人眼里的生活〉序》发表于《陕北》第 1 期。

2 月

22 日，下午，做客新华网，与网友交流。

谈到谁对自己影响最大，张贤亮毫不犹豫地回答："当然是邓小平！没有邓小平的改革开放路线，我不会在这里侃侃而谈。"

张贤亮当日在与新华网网友交谈时这样认为："从 1978 年到今天，中国 30 年来文化上的变化是巨大的。从单一文化向多元化文化发展，这是主流，不管有什么样的风雨，都是向多元化文化发展的。"

他非常肯定粉碎"四人帮"后新时期文学的成就，觉得其对于中国社会思想解放、拨乱反正起到了促进作用，"那时候一部小说出来，人们就会争相阅读。人们看了小说之后就会思考极'左'路线对中国社会的危害，思考中国应该走什么样的道路，从而坚定了中国老百姓拥护改革开放的决心。我觉得这是值得中国文学史大书而特书的一件事情。"

他不赞同给当时的文学作品贴上"伤痕文学"之类的标签，认为文学作品就是文学作品，"它不一定是伤痕，也不一定是反思，但它如实表现了那个时代。"张贤亮说，文学不能永远担当特定年代的角色，20 世纪 90 年代后，文学开始回到了它原来的位置，"这是它本来的位置，体现了阅读功能、审美功能、休闲功能，以及通过阅读认识世界的作用"。

一边写作、一边从商的张贤亮说，商业和文化没有截然地分家，商业本身就是一种文化，自古以来，商业就是在一种文化生态当中成长起来的，很多商品实际上是一种文化载体，"中国的丝绸和瓷器，当时就是以一种文化产品出口的。"他认为，历史上看，中国的产品在国际上失去声誉，生意被别人抢走之时，往往发生在中国传统文化断裂之际，"中国文化事业和文化产业要想发展，首先要把中国传统文化请回来，继承下来，并且创新。"

"文化领域是最需要创新的领域。创新是想象的结果，想象力是记忆力的高度爆发。我们必须把我们古老、有别于西方那一套的东西，在脑海里融会贯通以后才会有想象力，才会创新。"张贤亮说。

（廖翊：《张贤亮畅谈30年文化变迁》，《晶报》2008年2月24日）

25日，《京华时报》刊登记者卜昌伟专访文章《张贤亮笔谈改革开放三十年》，谈随笔集《中国文人的另一种思路》、正在进行的创作以及新时期文学：

对于书名《中国文人的另一种思路》，张贤亮解释说，这个书名体现了该书与此前出版的其他任何人的随笔集的不同。"'另一种思路'是指什么样的思路？在我看来，中国文人一般来说都是从事文学创作、文化研究、教学，多局限在一个领域内，多是单线思维。而我有多重身份，我当了25年的政协委员，有25年的参政议政经验；我是作家，对人对事有独到的视角；我还亲自操办企业。因此我比一般文人在身份上更多元化，我的思路肯定和别人不一样。"张贤亮说，收录书中的诸如对改革开放以来的得与失、民营企业与文化产业的发展方向等论述都很精辟。"我提出来的理念都是有前瞻性的，我和中国大多数文人的思路不一样。"张贤亮自信地说。

许多关心张贤亮的读者认为，像许多诗人、作家下海经商一去不复返一样，在巨大的商业诱惑下，张贤亮恐怕已经被金钱奴役，无心也无能力继续创作了。

对此说法，张贤亮并不介意，他哈哈一笑反问道："难道一个作家写出了作品就必须出版吗？难道你没有看到我的作品，就证明我没有创作吗？事实上，这些年我仍然在不断地写文章，小说也没有落下。"张贤亮说，目前他已经写好了一部关于五代人的家族史长篇小说，它的时间跨度为100多年，讲述了一家五代人的人生命运。"小说重要的是细节，直到现在还在反复地修改，这个过程就像在消遣一样，很惬意。我今年73岁，身板也还硬朗，现在写书已经不像过去那样急功近利了，心态也从容多了。"张贤亮说，他经历了那么多沧桑，现在写小说不再对故事感兴趣，而是对人的命运、对人的生命现象感兴趣，而这样的表述适合写成哲学论文，很难把它写成小说，他目前反复修改就是要克服这个困难。

除了因为修改、把玩，张贤亮不急着出版还有其他顾虑。"老实说，我很担心以前的那些读者会对我有过高的期望，害怕他们失望。现在的文学阅读情势已经不比当年，他们能够安静地看一部和他们无关的小说吗？这是要打折扣的。"张贤亮说，"另外，现在的文学评论也有问题，多抱着挑刺的态度写文章，太苛刻，动不动就语出惊人。所以我不急于发表。"

张贤亮透露，手头的这部作品将是他的长篇小说封笔之作，打磨好后他大约也快到八十岁了，"等到那个时候我就开始写自传，现在不好写"。

张贤亮因发表《绿化树》《男人的一半是女人》《习惯死亡》等一系列作品而声名鹊起，对"新时期"文学葆有情怀。他说："在中国文坛，我要特别指出一个现象，它是世界各国文学史上都没有的现象，那就是从20世纪70年代末到80年代之间的'新时期'文学。'新时期'文学对思想解放、对拨乱反正、对中国社会的促进都立了很大的功劳。"张贤亮认为，世界上没有一个国家的文学作品对于社会的促进作用有中国"新时期"文学的促进作用这样大。那个时候的小说作家成为了老百姓的代言人，说出了老百姓想说而不敢说的话，说出了老百姓想说而说不好的话。"所以一部小说出来，就会造成人们争相阅读的现象。我觉得这是永远值得中国文学史大书而特书的一件事情。当然，'新时期'文学在经历几年的爆发期之后，就沉寂了下来。"

张贤亮认为，"新时期"文学以后，随着文化的多元化发展，逐渐表现人性、表现个性、表现个人的情感世界的文学作品就比较多了，至此，文学已回归到自然状态。"因为，文学并不能永远负担政治代言人的角色，文学毕竟是个人情感的一种宣泄。所以从90年代一直到现在，文学回到了它原来的位置上，这是它本就应该处的位置，它回归到它原本具有的阅读功能、审美功能、休闲功能，还有就是个人通过阅读认识世界的作用上来了。"张贤亮说，所以他对大众所持的文学边缘化的观点一点也不惊讶，因为它本该就这样。

由于年事已高，加之写作、经营事宜，张贤亮对与他同时代的作家以及他们的作品关注甚少，对于包括韩寒、郭敬明等在内的80后作家，他也只是有所耳闻。"我知道他们的一些事情，年轻嘛。和他们相比，我可是50年代的'80后'，在日本的《中国当代文学史》中，我被记录为'曾是不良少年'，多冤啊。"张贤亮感慨地说，"如今的'80后'真是赶上了好时光，我真是羡慕。"（中国作家网，http://www.chinawriter.com.cn/2008/2008-02-25/27006.html）

3月

10日，《新京报》刊登记者姜妍专访文章《张贤亮：我是十一届三中全会的受益者》。在谈到新书《中国文人的另一种思路》时说：

坦率讲，我是十一届三中全会的受益者，我最在乎的是保护自己的既得利益。通过这么多年社会实践和思考，我觉得能做到保护自己既得利益的根本方法，是使更多人得到改革开放的利益，只有如此，才能坚定不移执行这项政策，我才能继续受益。

在谈到"80 年代的文学热好像一去不复返了"时说：

文学本身在社会生活中就不是必需品，在正常社会它应该处在边缘化的阶段，80 年代的文学热是不正常的。那是因为文学在当时勇闯禁区，出现了性、饥饿、伤痕这样的字眼，揭露了种种苦难，迎合老百姓，成了他们的思想代言人。但是文学本身其实并不应该承担这样的职责，目前的状态是相对正常的。

随笔《一切从人的解放开始》（完稿于 2008 年 1 月 20 日）发表于《收获》第 2 期《八十年代》专栏。《朔方》同年第 6 期发表。文章说：

20 世纪 70 年代末邓小平倡导的"思想解放"运动，在中国思想史、文化史乃至中国整部 20 世纪史上，其规模及深远的社会影响，我认为大大超过"五四运动"。那不是启蒙式的、由少数文化精英举着"赛先生德先生"大旗掀起的思潮，而是一种迸发式的，是普遍受到长期压抑后的普遍喷薄而出；不仅松动了思想上的锁链，手脚上的镣铐也被打破，整个社会突然产生一种前所未有的张力。从高层和精英人士直到普通老百姓，中国人几乎人人有话说。更重要的是那不止于思想上的解放，一切都是从人的解放开始。没有人的解放，便没有思想的解放。所以，人们才将那个时期称之为"第二次解放"，并且我以为那才是真正的"解放"。

4 月

21 日，《经济观察报》刊登马国川访谈文章《张贤亮：一个启蒙小说家的八十年代》①，在其中第二部分《小说家成了老百姓的代言人》中，张贤亮谈及自己的小说创作、新时期文学。

经济观察报：可以说，你的小说起到了启蒙的作用。

张贤亮：80年代的启蒙不是凭空而来的，不是由少数文化精英举着"赛先生"、"德先生"大旗掀起的思潮，而是一种迸发式的、普遍式的，是受到长期压抑后的喷薄而出。它打碎了手脚上、思想上的锁链，整个社会突然产生了一种前所未有的张力。我们要说80年代，必须要说到80年代以前，因为历史是不可割断的。不说过去，80年代的思想解放、改革开放就没有历史依据，今天的人们就会觉得80年代是凭空而起、突然冒出来的。

经济观察报：之所以要思想解放，针对的就是思想不解放。

张贤亮：过去我们是死人束缚了活人。所以70年代末80年代初，我在文学上的一个功绩，就是和新时期的文学家们一起，一个一个地突破禁区。新时期作家真实地反映了长达20年的极"左"路线对中国经济、社会、文化等各个方面造成的伤害，尤其是深入到人心理上的伤害和扭曲。这是我们这一代文学家对于中国历史的贡献，我有幸是参与者之一，而且是主力之一。

经济观察报：20世纪70年代末到80年代之间的"新时期文学"，在世界文学史上是一个奇特的现象。

张贤亮：是这样。它对思想解放、对拨乱反正、对中国社会的进步都立下了很大的功劳。那时，从精英人士到普通老百姓，几乎人人有话要说。小说家成了老百姓的代言人，说出了老百姓想说而不敢说的话，说出了老百姓想说而说不好的话。所以一部小说出来，才会出现人们争相阅读的现象。我觉得这是值得中国文学史大书特

---

① 《经济观察报》发表的是压缩版，完整版收录于马国川著《我与八十年代》，（北京）生活·读书·新知三联书店2011年6月。

书的一件事情。（马国川：《张贤亮：一个启蒙小说家的八十年代》，
《经济观察报》2008 年 4 月 21 日。有删节）

5 月

23 日，散文《废墟上的升华》①发表于《解放日报》。

6 月

30 日，《光明日报》刊登记者侯珂珂专访文章《张贤亮：传递北京奥运的人文精神》。张贤亮在谈及北京奥运时说：

奥林匹克精神是对人自身的挑战，"更快、更高、更强"是对生理极限的挑战，每一届奥运会都会有很多运动员打破世界纪录，这说明人的能力在成长，在这个过程中，包含了更多的智慧，这也表明人的智慧在成长。对于作家而言，这些都能帮助我们打开视野。以往，我们的观点仅仅局限在自己的领域，写自己体验过经历过的生活。通过奥运会，我们的题材将会放在整个人类生存的基础上，我们的题材将更广泛更宽宏。

奥运会是一个契机，让中国文化、中国人文精神走向世界。在奥运会之前，中国发生了汶川大地震，这让中国人重新认识了自己，我们爆发出团结与爱心的力量，在劫难面前，中国人的人文精神力量震撼了世界，这些都说明没有什么能难倒中国人，中国人是了不起的。

经过这样一悲一喜，我们不是看中国健儿突破多少成绩，而是展示中国人的力量，展示中国改革开放 30 年来的成就。如果没有改革开放这 30 年，我认为，无论是汶川大地震还是奥运会，我们都无法承受。

————————
① 文后自注"5 月 19 日草就于银川"。

《一切从人的解放开始》作为《鲁迅文学奖·宁夏作家自选集·张贤亮卷》，由宁夏人民出版社出版，收录《一切从人的解放开始》《灵与肉》《肖尔布拉克》《绿化树》《早安！朋友》。书前有冯剑华前言《西北大地上的文学绿荫》、郭文斌序《再造之德》，书后有张贤亮跋《宁夏有个镇北堡》以及《张贤亮创作要目》。

27 日，散文《我来告诉你，宁夏在这里》发表于《宁夏日报》。

7 月

25 日，《人民日报（海外版）》刊登舒晋瑜专访文章《张贤亮：传奇在于和国家命运同步》。

"有幸我的经历和中华民族的经历同步。民族遇到灾害我也遇到灾害，民族开始复苏，我也开始复苏，民族开始崛起我也开始崛起，民族兴旺发达我也开始兴旺发达……"张贤亮这样解释自己广泛受到媒体注意的原因，"我不是一个传奇，我的传奇是和国家民族的命运同步"。

作为当代中国作家，张贤亮提倡首先应该是一个改革者。只有作家自身具有变革现实的参与意识，作品才有力量。张贤亮说："作为一个作家，'下海'的经历丰富了我的创作素材。这几年我虽没有发表重要作品，并不等于我没在写作。现在中国文坛的风气不正，信仰迷失、礼崩乐坏，也不是发表重要作品的时候。" 他说，另一方面，在 20 世纪 70 年代末 80 年代初同时出道的"新时期作家"中，又有谁在 21 世纪初发表了重要小说呢？不少人已转写散文或研究《红楼梦》了。

张贤亮把自己的创作分两方面，一是文字创作，一是立体创作。"我现在还在写作，但要突破过去的作品有很大难度，这是个既艰难又有乐趣且具有挑战性的玩意儿。活了这么一大把年纪，回首往事，不胜感慨，总想给后人留下一点人生经验和'亲历'的历史。中国人是一个健忘的民族，而历史最珍贵的部分恰恰是那惨痛的、人们不愿意回忆的部分。历史和物质一样，越是沉重的部分质量越高，密度越大。我认为在文学中再现那个部分是我的一种责任。"

但是评论家们对新时期作品的文学艺术性评价不是很高。虽然那些作品在中国文学史上留下了独特的不可替代的一笔。对此，张贤亮很自信："我的艺术性是站得住的，我是从人性出发，一开始就接触到了文学的本质，一开始就应用了小说的基本手法。"直到今天，北大的研究生能成段成段地背诵他的作品。"世界上没有一个国家像中国的新时期文学那样推动社会的进步，没有哪个国家的文学在 20 世纪和社会现实那么地紧密结合，深受广大读者喜爱。新时期作家的群体，对社会发展和社会进步的贡献，至今没有估计充分，将来人们会看到，思想解放首先是作家的思想打开。"

近几年，除了应付各种事务性工作，张贤亮有更多的时间进行阅读，他要补上早年因写作而落下的阅读课。"小时候孔子、孟子的书我都读过，儿时学的东西都深深印到脑海里，但不知所以然。80 年代初南怀瑾的书出来了，他提到的所有章句我都熟悉，我从他的书中加深了对我读过的书的理解，所以对我影响最大的应该是南怀瑾的书。"

多年来，张贤亮的作品不断被翻译到不同国家，至今已有 30 多个版本。以色列只有 700 多万人口，《绿化树》在这里却有 1 万多册销量。谈到中外作品互译比例悬殊，张贤亮认为这和中国国力有关，中国过去一直以来和世界脱离。中国成为世界大国还是最近这几年的事情。其次，有些文学作品普世性价值不高，主要还是关注中国人特殊年代下的生活状态。（舒晋瑜：《张贤亮：

传奇在于和国家命运同步》，《人民日报（海外版）》2008 年 7 月 25 日。有删节）

8 月

散文《奥运圣火亮宁夏》发表于《电影》第 8 期。

《张贤亮散文精选集》作为"中国名家散文精选系列"丛书之一，由新世界出版社出版，收录《故乡行》《我失去了我的报晓鸡》《老照片》《发疯的钢琴》《随风而去》《悼"外公"》《父子篇》《我的倾诉》《对生命的贪婪》《满纸荒唐言》《参与、逃避和超越》《追求智慧》《睡前絮语》《消遣的方式》《宁夏有个镇北堡》《出卖"荒凉"》《给中国西部"把脉"》《非"非典"的感悟》《羊杂碎》《丫头·婆姨》《大话狗儿》《我与〈朔方〉》《心安即福地》《人比青山更妩媚》《野鸟原音》《"一个惊人庞大的商品堆积"》《"维京"的后代》《金发碧眼的董仲舒》《没有被遗忘的角落》《从照顾残疾人说开去》《"文化大革命"与北欧》《"铁骑士"、"滂克"、"自由城"》《思索和表现人生的艺术》《天涯若比邻》《文学的殿堂在股票市场的楼上》《东方、西方》《作家出游》。

散文《美丽》收入中信出版社出版的《亲历历史》，此书为《收获》杂志《亲历历史》专栏作品的结集。

10 月

《张贤亮旧体诗词选》发表于《朔方》第 10 期。《编者按》说："近来，张贤亮先生又诗兴大发，创作了大量旧体诗词。《朔方》编选其中的 30 首予以发表，以飨读者。"

11 月

24 日、27 日、28 日凤凰卫视 "凤凰大视野"《春雨润无声——
改革开放 30 年之文化记忆》第 1、第 4、第 5 集访谈、介绍张贤亮
创作及 "下海" 经历。

1 月

散文《风起于青苹之末》《感谢上帝对我如此厚爱》、自述《我比"80后"还激情》《我的人生就是一部厚重的小说》刊发于《湖南文学》第1期《文学界》专辑版，并配发方华、张贤亮对话文章《让更多的作家富起来》，陈继明散文《张贤亮漫记》。

长篇小说《一亿六》发表于《收获》第1期，引发争议。

作为一个饱受争议、极富传奇的作家，张贤亮的每一个举动都会在文坛内外掀起波澜。这位亦商、亦文的作家在沉寂多年后，在今年《收获》第一期上发表了描写未来"精子危机"的长篇《一亿六》，小说一发表，便引起极大反响与争议。有人拍手叫好，也有人斥之为低俗，更有人读后表示失望，他们认为从这部作品来看，张贤亮的创作已不复有当年的创新和突破能力。

对此，张贤亮说："说到这部小说，没有创新、突破，那明摆着是一种偏见。在这部小说里，我拿'精子危机'作为故事的入口，展开了一幅当代社会的真实图景，不夸张地说，医疗、教育、就业、环境危机和法制漏洞等当今社会方方面面的现实问题，在里面都有反映！试问当前有几个作家，有我这样的勇气？"

"你以为我张贤亮只会苦难、劳改和反右？这是一般读者对我的误解，我从来就不是一个习惯走套路的作家，我的写作很多元化。我的套路多着呢。我就是不守常规，不会走同一个路子。"（傅小平：《张贤亮：我从来不走套路》，《文学报》2009年2月26日）

2 月

长篇小说《一亿六》由上海文艺出版社出版。

3 月

6 日，在上海出席媒体见面会，为《一亿六》宣传。7 日，在
上海书城签名售书。

2009 年 3 月，全国政协委员张贤亮开了个小差打个飞的来上
海为新作《一亿六》做宣传。张贤亮面对有备而来的记者不玩"躲
猫猫"，"老夫聊发少年狂"回答所有质疑，一言蔽之：用"荒诞"、
"色情"、"无聊"、"恶俗"等……词汇质疑这部"杰作"根本
不值得一提。

记者：《一亿六》在杂志上连载，没出版就引起很大争议，你
怎么看？

张贤亮：有争议吗？是你们记者说有争议吧，我怎么没有从读
者和评论家那里听到？你小说看了吗？没看，你就别说什么争议。

记者：看了，看完了。

张贤亮：现在记者看书的不多。能看完，说明我成功了啊，现
在有几部小说能让读者看完的？

记者：看完有点气愤，觉得小说不应该这么写，所以有质疑。

张贤亮：其实没什么。我也很奇怪，书没出来怎么就吵得一塌
糊涂，有人觉得我在炒作。人在江湖身不由己啊，但我不在乎书畅销，
我的小说都很畅销，比如《男人的一半是女人》，《一亿六》也会。

记者：大家觉得小说很低俗。

张贤亮：小报小刊上的故事低俗多了。……我是把低俗社会砸
碎了给大家看。

记者：小说大段描写小姐生活，这是因为……

张贤亮：我没去过发廊，但我就是能写得好。

记者：小说里有一个成天把"寒蝉凄切"挂在嘴边、喜欢找小
姐的"国学大师"，大家都说影射文怀沙。

张贤亮：他是谁，我不认识。小说里的国学大师本来没有胡子，后来见到一位大胡子画家，就把胡子添上去了。

记者：《一亿六》里，人类的精子退化了。这样描写是否因为你对自己的生理衰老有点焦虑？

张贤亮：我这73岁的人，有37岁的生命力。没有焦虑，写作图个痛快。

记者：你在小说最后为"镇北堡西部影城"做了个植入式广告，不少读者对此感到很气愤。

张贤亮：这是我故意的。我就是要为宁夏做广告，在写小说一开始我就想到无论如何要扯到"宁夏"。

记者：大家对这部小说的评价，都关注在一些问题层面，并不涉及文学层面。

张贤亮：是呀，我也很痛苦。

（另一记者插话：这是文学作品吗？不就是故事会吗？）

《一亿六》的故事很简单，有钱人想生男娃，精子不行；纯情少男对男女之事懵懵懂懂，却拥有绝代佳精。然后所有社会黑暗的元素，在为争"小蝌蚪"的战斗中铺张开来。故事很吸引眼球，不少描写能频频引起生理反应，不过张说，《一亿六》立意很高，医疗、教育、就业、环境危机和社会腐败等这些问题大家都敢那么大胆去碰吗？张还说，小说在警示人类将面临传宗接代的危机，一句话，"大家有我这样的人文关怀吗？"一句话，小说有争议，是因为《一亿六》立意太高。

有钱就是不一样，在媒体见面会上，他还说："飞的自己买单"，"小说卖不掉，自己包销放到镇北堡西部影城卖"，"最近新添置了一辆豪华车，什么牌子保密"，"小说里的老板钟爱的名牌确实土，但我对名牌很有研究"……张贤亮的狂，不知真的是"恃才傲物"，

还是"恃财傲物"？（石剑峰：《张贤亮："恃才"和"恃财"》，
《东方早报》2009 年 3 月 13 日。有删节）

15 日，在新浪博客发布《敬告〈一亿六〉读者》：

一、作者在小说《一亿六》开始，即申明在"写人物对话时，
使用了四川方言方音。"《收获》主编李小林是四川人，明白"吗"
和"嘛"在四川方音里的区别，在《收获》2009 年第 1 期发表时，
对"吗"和"嘛"二字完全按照原稿，没有改动。但在上海文艺出
版社 2009 年 2 月第 1 版中，出版社的编辑将书中人物对话里的"吗"
和"嘛"按汉语标准普通话发音处理，这样，虽然符合了汉语普通
话规范，却失去了四川人讲话的特点。

按汉语普通话规范，"吗"作为代词时读作 má，如"下午干
吗"，而四川方言一般说"下午干啥子"，用"啥子"做代词；普
通话"吗"作为语助词时读作 ma，用在句末，表示疑问，提出问
题，如"来了吗""吃了吗"等；有时也可表反诘的语气，如"你
这不是在说我吗"。

"嘛"在汉语规范普通话中也读 ma，作为语助词，表示道理
显而易见，如"别灰心，这是第一次嘛"。在规范的汉语字典里，
"吗""嘛"二字读音没有区别，都用拼音符号标为 ma。

但在四川方音中，疑问句、反诘语气和表示道理显而易见的
语助词时，一般都用"嘛"，读轻声，加强了语气却一带而过。如
用四声表示，"嘛"应近于第二声，与标准普通话的"吗"（má
ma）有细微区别。

在上海文艺出版社 09 年（2009 年——引者）第 1 版的《一亿六》
中，按四川方音"吗""嘛"二者应有区别的许多地方，编辑都以
标准普通话处理了。如书中"老头是你啥子人吗"一句应为"老头
是你啥子人嘛"；再如"这个'见红'跟牌桌上赢钱有啥子关系吗？

二者有啥子联系吗""你嘟个搞起的吗？啥子'损害了她的名誉'吗？你做了些啥子吗""我有啥子病吗""嘟个了吗？嘟个了吗"等句中的"吗"全都应为"嘛"。

诸如此类将"嘛"改为"吗"有数十近百处之多。确实感谢上海文艺出版社编辑费心费力，但这改"正"，却失去了四川方音的特色，而且使语句读起来很别扭，既不像普通话又不像四川话。因为，如用普通话来说，要用"吗"就不能与"啥子""嘟个"搭配，前面的"啥子""嘟个"都要改成"什么"和"怎么"。敬请读者读到"吗"和"嘛"处，留意这种细小的区别。

二、书中"几天几夜不回家"一句应为"几天几天不回家"。四川话的"几天几天不回家"意思是经常性的"几天几夜不回家"，带有强化埋怨的语气。如按普通话处理为"几天几夜不回家"，只是在一定时间内的"几天几夜不回家"。四川话与普通话的细微区别即在于此。四川人李小林主编能理解，照此发表，是外省人的编辑按普通话标准将这话改得"正确"了，却改变了意思。

三、作者在本书开始即申明小说中的人名、机构名是虚构的，以免有人对号入座。书中的"美林""摩根"两大美国金融机构，作者原稿是"梅林""摩根斯达利"，就是要避免与两个现实中的美国金融实体名相撞。《收获》印的是"梅林"和"摩石"。可是，上海文艺出版社2009年2月第1版中，却将作者虚构的美国两大金融机构名称改成现在通用的"正确"译名，即媒体上常见的"美林""摩根"。如果美国这两大金融机构的亚洲区主管真的跑来找我理论，会给我带来很大麻烦。

四、书中的"￥"应为"¥"，"¥"下是两横，为人民币的专用符号。这个符号，《收获》2009年第1期的处理是对的。

五、这部《一亿六》和作者以前发表的小说一样，甫发表即引起争议，还招来一些诟病。"文章千古事，得失寸心知。"作者本想一如既往地不说什么话，但作者在写这部小说时体验到一种特殊的创作过程，是作者创作生涯中最特殊的一个"案例"，值得一谈。作者正在写一篇创作这部小说的经过的博客，近期会上网请教网友。（张贤亮新浪博客，https://blog.sina.com.cn/s/blog_49bed4e60100c8ul.html）

4月

11日，《21世纪经济报道》刊登河西访谈文章《"精子危机比金融危机更可怕"——张贤亮专访》。

河西：《一亿六》的故事是否还是要表达您一贯的"灵与肉"的母题？

张贤亮：不是，我的这本新小说《一亿六》的的确确是个意外的任务。那是在科普小报上看到了一篇小文章，是金融危机之前，那时还没有到后来的金融风暴、金融海啸，那时候中国还没有什么感觉，2008年9月份嘛。李小林催稿子，来了好几个电话。我非常感激《收获》，《收获》在1985年发表《男人的一半是女人》时，冒了很大的风险，现在的人不可想象。所以我一直很感谢巴老，感谢《收获》，也正因于此，李小林主编给我打电话，我都是答应的，都给她写。

那天她跟我约稿子，说写个短篇吧，但是我想，短篇写什么好呢？我当时手头正在写一个长篇，写得很苦，从1989年开始我就在断断续续地写这部小说，我想超过我的《男人的一半是女人》，超过《绿化树》和《习惯死亡》，这对我自己来说是一次挑战。虽然写作也快乐，但是也很辛苦。李小林也只要求我写个短篇，但是终究是半道当中插这样一个任务进来，让我不知该如何下笔。凑巧，突然看到报纸上这条新闻，很有趣，现在金融危机并不可怕，最可怕的是精子危机。我觉得很有趣，马上就决定了写这个题材。

同时我一直对宁夏在全国的知名度太低感到愤愤不平，于是乎我就把这个故事放在宁夏。地点就选好了，人物呢？我也一直关注底层弱势群体，在政协会议上，我也为弱势群体说话，于是就把人物设定在弱势群体身上。最底层的人是谁？就是进城的农民工么。这些进城的农民，混得最惨的……我就选了两个混得最惨的农民工来做我的主角。但是谁知道呢，我一动笔，完全失控，抛开了我原来正在写的那部长篇。我有很大的解放感，我肆无忌惮地信笔发挥，事实上，我在 40 天当中完成了这部 23 万字的长篇。人物在我笔下完全是自己跑出来说话、行动，当然，我对我笔下的这两个人物是抱有偏爱的。

这就说到低俗了。这个低俗恰恰是我最近这么多年来感受最深的，我感受到我们的社会正在低俗化，我就要把低俗展现给读者看。关于社会的低俗化，我有一篇文章还没写完，正在写，说的是我们社会为什么会低俗化？

第一，我们中华文化的传统中断了，而新的核心价值观没有建立起来。

第二，改革开放一开始，我们的思想或精神上比较脆弱的时候，国门一打开，80 年代初，一个邓丽君席卷全国，大量的西方或港台文化进来了，商业文化席卷全国。

第三，那些没有什么文化的人，成为了社会中的主流，你看，一个包工头就是亿万富翁，这些人没有文化准备，既没有传统文化，也没有现代的革命文化，这样的人成了主流，而且这些人还特别容易接受西方和港台的商业文化。

第四，我们的教育产业化了。本来是应该作为公共享受的资源的，现在成了产业，成了商品，因而不得不使人们向钱看。

第五，我们应该有独立批判精神的知识分子、学者和文化人，但现在很多都官本位化了。

这几个原因综合起来，我担心的是，社会普遍的低俗化。……

河西：那么您写这样一部小说，主要目的还是要将这种低俗的现象展现给大家看？

张贤亮：我也无法批判它，的的确确我也是偏爱这两个人物，我怎么去批判他们嘛。他们就是在这样一个环境中成长起来的，而且这个社会也不是我的批判就能够改变的。现在的情况是大家想回到过去过清贫的日子也不行了，你走在大街上，所有的世界名牌都在诱惑你。而且，我们的消费社会、娱乐社会使人们不断地产生欲望。

我是很坦率的一个人，为什么会写出这样一部小说？这部小说和《绿化树》、《男人的一半是女人》、《习惯死亡》等都不一样，就是因为我突然有一种解放感，没有太郑重其事，结果很大的随意性产生了。我觉得小说至少，从故事上来说，情节还是曲折的，人物还是栩栩如生的。人物情节是他们自己从我的脑海中跑出来的，我并没有刻意去构想他们。

河西：通过您对这种低俗现象的反思，您觉得我们需要做一些怎样的工作才能遏制低俗？

张贤亮：我觉得这不是我们应该负担的职责，但是我们应该呼唤精神贵族，我们在物质上不一定有很多的物质财富，但精神上也应该要有贵族品位，要有贵族气质，要高尚，要有格调，但是我们没有办法，就说我小说中的二百五吧，他怎么去追求崇高？什么是崇高他并不知道。我们的教育也有问题，我们的应试教育只教书不育人。我的二百五就很典型，他们也没有什么羞耻感。我们连最起码的公民教育都没有。这很让人担心。

河西：现在还在文联和作协担任领导职务吗？

张贤亮：我已经退了，我已经73岁了，也可以说已经"横竖横"（意思是可以不顾一切）了，所以就不用顾忌这些了。

但是这部小说给了我很大的激励，一个73岁的人，还能够在40天内写20多万字的长篇，而且这部小说让我体验到一种从来没有过的创作冲动，人物自己会产生出来，自己会出来说话。它给我现在正在写的这部小说，在创作方法上有很大启发。我以前写得太正儿八经，太多艺术加工，太多修饰，反而搞得很不自由，灵感也出不来，思想又展不开。……

河西：怎么会用四川方言来写作这部小说的呢，您又不是四川人？

张贤亮：我最早看那篇科普小报的报道，就是在四川重庆。而且我周围活动的人，都是四川人。我非常熟悉四川话，我1岁的时候住在四川，直到10岁才离开。我说的第一句完整的话就是四川话。我不是说要宣传一下宁夏吗？把故事的背景放在宁夏吗？可是我发现宁夏话我很难写出它的特点来，不容易变成书面语。所以我写这部小说就变成，宁夏我要宣传，但是说话用四川话，我觉得用四川话说话很生动。我跟你说，我现在到四川去，我现在说的四川方言，当地的四川人听了都会说，你说得太地道了。为什么呢？因为我是小时候在重庆，那是60多年前的时候，现在那个地方的四川方言，多半已经受到了电影、电视、广播的影响，不正宗了，就像上海话一样。

河西：您接受南方某人物媒体的专访我看了，我的第一印象是这个人像王朔，您平时说话也是这样的吗？

张贤亮：我跟那个记者也聊了两个小时，说了很多很严肃的话，但是她最喜欢的还是我那些不严肃的话。……所以我对媒体也不抱太大的希望，我希望我对社会低俗化倾向的担忧，为什么我们社会会低俗化，媒体也能关注一下。我的要求不过分吧？

河西：这样快人快语是否会得罪很多人？

张贤亮：我就是快人快语！我快人快语得罪的人多了，但是我不在乎，这有什么呢？最好的就是你坦率，坦率的话，即使现在我得罪了你，你事后想想也就这么回事，我要跟你绕圈子说话，说得你很高兴，你发现了会觉得这个人太虚伪，我何必呢？我喜欢你就喜欢你，不喜欢你就不喜欢你。但是我这个人还有一点好，我能够在任何人身上都找出一点优点，能够理解人，媒体和网络对我这样，说要枪毙我，但是我都能理解他们。整个社会是低俗化的，连我自己都低俗化了吗！是不是？我非常想追求崇高，追求典雅，可是存在决定意识，整个社会存在这样的氛围，使得你不得不随俗。哪个人能够脱俗？

河西：比如周星驰的电影，一开始也被认为低俗，可是一旦它被接受，并被文学史、电影史所经典化后，它又会成为一种传统，您怎么看这个问题？

张贤亮：你说得很对，所以说世事难料。我的《男人的一半是女人》发表之后也是给批评得体无完肤，现在也被公认是30年来的重要作品，谁知道《一亿六》将来会怎么样？咱们俗就俗到底，看看这个社会是个什么样的社会？低俗的社会！小说中的王草根、二百伍等人最后不是都成功了么，虽然他们使用了这样或那样不正当的手段。我们的市场经济是不是出了一些问题？才会出现了三聚氰胺？

河西：一亿六这个数字除了和精子有关，是否还有别的特殊含义？

张贤亮：没有。那篇科普小报的小文章就写道，很早以前，正常人的精子在一亿三至一亿六之间，从50年代工业化以后开始下降。我小说里写到的数据都是真的。中央卫生部也做过统计，我得说这是科学的。（河西：《"精子危机比金融危机更可怕"——张贤亮专访》，《21 世纪经济报道》2009 年 4 月 11 日。有删节）

29 日，在新浪博客发布《张贤亮旧体诗词选一、二》57 题 67 首：

1.《夜雨》：夜雨孤灯对晚风，江湖一饮百年空。平生故事堪沉醉，不问茶盅或酒盅。

2.《书生》：一支秃笔竟如枪，不射寒鸦射凤凰。侠士少年多勇气，书生老去更轻狂。

3.《抒怀》：烟升大漠自悠扬，长河落日照远方。荣辱得失谁在意，风云过眼任舒张。

4.《长江岸边口占》：昆仑一出中华龙，飞越汉阳更向东。暂憩沧海抬望眼，指日可图天下雄。

5.《古松》：临风不受始皇封，只作荒山一古松。莫问当年霜雪事，今宵闲话尽从容。

6.《中秋》：日可射兮山可扛，归来无语立西窗。可怜万古升沉月，不映嫦娥旧脸庞。

7.《贺兰远眺》：独倚城楼望贺兰，长车今日破雄关。斜阳坠处硝烟尽，一抹红霞染遍山。

8.《黄河岸边口占》：昆仑一出海天宽，万里风云任往还。莫道缓时平如镜，微波深处隐狂澜。

9.《野马》：迎风向雪不趋时，傲骨何须伯乐知。野马平生难负重，老来犹向莽原驰。

10.《夜梦》：莫道江南是旧居，梦中风物或成墟。且于沧海垂丝线，只钓苍龙不钓鱼。

11.《盛世之叹》：不从名将踏征途，未共佳人泛五湖。到老居然逢盛世，男儿何处寄头颅？

12.《春心》：春心何必托东君，冷冷西风任酒醺。大漠无涯沉断雁，苍山十面锁闲云。

13.《下乡扶贫有感》：飞星残月岂无痕，繁草孤松各有根。愿化闲愁成细雨，但随流水到荒村。

14.《随想》：几回风雪乱衣冠，不耐温存只耐寒。塞北江南皆乐土，人间有限寸心宽。

15.《启程》：形骸困顿气纵横，瀚海无边堪远征。一夜心潮天外涌，岂容风雪断初程。

16.《题镇北堡》：徒费两朝蒸土功，残留颓垣草莽中。荒凉频催游子泪，壮烈激扬仁者风。一旦大任从天降，群星由此升太空。飘逝国魂得载体，古堡终建百世功。

17.《遐想》：欲挽雕弓向九天，荒原不见旧狼烟。夜风飒飒痴心动，遥想残星比月圆。

18.《素描》：蝶梦醒时剩寂寥，余香细细百花凋。小窗久避霓虹乱，一页风光只素描。

19.《岁月》：一点春愁垂树梢，如诗岁月等闲抛。是非眼底终明辨，恩怨心头顿时消。

20.《古木赞》：看星看月看如梭，赏尽红桃与碧荷。恰此深秋多媚态，风前枯木也婆娑。

21.《退休后得诗一首》：江郎老去自逍遥，乘风策马过驿桥①。东望黄河龙生雾，西眺贺兰凤凌霄。虽羡古文多经典，犹喜今日涌新潮。莫笑浮生成逝水，指点青山看明朝。

22.《自嘲》：风为羽扇月为灯，北海逍遥不化鹏。逝水生涯

———————————

①收入《张贤亮诗词选》时，诗下自注："马为BMW（宝马车——引者），驿桥乃收费站是也。"张贤亮：《张贤亮诗词选》，宁夏人民出版社2015年8月，第37页。

终不死，轻狂一任鬼神憎。

23.《市场经济》：（一）人间处处有商机，实业强国证中西。莫道市场多虚诈，诚信方为万世基。（二）斜影西风渐不愁，终无梦想带吴钩。人生得失皆平淡，商海沉浮亦自由。

24.《励志诗》：众生孰判重与轻，名望身份难依凭。草芥怀有凌云志，弹扣即响金石声。

25.《往事》：往事如禅久费参，游龙归处是深潭。闲来也忆江南好，只是朔方天更蓝。

26.《驾车行》：（一）依山红日忽垂西，四野苍茫天幕低。一驾名车如战马，飞轮何惧陷尘泥。（二）少年诗赋枉豪奢，壮岁无缘斩白蛇。此际天涯追落日，一声长啸驭飞车。（三）飞车如电畅神灵，旷野高歌只自听。顽石本来非俗物，千年之外一流星。

27.《陨石自喻》：流光似火落蛮荒，铁魄铜魂体内藏。三界经历方悟道，此心安处即天堂。

28.《释怀》：狂歌呓语但驰心，不把情怀付苦吟。冰雪融时开眼界，风沙扫处荡胸襟。

29.《马缨花茶楼望镇北堡水库》：湖波淡淡柳纤纤，饮罢新茶几度添。欲问闲情寄何处，半轮明月挂尖山。

30.《七十生日感怀（调寄《满江红》步岳飞原韵）》：七十年来，如野马，奔腾未歇。蓦回首，尘霜满鬓，风云飘烈。一自东南辞碧水，半生西北追明月。但梦中，杨柳绕秦淮，犹亲切。贺兰上，千秋雪。六盘下，硝烟灭。只金瓯未必，百年无缺。烟雨已消兄弟恨，沧桑不改炎黄血。问何时，携手看神舟，冲霄阙。

31.《跟卡拉学唱歌》：环音袅袅荡闲愁，未解声腔只放喉。歌不时兴尤绮靡，情虽虚幻亦温柔。霓光横卷心头浪，劲曲全消鬓上秋。一阕狂歌堪自赏，佳人何必漫凝眸。

32.《忝列奥运火炬手有感》：（一）西北天高任自由，尘霜不掩旧风流。纵无气力奔千里，试举光明照五洲。（二）一笑休怜华发生，五洲圣火手中擎。久闻都邑英才会，且看银川壮士行。携手几曾分老少，尽心何必问输赢。只今闲话风云事，万众唯求四海宁。

33.《鸟巢颂（七律一首）》：神工筑起百鸟家，宛如云端落京华。坚韧形骸抗风雪，温馨怀抱阻尘沙。赛场实现人间梦，绿茵绽放天上花。百年奋斗见成果，终育鸾凤舞天涯。

34.《贺宁夏回族自治区成立五十周年》：（一）贺兰山雪亮如新，犹映当年战火频。千古风云何处觅，只今回汉一家亲。华灯闹市春常在，落日孤城迹已泯。天地悠悠河水逝，金波泛起自粼粼。（二）落日孤城何足夸，新城古堡立天涯。百川水聚终成海，万里人来即是家。霜雪昔年摧草木，风光此际漫云霞。半生眼界常开拓，览尽山河看物华。

35.《贺奥运开幕》：（一）共此佳期共此情，尘霜扫净大山青。八年风雨望今日，万国旌旗托五星。鼓掌何须参盛会，扬眉聊许对荧屏。此心沉醉欢声里，不作狂歌亦忘形。（二）一会欢腾万事兴，英雄遐迩聚燕京。风雷不改人心固，雾霭何妨天色明。火把点燃千古梦，鼓声激荡九州情。休夸来日金牌事，主客融融成败轻。

36.《吟牛》：瘦骨何甘卧老村，几番飞雪沐精神。一昂头角迎风去，顶起人间万顷春。

37.《春尽》：烟雨江南幻象空，寒霜一夜斩春风。飘零信是东君死，万点飞花胜血红。

38.《饮酒》：西北天倾谁可扛，书生一醉气无双。只今莫问杯中事，块垒沉沉镇酒缸。

39.《春日有感》：春如野马乱奔驰，尽放桃花百万枝。莫道繁华无尽处，终成落寞几行诗。

40.《朔方杂感》：（一）黄沙舞处壮心飞，不意长城竟久违。

古堡斜阳天外仝，临风犹见汉唐威。（二）霜雪晶莹草木枯，朔风直向耳边呼。何当独仝昆仑顶，咫尺青天一丈夫。

41.《夜读〈三国〉有感》：长夜萧萧意自如，窗前风雪枕边书。且凭只手开天阙，肯待他人叩草庐？

42.《感怀》：（之一）不羡神仙不奉斋，不求名利不当差。他年若遇熊熊火，不问骨灰何处埋。（之二）气闷心头掷酒杯，仰天吼作一声雷。呼来春雨千红放，不许芳园只剩梅。（之三）几度沧桑忘暑寒，再无闲事动悲欢。水流江海生涯阔，人到峰峦眼界宽。

43.《残红》：一片残红落古堤，春风至此亦凄凄。且随流水朝天去，不信生涯只作泥。

44.《初春有感》：万里风光次第新，贺兰冰雪尚怡人。青松不老梅花艳，何必江南竞早春。

45.《书生》：书生何处立功勋？大漠行吟自不群。眼底浮云驰万马，笔端豪气荡千军。

46.《少年》：少年风雨亦销魂，江海生涯处处根。顽铁情怀任锤炼，只今不数旧伤痕。

47.《老树》：春光照处绿苍山，冬雪飘时意态闲。斧钺挥来虽可断，脊梁挺罢不能弯。

48.《黄昏飙车有感》：千里飞车过边塞，金戈铁马抑前缘。斜阳何不中天去，欲向长空挥一鞭。

49.《闲情》：闲情写罢待推敲，沧海巫山只自嘲。多少相思化红豆，而今且向白云抛。

50.《鲲鱼》：鲲鱼北海逐波涛，一化飞鹏万里翱。能有成乎须运数，不言败者即英豪。

51.《狂龙》：狂龙志气竟如何，浅水深渊耐折磨。一入汪洋犹恨小，终飞星海御天波。

52.《春光》：春光如水浣生涯，倏忽桃花变李花。梦里残红何处去？随风化作漫天霞。

53.《空言》：空言传世有文章，任尔斤斤论短长。一点残星千万岁，彼时彼处胜阳光。

54.《感怀》：看花看雪看流星，一任苍山几度青。坎坷生涯心坦荡，喧嚣世界梦安宁。[①]

55.《禅意》：禅意何须叩老僧，人间明灭万家灯。爱因有欲常翻覆，情到无私便永恒。

56.《赠友人》：（之一）不弹长铗只沉吟，肯向凡人表寸心？顽石情怀藏美玉，浮云身世化甘霖。（之二）无边风雨一青衫，不怯流言不怯谗。仕路从来多坎坷，人生难得是平凡。

57.《醉卧》：醉卧荒郊梦也甜，春风细细草纤纤。山为柱石云为瓦，从此华楼亦矮檐。（张贤亮新浪博客，https://blog.sina.com.cn/s/blog_49bed4e60100cvh0.html，https://blog.sina.com.cn/s/blog_49bed4e60100cvh3.html）

《灵与肉》《初吻》入选上海文艺出版社出版的《中国新文学大系（1949—2000）》第13集《短篇小说·卷一》（李敬泽主编）。[②]

---

① 收入《张贤亮诗词选》时，与42《感怀》三首以《感怀（四首）》为题收录在一起。
② 李敬泽在该书《序言》中说："重读张贤亮80年代的作品，我认为他可能是那个时代最被低估的作家，这一定程度上也是他自己的选择，他对自己的作家身份有一种'壮夫不为'的羞耻之感，在文学生涯的大部分时间里，他一直在骄傲地力图证明文学并非他的志向和能力所在。但是，《灵与肉》、发表于1986年的短篇《初吻》、他一系列中篇和长篇小说《习惯死亡》，都体现出了走在他的时代之前的炫目的原创力。现在，不知张贤亮是否仍然同意他在1980年的思考。在那一年，中国作家中可能只有张贤亮意识到了正在降临的是什么——那是他仍存记忆而人们已经遗忘或浑然不知的资本、消费和欲望，在伸张劳动在伦理和审美上的正当与美好时，他所表达的信念下面隐伏着深远苍茫的预见。""《灵与肉》体现了'安居'的焦虑。它对大地、生灵、汗水、劳动之美的讴歌，有一种马克思式的、也是德国式的浪漫主义哲学关切。这种关切在1980年可能仅具修辞意义，至今在中国文学中也只在韩少功那里一息尚存。而在所谓的'底层写作'中，劳动的尊严已被预先抽去，'底层'的伦理正当性仅仅系于他们是'弱者'。""长达两万多字的《灵与肉》本来应被归入中篇，实际上，张贤亮那种综览式的目光和态度也确实远长于短篇；但鉴于整个80年代，作家们一直力图对时代作出春江水暖的先知言说，在短篇小说中，此类作品亦是汗牛充栋，蔚为'主流'，那么标出《灵与肉》，或许可以使我们获得对此类作品的判断参照——读过《资本论》与没有读过《资本论》毕竟不可同日而语。"

《男人的一半是女人》入选上海文艺出版社出版的《中国新文学大系（1949—2000）》第 10 集《中篇小说·卷二》（孙颙主编）。

《美丽的眼睛》入选上海文艺出版社出版的《中国新文学大系（1949—2000）》第 18 集《散文·卷二》（吴泰昌主编）。

5 月

《我与〈朔方〉》发表于《朔方》第 5 期。

《小说牛尔惠》发表于《黄河文学》第 5 期。

杂文《中国土著的廉政观》入选上海文艺出版社出版的《中国新文学大系（1949—2000）》第 19 集《杂文卷》（朱铁志主编）。

《男人的一半是女人》收入李小林等主编"《收获》50 年精选"系列丛书《长篇小说卷一·三寸金莲·男人的一半是女人》。

《新周刊》第 18 期刊登张慧憬访谈文章《张贤亮：我是复杂的中国人的代表》。

《新周刊》第 19 期刊登张慧憬采访、整理文章《张贤亮：没有女人没有爱情的青春期更加坚挺（1959—1969）》。

6 月

21 日，就金庸加入中国作协一事接受记者采访时表示："这是顺理成章、水到渠成的事情，不需要太多理由。"并回忆说，早在香港刚刚回归时，自己便向作协提议吸纳香港作家，随后大概是1998 年，还在北京当面向金庸发出了邀请，"可能是时机还不如现在成熟，当时金庸听过后未置可否，这事情也就耽搁下来"。表示："让享誉全球文坛的金庸先生加入中国作协，毫无疑问是一件天大的好事。"（张体义：《张贤亮谈金庸入作协：这是顺理成章水到渠成的事》，《大河报》2009 年 6 月 22 日）

22 日，应香港贸易发展局和《亚洲周刊》邀请，作为特邀嘉宾参加 2009 香港书展，并作专题讲座《我的〈一亿六〉——中国当代社会的低俗化倾向》。

用一部被称为"低俗小说"的作品为武器，"剑走偏锋"讽喻当代社会低俗化倾向，22 日，这部小说的作者、著名作家张贤亮论道香江，向低俗化高调"宣战"。在他看来，如果用"形而下"方式来理解文化的话，那么通俗文化乃至高雅文化亦会变味为低俗文化。

以低俗制低俗

借长篇小说《一亿六》的出版和香港书展开幕的契机，张贤亮把社会低俗化问题从内地一路谈到了香江。早年创作《男人的一半是女人》的时候，张贤亮即把作品当作自嘲的工具；而新作《一亿六》的出炉，则成为其讽喻社会低俗化倾向的武器。对他来说，在几十年的创作中，"讽喻"是不变的主题。

以低俗制低俗，攻击当下社会低俗化现象，尽管引来争议如潮，但年逾古稀的张贤亮，犹自老夫聊发少年狂，对社会低俗化倾向保持着敏锐的触觉，并用行动"把社会的低俗砸碎给人看"。

通俗高雅都可能变低俗

在其看来，中华传统文化的断层；部分没有接受过主流文化和传统文化教育的人进入财富和权力阶层；大量西方商业文化和通俗文化的"入侵"；以及教育产业化和具有独立批判精神的知识分子、学者和文化人的缺失，都成为了当代社会低俗化的"生存土壤"。

张贤亮认为，对于那些还没有足够准备的人来说，通俗文化和高雅文化都有可能变成低俗文化。他举例说，刚刚猝亡的迈克尔·杰克逊可谓是通俗文化之王，甚至在某种意义上已经到达了高雅文化的高度，但如果不用"形而上"而是用"形而下"方式来理解杰克逊的话，那么通俗文化乃至高雅文化都会变味为低俗文化。

"爱情在想象中最美好"

把社会的低俗砸碎给人看，如今张贤亮的直截了当已引得"火星四射"。有人认为《一亿六》是部"低俗小说"、"情色小说"，并要求张贤亮从此搁笔，但张贤亮却表示，作为一位73岁的老人，在短短四十天内，每天用两小时写出了20万字的长篇小说，这说明自己还是有写作潜力的。

尽管自己的绝大部分作品都在"谈情说爱"，但张贤亮这位看似情感触觉极为敏锐的作家，今天在谈到"爱情"这个字眼时却被指"冷感"。他表示，"爱情只有在想象中最美好，自己从没有把一个人爱得死去活来，亦从未有一个人把自己爱得死去活来。"

对未来却并不悲观

"只要社会不折腾，教育向好的方向发展，拯救社会低俗化倾向还是大有希望的"，尽管对低俗化倾向有着透辟锋利的批判，但张贤亮对未来却并不悲观。

巧合的是，张贤亮论到当日正是几百年一遇的日全食当空之时。他语重心长地向各读者寄语，"最重要的是，大家要过好每一天，因为你们的每一天都要比几百年一遇的日全食更精彩。"（中新社电。《晶报》2009年7月24日）

8月

18日，在镇北堡西部影城与来访的冯骥才夫妇会面。

冯骥才与张贤亮是多年的挚友，两人一直在为保护中国传统文化做着不懈的努力。8月18日下午，张贤亮在迎接冯骥才时幽默地说："我这里有两个月亮门，一个是电影《红高粱》留下的著名拍摄场景，一个就是影城的大门，这两个'月'组合起来就是'朋'字，意思是'有朋自远方来不亦乐乎！'"游览西部影城的过程中，冯骥才对张贤亮收集的圆明园建筑构件、中国古代大门、古董家具、木版年画、织布表演等物质文化和非物质文化兴趣浓厚，不时驻足欣赏，并与夫人一起购买了很多民间工艺品。他评价说："西部影城借助影片拍摄留下的场景再现了中国古老的传统文化，并且很多项目都是让人们免费参与，这就是对传统文化的保护和传承。" 参观结束后，冯骥才感慨地对张贤亮说："你能把苦难写成文章，能把荒凉变成黄金"，并欣然提笔为影城留言 "苦难酿成巨著荒凉，淘出黄金真奇人生"。（徐莉：《冯骥才、张贤亮两大作家西部影城话友谊》，《华兴时报》2009年8月20日）

《绿化树》作为"中篇小说金库"丛书之一，由花城出版社出版。除收录小说《绿化树》外，还收录张贤亮《关于〈绿化树〉》《关于〈绿化树〉的一些说明》《风起于青萍之末》《感谢上帝对我如此厚爱》，夏刚《在灵与肉的搏斗中升华》，高尔泰《〈绿化树〉印象》，方华、张贤亮《让更多的作家富起来》以及《张贤亮创作年表》。

9月

17日，傅小平采访、整理文章《六十年，印象深刻的文学往事》

刊登于《文学报》，人大复印资料《中国现代、当代文学研究》同年第 12 期转载。张贤亮表示：

现在看来，在 20 世纪 70 年代末 80 年代初，文学曾在中国社会中产生了非常重要的影响，那是中国人和中国文学被压抑了 20 年之久的一次反弹。可以毫不夸张地说，那时候中国文学甚至担当了一个思想解放的先锋队的作用，我很有幸地成为这个先锋队中的一员。将来谈到中国文学史，谈到 80 年代，我和我们的这一代作家是不可回避的，因为我们已经在中国社会的发展历程中打下了自己鲜明的印记。

29 日，随笔《养狗与文明》发表于《新华日报》。

《男人的一半是女人》作为 1985 年中国长篇小说代表作，列入由杨匡汉、杨早主编，（北京）生活·读书·新知三联书店出版的《六十年与六十部：共和国文学档案》①。

10 月

散文《悼仲锷》收入高桦编、作家出版社出版的《永远的章大编》。

11 月

23 日，为"纪念巴金诞辰 95 周年暨第九届巴金国际学术研讨会"

---

① 杨匡汉《前言：此史可待成追忆》谈及此书编写设想、原则时说："《六十年与六十部》一书的初衷，是在 60 年文学风雨路上，尽力寻找文学史视野与思想史、文化史视野这三者的结合点，以问题意识为切入口，观察社会变迁，触摸主流情绪，重新发现文学史上的意义，具体而言：1. 所选作品，是曾经引起文学界乃至社会上普遍关注或争议的；2. 所列作品，是不同程度地反映了当时社会的主流情绪和精神现象的；3. 所读作品，是在回眸过往和注视当今时，仍然有思想史和文学史价值的；4. 所论作品，是创作与批评都能对当代精神生活的变化有所展示与影响的。无论是创作或批评，考量文学史，其辩证的起点，是源于问题的发现与提出，其意义与价值，系于问题的探索与展开。"杨匡汉、杨早：《六十年与六十部：共和国文学档案》，（北京）生活·读书·新知三联书店 2009 年 9 月，第 7 页。

题词：

巴金老人是我最敬佩的前辈作家。在"文革"（"文化大革命"——引者）结束不久、中国人刚从噩梦中憨醒的 1978 年，他就大声疾呼"说真话"。这在说假话、空话、套话的风气还未清除的时候起了振聋发聩的巨大作用。我认为这种精神直接开启了"新时期文学"的大门。我们这一代作家都是在他的感召下写出了具有划时代意义的作品的。当然，"真话"并不等同于真实，更不等同于真理，但只有人人都能说自己的话、都能从个人的角度发表看法，我们民族才会是一个精神活跃而张扬的自由民族；和谐社会的重要特征之一就是多样化与多样性。所以，巴金老人那部提倡讲真话的大书《随想录》，是值得我们永远学习的；巴金老人永远是一座历史的丰碑。①

本年

英文版《绿化树——张贤亮作品选》（戴乃迭等译）作为"熊猫丛书"之一，由外文出版社出版。

《一亿六》由台北 INK 印刻文学生活杂志出版有限公司出版。

---

① 陈思和、李存光：《五四新文学精神的薪传》（第 2 版），（北京）生活·读书·新知三联书店 2014 年 7 月，第 34 页。

1月

在接受《吉林日报》记者韩金祥访谈时说：

我所回忆的文化艺术大师，他能影响中国势必首先是影响我。我想这儿我最想说的是巴金老人，巴金老人在20世纪30年代，他写的一系列小说《家》《春》《秋》，他那种反封建的、呼唤人性解放的作品，曾经影响过一代甚至两代中国人，我曾经听过很多革命老前辈说他们在20世纪30年代投奔革命、奔赴延安就是受了巴金小说的影响，那个时候的文学激励了我们的革命先驱。而在新时期，巴金老人他有三个字是非常闪光的，在中国文化界、文学界、思想界起了振聋发聩的作用，这三个字就是"说真话"。（韩金祥：《巴金告诫我们"讲真话"》，《吉林日报》2010年1月9日）

《张贤亮经典语录——人很重要》（马季编）由中华工商联合出版社出版。全书分为《人·人性》《男人·女人》《生命·死亡》《青春·爱情》《婚姻·家庭》《人生·命运》《文学·创作》《情感·理智》《思辨·哲理》《人道·商道》《当下·历史》《文人·国家》12卷。

3月

20日，在新浪博客发布《"救生行动"声明》：

贫困人士并不怕日常生活的捉襟见肘，最可怕的是贫病交加。一人得病，全家悲愁，这时他们急需社会的关怀与帮助。古人说"浮图之慈悲救生最大"，世界上最珍贵的莫过于生命。我决定从2010年开始，每年捐出人民币150万~180万元补助一些不属于、或超出医保范围而病人家庭又无力承担的医治费用。我将这种行动称为"救生行动"。（张贤亮新浪博客，https://blog.sina.com.cn/s/blog_49bed4e60100h7ov.html）

4 月

11 日，《张贤亮诗词选》（《往事》《夜雨》《抒怀》《书生》《古松》《题镇北堡》《长江岸边口占》《黄河岸边口占》《贺兰远眺》《盛世之叹》《下乡扶贫有感》《励志诗》《春心》《岁月》《随想》）发表于《中国文化报》。

《张贤亮旧体诗词选》31 首发表于《朔方》第 4 期。

5 月

12 日，获宁夏慈善突出贡献人物奖。

23 日，在新浪博客发布《张贤亮诗词选（最新整理，共 80 首①）》，除 2009 年 4 月 29 日新浪博客《张贤亮旧体诗词选一、二》所收诗词外，另收有：

1.《端午有感（调寄蝶恋花）》：一卷楚词愁万古，江海茫茫，不见行吟处。浪里欢声谁击鼓？龙舟千队齐争渡。　香草美人终作土，或有诗魂，绿似南山树。奇服归来惊陌路，今朝且向东夷舞。

2.《端午感怀》：空有闲情念屈原，终无妙赋可招魂。回看秦楚风烟灭，一卷离骚酒一樽。

3.《宁夏颂》：河腾东流龙蹈海，山云西散风凌霄。塞上江南如锦绣，八方风雨聚英豪。

4.《塞上秋》：贺兰山外夜空蓝，滚滚黄河一梦酣。②塞上飞霜如柳絮，惜春何必到江南。

5.《寄语上海世博会》：灿烂明珠立海涯，五洲谁不羡繁华。诗声遐迩云间鹤，光影纵横水上霞。彻夜霓虹常蔽月，四时风雨各开花。高楼拔地冲霄阙，竟是凡尘百姓家。

---

① 应为 65 题 75 首。
②《张贤亮诗词选》中，这两句为："滚滚黄河一梦酣，贺兰山外夜空蓝。"张贤亮：《张贤亮诗词选》，宁夏人民出版社 2015 年 8 月，第 42 页。

6.《步任启兴先生〈月下有感〉》：银丝忽上少年头，不尽光明彻九州。霜雪啸吟惟自赏，烟云聚散几人留？闲听万里风声断，痴看千年月色幽。遥想坡仙曾把酒，古今一醉共悠悠。

7.《题竹》：山野青青立一丛，风霜雨雪看如空。平生自负凌云节，不在千花万木中。

8.《收养一女有感而作》：春来何必忆沧桑，从此人生又一章。抱得千金忙亦乐，抛开万事乐犹忙。啼声每激心头浪，笑靥堪融鬓上霜。或曰女儿才半岁，阿爷应似少年郎。（张贤亮新浪博客，https://blog.sina.com.cn/s/blog_49bed4e60100ijzg.html）

9月

《地阔天宽任君行：为育宁先生〈友声同鸣集〉作的序》发表于《草原》第9期。

10月

19日，开通新浪微博：

新浪网友，大家好！我是张贤亮，欢迎大家来西部影城做客。我会在这里发一些诗歌作品和大家分享，欢迎大家多多和我交流。（张贤亮新浪微博，https://weibo.com/u/1833974121）

19日，更新新浪微博：

经常有人问我为什么选择在银川生活？这完全是因为我年轻时无法选择，19岁开始劳改，一待就是22年，自然就习惯了。重获自由后去过很多地方，美国呀法国呀，多繁华的地方都体验过了，但觉得只有在这里才安心，所以叫安心福地，安心是非常重要的。所以，在我居住的小土屋内，挂着四个字"安心福地"。（张贤亮新浪微博，https://weibo.com/u/1833974121）

20 日，更新新浪微博：

经商让我的生活充实了很多，事实证明我的选择是对的。最好的深入市场经济方式莫过于创办经营一个企业，这让我对于社会体制改革了解得更深刻，比做专业作家的时候接触社会更密切，对我的写作很有帮助。当然这并不是说我再写东西就是写影视城、写商业，而是通过这个对人生的感悟越来越多，让小说的细节丰富。（张贤亮新浪微博，https://weibo.com/u/1833974121）

21 日，随笔《现在面临的最大问题是重构文化》发表于《社会科学报》。文章说：

我们现在正处于从计划经济向市场经济转轨、政治改革还有待起步的所谓"转型期"。"存在决定意识"，因此，我们现在的文化只能是一个多元的文化，在前进过程中非常庞杂的、混沌的文化。因为整个社会文化没有定型，人们的心就无所依存。而文化精神力量对于造就一个大国有着重要作用。……现在面临的最大问题是重构文化，要按照列宁说的"继承人类一切文明成果"，在重新整理中华文化传统的基础上广泛汲取全人类创造积累的文化成果。（张贤亮：《现在面临的最大问题是重构文化》，《社会科学报》2010 年10 月 21 日。有删节）

21 日，更新新浪微博，发布诗作《题镇北堡》。

22 日，更新新浪微博，发布诗作《塞上秋》。

26 日，更新新浪微博，发布诗作《往事》。

11 月

1 日，更新新浪微博：

一支秃笔竟如枪，不射寒鸦射凤凰。侠士少年多勇气，书生老去更轻狂。——《书生》（张贤亮新浪微博，https://weibo.com/

u/1833974121）

3 日，更新新浪微博，发布诗作《书生（书生何处立功勋）》。

5 日，更新新浪微博：

中国人心目中，"英雄"必须是能干出一番大事业的人。忽视普通人偶然表现出的英雄行为，是中国文化的缺陷。如果你问现在的年轻人将来的愿望，绝大多数都会回答他们想当高官巨富，当然也有人想当科学家作家艺术家，总之，都想取得高度的社会、经济权势或文化权势，因为他们知道，只有取得这些才会成为英雄。（张贤亮新浪微博，https://weibo.com/u/1833974121）

8 日，更新新浪微博，发布诗作《野马》。

9 日，更新新浪微博，发布诗作《宁夏颂》。

15 日，更新新浪微博，发布诗作《随想》。

22 日，更新新浪微博，发布诗作《岁月》。

24 日，更新新浪微博，发布诗作《励志诗》。

30 日，《咬文嚼字》杂志公布张贤亮作品语言文字差错审读报告。短信回复编辑部："感谢读者。我作品中疏忽之处绝对不止这些，有时偶然翻阅就有发现。谢谢！希望常指教！"（张贤亮：《张贤亮：希望常指教》，《咬文嚼字》2010 年第 12 期）

《共产党员》（下半月）第 22 期摘发《现在是人人写作的时代——张贤亮谈文学的边缘化》（原刊于《世界新闻报》）：

从 20 世纪 70 年代末期到 80 年代末期，中国作家就是中国老百姓的代言人，那时我们刚刚从高压政策之下解放出来，我们有说不完的话，我们有很多话需要倾诉，而我们的话真正代表了老百姓的话，老百姓想说而不敢说，想说又不好说的话，是由我们来代言的。

目前的中国文学已经边缘化，现在这个社会人人都可以说话。你看我们作家说话的分量越来越轻；甚至我们作家说话还不如老百姓所想的。还有，很多作家的深刻度还不如老百姓亲身所感受的那种现实生活来得深刻……

因为社会进步了，再不像过去说一言以兴邦，一言以丧邦，一部小说能够启发到很多人。那时候一本小说出来，洛阳纸贵，万人传诵，现在哪一个作家写出来的东西都不会得到那样的关注了。过去是人人阅读的年代，现在是人人写作的年代，你写，我也能写，咱们都上网，对吧？他何必关注你呢？现在作家的社会责任感也没有过去那么强烈了，他就光抒发自己。20 世纪 80 年代，我们有很强的社会责任感。（张贤亮：《现在是人人写作的时代——张贤亮谈文学的边缘化》，《共产党员》2010 年第 22 期。有删节）

12 月

6 日，《我们不能丢了敬畏心》发表于《北京日报》。文章说：

文化精神力量，对于造就一个大国有着重要作用。而我们现在，文化混沌，杂乱无章，还没有建立起人的终极目标。价值观失范，文化秩序混乱，用以感召人们的核心文化精神苍白无力，多数人心中除了钱之外似乎没有其他支撑，找不到精神家园。

……把文化作为一门产业，生产出的产品要在全国全世界销售，不言而喻，先决条件是你的文化要"优良"，你的主流意识形态、观念、理念、价值观和信仰要有世界性的吸引力。你有独树一帜的文化，经过艺术的提炼加工成为商品，才能在世界文化市场上占有一席之地；你的文化越独特，有超强的吸引力，你占有的市场份额就越大。种子，即文化本身还不具备国际竞争力，即使艺术提炼得再精致，加工得再精细，也调动不起文化消费者的多次消费欲。

所以我说我们现在面临的最大问题是重构文化，要按照列宁说的"继承人类一切文明成果",在重新整理中华文化传统的基础上广泛汲取全人类创造积累的文化成果。中央号召我们努力建设国家的"软实力",其实"软实力"并不"软"。你必须具备有普遍凝聚力、强烈感召力、无可置疑的说服力的文化价值体系,你的文化产品在世界面前才能"硬"得起来。(张贤亮:《我们不能丢了敬畏心》,《北京日报》2010年12月6日。有删节)

1 月

和歌访谈文章《最具永恒价值的是人间烟火》发表于《黄河文学》第 1 期。

3 月

1 日，随笔《文化重构，引领心灵》发表于《渤海早报》。

11 日，随笔《闲话书法》发表于《新华日报》。文章说：

我的"书法作品"其实应叫作"毛笔字"，因为只有字而无"法"。虽然我启蒙很早，抗日战争时期举家从南京迁往重庆，为了"躲警报"住在农村，附近有青山绿水却无学校，五岁时家里就请了位前清的落第秀才来教我，老先生只教认字不教写字。开讲竟然是《古文观止》，既艰涩又无趣，后经我母亲干预，改教《唐诗三百首》。我母亲又说还是要学写字的，就买了描红格来叫我玩耍之余自己学着填。家慈自小受西方教育，也不懂书法，看我只要把空白处填满就行了，纯粹是"涂鸦"。不知这种描红格本子现在还有没有，我觉得那还是有些益处，可让学生对汉字结构有初步印象，但因为是在线框中的空白处填墨，会使人忽视了笔法，而"书法"首先在于笔法，即用笔之法。所以，很长一段时间我都不懂什么笔法，拿起笔便写，这也是我不敢称自己的毛笔字为"书法作品"的缘故之一。

……因为我的"书法作品"除索要者指定的内容之外，全部是我个人的旧体诗词，这就让我可自由挥洒，虽然没有"书法"之"法度"，但笔墨中却有真性情在，应了佛家的"法、非法、非非法"之说，和写小说一样：最高的技巧是无技巧！（张贤亮：《闲话书法》，《新华日报》2011 年 3 月 11 日。有删节）

17 日，更新新浪微博：

我已经到了写自传的年龄。我的自传会有点儿虚构的成分，不像别人那样具体到某年某月某日。我写的是传记体文学作品。我的一生，你说是传奇也好，实际上折射出中国的一段历史。我很喜欢美国电影《阿甘正传》，一个智力障碍的人，美国几十年的历史都在他身上发生了。（张贤亮新浪微博，https://weibo.com/u/1833974121）

5 月

《张贤亮旧体诗词》17 首发表于《黄河文学》第 5 期。

8 月

5 日，更新新浪微博，发布诗作《题竹》。

《架在重庆双臂上的精神品牌》发表于《重庆旅游》第 8 期。

9 月

散文《忆陈冰同志》收入陈继亮编、天津人民出版社出版的《陈冰文稿选集》。

20 世纪 70 年代末"文革"（"文化大革命"——引者）结束后，有一项对国家命运非常重要的举措，就是"平反冤假错案"。这项举措启动了改革开放，没有"平反冤假错案"，就不能把人们从多年的高压下解放出来。解放了的人们也才有胆量进行"改革"，才有胆量去"开放"。虽说这是党中央的政策，但贯彻这项政策的人最为关键。"文革"（"文化大革命"——引者）刚过，"两个凡是"的阴影未除，"解放思想"还在艰难起步，忽然要查陈年旧案，给冤枉了十几甚至二十多年的"阶级敌人"翻案，无疑是非常困难的，但我有幸遇到了陈冰同志。

我是因 1957 年在那时西北权威的文学刊物《延河》上发表长诗《大风歌》而被打成"右派分子"的。这个"打"字相当于今天网上的"板砖"。"板砖"……能决定人的生死存亡,其猛烈与可怕可想而知。我的"右派"是被《人民日报》点名的,故而受到严厉处分:"开除公职,劳动教养"。1963年开展"社会主义教育运动",我又"升级"为"反革命分子",罪名是"右派翻案"和"知情不报"。到1978年给右派分子"改正"时,有关文件规定,当初被打成"右派"的人又有新的罪行,不予"改正"。这样,在文学界著名的"右派"如王蒙……邓友梅、李国文等都获得"改正"后,我仍然未能"改正"。那时我已42岁了,40岁前,我在生产队是拔尖的劳动力,能背200斤粮食,挖渠清淤总是我第一个完成任务,割水稻一天能割三亩(现在说来恐怕没人相信)。而人过40,体力明显下降,劳动上拼不过年轻人了,怎么办?很发愁。这时,我的一位好友叫冶正纲的来农场看我,他原来是宁夏惠农县副县长,1957年被打成"反党集团分子",两次劳改都和我住在一起……他说,现在向报纸杂志投稿,对作者的"成分身份"查得不严了,只要文章好就会采用,你何不写点小文章投给报刊碰运气?你的文章要是发表,就有人发现你还"识文抓字"(宁夏方言),现在学校正缺教员,说不定能把你调去教书呢。这真如醍醐灌顶,我马上照他的指点,夜间趴在马料桶上写了一篇四千字的所谓小说投给《宁夏文艺》,没想到第二个月就发表在头版头条。果不其然,我头上的两顶"帽子"未摘,农场就把我调到子弟学校教高三的语文课,彻底摆脱了体力劳动,同时,也使我恍然大悟:22年前我只写过诗没写过小说,22年后落笔居然能写出"小说"!这是"小说"的话我还能写!1978年的《宁夏文艺》连续在头版头条位置发表了我三篇小说,终于撬动了给我平反的杠杆。宁夏党委宣传部、银川市检察院、银川市公安局、宁夏党校(代表我原来的工作单位"甘肃省委干部文化学校")、我目前所在的单位南梁农场,五家单位组成了一个调查小组，经调查，我的"反革命分子罪行"完全源于"右派"问题，所以还算是"右派"，应在"改正"之列。

这个调查小组是怎样成立的呢？原来，陈冰同志时任宁夏回族自治区党委副书记，主持宁夏的文教宣传，《宁夏文艺》当然是他每期必审的。他看到我发表的第二篇小说就问：这个张贤亮是什么人？小说写得不错！下面马上查询，一问，我竟然还戴着两顶"帽子"，既是"右派"又是"反革命"。陈冰说，不对！从小说看他还是拥护党的十一届三中全会精神的，要仔细查查，该给他平反的还要给他平反。所以，五单位组成的调查组是由自治区党委宣传部牵头的。我的问题都解决后调到宁夏文联，当上了《宁夏文艺》的编辑，被他召见了一次。

我22年来见过最大的官不过是县级农场的场长书记，突然见了这么大的"大官"，不禁诚惶诚恐。我记得接见我是在他的办公室，刚迈进办公室我便不知所措，而陈冰同志居然站了起来摆手让座，还叫他的秘书给我倒茶，这稍稍平息了我的不安。抬头打量，"大官"陈冰与我在报纸上见的主席台上正襟危坐、满脸挂霜的领导人很是不同。高瘦清癯，戴副眼镜，风度儒雅，斜靠在办公桌后的沙发椅上，以一种闲散的姿态和我交谈。虽然我的个人历史他早在档案上知晓，但还得从这个问题谈起。我谨慎地用平和的语气好像说别人的冤屈一样述说了一遍，谈到过去断章取义、指黑为白、无限上纲制造冤假错案的经过，他竟忍不住失笑，变成"谈笑风生"了。确实，对过去……也只能一笑置之。但他可以谈笑风生，我这厢只能以苦笑配合，不敢放开来大发议论。问到我目前的情况，我忙答之曰"很好很好很好"。他又说了些勉励的话，并没有引用《毛主席语录》和政治术语，而是引用古人的事例和古人的名言，这些我虽早已熟悉，但从这位中共"大官"口中说出来，简直是"闻所未闻"，我不断点头称是。当问起我"改正"后得了多少"补偿"时,我答以"300元",他的笑容中忽然露出歉意。含冤22年,九死一生,最后以300元结清。我不清楚当时的300元折合现在的币值应是多少,只记得那时我当农工的月工资是32元,调到学校教书因是"以工代干",不是正式教员,月工资提到36元,"农贸市场"上鸡蛋是1元5枚,300元可买1500枚鸡蛋,折算下来,22年"冤狱"补了不足一年的工资,或说是给我"补偿"了1500枚鸡蛋。陈冰同志毕竟是中共"大官",这时就板起面孔教导我要理解国家经济困难,还说"吃吃苦、劳动劳动对你还是有好处的"等等。 我忙说:"理解理解! 有好处、有好处!"但陈冰同志那时就表现出官员们身上少见的人情味,想在经济"补偿"之外再给我些补偿,问我现在还有什么要求。因为有了前面半小时轻松的铺垫,我才敢于提出,把我押去劳改后,我九岁的妹妹因家中失去经济来源,母亲不得不把她送到兰州的甘肃省京剧团当小学员,毕业后分配到甘肃最贫困的定西地区文工团,我试探地问,能不能将我妹妹调到银川来工作? 陈冰同志马上爽快地答应:当然可以,这就叫人办理调动手续。于是,不到两个月,我妹妹就从中国著名的最贫困地区调来银川,到宁夏群众艺术馆上班了。

我结婚生子后,陈冰同志还以患哮喘病之身登上四楼来看我。那真叫"光临寒舍",而陪同他的有宣传部副部长、宁夏文联正副主席、秘书、警卫一群人,他见好些人无法落座,就寒暄一番,没说几句话便告别了。时间虽短,但对宁夏文艺界落实"知识分子政策"起了相当大的影响。

接着,就出现了因我的小说《灵与肉》获得全国优秀短篇小说奖后,长春电影制片厂和上海电影制片厂争取拍摄权的问题。本来,我已同意长影厂将《灵与肉》拍成电影,并与长影厂的编剧李玲修谈了构思,她把剧本的初稿都写好了。没想到我在北京开会时谢晋跑来找我，说他一定要拍这部片子，上影厂已经列入了当年的拍摄计划。我虽然非常敬重谢晋，但也只能说没办法了，人家已经把剧本写出来了。谢晋问，你们宁夏的宣传部部长是谁，我说是陈冰副书记兼任宣传部部长。他一拍大腿喊好，这就有办法了，我找你们书记去！从北京回到银川，很快接到通知，陈书记要见我。这次到他的办公室，陈冰同志竟迎了出来，笑容可掬，落座后连声说：算了、算了！你就把《灵与肉》交给谢晋吧！谢晋是我老朋友了，我在浙江当宣传部部长的时候，他在绍兴拍《舞台姐妹》我们就认识了，还给他帮了很多忙哩！我问，那怎样跟长影厂交待呢？陈冰同志说你不用和他们多话，就跟他们说是宁夏领导指定的好了。有他的话我等于奉令行事，也正合我意。这就是谢晋能拍摄著名影片《牧马人》的起因；没有陈冰，就没有谢晋的《牧马人》。[①] 幸好1981年《合同法》不仅没有出台，全国

---

① 李玲修回忆，《牧马人》最终由上影厂谢晋拍摄，与时任长影厂厂长苏云的"割爱"大有关系："提起电影《牧马人》，真是家喻户晓。然而圈内很少有人知道，如果没有苏云同志的全局观念和'割爱'，可能就没有《牧马人》的顺利诞生，或许会有两个《牧马人》。当小说《灵与肉》还没在《人民文学》发表时，我到北京组稿。《人民文学》的朋友告诉我，有个宁夏的作者写了篇小说非常棒，准备在《人民文学》上重点推出。《小说选刊》也准备选载，还配有著名评论家唐达成写的评论。我要了份校样，回到旅馆一口气读完了，当即意识到这是篇好东西，立即就给远在宁夏的张贤亮写了封信，约他改编成电影剧本。不料张贤亮回信感谢垂青，但他认为这小说不适合改电影。我又写去一封长信说明能改编的理由。张贤亮见我很执著，回信委托我改编。不久，小说发表了，果然很轰动。我和一位副导演合作改编的剧本经总编室领导看了通过后，让我去征求张贤亮意见。不料张贤亮和我在北京碰头时，却面带赧色吞吞吐吐地说：'谢晋导演已到宁夏向自治区党委副书记打了保票，要拍《灵与肉》，并已约请李準先生担任编剧。考虑到你已改编了剧本，我建议李準先生与你合作。上影方面也同意了……'我当即表明，李準先生是老编剧，根本不需要合作，我也不愿当排名编剧。只要能把作品拍好，我不计较这半拉编剧。但转让剧本需获得长影领导同意才行，否则打官司，有你的委托信在我手里，上影也打不赢。""当时正好苏云同志来京开会，我把情况作了汇报。苏云同志很不高兴：'既是好本子又是我们先抓的，为什么要让出去？上影能拍，难道长影不能拍？'我硬着头皮对苏云同志谈我的看法：'此小说校样我也曾找过国内几个好导演看过，他们虑及内容上涉及"反右"和"文革"（"文化大革命"——引者），不好表现……如果我们扣着不放，当然不一定拍不好，但从阵容来说，谢晋的班子可能更有把握些，从编剧力量上，我也没法跟李準先生比。更主要的是，这个作者当了20年右派才写出这么部作品来，拍不好对他是个沉重打击！'也可能是最后一句话触动了他的爱才之心，苏云同志终于同意让出这部小说的摄制权。这样才有《牧马人》的顺利诞生。试想，如果当时苏云同志执意扣住本子不放，那结局很可能是重蹈两厂同时拍一个内容作品的覆辙，其利弊是不言而喻的！由此可看出苏云同志的博大胸怀。在关键时刻，他是有全局观念的，他是以祖国的电影事业为重的，不仅爱护扶植长影的人才，对任何一匹有潜力的马驹，他都具有伯乐的爱心！"李玲修：《痛悼影坛伯乐苏云》，《文艺报》2005年11月12日。

上下连一点合同契约的概念都没有，何况我也没有和长影签约。

陈冰同志应该是《牧马人》还没有到宁夏拍摄就调到天津当副书记的，不然，陈冰肯定会接见谢晋的摄制组并合影留念，而我手头没有一张这样的照片。① 陈冰同志到天津后直至离休回杭州，这中间我们还见过几次，都是他请我吃饭，席间谈些什么我记不清楚了。因为我见了陈冰同志总有一种"恩造"情结，虽然后来我见过不少比陈冰更高级别的"大官"，跟他们我还能畅所欲言，谈笑自如，而和陈冰同志在一起时我总会觉得比他矮一截，不敢放肆，这就失去了我们真正交心的机会，现在想来是个很大的遗憾。但不论怎样，陈冰同志是我的自传和传记中不可或缺的人物，他在我命运的转折期起过关键作用。（陈继亮：《陈冰文稿选集》，天津人民出版社2011年9月，第350~354页。有删节）

11月

28日，更新新浪微博：

我们中国人有我们中国人的爱情方式……他们在崎岖坎坷的人生道路上互相搀扶，互相遮风挡雨，一起承受压在身上的物质负

---

① 《牧马人》上映后，陈冰撰文《看了〈牧马人〉之后》（《天津日报》1982年4月7日），对其予以高度评价："在导演谢晋、编剧李準、原著作者张贤亮等同志酝酿创作《牧马人》的时候，我有幸同他们有过一点接触。谢晋同志他们当时立志要达到一个目的：一定要说服人！现在，我看他们基本上实现了这个目的。一个被错划右派的知识分子，在被平反之后，不愿跟着百万富翁的爸爸到美国去，这可信吗？可能吗？我看他们要说服人们的正是这个难题。看了片子之后，我认为他们成功地解决了这个难题。解决的办法，不靠空洞的说教，搞它一场父子之间的大辩论：出国不出国？爱国不爱国？不，不是这样，而是通过艺术的手法，在我们眼前形象地展开了一幅历史的画卷：在那苦难深重的岁月，许灵均和那些勤劳正直的牧工们结下了多么深厚的感情；和那位先结婚、后恋爱的妻子结下了多么纯洁的爱情；他对草原和马群多么热爱；他和妻子暂时分手时难舍难分……这一切，都使人真实地感到许灵均心目中的祖国是具体的，有血有肉的，不是抽象的；许灵均的命运是和祖国的命运紧紧联系在一起的，一时一刻也不能分离。他留在祖国，是一个生活在亲人们当中的幸运儿；他如果远离祖国，必然是一个举目无亲的孤独者。看了这一切，我自己的想法是：许灵均拒绝出国是非常自然的，而许灵均如果狠心地舍掉妻儿、同伴、草原、马群而出国，那才是不可理解的。我看我们从这里可以得到一个启示：我们的电影要用爱国主义、共产主义精神教育人，但要有说服力。我们手中有真理，有活生生的事实，应当通过艺术的加工和创造，用感人的形象去说服人。"

担和精神负担；他们之间不用华而不实的词藻，不用罗曼蒂克的表示，在不息劳作中和伤病饥寒时的相互关怀中，就默默地传导了爱的搏动。这才是隽永的、具有创造性的爱情。（张贤亮新浪微博，https://weibo.com/u/1833974121）

当选中国作家协会第八届全国委员会名誉委员。

12 月

9 日，更新新浪微博：

有很多作家、大师，绝大多数是没受过苦难的。托尔斯泰生来是个贵族，巴尔扎克穷一点，莫里哀也是穷一点，但还有绝大部分伟大的作家没有经历过苦难。所谓苦难磨炼一个作家，不是必要的，苦难折磨死了多少有才华的人。中国的历史就更独特了，中国有些大师经过了苦难，反倒写不出来了。（张贤亮新浪微博，https://weibo.com/u/1833974121）

9 日，在中共银川市委"周末讲座"上作题为《"社会主义先进文化"应该是有传承性的、兼容并蓄包罗万象的系统》的报告。

19 日，更新新浪微博：

巴金先生曾说，最高的技巧是没有技巧。我写东西都是一气呵成，我的眼睛就是这样受损的。我的很多作品，翻译成外文，国外的读者也觉得能读下去，其中的原因之一就是一气呵成，它有一种内在的节奏和旋律。就像是音乐，你不能听半截，尽管它后面节奏是固定的，旋律是重复的，但它最后有一段是华彩段。（张贤亮新浪微博，https://weibo.com/u/1833974121）

2月

10日，更新新浪微博，发布诗作《长江岸边口占》。

6月

8日，更新新浪微博：

写作可以不依赖纸笔而在大地上书写，阅读也不仅仅限于书本，旅游同样可以起到阅读的作用。（张贤亮新浪微博，https://weibo.com/u/1833974121）

13日，更新新浪微博：

"行走"即"阅读"，希望朋友们来老银川一条街看看。（张贤亮新浪微博，https://weibo.com/u/1833974121）

27日，更新新浪微博：

镇北堡不过是明清两朝在西北地区修建的数百座兵营中的一座，早已颓塌荒废为羊圈，在毫无风景可言的"一片荒凉两座废墟"上，将其变成独树一帜的旅游景区，里面的秘诀就是"文学"。（张贤亮新浪微博，https://weibo.com/u/1833974121）

9月

3日，更新新浪微博：

冯骥才先生在《城市为什么需要记忆》文章中诠释了城市为什么需要记忆。记忆的只是城市本身发展过程中所独有的人文历史特征。没有一个人愿意生活在没有文化内涵和历史载体的城市高楼中，人们更愿意去感受城市独有的人文历史魅力。这与"老银川一条街"的创作宗旨几乎不谋而合。（张贤亮新浪微博，https://weibo.com/u/1833974121）

10日，七律《宁夏颂（且行且歌）（二首）》发表于《人民日报》。

12月

15日，《每个作家都要坚守自己》发表于《新消息报》，祝贺莫言获得诺贝尔文学奖。

首先，我代表宁夏作家向莫言表示热烈的祝贺！

莫言荣获诺贝尔文学奖是中国文学走向世界的一个标志性事件，是中国当代文学的一个里程碑。另一方面，也弥补了诺贝尔文学奖的不足。中国虽然现在还不是文化强国，但至少是文化大国，一个号称涵盖全世界的文学奖项没有中国文学家入选，应该说是它的缺憾，而莫言此次获得瑞典文学院的青睐，无疑使诺贝尔文学奖真正具有了世界性。

中国当代文学自20世纪80年代初开始既有蓬勃发展，对中国的改革开放、社会进步起过非常大的推动作用，在这方面，恐怕其他任何国家的文学作品都没有中国当代文学对本国社会变革及普通群众观念的转变有如此大的影响。至今虽然中国只有莫言一位作家获得此项殊荣，并不表示中国只有莫言一位作家异花独放。就像一个年轻人到鲜花店去为他初识的女友买花一样，他并不熟悉女友的爱好，他只能凭自己的爱好挑选，他选了玫瑰花，并不说明其他鲜花不美丽。并且，这家鲜花店几十年来都没做一笔买卖，忽然今天来了顾客，不能排除与花店的门面经过重新装修从而焕然一新有关。

我读中国当代文学作品不多，因为电影《红高粱》是在我们宁夏镇北堡拍摄的，所以我认真拜读了原作，我非常喜欢这部小说。一个作家只要有一部作品令人感动并能传世，就足以表明他的优秀。我想说的是，莫言荣获诺贝尔文学奖是当之无愧的，而更想提示中国青年作家：你可以喜欢他甚至热爱他，但不要以莫言的风格、审美情趣与表述方式为标杆，亦步亦趋，希冀在莫言之后获得来年的

诺贝尔文学奖。重要的是你要坚守自己！每个人都坚守自己，才能
百花齐放！

本年

越南文版《一亿六》（范秀珠、王梦标译）由河内妇女出版社
出版。

1月

13日，应邀参加中国文联在北京举办的"百花迎春——中国文学艺术界2013春节大联欢""宁夏板块"活动。

7月

25日，《自传未定稿·雪夜孤灯读奇书》发表于《南方周末》，《新华月报》第19期转载。

（2013年——引者）5月29日上午8时40分的短信显示，我们之间在讨论关于我请求他选些他的自传发表。张贤亮先生写道："多承关注。自传虽基本成型，但还是不适合现在发表，望理解！"

"好。是否拿出一二较独立的片段，不以自传的名义发表？"我写道。

"容我考虑。"他说。

到了2013年7月5日下午5时11分，我收到了张贤亮先生的短信，告诉我稿件已经发到我的邮箱，请我查收。我到7月7日下午5时多才回的短信，我告诉他稿子已经收到，前一天出差时手机没电，迟复为歉。

这篇稿子，就是最终于2013年7月25日发表在《南方周末》副刊封面的整版文章《雪夜孤灯读奇书》，标记为"自传未定稿"。是张贤亮先生从他的自传中选了一个片段给我的，原文长度一万字多些。我告诉他版面放不下，请他压缩到八千字左右。他在压缩稿的文末附言道：

又可先生：

遵嘱为了一次发完，将文稿压缩到8900字（电脑计算），附照片两张，一张注明"摄于1971年，时年35岁，当时是农场农工"，一张注明"当年读的马克思恩格斯著作"。版面嫌挤的话，不用也罢。如能发表便发表，不能发表也没关系，只请求发表时不要做任何删改，并注意字体的不同。我为了压缩版面，已经把应该分段的地方尽可能地串联起来。

祝

夏安！

张贤亮

2013 年 7 月 5 日

这个时间说明，在 7 月 5 日的短信之前，我们之间已经电话讨论过这篇自传的发表问题，可能我告诉他的办法有两个，一个是分两次发，一个是压缩到一个版的容量。他采取了后者。

在文章的开头，他写道："一个作家已没有什么东西可写，或有许多东西不可写的时候，他自己便成了他的写作素材。"

那么，张贤亮先生已经说得很清楚了，他目前的状况就是写最后一部作品——他的自传。"没有东西可写和有许多东西不可写"的两种情况都在他身上交织着，所以写自传。

但他在电话中告诉我："我的自传在我活着的时候不可能去出版，我不想激起太大的风浪，我想安静一些。"

文章见报后反响很好，它被评为了《南方周末》7 月份的新闻奖。张贤亮先生短信又嘱咐我给他寄五份报纸，又说费用从稿费中扣除。我说不用扣。后来他告诉我，报纸没有收到。我又重寄，后来一忙，也忘记问他收到了没有。2013 年 8 月 26 日上午 9 时 40 分，他再次给我发短信，要求重新寄报纸。

我趁热打铁，又想请他选些自传片段给《南方周末》发表，比如他从劳改农场的逃亡之旅。他回短信说："现在敏感，以后再说，那段太惨了。……"

此后，我分别在 2013 年 10 月 29 日和 2014 年 2 月 11 日，

以及最后一次 2014 年 4 月 3 日，给他短信约稿，还是希望他选自传片段来发表，他均没有回复短信。只是在 4 月 3 日接到我短信后的第二天，给我回了电话。这是张贤亮先生打给我的最后一次电话。

（朱又可：《最后一次电话》，《朔方》2014 年第 11 期。有删节）

11 月

9 日，《经济观察报》刊登记者雷晓宇访谈文章《一切从人的解放开始》。

经济观察报：你是特别入世的一个人。

张贤亮：我是务实派，这和我个人的经历有关，也和我受的传统教育有关。第一，大丈夫能屈能伸；第二，是孟子的一句话，天将降大任于斯人也，必先劳其筋骨，饿其体肤——我原来读书人所谓士的传统没有丢；还有一个，是报国、报恩、慈善，这个东西在我脑海里面已经扎根了。另外就是，你在什么位置，就要扮演好社会给你的角色，并且要把社会允许你发展的自由度打造到极致，但是又不要越过边线，这就是我跟你说的，不要讨人厌。

……

经济观察报：我发现在之前的采访里，你提到托尔斯泰特别多。

张贤亮：托尔斯泰是我的启蒙者，七八岁就开始看了。1949 年以前，我跟别的小孩不一样，我 10 岁之前都不会系鞋带，那时候叫"孙少爷"。

经济观察报：……感觉 10 岁以前的生活比后来坐牢的 20 多年对你的影响都大。

张贤亮：对，西方心理学家不是说吗，你有病，都是童年造成的。

人越老，昨天的事忘记了，七八岁的事倒想起来。那些闪回的东西，连味道我都能感觉到。晚上，你坐的汽车到你家门口，大门缓缓地打开了，汽车在一条铺了砂石的路上缓缓而行，两边的路灯一下雪亮，你家的整幢房子都闪亮。然后进门，有人给你换鞋，有人给你脱大衣，有人给你手指头一根一根地摘手套——你是一种什么感觉？

我有恋母情结。我母亲可是官宦世家，大家闺秀，又受过美国教育。我母亲落难那一年已经30多岁了，30岁以前多奢华，家里十几个佣人、大花园园丁、两个司机。过去她打麻将是不下桌子，把腿都打肿了，可是抄家以后她一直笑嘻嘻的，非常乐观。过去都没有做过饭，现在还要做饭，居然还能做。她一直跟我到宁夏，宁夏蚊子就像蜻蜓那么大，她都不落泪，不抱怨。比起我母亲来，我差太远了。我那时候落难才19岁，她落难已经30多岁了。（雷晓宇：《一切从人的解放开始》，《经济观察报》2013年11月9日。有删节）

12月

6日，将《灵与肉》电视剧改编权赠予宁夏电影集团。

15日，《绿化树》获得"《十月》创刊三十五周年最具影响力作品奖"并在北京参加颁奖大会。铁凝、莫言、张洁、张承志、张贤亮、李存葆等28人的35部作品获得该奖项。[①]

29日，王安忆《自强悍的前辈而下》[②]刊登于《文汇报》。文章说：

90年代初，在一个颁奖会上，张贤亮，编年选中所收录的作

---

① "《十月》杂志主编曲仲介绍，自今年（2013年——引者）年初开始，为表达创刊纪念之际对作者的感谢之情，选择了以评选的方式回顾，评选35年来在读者心中最有影响力的作品35部。编辑部拉出了长名单，选出200部作品候选，采取了网络、媒体、专家三种方式投票。网络年轻人多，是否了解历史？当时他们曾担心几种渠道选情有很大差异，但后来除个别情况，三种评选方式选出的作品大体上相对集中，优秀和具有广泛影响力的作品脱颖而出。"《〈十月〉创刊35周年最具影响力作品揭晓》，《北京晨报》2013年12月16日。

② 这是王安忆为《〈收获〉年度经典作品精编（1957—2013）》所写的序言，题目为《文汇报》编辑所加。该书因故未能出版。

品为 1984 年第 5 期的《男人的一半是女人》），他走到我们这堆人里，对我说：据说你的《叔叔的故事》里的"叔叔"是我，那么我就告诉你，我可不像"叔叔"那么软弱，你还不知道我的厉害！他的话里携带了一股子威吓的狠劲，令人骇怕（害怕——引者）和生气，可如今想起来，那景象确实有一种象征，象征什么？前辈！前辈就是叫你们骇怕（害怕——引者）和生气，然后企图反抗，这反抗挺艰巨，难有胜算，不定能打个平手。有强悍的前辈是我们的好运气！（王安忆：《自强悍的前辈而下》，《文汇报》2013 年 12 月 29 日。有删节）

与和歌的对话文章《上帝对我不薄》刊登于《江南》第 1 期。

3 月

最后一次赴京参加全国两会。

三月，春寒未过，贤亮来北京治病，我和美林（韩美林——引者）略知一些他的病情后，托朋友联系了德国、日本的几家医院，与潘虹一起抱着说服他的信念，去当时为他治疗的北京一家中医医院看望他，医院里人满为患，我们提着大包小包如难民般花了半个小时才等到电梯，好不容易进入贤亮住的那层病房，发现这里真是别有洞天！偌大一层楼只住了他一个病人，所有医生护士围着他转，病房俨然成了他的家，难怪贤亮愿意住在这里治病，协和医院哪怕是部长楼也没有这里宽敞自在。

说属龙的和属鼠的比较有缘分，尽管我属龙，贤亮和美林均属鼠，且都是摩羯座，但说服美林容易，说服贤亮太难。当我们刚刚开口劝贤亮先做活检，将病灶的性质了解清楚后再去国外治疗时，被他一口否决，而且没有任何商量余地，他说自己今明两年犯太岁，不能动刀子，必须保守治疗。

事实上，贤亮比美林固执多了，十几年来美林两次大手术均主动配合大夫逃过劫难。美林了解贤亮，知道劝说不动，便一个劲地在旁边签书签挂历送给医生护士，以表示对贤亮无微不至照顾的感谢。

临近中午，贤亮嚷着要出去请我们吃饭，完全不像个病人，我们去了医院对面一家酒店，好客的贤亮将饭店所有的美味都点了个遍！美林有一个习惯，就是到哪儿吃饭只要他在，别人就别想买单，唯独在贤亮这儿行不通。

那是我们最后一顿午餐。（周建萍：《痛失知己张贤亮》，韩美林艺术网，http://www.hanmeilin.com/news_content.php?id=381）

我记得最后一次见贤亮应该是在2014年3月，正是全国两会期间，贤亮是老政协委员，他那天专门邀请了我们几个现任的政协委员，到北京他住处附近的一家饭店小聚，同行的有贺捷生将军、张抗抗副主席，人很少。见到贤亮的时候我大吃一惊，因为他的脸上布满了黑点，密密麻麻的，贤亮说这都是大量吃中药引起的，然后他撩开衣服让我看他后背，身上全是像过敏一样的湿疹。贤亮请我们吃饭，微笑着，他领养了一个五岁的小女孩，向我们介绍："这是我的小女儿。"贤亮的公子在替他经营着西部影城，而他领养的这个小女儿是他晚年莫大的慰藉，他看着小女孩的目光里充满着一种怜爱、一种发自内心的对小生命的关切，是人类一种朴实的感情，血缘、血亲在这个时候已经不重要了。那次聚会实际上是贤亮向我们作最后的告别，我记得他认真地跟我说过一句很自信的话："洪波，无论谁写中国当代文学史，我张贤亮都是一个绕不过去的名字。"张贤亮说这话时，语气轻松中透着凝重，事实上他已经知道自己时日无多了。（高洪波：《忆贤亮》，《光明日报》2021年8月30日）

4月

4日，与《南方周末》记者朱又可通话。

我查了最后一次给张贤亮先生的短信记录是2014年4月3日晚上10时50分。那时我想请他再给我写稿。

第二天上午，我接到了张贤亮先生的电话，他说他刚刚开机看到我的短信，所以给我回了电话。他说他已经好久没有开机了。

"我现在医院，等待死亡呢。"他说。

"别开玩笑。"我说。

"真的，不骗你。我现在是肺癌晚期。"

"你不会有问题的，我听你声音洪亮。你在医院安静，能不能给我写点东西？或者就写写你对死亡和疾病的沉思？"

"我现在什么也不想写。我想安安静静的。如果明年我这个时候还活着，能闯过这一关，我也许愿意给你写。"

"好。不用担心，你大难不死，会战胜疾病的。"

"你不要告诉别人。也不要再给我打电话，一年后如果我还活着，我会给你打电话的。"

电话中，张贤亮先生的声音确实是洪亮的，传递出来的是豁达的心态。（朱又可：《最后一次电话》，《朔方》2014年第11期）

6月

3日，雷晓宇访谈文章《张贤亮：性、政治和权力》刊登于《经济观察报》。

8月

8日，中华少年作家网发布《光明日报》记者庄电一《张贤亮：好大一棵树》：

宁夏文艺界曾以"好大一棵树"来比喻张贤亮，也曾为这棵树的孤独和宁夏文艺界在一段时间内的沉寂而感叹、忧虑。

然而，在张贤亮这杆大旗的感召下，宁夏的青年作家很快地成长起来。先是崛起了"西海固作家群"，紧接着又形成了以石舒清、陈继明、金瓯为代表的"三棵树"，随后又产生了季栋梁、漠月、张学东等令人瞩目的"新三棵树"。中国作协等单位还在北京专门为宁夏的"三棵树"和"新三棵树"现象举办了研讨会。

无论是"三棵树"，还是"新三棵树"，都是以张贤亮这"好大一棵树"而为榜样的。

现在的宁夏，"作家林"枝繁叶茂，新秀俊杰更是如雨后春笋，成为一道耀眼的文学景观。对此，张贤亮感到很欣慰。

有人评价，宁夏的文学成就在全国处于"中等偏上水平"，对于这样一个只有 600 多万人口的小省区来说，相当不易。这其中，张贤亮的作用功不可没。（中华少年作家网，http://www.snzj.org/fangtan/297.html）

19 日，获首届《朔方》文学奖特别贡献奖。颁奖词为：

宁夏出了个张贤亮。从《四封信》到《邢老汉和狗的故事》，再到《灵与肉》，正是从《朔方》出发，张贤亮走上腾飞之路，不仅奠定了自己在当代中国文坛的坚实地位，而且成为享誉世界的作家。在他的影响和带动下，宁夏文学有了跨越式的发展，也使《朔方》有了较高的知名度，成为一份备受关注的文学期刊。

9 月

27 日，14 时，因病医治无效去世，享年 78 岁。

本年

俄文版《张贤亮作品集》（李奥诺娃、萨普林卡、谢曼诺夫、斯米尔诺夫合译）由圣彼得堡吉别里昂出版社出版，收录小说《邢老汉和狗的故事》《初吻》《绿化树》《土牢情话》《男人的一半是女人》《肖尔布拉克》和《普贤寺》。

谱　后

9 月

28 日，《宁夏日报》刊登讣告《张贤亮同志逝世》：

中国共产党党员，全国政协第六届、七届、八届、九届、十届委员，中国文联委员，中国作家协会第四届、五届、六届、七届主席团委员，宁夏回族自治区文联第三届、四届、五届主席、党组成员，宁夏回族自治区文联名誉主席，宁夏作家协会名誉主席，著名作家张贤亮同志因病于 2014 年 9 月 27 日 14 时在银川逝世，享年 78 岁。

28 日，中国作家协会发唁电表示深切哀悼：

我们怀着万分悲痛的心情，对张贤亮同志的逝世表示深切哀悼，向张贤亮同志的亲属致以诚挚的慰问。

张贤亮同志是我国当代著名作家，"反思文学"的杰出代表。他为我国新时期文学的繁荣发展做出了突出贡献，创作出许多优秀作品。《灵与肉》《邢老汉和狗的故事》《河的子孙》《男人的一半是女人》《绿化树》《习惯死亡》《我的菩提树》《青春期》等一系列代表性作品，形成了雄健、深沉、凝重并富有哲理性思辨性的风格，深深影响了整整一代人。

张贤亮同志的逝世，是我国文学界和文化界的重大损失！他以其卓越的成就在中国当代文学史上留下了闪光的足迹，他的作品将永远铭记在人们的心间。

张贤亮同志永垂不朽！

28 日，新华社播发记者何晨阳《追忆张贤亮，感谢他对时代真实而细微的记录》[①]：

有人说他张狂，有人说他真实。为文，他著作等身，经商，他富甲一方。生于南京、成名于宁夏的作家张贤亮走了，同时也给社会注入了新话题。众多读者甚至一些"90 后"通过各种途径来哀悼这位老人。他的文字和思想为何如此让人留恋？

北京大学教授张颐武评论称，张贤亮曾是影响一代人青春的人物，他的作品在写实中有强烈的抒情性和丰富心理描写，他个人在潇洒幽默的外表下有来自苦难的坚韧和生存智慧。

谈到张贤亮，不得不谈他被读者贴以"伤痕文学"标签的作品，如《灵与肉》《绿化树》等，由于惊人的细节刻画和还原能力，以及本人现实生活中本色的表露，他的作品总是给人别样的震撼。也正因此，他的小说成了中年人回味反思过去、年轻人了解父辈经历的一面镜子，这也让他从不缺青年拥趸。

文学作品在写实、写意之外，还有让人思考的一面。与一些"苦难"作家乐于以"那段日子"为噱头炒作自己、自我封圣相比，张贤亮则坦荡、率真得多，他不回避一些非议，但也从不主动给自己贴金，即便 10 年前被"封"为"中国作家首富"时，他也只是以"丐帮首领"的调侃作答。

文人只是张贤亮的一面，他在经商上也做得非常成功，这就不

---

① 29 日，澎湃新闻加《编者按》转发此文。《编者按》说："80 年代，他的'右派写作'揭露了文革（"文化大革命"——引者）与反右的苦难，同时又开拓了身体、欲望和生命的写作。他又是最早下海的作家。1992 年 12 月在邓小平'南方讲话'（'南方谈话'——引者）后，1993 年初他创办宁夏华夏西部影视城有限公司，担任董事长，该公司所属的镇北堡西部影城已迅速发展成为中国西部最著名的影视城，《双旗镇刀客》《新龙门客栈》和《大话西游》等经典影视剧都在那里拍摄，他也成为宁夏商界的风云人物。……因为这些，张贤亮曾经饱受争议。外界对于他的评价，也一直存在着多种声音。9 月 28 日，就在张贤亮去世消息传出的次日，新华社发表追忆文章称，张贤亮是个极具争议的人物，有人认为他敢说真话随性而为，亦有人认为他与'高大上'的潮流格格不入，但抛掉种种标签，率性而为的世俗，岂不就是很多人苦寻却不得的一种境界。"

得不说为游客熟知，拍出过《牧马人》《大话西游》《红高粱》等作品、被誉为"中国电影从这里走向世界"的西部影城。影城这种在荒芜中被造出的一片繁华，似乎与张贤亮本人的性格耦合，因为不管是在农场劳动、还是在那段艰苦岁月中，他始终把自己当成生活的改造者，而非顺从者，他是那段历史的忠实观察记录者，却不是故步自封、沉湎其中的批判者。

对人也是如此。张贤亮是个极具争议的人物，有人认为他敢说真话随性而为，亦有人认为他与"高大上"的潮流格格不入，但抛掉种种标签，率性而为的世俗，岂不就是很多人苦寻却不得的一种境界。

如今斯人已去，重新思考，我们才明白，文学就是文学，文学作品反映了作家的经历和心声，凸显了那个时代，它为我们提供谈资的同时，更多是延展我们经历的长度和宽度，不一定非得画上框框、贴上标签。

我们追忆张贤亮，不仅仅是因为那几本脍炙人口的小说，更多的是感谢他对时代真实而细微的记录，能让未曾亲历却试图观察那个时代的后来者擦亮眼睛执着向前。一个作家，能做到此，殊为不易。

28 日，人民网发布冯骥才《悼念》：

文坛失去贤亮，应是痛失；我失贤亮，其痛有过文坛！贤亮是我人生的挚友，此时此刻，痛彻我心。我深知他所经历的那些磨难，他文学的才气和勇气，他的坦率、憨厚与好胜，他内心的种种冲突；我还知道他带着哪些心愿与遗憾走的。我只能默默地说，贤亮，放下心走吧，你已经完成了自己，因为你的笔、你的人物、你自己，真实和无情地记录了时代；对于作家来说，谁记录了时代，历史一定记住他。（人民网，北京 9 月 28 日电，http://culture.people.com.cn/n/2014/0928/c87423-25752231.html）

28 日，共识网发布陈行之《他活过，创造过，这就值了——悼张贤亮》①。文章说：

一个人也许无法超越时代的对他的局限，然而他却可以站到他所处的那个时代的最高点上去。就文学意义来说，张贤亮做到了，他站到了那个最高点，而这并不是所有人都能够做到的。对新时期文学稍有了解的人都会知道，张贤亮比很多人——甚至包括目前某位同是"右派作家"并被称为大师的人——站得都要高。他值得我们珍惜。

就是这样一个人也去了，说悲戚，并不过分。

……生活是一条江河，它不舍昼夜地往前奔涌，永远没有止息，我们无法预知它的终点；作为个体，我们只是浩渺江河中的一个沙砾，一朵浪花，随时都会被淹没、被击碎，不留一点儿踪迹……这样想来，逝者张贤亮活过，创造过，并且用作品画出了一条可以被人们感知的曲线，也就算值了吧！

张贤亮先生走好！（爱思想网，http://www.aisixiang.com/data/78419.html。有删节）

28 日，雷达接受媒体采访时说："张贤亮是当代文学领域很重要的一位作家，他在 80 年代的'伤痕''反思'文学浪潮中发表了多部重要作品，比如《绿化树》《男人的一半是女人》等，在中国当代文学史上应该体现其价值。……他的小说对当时的文坛具有启发意义，包括对性爱的描写，对政治内涵的挖掘，对知识分子命运的关注，特别是知识分子在极'左'势力下的精神状况和人生历程进行了深刻的反思，拓宽了当时文学创作的领域。在反思历史的深度上，对后辈的作家也影响深远。"②

---

① 文末自注："2014 年 9 月 27 日午夜急就。"
② 田超、高宇飞：《张贤亮〈绿化树〉等作品影响一代人》，《京华时报》2014 年 9 月 28 日。

28 日，《新民晚报》刊登《张贤亮说》，纪念张贤亮。

我写过一首诗，其中有句"平生故事堪沉醉"——我一辈子活得够让人沉醉的了，够本了，比谁都充实。不是我愿意这么活，是命给我的，我就接受了。有人说我是全世界作家中生存状态最好的一个。

我始终认为上天待我不薄。没错，我劳改 20 年，这不是我一个人的 20 年，是整个民族的 20 年，之后上天给了我优厚的回报。对于命运的安排，还是不要怀有恨意为好。不管怎样都不要"贪、嗔、痴、慢、疑"，这五个东西千万不要有，你才能快乐。再说，荒谬的时代，你恨谁去呢？

劳改 20 年，我读通了两本书，一本是《资本论》，一本是《易经》。我觉得知识让我过得很充实。当然知识让人痛苦，这种痛苦和没有知识的人的痛苦层次是不一样的。有知识的人的痛苦可以用知识去化解，没有知识的人只能用行为去化解，冲动地释放自己的痛苦，常常造成更大的不幸、更大的痛苦。

我当然不知道自己会活多少岁，我只知道今天在这喝茶挺享受的。我不知道明天的事情，也不管明天的事情，更不管死后的事情。过去的事？你管它干什么，已成定局。

我无所畏惧，已经劳改这么多年了，还害怕什么呢。再来一个"文革"（"文化大革命"——引者）把人打倒，不也要接受嘛，我绝对不会自杀。即使我再被打倒，我也知道曾经辉煌过，历史上、中国文学史上永远不会抹掉我这一笔。不是在乎这个，这是已成定局的事实，我就接受。

29 日，澎湃新闻发布记者石剑峰《作家张贤亮肺癌医治无效病逝，享年 78 岁》。

9 月 27 日下午 2 时，作家张贤亮因肺癌医治无效在宁夏银川去世，享年 78 岁。他的追悼会将于 9 月 30 日在银川举行。

作为《绿化树》、《男人的一半是女人》等的作者，张贤亮是新时期以来最具代表性和影响力的作家之一，20 世纪 80 年代的"右派写作"揭露了文革（"文化大革命"——引者）与反右的苦难，同时开拓了身体、欲望和生命的写作，这在当时具有很强的争议性。

张贤亮的争议性还在于，他是最早下海的作家，1992 年 12 月在邓小平"南方讲话"（南方谈话——引者）后，1993 年初他创办宁夏华夏西部影视城有限公司，担任董事长，该公司所属的镇北堡西部影城已迅速发展成为中国西部最著名的影视城，《双旗镇刀客》《新龙门客栈》和《大话西游》等经典影视剧都在那里拍摄，他也成为宁夏商界的风云人物。

张贤亮的上一部长篇小说是 2009 年在《收获》上发表的《一亿六》，这部……小说试图以"精子危机"来揭示中国社会的危机，这同样是一部充满争议的小说。

张贤亮的文学写作、人生经历、个人言论，在复旦大学图书馆馆长、当代文学研究学者陈思和看来，"他就是一个异端"。

作家王安忆对澎湃新闻记者说，早前听说张贤亮得了重病，一直在积极治疗，"但这么快就离开，也感到很突然"。

王安忆认为，张贤亮的小说在 20 世纪 80 年代影响很大，他是 80 年代最具代表性的作家之一，对于新时期文学有开拓性。"我最喜欢他的小说是《河的子孙》，我认为这是他最好的小说。"

《收获》编辑钟红明则对澎湃新闻记者表示，《收获》一直关注着张贤亮的病情，"但还是很意外"。

据钟红明介绍，2009 年，张贤亮在《收获》发表《一亿六》之后，他有一个庞大的写作计划，就是写自己的家族史，他说那是他最想写的，他说写下来不是为了发表。

"我知道这些年他已经写了，但写得很艰难。现在很遗憾，我们看不到这部作品了。"钟红明说，"在我的心目中，他是一个潇洒、生命力旺盛、思维极度活跃的人。"

钟红明评价张贤亮是：他对社会、历史、经济、政治制度的思考深入而一针见血，而文学细节的描述又非常生动，他的作品常常掀起风暴。

"同仁还一起到张贤亮的镇北堡玩过数日。住在他的马缨花休假中心。穿行在他放羊，读《资本论》的城墙洞，他寄信给母亲的邮局，去过他的四合院……"钟红明回忆说，"他讲述作家的想象力，比如印在馍馍上那个手指印就源自想象……他描述过，众多向日葵一起燃放的季节，就在他的镇北堡影视城，因为季节原因我们当年没有看到。"

钟红明以为还会有机会目睹，然后再一次听见张贤亮爽朗的笑声，"很忧伤，他现在就离去了"。

1936 年 12 月，张贤亮出生于南京，张贤亮的父亲曾留学美国，后为国民政府官僚，1949 年被关押，后死于狱中。1937 年 12 月，日军攻占南京前夕，随家人逃离，幸免于难。

1954 年，18 岁的张贤亮从北京的高中肄业，前往宁夏贺兰县插队，不久任宁夏省委干部文化学校（应为甘肃省委第二干部文化学校——引者）教员。

张贤亮 14 岁开始文学创作，1957 年因在《延河》文学月刊上发表长诗《大风歌》而被打为右派，接受劳改、管制、监禁达 22 年，其间曾外逃流浪，1979 年 9 月获平反。

劳改、管制、监禁的 22 年是张贤亮在新时期写作的最重要素材，他也因此被划为所谓的"右派作家"之一。这段人生经历，张贤亮在不同场合都曾回忆过。

……

"文革"（"文化大革命"——引者）等政治运动是张贤亮写作的母题之一，是他一辈子写作的主题，"因为这就是我的命运，无论是此前的《绿化树》、《男人的一半是女人》、《习惯死亡》、《我的菩提树》等，还是《青春期》，都笼罩和纠缠在这样的记忆中。"

……

张贤亮在80年代是所谓"右派"作家。陈思和告诉澎湃新闻记者，当时的右派作家大都集中在北京和江南，这些右派作家回家了，有一种苦尽甘来的感觉，唯独有少数几个作家留在了当年流放的地方，张贤亮就一直在宁夏。

"正因为他在宁夏，使得我们的文学地图更宽阔，而他的作品又是与他受难的地方紧密联系在一起。因为他的写作与那块土地联系在一起，这使得他的右派写作跟其他人不同，与当时的主流文学也不一样。"陈思和说。

张贤亮是江苏人，因为政治关系流放到大西北，最后却在那里生活了半个多世纪。对于这个南方人，大半辈子生活、写作在宁夏，张贤亮对《收获》编辑钟红明说："我大半辈子在宁夏，我毕竟生活了五十四年。沈从文写湘西，湘西出名了。孙犁写白洋淀，白洋淀出名了。贾平凹写商州，商州出名了。还有陈忠实的《白鹿原》。我为什么不写我的第二故乡呢？"张贤亮说："我是个理想主义者。"

据陈思和介绍，张贤亮原计划用9本作品写苦难史，叫《一个唯物主义者启示录》，后来只完成了《绿化树》《男人的一半是女人》等三部，"因为他后来兴趣转到下海去了，所以没有完成，这挺遗憾的"。

王安忆对澎湃新闻记者说："张贤亮本人受了很多苦，几十年遭受摧残，他被划为右派作家，右派的经历是这些作家写作的主要成分，对社会有很强的批判性。右派作家和我们这些所谓知青作家，在年代上好像是同一时期的，但他们的写作要比我们成熟很多，他们的经验更为深刻，社会批判意识要比我们更强。"

……

关于《男人的一半是女人》还有一段鲜为人知的故事。

张贤亮写完这个小说之后，就到美国艾奥瓦州参加聂华苓创办的国际写作班，和他同期的作家有后来获得诺贝尔文学奖的土耳其作家帕慕克。

《男人的一半是女人》发表时，张贤亮正在美国。发表之后，国内正好兴起了一股反对自由化的运动。

"我的这个小说被当作批判对象之一。我在美国一点都不知道，但美联社却发表了一篇文章，以我的小说受到批判为例来说中国又将进入政治运动，我由此才知道自己和自己作品在国内的处境。在我结束写作计划的时候，聂华苓专门给我开了一个告别宴，我当着与会近百位中外作家和记者表态，表示对中国的改革开放和文化开放有信心。"张贤亮回忆。

"张贤亮最早用一种朴素现实主义……虽然观念性并不强。他的写作……也揭露人的身体和欲望。"陈思和对澎湃新闻记者说，"像《男人的一半是女人》直接表现人的生理感受，比如饥饿和性，这在当时是最早的，当时的中国还没有人这样还原的人欲望，这种还原生命的书写放在当时的背景下，是有很大争论的。但就是因为有争论，证明其写作的独特性，不平庸。他把苦难和人的生命本能结合起来。"

在陈思和看来，张贤亮是一个异端……他用身体和生命来写作；之后他又最早下海，有很长时间不写作，但赚了很多钱，又是异端。

"所以知识分子都不喜欢他。他的争议性也为写作带来了活力。"陈思和用"异端"来描述张贤亮的人生和写作。作家王安忆则对澎湃新闻记者说,张贤亮是一个具有"复杂性"的人。

1961年劳改时,张贤亮认识了一个地方,这个地方后来被写进了《绿化树》,它就是镇北堡。

邓小平"南方讲话"(南方谈话——引者)之后的1993年初,张贤亮便创办了宁夏华夏西部影视城有限公司,并担任董事长。该公司下属的西部影城,就位于镇北堡,现在已发展成为中国西部最著名的影视城。

当时,张贤亮担任宁夏文联主席,他用自己的版税做抵押,创办了后来的宁夏华夏西部影视城有限公司。1994年,国家要求党政机关、事业单位必须和第三产业脱钩,张贤亮就成了民营企业家。

第一部到镇北堡拍摄的电影是1981年张军钊的《一个和八个》,经张贤亮介绍去拍摄的。然后,谢晋根据张贤亮的小说《灵与肉》改编的电影《牧马人》也在这里拍摄。

在拍摄《一个和八个》时,镇北堡给参与拍摄的张艺谋留下了深刻印象,所以之后的《红高粱》也在镇北堡拍摄。此后,陆续到这里拍摄的还有吴天明根据张贤亮小说改编的《黑炮事件》,滕文骥的《黄河谣》,陈凯歌的《边走边唱》。

镇北堡成为影视基地后,在镇北堡拍摄的最有名的电影就是周星驰的《大话西游》,如今这个影视基地成了宁夏旅游的招牌,也为张贤亮带来滚滚财源。

张贤亮曾说:"经商让我的生活充实了很多,事实证明我的选择是对的。"他给附近的农民提供5万至8万个就业机会,"影城有上千人靠我吃饭。我当作家时,不可能有50万人都看过我的作品,但现在每年却会有50万人来看我的镇北堡西部影城。"

张贤亮上一部长篇小说是充满争议的《一亿六》,有评论直接说它低俗。

为此，张贤亮在与《收获》编辑钟红明的对话中解释说："我觉得写作这部长篇，给了我很大的创作上的启示，就是我信马由缰，带有很大的随意性和直率性，因为我手头写的这个长篇，的确写得很苦，我在雕琢它，在精雕细刻它。可越是精雕细刻，就越困难，所以常常处于停顿状态。本来我想敷衍，所以信马由缰直率表达，可越写，最近二十多年来的社会现状，就一下子涌到我的脑海里了，收不住了。……我是凭我的直觉写，一写就要写我的关注点。"

"中国人的低俗，首先是从知识分子开始的。中国也没有几个真正的知识分子。这二十多年我看到了太多怪现状。"张贤亮说。（石剑峰：《作家张贤亮肺癌医治无效病逝，享年78岁》，澎湃新闻网，https://www.thepaper.cn/newsDetaic.forward_1268977。有删节）

29日，《新京报》刊登记者张弘《张贤亮与肺癌同行的最后日子》。

肺癌：在生命的最后时刻与世隔绝

9月20日，记者在银川西部影视城没有见到张贤亮，他的助理马红英说，"他现在正在休养，除了家里人，谁也见不到他。"次日20点西部影城举办21周年红毯盛典暨"奇幻夜游"启动式，张贤亮同样没有出席。

西部影视城的导游、刚毕业不久的龙玉玉刚到这里工作了半年，她说，自己是以前来这里实习时听说了张贤亮的文学成就和创办西部影视城的经历，出于对张贤亮的崇拜，于是来这里工作。但是，"这半年我没有见到张主席（张贤亮此前担任过宁夏文联的主席）。"

8月19日晚，由宁夏回族自治区党委宣传部、宁夏文联主办，《朔方》编辑部、宁夏作协承办的"紫色梦想杯"首届《朔方》（2011—

2013）文学奖颁奖典礼，在镇北堡西部影城举行。张贤亮获特别贡献奖，但他没有出席。《朔方》主编，宁夏文联副主席哈若蕙最后见到张贤亮，是今年一月在西部影视城文联举办的一次活动上。她记得，"当时，他和领导们一起谈笑风生，声音很大，还说'反正我患了癌症'，见到我也是'小哈小哈'的，基本和以前一样。"

张贤亮以前的哥们儿，比他小一岁的回族作家马知遥21日告诉记者，"我前两天和他的妹夫、妹妹一起吃过饭，他们说，张贤亮前一段到北京治疗了一个月，刚回来没几天，现在连他们都见不到张贤亮。"

张贤亮是去年10月查出肺癌的，到他前天去世，将将一年。一年之中，这个罹患肺癌的病人，从谈笑风生到闭门谢客，在生命的最后时刻，把自己与外界隔离了起来，直到生命的终结。

除了外出有事，张贤亮生命最后近20年里，绝大多数时间都在西部影视城内。马红英称，大多数时候，张贤亮会早起练毛笔字，看看报纸杂志或者美剧，然后去几百米外的影视城办公楼或影视城里面转一圈；下午，他回来写自传。如果天气好，没有刮风，傍晚的时候，他会到古城墙上散步。"有时候，他会和影视城的员工聊聊天，他从来就不是一个高高在上的老板。"

对于张贤亮罹患肺癌，助理马红英相信"肯定和抽烟有关，他有60年的烟龄。"作为此前一直和张贤亮换烟抽的哥们，马知遥说，"我们都喜欢抽雪茄型的香烟。但是，他'气相'不好，抽几口就灭掉，过一会儿又接着抽。"

而宁夏文联前党组书记杨继国也证实了张贤亮抽烟的习惯。他还说，"张贤亮曾经戒过烟，并且成功了。但是他到北京开会，有人告诉他，抽烟会养成依赖性，一个长期抽烟的人，突然戒掉，身体可能会不适应。然后，他就又开始抽起来了。"

孤独："张贤亮很可怜，因为他没有朋友"

个人在文学上卓有建树；引领、扶持了宁夏文坛一批作家；影视城经营运作颇具规模且运作良好……这些集中在张贤亮身上，无疑为他赋予了传奇色彩。然而，马知遥却对张贤亮的这些"成功"不屑一顾，"张贤亮很可怜，因为他没有朋友。"

张贤亮成名于20世纪80年代中期，那时的张贤亮无论是在全国还是在宁夏，都如日中天。但是，"那时，张贤亮告诉我，他有时在晚上把自己关在办公室，坐上半个钟头。"

在参与西部影视城之前，马知遥和张贤亮走得很近，他们经常相互串门，马知遥说，张贤亮的儿子张公辅一直记得自己做的鱼很好吃。而90年代中期之后两人关系疏淡了很多。"因为我觉得中国人素质很低，你没必要去搞一个影视城去忽悠大家。"马之遥说，此后，两人关系仅限于逢年过节电话问候，最后一次见面还是两三年前一次在体检的时候遇到，但是仅限于寒暄，没有过多的交流。有时出了新作，张贤亮也会送自己一本。

哈若蕙说，确实没有听说张贤亮有特别好的朋友，自己作为后辈，与张贤亮的往来主要是工作上的。

张贤亮的孤独，在他生命最后若干年里一如既往。杨继国与张贤亮相识多年，两人曾一个在宁夏文联任党组书记，一个做文联主席。但是，他也觉得张贤亮很孤独。"他确实没有特别亲近的朋友。我们俩一起工作时，还经常能说上话。后来不在一起工作，往来就少了。他曾经告诉我，有时候感觉很孤独，就在镇北堡住所独自思考、练书法。他有时也会和人一起打麻将，但是因为他名气大，地位高、又比较年长，后辈和年轻人也不可能和他特别亲近。即便是外出参加活动，他也不爱游玩景点，更多的时候喜静不喜动，喜静不喜闹。我感觉，这与他前半生受难的遭遇有关。"

宁夏作协副主席、出生于 20 世纪 60 年代的郭文斌，算是近年来和张贤亮往来较多的文坛后辈。但是，"我们之间共鸣较多的主要是在传统文化以及灵魂、精神等方面。"2013 年，《江南》杂志编辑让郭文斌联系张贤亮做一个大访谈，郭文斌给了编辑张贤亮的电话。不想编辑来电说，联系的结果是，张贤亮说除非对话人是郭文斌。郭文斌觉得以后有机会，就没有急着做。不料，这成了永久的遗憾。

……

马红英说，去年 10 月查出肺癌之后，"他的精神状态和情绪并没有什么变化，基本和以前一样。"

快乐："社会缺少传递快乐的人"

作为宁夏文坛的领头羊，除了自己的创作之外，张贤亮对于宁夏文坛的贡献巨大。杨继国记得，"宁夏的后辈作家出版著作，请张贤亮作序，他从不拒绝。宁夏文联的前任主席和党委书记，配合上多少有些不尽如人意。我们俩合作那些年，是宁夏文坛收获最丰的时候，不仅出现了宁夏文坛'三棵树'、'新三棵树'，而且作家都成林了。不仅在文学上声势喜人，在其他的文艺领域也同样如此。"

马知遥 20 世纪 60 年代毕业于中央美院，因思想问题"发配"到宁夏，80 年代初因当面顶撞某……领导，不愿在原来的系统待下去。他写过两三篇有关……生活的小说，后来，张贤亮运用自己的影响力。把他调到了文联。马知遥说，"那时，他还没有当上宁夏文联主席，但是，领导很重视他的意见，投票时，三位有决定权的领导中，两位投了赞成票。就这样，我调到了文联。为了不辜负他的'知遇之恩'，我后来创作了我唯一的一部长篇小说《亚瑟爷和他的家族》。80 年代末，我查出了癌症，他在宁夏安排了最好的医院和医生为我治疗，病愈后，他还托人带给我 1000 块钱。"

无论是否在文联任职，张贤亮对于宁夏文艺界的关注和热心都不曾稍减。杨继国记得，卸任文联主席之后，张贤亮准备设立一个奖，奖励在文学创作上获得成绩的宁夏作家。已经在文史馆工作的杨继国说，"如果只奖励文学界，那文艺界其他的领域怎么办？"最后，促成了"镇北堡西部影城文艺奖"的设立，规定的奖励范围包括宁夏回族自治区文联所属各协会的文艺家所创作的荣获全国文学艺术奖项的作品。（张弘：《张贤亮与肺癌同行的最后日子》，《新京报》2014 年 9 月 29 日。[①]有删节）

30 日，追悼会在银川举行。

2014 年 9 月 30 日上午 10 点，银川殡仪馆最大的悼念大厅里，拥挤着据说 1500 人。电子横幅的大字"沉痛悼念张贤亮同志"下，轮番播放张贤亮在各种场合的照片。张贤亮躺在鲜花中，身上覆盖着中国共产党党旗。"中国共产党的优秀党员……"宁夏文联党组书记兼主席郑歌平在致悼词时这样开头。

中央政治局常委、全国政协主席俞正声，全国政协副主席王正伟、白立忱送的花圈摆在吊唁厅右边的最前面。

与张贤亮的巨大知名度相比，媒体对宁夏的认知成为笑谈。CCTV 新闻频道播报张贤亮追悼会消息，把"银川镇北堡西部影城"读成"银川镇，北堡西部影城"，随后做了更正。腾讯娱乐的新闻标题干脆把追悼会挪到了"西宁市殡仪馆"。十多年前，当地的报纸就在连续讨论"宁夏在哪里"，因为很多信件地址写的是"甘肃

---

① 《书评周刊》《编者按》说："张贤亮去世前两周，新京报记者获知他正因为肺癌到北京治疗，但此时的老人，已经不再接受采访，甚至基本不再见客。此后张贤亮在家人陪同下回到银川，记者也于 19 日晚飞赴银川，通过张贤亮助理马红英，以及他的几位老友和同事，追溯了张贤亮生命的最后日子，一段与肺癌同行的日子。"

省宁夏"。

按说张贤亮和电影界关系密切，他的《牧马人》《肖尔布拉克》《黑炮事件》等9部小说改编成电影，张艺谋的《红高粱》等从张贤亮的镇北堡西部影城走向世界，但电影界几乎对张贤亮的离世没有反应。

告别大厅外的花圈足够多，"备极哀荣"。作家杨争光看了网上的现场照片后疑惑，"这是在八宝山吗？共和国如泣的歌者走了，应该有万人志哀的场面。"门口右边第一个花圈的落款"贤妻冯剑华"。头发花白、这天着深色衣服、身材依然挺拔的冯剑华，站在接受慰问的家属行列首位，她旁边站着浓眉高个的80后儿子张公辅。

张贤亮的"原罪"

1980年，经过22年劳改和劳教，从西湖农场回到银川的张贤亮，跟比他小十来岁的散文组编辑冯剑华做了《朔方》的同事，两人最终结婚。张贤亮见到未来岳丈时鞠了一躬，这深得冯剑华父亲的心："此子面相不凡，不愧是大家庭出身，将来必有大出息。"婚礼并不浪漫，在单位会议室举办，冯剑华亲手缝了一红一绿两床缎面被子。他们搬到偏远的一间小房间，每天挤公共汽车上班。

演员朱时茂送了花圈，他的花圈旁边是贾平凹的。《灵与肉》是婚后张贤亮写的第一部小说，一夜成名，次年，儿子张公辅出生，小说随后被导演谢晋拍成了电影《牧马人》，朱时茂因在电影中扮演刚平反的知识分子许灵均而成名。

那年44岁的张贤亮给冯剑华的印象是，因为长期"改造"人变得格外谦卑，在编辑部逢人就叫老师。他去北京等地出差回来，总会带些烟茶等小礼物送人，冯剑华不以为意："为什么总是你送别人礼物，别人怎么不送你？"

她感觉他总对政治风浪有一种怕。一次"清除精神污染"，张贤亮的一篇小说受到批判，深夜，冯剑华发现张贤亮辗转反侧，她说："怕什么？你是城墙头上的麻雀，见过阵仗的人，大不了把你打回农场，我带着孩子跟你去！"张贤亮这才稍稍安下心来。

冯剑华是根正苗红的红五类，父亲是煤矿工，她初中毕业留在矿上当了工人，后来又穿上当时最被艳羡的军装，1974年被推荐为"工农兵学员"，上了复旦大学中文系，同学中有作家梁晓声。毕业后，冯剑华回银川进了《朔方》编辑部。

与妻子新时代的……身份相反，张贤亮有"原罪"的旧官僚资本家累及整个家族，爷爷是民国外交官；父亲从哈佛商学院毕业回国后弃政从商，死于1948年（应为1954年——引者）；母亲也在美国留学过。

黑洞洞的枪口，不是意识流，是非虚构

中国文联副主席冯骥才送的花圈排列在中国作协主席铁凝、党组书记李冰等人的附近。1985年，张贤亮的长篇小说《男人的一半是女人》在巴金主编的《收获》杂志刊登，引起轩然大波，他对性描写禁区的大胆突破，也让一些老作家不安，据《收获》杂志的叶开回忆，冰心就给巴金写信让他"管一管"。

正和冯骥才在美国访问的张贤亮，得知国内又开始批他。美国的好友劝他趁机申请政治避难。张贤亮又一次体验到"无法控制的一丝心肌的颤动"。他在国外发表"爱国主义"声明给国内同仁和"组织上"传递信号。回国后证明又是一场"虚惊"。

还有另一种怕深植张贤亮的内心。张贤亮曾几乎饿死，那增加了他生活的勇气；另一次，他被"陪杀场"、"假枪毙"，留下的创伤是终生的。"他时常做同样的噩梦，梦见被拉去枪毙了。"冯

剑华对南方周末记者回忆。黑洞洞的枪口不时出现在他笔下，读者以为是意识流手法，冯剑华认为那是非虚构。

20世纪80年代末，大墙文学的另一个代表人物从维熙给张贤亮打电话征集签名，冯剑华接了电话，代为答应。后来，有人准备批判张贤亮，冯剑华把责任揽了过来："名是我让签的，张贤亮不知道。"这一年，张贤亮最花心思字斟句酌写成的长篇小说《习惯死亡》发表，冯剑华那时就认定，这是张贤亮的"巅峰之作"。

中国作协副主席李敬泽代表组织出席了追悼会，他拥抱了冯剑华。几年前编辑"中国新文学大系"80年代卷，李敬泽曾系统地阅读了张贤亮的作品，认为张是被低估的作家，部分因为"他对于小说家的身份和成就不特别在意"。

张贤亮几篇有名的小说最后都加上了"爱国主义"尾巴。《灵与肉》结尾，许灵均谢绝从美国回来的父亲接他一家去美国，而留在了劳改农场学校；《习惯死亡》则在结尾让主人公从美国回到中国西部那片荒原，并且回到最初的那个女人那里，小说最后有番对话：

"你看，我都成了这副样子了，你还来找我干啥？"

"也许这就是我的爱国主义吧。"

李敬泽认为，张贤亮最被忽视的就是《习惯死亡》。他不同意把张贤亮作品里的"爱国主义"归结为简单的政治正确，"他复杂得多，从来不做简单的选择题"，"仅仅从文本叙述去揣度他的选择，会忽略他的作品与现实选择的混杂、暧昧与精神上的疑难。他是在与所处的时代思想互动走在最前列的作家。"

劳改农场里的《资本论》笔记

余秋雨送的花圈摆在吊唁厅的入口处。他也是曾到访西部影视城的众多名流之一。自从小说被拍成电影、获得各种文学奖项，冯剑华发现，张贤亮在劳改队养成的谦卑很快消失了。

张贤亮的张扬、健谈逐渐显现，常能主导谈话的方向和气氛，跟郭德纲、余秋雨在一起神聊，他谈锋的机智和诙谐一点不逊色，在某些官场交往中他也谈笑风生，跟领导拍肩搭背就像对待兄弟。

冯剑华认为还是环境给予人的"身份感"更重要。"要是一天到晚让人呵斥、打骂，你怎么能神采飞扬起来？"

邓小平南巡（南方谈话——引者）之后，年近花甲的张贤亮也决定下海。1993年他购买有二十来户牧羊人栖居的古城墙和戈壁滩来建西部影城，跟二十多户牧民一一交涉，拿出了当时积攒的全部存款。

"多亏了他二十多年劳改生涯中跟农民打交道的经验，他既了解农民质朴的一面，也了解农民狡猾的一面，最后劝这些牧民搬走了，搬迁费也给得高。"张贤亮也曾在小说中写道，"我"历练出了一种"狡猾"。

劳改队既有和张贤亮一样被打成右派的知识分子，也有没多少文化的刑事犯，和他们二十多年的共处，让他在《我的菩提树》等书中对知识分子的人性有透彻的洞察：那些人"把嘴当×卖"。冯剑华观察，张贤亮对知识分子人性弱点的判断，到老年也没有改变。这也促使他设法摆脱这种弱点。

"我搞文学纯粹是阴差阳错，如果不是1949年解放，我早就是跨国资本家了，怎么可能写小说？开玩笑！"1998年，南方周末记者第一次在银川拜访张贤亮的时候，他开怀大笑。

冯剑华看过丈夫在劳改农场读《资本论》的笔记，她认为那一定程度上是张贤亮商业活动的理论指导。

"我爸爸唯一的敌人是平庸"

吊唁厅门口有个哭成泪人的人——农民书法家牛尔惠，他守了三天灵，腿都跪瘸了。听过张贤亮讲课的……马克从宁夏中卫骑摩托车一百多公里来吊唁，牛尔惠又陪他一起跪。

牛尔惠的父亲过去被打成右派。牛尔惠中学毕业后四处流浪打工，遇到了张贤亮，人生从此改变：从摆摊卖字到搬进影视城里的四合院"都督府"，做了张贤亮练书法的"书童"。夜里，跟张贤亮陪练书法的时候最安静，但张贤亮思绪有时难以回到几案，干脆坐下来抽烟，说他看了不快的新闻想骂娘。牛尔惠入选了几本全国书法名家辞典，当上了2008年北京奥运火炬手，也成了影视城里有房有车族。在"知恩堂"，牛尔惠把父亲的照片和张贤亮的照片并列挂上。影视城的三百多个员工大多是像牛尔惠这样的农民。

"别看他外面很风光，其实晚年的张贤亮很孤独。不管别人怎么评价，我从他身上体会到了温情和慈爱。"2007年获得鲁迅文学奖的银川文联主席郭文斌告诉《南方周末》记者。张贤亮自己给员工讲管理，也请不同的老师来讲，郭文斌也曾受邀来讲过"寻找安详"。

10年前张贤亮从宁夏文联主席的位置退休，搬到影视城，郭文斌就是他在银川的一二知己，从那时起，他发现张贤亮的注意力转移到传统文化上，也默默地做慈善。张贤亮每年给医疗机构捐款一百多万元，帮助看不起病的人。后来，他从一家福利院领养了一个女儿毛毛。

冯剑华的印象中，办企业之初，张贤亮更多的压力是怕企业亏损。20年经营后，镇北堡西部影视城已是5A级（旅游——引者）景区，被评为中国文化产业的示范基地。

张公辅在悼词中平静讲述父亲留给他的精神遗产："我敬爱的爸爸是一名战士，唯一的敌人是平庸。"他还要继续父亲在最后几年开始的帮助病人的"救生工程"。曾跟父亲的友人韩美林学画，毕业于四川美院动漫专业的张公辅，准备以后去学现代管理课程。

大动物、小动物

张贤亮在小说中预言"作者"死于肺病，因为抽烟的缘故，预言应验了，只不过不是小说中的65岁，而是78岁，算长寿了。

张贤亮住在北京的医院，拒绝手术。2014年9月17日，他出院要回镇北堡的家，救护车十几个小时从北京开到银川，路过山西，到了忻州，他让停车，吃一碗山西刀削面再上路。

9月27日上午，儿子张公辅还想送父亲去医院，张贤亮说："你能不能干脆点？"他不同意抢救。下午两点，昏迷了四个小时后，张贤亮辞世。

"他是大动物，我们是小动物。"很多人可能关注张贤亮的传奇经历、他的创业和财富，但李敬泽认为，真正的财富是张贤亮的文学作品。某种意义上，李敬泽同意张贤亮的骄傲，他曾说："我的时代还不配读我的作品。"

两年前，张贤亮给冯剑华在影视城不远处买了一户农家院落，她特别喜欢那里的简朴生活，在院子里种了吃不完的瓜和菜。

结婚34年，冯剑华体验到了和张贤亮做夫妻的幸福，也经历了痛苦与磨难。"他给我的幸福我接受，给我的痛苦我也接受。家家都有本难念的经，只不过难处不同或没有明显表现出来罢了。"

悼词最后，张公辅说，他父亲交代，碑文写上这句话：

"他来了，又走了。"

9月30日下午3点左右，遗体火化后，干燥的银川下了一阵雨。

晚上，出席完葬礼回到自家阳台上的郭文斌，看到贺兰山顶出现了美丽的晚霞。（朱又可：《"我在等死，不是开玩笑"——作家张贤亮，资本家张贤亮》，《南方周末》2014年10月9日。有删节）

10 月

9日，《文学报》专版刊登《寻找自我与自我反省》《文学是表现人类的幻想》《我为什么要写作》《我的传奇人生》，纪念张贤亮。

15日，《三联生活周刊》第42期刊登王鸿谅《一个作家的"野蛮生长"》《那个叫章永璘的张贤亮》、葛维樱《名声的价值：张贤亮与镇北堡》、付晓英《八十年代的张贤亮作品：争议、突破与脱节》，纪念张贤亮。《一个作家的"野蛮生长"》说：

不管是张贤亮的农场生活，还是他的创业故事，我们寻访到的可做旁证的故人们，无一例外地保持着多年的沉默。他们见证着张贤亮的复杂性，也认同他绝境求生的意志力和才华。江南才子的天赋和劳改多年磨难，造就了现在的张贤亮。而旁人的沉默，刚好帮助他完成了一个孤证的叙述——成为理想中的那个自己。

23日，《文学报·新批评》刊登李伯勇《张贤亮：在"孤独"之域游移和摆荡》。文章说：

张贤亮走了。

像说别的人物一样，说的是作家张贤亮走了。今天的张贤亮已不是作为一个劳改22年的寻常"右派"，不是从一个政治异类归来落入凡尘之海销声匿迹的一介百姓，而是连番用血性作品让万众瞩目，燃亮80年代中国文坛，并给中国文坛继续留下话题的一个作家。而文学是"新时期"精神内核的重要组成，同时也是其面相；文学是"新时期"的引擎，也构成了"新时期"中国的思想律动和精神气象——呈现了"新时期文学"的品格。因此，说张贤亮其实就是说张贤亮创作或称张贤亮现象——某种程度是说20世纪80年代改革开放的文学文化气象和中国精神,那一段"中国时光",自然会说到张贤亮自己及其作品,说到他意识到和未意识到的创作意念与他的思想艺术高度,说到他"意念"与他创作的反差。

正如张贤亮所说,他的命运就是民族的命运,所指当是他"归来"之前所受到的不公正遭遇和他"归来"后一段灿亮的文学进击。其实他后来的趋于停顿和寂寥同样是民族命运的折射。他在文坛灿亮十年也是我们民族我们国家灿亮十年,那么,这"十年"的前和后,他的被"处理"、被埋没(包括他创作的止步和停顿)、由一心为文到分心经商,创作上趋于寂寥,不正折射文学和国运的波浪起伏?不正印证张贤亮创作中一个相伴随行,同时与我们民族现代化进程息息相关,没有随张贤亮逝世而退场的"孤独"主题?

张贤亮的艺术世界不经意地敞现了"孤独"之域,他不经意地在"孤独"之域中游移和摆荡。(李伯勇:《张贤亮:在"孤独"之域游移和摆荡》,《文学报》2014年10月23日。有删节)

11月

《朔方》第11期出刊《纪念张贤亮专号》。

《传记文学》第11期《中国思想肖像》为纪念张贤亮专辑,刊登编辑部文章《张贤亮:文学韵事的"肇事者"》、杨早《张贤亮:灵与肉的战争》、陈梦溪《老友眼中的张贤亮》、甘徐梅《执著一生的勇士——怀念张贤亮》、疏延祥《他来了,又走了——张贤亮的人生传奇》。编辑部文章说:

我们不能只从文学和文学史的角度来理解张贤亮,应该更多地从中国社会变迁和制度变迁的角度来认识他。张贤亮是一枚雪亮的名片,"刷"地照亮中国,照亮新时期文化,照亮当代社会世道人心。

80 年代，张贤亮和他的同道人一起加入"伤痕文学"和"反思文学"的行列，写苦难，诉衷肠，向新时代表决心，发誓言，站在时代的制高点上与主流思想合谋，批判和控诉"文革"（"文化大革命"——引者），展现"反右"斗争扩大化的伤疤，赢得读者好评，也获得政府表彰，获奖、当作协主席和政协委员、踏上人民大会堂的红地毯。

　　他真诚地对他的同伴王蒙说，我们都是改革开放的利益获得者，怎不感谢时代，感谢生活呢。90 年代，所谓人文精神大失落的时候，他带头下海经商，开创了镇北影城，当上了名副其实的董事长，腰里揣满了钞票，带上姑娘，周游四海，何等潇洒，何等快乐。他是喜欢"折腾"的人……新世纪以来，张贤亮似乎顿悟，似乎厌倦了红尘生活，几次拿起笔来，写了《青春期》《一亿六》等作品，也曾引起小范围的注意，但毕竟风头不再，好汉不提当年勇。无论如何，张贤亮不只是一位作家，他是我们时代的宠儿和行为艺术家，用自己的精彩生活，诠释着改革开放三十几年的风云变幻，可以说是我们研究新时期文化发展的活化石和好标本。

　　本期《传记文学》以张贤亮作为"中国思想肖像"的主角，不是总结他的文学功绩，也不是给他文学史上排一个座次，而是把张贤亮作为一位著名的写作者、文化产业经营者、改革开放的受益者，甚至是各种风流韵事的"肇事者"，来反观我们时代的发展轨迹和种种症候。

　　……在某种意义上说，张贤亮虽死而无憾。他留给后人的文学与精神遗产，还需我们认真清理，仔细研究。（《传记文学》编辑部：《张贤亮：文学韵事的"肇事者"》，《传记文学》2014 年第 11 期。有删节）

2 月

28 日，澎湃新闻报道《〈爱尔兰时报〉推荐的 8 本中国小说：了解中国最佳读本》①。《习惯死亡》推荐语为：

> 被当作"人民公敌"下放到农场劳改了 22 年后，张贤亮被平反，开始写作。这部自传体性质的小说，想要表达的则是，活着是多么困难的一件事。张贤亮是时代的见证者。这部小说也是《男人的一半是女人》的续篇，在《男人的一半是女人》中，张贤亮不仅涉及了政治，也大胆地描写禁忌的性——它既安慰也折磨着无望的人们。

（澎湃网，https://www.thepaper.cn/newsDetail_forward_1306289）

《朔方》第 2 期发表陈忠实《我去你来无尽意……——怀念贤亮》②。文章说：

> 再再追溯记忆，还是难以确定何年何月在什么地方有幸结识这位仰慕已久的作家，却清楚地记着阅读他的发轫之作的情景。那是 20 世纪 70 年代末到 80 年代初的事，他的《灵与肉》《绿化树》等作品相继发表，我都是他最虔诚的读者。我说虔诚而不想说震撼，是想避讳这个业已被滥用的词句，尽管这种撞击心灵的震撼常常让我闭目掩卷，且独自沉吟着：竟然这样竟然这样……我不必对他的小说再作评说，多年来专业和业余的评论家早有定论；我只想说阅读他的小说在我心中产生的某种意料不及的心理反应，再不诉说自

---

① 《编者按》说："中国的农历新年越来越走出国门，走向世界了。为了欢度春节，最近，爱尔兰当地的主流大报《爱尔兰时报》为读者推荐了 8 本中国作家的书，称其为了解这个国家最好的小说。这八部小说不是原本就以英文写作，就是已经被翻译成英文出版，但我们发现竟然没有莫言的。"所推荐的 8 部小说，除《习惯死亡》外，还有《漂泊者》（李翊云）、《波动》（北岛）、《莫先生的旅行沙发》（戴思杰）、《下面，我该干些什么》（阿乙）、《丁庄梦》（阎连科）、《恋人版中英词典》（郭小橹）以及《给我老爷买鱼竿》（高行健）。
② 关于此文，陈忠实曾专门致信责任编辑梦也："梦也：您好。遵嘱将拙稿寄您佳处，由您安排发稿。写了和贤亮'一去一来'的往事，平素也不太着意，到贤亮谢世，顿觉珍贵，便想形成文字留给自己。贤亮终生在宁夏，拙稿能在他奋斗过的宁夏文联刊物《朔方》面世，是我的某种心理感知……谢谢您。盼再来西安，吃羊肉泡馍。祝愉快！陈忠实 2014 年 12 月 3 日"梦也：《一次难得的相见》，《朔方》2016 年第 7 期。

己生活历程中遭遇的挫折以及难忘的饥饿的记忆。道理再简单不过，看到他作为"右派"被改造时的灾难，我的那些挫折就算不得什么了；他在那样不堪的境遇里竟然钻研马克思的《资本论》，而我却在挫折发生时自暴自弃，把玩车、马、炮打发时日，精神境界之高下和胸襟之宽窄的对照，就令我不仅汗颜、不仅难以自容，最直接的心理反应就是再不要说自己遭遇的那点挫折和困窘了。另外，我在他的文字里，处处能够感受一种诗性的天才的神韵。随举一例，章永璘在接过马缨花给他的一个馒头时，他发现了她留在馒头表皮上的指纹，且有这样的文字描写："它就印在白面馍馍的表皮上，非常非常的清晰，从它的大小，我甚至能辨认出来它是个中指的指印……"读到此，我颇生诧异，年复一年都处于食不果腹饥肠辘辘的章永璘，在得到白面馍馍时该当是猛咬大嚼才对，怎么会有别一番怡情的发现和欣赏？如若是我，早已迫不及待地吞嚼了。稍过片刻便有意会，这个章永璘不妨当作张贤亮，大约只有张贤亮才会有此发现有此怡情，在于他有一根对文字对异性美尤为敏感的神经，对白面馍馍表皮上的马缨花指纹的发现就是很自然的事了，欣赏的怡情也就泛溢出诗性的浪漫了。我便为张贤亮庆幸，那样不堪的凌辱与折磨，摧残着他的肉体和心灵，而那一根敏感的神经（通常说天才）依然保持着敏感，不仅深化着他的生命体验，也使他在摘帽翻身的几乎同一时刻，便能抓起笔来书写独特体验的文字……（陈忠实：《我去你来无尽意……——怀念贤亮》，《朔方》2015 年第 2 期。有删节）

4 月

林俊主编的《春秀——中国书协会员张贤亮诗词作品集》由三秦出版社出版，全书分为《张贤亮事迹图文》《特邀作品》《张贤亮书法作品选》《张贤亮论艺经典》，收录各地书家书写的张贤亮旧体诗作近 70 首。

9 月

《张贤亮诗词选》作为"塞上文艺名家书系"之一，由宁夏人民出版社出版，收录现代诗一首（《大风歌》），古体诗词 76 首。另有《附录一：诗的怀念》《附录二：诗的评论》及冯剑华跋《江南塞北留诗魂》。

12 月

8 日，"张贤亮纪念馆"在镇北堡西部影城开馆。

8 日，"文学与西部大地——张贤亮文学成就研讨会"在银川举办。

张贤亮被称为宁夏的一棵文学大树，一杆文化大旗，影响广泛而深远，超越了文艺界和知识界，也超越了宁夏和国界，成就让世人瞩目。我国文艺界公认张贤亮是具有高度社会责任感和历史使命感，并且善于用文学形式表达思想、观点的作家，其作品具有时代性、思想性、前瞻性和预见性。张贤亮在……那个年代里，做了一系列大胆而有益的探索，他是最早写性、写饥饿、写城市改革、写中学生早恋、写劳改生活的作家之一，他在作品中对性、饥饿、生命乃至政治、权力等主题的思考和解读，突破式的、决裂式的批判和反思，在文学和思想上的创新意义推动了反思的思潮，给那个时代带来了文学启蒙、思想启蒙乃至性启蒙。

与会的作家认为，研讨张贤亮的文学世界与西部大地、西部人民之间的血肉关系这一话题，应该说是非常有价值和意义的。这种价值和意义不仅意味着对一个杰出作家创作源泉和创作成就的认真思索与总结，同时也提示，张贤亮身后所留下的文学遗产丰富而博大，值得宁夏文学界和所有有抱负的写作者们认真继承并从中获得独特而珍贵的思想和艺术启示。

文艺评论家贺绍俊表示，张贤亮的成就和贡献是一笔宝贵的精神财富，它不仅属于宁夏，而且属于中国当代文学，更属于世界文明，应该好好传承下去。（廉军：《"文学与西部大地——张贤亮文学成就研讨会"举办》，央广网，http://m.cnr.cn/news/yctt/20151209/t20151209_520738821.html。有删节）

我想特别强调一点，张贤亮还是一位难得的思想家。张贤亮有一种自觉的知识分子意识，他的才华也充分体现在思想方面。因此他的小说具有非常丰富的思想内涵。比如新时期之初的小说多半具有伤痕文学的特征，通过写苦难达到揭露和批判"四人帮"的目的。张贤亮的小说也是写苦难，但他并没有停留在揭露和批判的层面，而是对知识分子的命运和使命有了深入的思考，像《绿化树》表达了知识分子对人民群众的忏悔，像《男人的一半是女人》则通过章永璘的新生表达了知识分子重新参与公共领域的雄心壮志。张贤亮的思想才华具有两大特点，这两大特点也是与他的特别品格相一致的。一是因为遭受太多的生活磨难，所以他的思想始终是与现实联系在一起的，他的思想从来不是空对空，而是来自现实，是直接针对现实的。二是他的思想才华也体现出他对中国传统文人的景仰和精神传承，具有鲜明的忧患意识和政治情怀，所以他自己就宣称他的小说都是政治小说。20世纪80年代中期，整个社会处在思想解放最为活跃的阶段，我感觉在这个阶段，张贤亮的思想也处在火山喷发期，他有许多精彩的思想见解，而且他似乎想站出来直接成为一位思想家，不是通过文学来表达思想。1986年，张贤亮的一篇思想论文《社会改革与文学繁荣——与温元凯书》在《文艺报》上发表了，当年我就在《文艺报》当编辑，当时我们读到这篇文章都震惊了，虽然对其中的有些观点还没有完全理解，但明显感觉到大大打开了我们的思路。张贤亮的思想见解不仅仅依赖他的才华，也与他的认真学习大有关系。他曾经说过，《资本论》这部巨著不仅告诉他当时统治中国的极"左"路线绝对行不通，鼓励他无论如何要活下去，而且在他活到改革开放后，让他能大致预见中国政治经济的走向。尽管张贤亮后来没有成为专门的思想家，但他的精彩思想见解蕴藏在他的文学作品中，他以文学形象和文学叙述表达了他的思想见解。如前面我提到的那些小说，又如他在《小说中国》这部文体非常特别的作品中，详尽阐述了他对公有制经济体制改革的整体思路，都是很新颖也很有启发性的。

今天我们纪念张贤亮，整理他的精神遗产，不要忽略了他的思想见解，不要忽略了他也是一位思想家。（贺绍俊：《张贤亮：文学与西部大地——张贤亮文学成就研讨会发言摘要》，《朔方》2016年第1期）

14日，《文艺报》刊登张涛《纪念张贤亮：文学的芬芳依然在洋溢》。

5月

《星火》第5期刊登张守仁《苦难造就了张贤亮》。

6月

散文集《繁华的荒凉——张贤亮散文》作为"名家散文典藏"丛书之一，由浙江文艺出版社出版。全书分为《生活随想》《异域寻踪》《一颗文心》《时代之音》四辑，收录《大话狗儿》《对一种负疚的分析》《夜歌》《羊杂碎》《丫头·婆姨》《悼"外公"》《老照片》《故乡行》《父子篇》《美丽的眼睛》《心安即福地》《"维京"的后代》《思索和表现人生的艺术》《没有被遗忘的角落》《文学的殿堂在股票市场的楼上》《作家出游》《我的倾诉》

《小说的公式》《小说规律》《对生命的贪婪》《追求智慧》《别有一番滋味在心头》《我失去了我的报晓鸡》《满纸荒唐言》《一切从人的解放开始》《我的态度》《建设文化大国》《出卖"荒凉"》《也谈"小人"》《排泄与喧嚣》《参与、逃避和超越》《雨·天话语》《关于时代与文学的思考》。

8月

《怎样写小说》（于卫东记录、整理）发表于《朔方》第 8 期。于卫东《聆听张贤亮先生谈小说创作》、白草《张贤亮先生小说讲话稿校读小记》刊登于《朔方》第 8 期。

9月

27 日，宁夏图书馆举办"张贤亮生平与创作展"。

《钟山》第 5 期刊登陈宏德《你依旧潇洒——点点滴滴忆张贤亮》。

10月

《大风歌》入选贾梦玮主编、江苏凤凰文艺出版社出版的《江苏百年新诗选》。

谱后 ▶
2018年

4月

《张贤亮小说》由浙江文艺出版社出版，收录中篇小说《绿化树》和短篇小说《邢老汉和狗的故事》《灵与肉》《肖尔布拉克》。

6月

《张贤亮精选集》由中国文联出版社出版，收录短篇小说《灵与肉》《肖尔布拉克》《初吻》以及中篇小说《浪漫的黑炮》《绿化树》《男人的一半是女人》。

7月

《绿化树》入选孟繁华主编、春风文艺出版社出版的"百年百部中篇正典"丛书。

9月

26日，《宁夏日报》刊登张涛《张贤亮：心安福地难割舍》。

27日，《绿化树》入选"改革开放40周年最有影响力小说"。评选活动由中国作家协会《小说选刊》杂志社、中国小说学会、人民日报海外网主办，青岛市作家协会承办。共有40篇小说获奖，其中短篇小说10篇，中篇小说、长篇小说各15篇。《绿化树》的推荐理由（李晓东撰）为：

和《男人的一半是女人》共同构成张贤亮最重要的作品，也是新时期小说中，最具独特性的篇章之一。其卓异之处主要在于，将现实需求与理论思考辩证地结合起来，将民间文化与西方经典错位对接起来，将现实的匮乏和曾经的丰富跨时空联结起来，将食与性温暖地融会起来，将底层人民的善良担当与知识分子的精于算计无掩饰地对照起来。这些在三十八章的篇幅中几乎无处不在的对比，使文本具有了特别的张力，更显示出作者真实的生活阅历、深刻的思考能力以及不凡的创造活力。

12月

《绿化树》入选陈晓明主编、作家出版社出版的《改革开放40年文学丛书·反思文学（下卷）》。

1月

《邢老汉和狗的故事》入选陈思和主编、四川人民出版社出版的《20世纪中国文学精品·当代文学100篇》。

4月

《男人的一半是女人》作为"《收获》60周年纪念文存·长篇小说卷"之一，由人民文学出版社出版。

8月

《邢老汉和狗的故事》入选孟繁华主编、作家出版社出版的《1949—2019新中国70年文学丛书·短篇小说卷·第二卷》

9月

30日，《新消息报》报道：《张贤亮主题摄影作品集》在镇北堡西部影城举行发布会。

《绿化树》入选洪治纲主编、北京十月文艺出版社出版的《中华人民共和国成立70周年优秀文学作品精选·中篇小说卷》①。

10月

16日，《文艺报》刊登祖丁远《想起张贤亮》。

---

① 洪治纲在该书前言《时代、伦理与人性的纠缠——中华人民共和国成立70周年中篇小说观察》中说："在人性面貌的探索中，不少中篇都借助特殊的历史境遇，展示人性扭曲乃至畸变的状态，折射了当代作家对'文学即人学'的深度思考。其代表性的作品有张贤亮的《绿化树》、王安忆的《小城之恋》、余华的《一九八六年》等。像张贤亮的《绿化树》，就从反思角度，揭示了特殊年代里知识分子从肉体到精神的多重扭曲。这些扭曲，以饥饿与荒芜为表征，使章永璘的自我拯救陷入无边的迷津。只有当马缨花出现之后，章永璘的生命从食物、肉体到精神，才开始出现苏醒的迹象，也使他在爱与理想之间有了更丰沛的生命体验。小说中的马缨花作为一个拯救者的形象，撕开了时代、人性与知识分子理想的各种错位及荒谬，并成为章永璘这一代人渴慕的生命安慰剂。这部中篇，与作家的《男人的一半是女人》等一系列作品，共同构建了一个有关生命拯救的寓言。"

12 月

19 日，《北京晚报》刊登汪兆骞《另有思路的文人张贤亮》。

3 月

◀ 谱后

2021 年

《百年中篇典藏·绿化树》由广东花城出版社出版，收录小说《绿化树》、创作谈《关于〈绿化树〉——在〈十月〉召开的座谈会上的发言》《关于〈绿化树〉的一些说明》、随笔《风起于青萍之末》《感谢上帝对我如此厚爱张贤亮》以及《张贤亮创作年表》。

6 月

《张贤亮作品精选集·小说卷》由作家出版社出版，收录《绿化树》《初吻》《男人的一半是女人》《灵与肉》4 篇小说。

9 月

《当代》第 2 期刊登张曼菱《风云未淡定的怀念——我与张贤亮的交往》。

1 月

◀ 谱后

2022 年

22 日，《中国大百科全书》第三版网络版更新"张贤亮"条目（作者张志忠）：

张贤亮（1936.12.8—2014.10.3）（张贤亮去世时间为 2014 年 9 月 27 日——引者）。中国当代作家。

祖籍江苏盱眙，生于南京，曾在重庆、上海、南京、北京读小学及中学。1955 年到宁夏贺兰县务农，1956 年任中共甘肃省委干部文化学校语文教员。20 世纪 50 年代初开始文学创作。因发表诗歌《大风歌》等于 1957 年被错划为"右派分子"，劳动改造及在农场就业劳动长达 22 年。中共十一届三中全会后，政治冤案得到平反，并重新执笔发表文学作品。

代表作有《灵与肉》《男人的一半是女人》《绿化树》《习惯死亡》《我的菩提树》《青春期》以及长篇文学性政论随笔《小说中国》等。曾三次获得全国优秀小说奖（1980 年的短篇小说《灵与肉》、1983 年的短篇小说《肖尔布拉克》、1984 年的中篇小说《绿化树》），9 部小说被改编成电影电视剧（《牧马人》《黑炮事件》《肖尔布拉克》《龙种》《老人与狗》《河的子孙》等），作品被译成 30 多种文字在世界各国发行。1992 年（应为 1993 年——引者）创办宁夏华夏西部影视城有限公司及所属镇北堡西部影城，2004 年被评为中国文化产业十大杰出人物之一。曾任宁夏文联主席及名誉主席，宁夏作协主席及名誉主席，中国作协主席团委员，中国文联委员，全国政协第六至第十届委员等职。出版有《张贤亮精品典藏全集》10 卷和《张贤亮作品精萃》7 卷等。

张贤亮的作品基于其 22 年沉重的生命记忆，兼及"血统论"盛行的时代其大资本家父亲留给他的"血缘之罪"；严峻的现实生活经验、浓烈的浪漫情怀与睿智的理性沉思兼而有之，以描写落难后的知识分子的艰难生存与顽强求索、肉体之饥饿困乏与精神的执着不渝见长，擅长通过落难右派与底层妇女的情爱纠缠塑造人物、揭示心灵，《灵与肉》《绿化树》《男人的一半是女人》等都曾轰动一时，其人被誉为"大墙文学"即监狱劳改题材文学的开创者；长篇小说《习惯死亡》为其描写劳改生活题材的集大成者，在表现社会生活真实性与人物性格复杂性方面有新的拓展；《男人的风格》《小说中国》等则直面改革开放时代的重大命题，对其思想者气质有充分显现。（《中国大百科全书》第三版网络版，https://www.zgbk.com/ecph/words?SiteID=1&ID=134484）

3 月

《鸭绿江》第 3 期刊登邓刚《趣人趣事趣时光——回忆三位作片断》，其中第二部分为《想起张贤亮〈男人的一半是女人〉》。

5 月

《电影·典藏》刊登《〈牧马人〉1982》、上海电影制片厂党委《厂党委对文学剧本〈牧马人〉的意见》《关于〈牧马人〉问题的情况汇报（81）上影厂字 132 号》、丁一《关于〈牧马人〉电话记录》、张贤亮《牧马人的灵与肉》、周鼎文《努力更上层楼——剪辑〈牧马人〉的体会》、鲍芝芳《〈牧马人传奇〉拍摄札记》、钟惦棐《电影〈牧马人〉笔记》、丁玲《漫谈〈牧马人〉》。

9 月

《浪漫的黑炮》作为"中国小说 100 强（1978—2022）"丛书之一，由北京联合出版有限公司出版，收录小说《浪漫的黑炮》《土牢情话—— 一个苟活者的祈祷》《青春期》《早安！朋友》。

参考文献

一、作品集 [①]

张贤亮：《飞越欧罗巴》，百花文艺出版社 1986 年 7 月。

张贤亮：《写小说的辩证法》，上海文艺出版社 1987 年 10 月。

张贤亮：《我的菩提树》，作家出版社 1994 年 6 月。

张贤亮：《边缘小品》，陕西人民出版社 1995 年 3 月。

张贤亮：《小说中国》，经济日报出版社、陕西旅游出版社 1997 年 11 月。

张贤亮：《追求智慧》，中国华侨出版社 1998 年 2 月。

张贤亮：《青春期》，经济日报出版社 1999 年 2 月。

张贤亮：《小说中国及其他》，长江文艺出版社 2001 年 5 月。

张贤亮：《张贤亮作品精萃·散文集》，作家出版社 2003 年 3 月。

张贤亮：《张贤亮读本·小说中国》，时代文艺出版社 2006 年 7 月。

张贤亮：《张贤亮读本·青春期》，时代文艺出版社 2006 年

---

① 本书收录的只是张贤亮作品集中与其生平经历、创作观念有关的散文随笔集。

7月。

张贤亮：《张贤亮近作》，文汇出版社 2006 年 8 月。

张贤亮：《中国文人另一种思路》，中国海关出版社 2007 年 10 月。

张贤亮：《一切从人的解放开始》，宁夏人民出版社 2008 年 4 月。

张贤亮：《张贤亮散文精选集》，新世界出版社出版 2008 年 8 月。

张贤亮：《张贤亮集·我的菩提树》，北京十月文艺出版社 2012 年 8 月。

张贤亮：《张贤亮作品典藏·我的菩提树》，贵州人民出版社 2013 年 5 月。

张贤亮：《张贤亮作品典藏·美丽》，贵州人民出版社 2013 年 5 月。

张贤亮：《张贤亮作品典藏·小说中国》，贵州人民出版社 2013 年 7 月。

张贤亮：《我的倾诉》上海人民出版社 2013 年 7 月。

张贤亮:《中国文人的另类思路》，上海人民出版社 2013 年 7 月。

张贤亮：《张贤亮诗词选》，宁夏人民出版社 2015 年 9 月。

张贤亮：《张贤亮散文·繁华的荒凉》，浙江文艺出版社 2016 年 6 月。

二、创作谈、评论集

宁夏人民出版社编：《爱国主义的赞歌——丁玲等评〈灵与肉〉》，宁夏人民出版社 1981 年 7 月。

李镜如、田美琳：《张贤亮谈创作》，《宁夏大学学报》编辑部 1985 年内部刊印。

宁夏人民出版社编：《〈男人的一半是女人〉》，宁夏人民出版社 1987 年 8 月。

三、年表、年谱、传记、回忆录、大事记

田美琳：《张贤亮主要生活创作年表》，《宁夏教育学院学报（社会科学版）》1985 年第 1 期。

高嵩：《儒商张贤亮》，《朔方》1996 年第 3 期。

冯骥才：《激流中》，人民文学出版社 2017 年 9 月。

吴惟珺：《张贤亮年表》，《朔方》2014 年第 11 期。

姜红伟：《张贤亮文学年谱（1951—2014）》，《中国作家（纪实版）》2022 年第 8 期。

四、报刊

《人民日报》《光明日报》《文汇报》《新民晚报》《宁夏日报》《文艺报》《文学报》《延河》《宁夏文艺》《朔方》《人民文学》《十月》《当代》《收获》《上海文学》《小说界》《小说家》《新华文摘》《中国现代、当代文学研究》《小说选刊》《中篇小说选刊》《作品与争鸣》《黄河文学》等。

后　记

本书大概是国内第一部张贤亮文学年谱，尽管来得太迟、太晚。

本书的缘起，一是因为张贤亮的特殊成就，张贤亮不仅是一个远被低估了的作家，而且是一个远未被充分了解的思想者、真正意义上的文人企业家（儒商）；二是因为张贤亮的特殊经历，其特殊性，不仅在他那一代中国作家中独一无二，而且想必以后的中国作家也不会再有类似的经历了！

本书旨在为读者了解、认识张贤亮的特殊成就和经历提供一些基本文献资料，如果读者因为本书而对张贤亮有了更多的了解甚至理解，并因此愿意阅读或重读张贤亮作品，当是本书之幸，更是作者之幸。

本书在写作过程中，恪守"有一分证据说一分话"（胡适语），力求"无一字无来历"（黄庭坚语），作者只负责呈现事实，而非输出观点，更不妄加评论。书中征引的文献资料，均来自公开发表／出版的各类著作，以保证其真实性、客观性。基于全书篇幅以及其他因素，征引时，对部分文献做了删节处理。需要特别说明的是，由于未能见到谱主尚未公开发表／出版的文字（如档案材料、读书笔记、往来书信以及尚未整理成篇的作品等），给本书留下了未能全面反映一个完整、真实张贤亮的巨大遗憾。所以，就此而言，本书只能算是张贤亮文学年谱的一个初稿或初编，需要作者继续努力，不断补充、修正和完善，更需要并欢迎有识者批评、指正。

感谢冯剑华老师、唐晴女士对本书出版的全力支持；感谢马春宝、漠月、张强、火会亮、闻玉霞、魏邦荣、张富宝、金治军、倪万军、王佐红等师友对本书写作的关注与鼓励；感谢宁夏回族自治区社科规划项目匿名评审专家在本书结项时给予的肯定；特别感谢责任编辑申佳女士，正是她专业而敬业的编辑工作，使本书最大限度地避免了可能的疏漏与错讹。

这将是我在退休前出版的最后一部学术性著述，借此机会，特别感谢我的妻子张彬、儿子王哲，感谢他们多年来对我的理解、包容与支持。本书是送给他们的！

王宏森

2024 年 7 月